Kerry Drewery
Marthas Mission

Weiterer Titel der Autorin:

Marthas Widerstand

KERRY DREWERY

MARTHAS MISSION

Übersetzung aus dem Englischen von Sabine Bhose

one

MIX
Papier aus verantwortungsvollen Quellen
FSC® C014496

Dieser Titel ist auch als E-Book erschienen

Umschlaggestaltung: FAVORITBUERO, München
unter Verwendung eines Motivs von © getty-images/Lauren Bates
Satz: hanseatenSatz-bremen, Bremen
Gesetzt aus der Adobe Caslon Pro
Druck und Einband: GGP Media GmbH, Pößneck
Printed in Germany
ISBN 978-3-8466-0062-7

2 4 5 3 1

Sie finden uns im Internet unter
www.luebbe.de
Bitte beachten Sie auch: www.lesejury.de

Für die Barons:
Janet, Jack, Helen und Paul
und nicht zu vergessen
Edward, Prince und ›beef it‹ Rocky

In Zeiten allgegenwärtigen Betrugs wird das Aussprechen der Wahrheit zu einem revolutionären Akt.

Unbekannt

Prolog

Ich sollte tot sein.
Ich
sollte
tot
sein.
Ich fühle die kalte Luft in meinen Lungen.
Spüre, dass jemand meine Hand hält.
Höre, wie sie schreien.
»Martha, was …?«
»Martha, wann …?«
»Martha, wie …?«
Zu laut.
Zu laut!
Haltet die Klappe! *Bitte.*
Ich sehe Lichter –
grellweiß.
Handyaugen, die mich beobachten.
Riesige Fernsehkameras, die mich blenden.
Blitzlichtgewitter.
Peng, Peng, Peng.
Ich habe keinen Kommentar für sie.
Gehe weiter.

Halte den Ring fest umklammert, den du mir gegeben hast,
und gehe weiter.
Von dir fort, und es tut mir leid,
so unendlich leid.
Ich bin zerrissen.
Ein Teil von mir bleibt bei dir.
Und falls du sterben musst, wird dieser Teil von mir mit
dir sterben.

Tag 1

Fernsehstudio

10:30 Uhr. Der Vorspann der beliebten neuen Fernsehshow – *Buzz for Justice* – läuft.

Im hinteren Teil des geräumigen Studios befindet sich eine Zuschauertribüne, wo das Publikum auf den Beginn der Sendung wartet. Auf der rechten Seite der Bühne steht ein Podest, auf dem sich eine glänzende schwarze Anklagebank befindet, die an der oberen Hälfte von Sicherheitsglas umfangen ist. An der Wand zur Linken der Bühne hängt ein großer Bildschirm.

Zwischen der Bühne und dem Publikum befindet sich ein langer Tresen mit drei Jurymitgliedern. Vor jedem von ihnen ist ein übergroßer blauer Buzzer montiert, und darüber hängen dreidimensionale *Buzz for Justice*-Auge-Logos, die schwach erleuchtet sind und langsam aufblinken.

Eine flotte Titelmelodie wird langsam ausgeblendet, und Kristina, die Moderatorin der Sendung, kommt auf die Bühne stolziert. Sie trägt einen figurbetonten grauen Hosenanzug im Nadelstreifenmuster und eine hellblaue tief ausgeschnittene Bluse und wirft lächelnd ihre welligen blonden Haare zur Seite. Der Applaus des Publikums verebbt.

KRISTINA: Hallo und herzlich willkommen zu unserer heutigen Ausgabe von *Buzz for Justice.* Ich versichere Ihnen, auch heute erwartet Sie wieder eine exklusive Mischung aus Verbrechen, Lügen und Gefängnisstrafen. Von lautstarken Unschuldsbeteuerungen bis hin zu tränenreichen Geständnissen ist bestimmt alles mit dabei. Höchstwahrscheinlich gibt es auch wieder den ein oder anderen Wutausbruch!

Das Publikum reagiert mit einem aufgeregten ›Oooh‹ und applaudiert.

KRISTINA: Ja, tatsächlich haben wir eine Menge in petto, glauben Sie mir, und deshalb sollten wir jetzt schnell beginnen und unsere Jurymitglieder begrüßen, die diese außerordentliche Chance bekommen haben, für Gerechtigkeit zu sorgen. Vergessen Sie nicht, meine Damen und Herren, es wird lediglich eine einfache Mehrheit benötigt: Wenn zwei Buzzer betätigt werden und somit zwei Schuldsprüche erfolgt sind, geht der oder die Beschuldigte ab ins Gefängnis!

Sie macht eine kurze Pause, bis die Studioscheinwerfer die drei Jurymitglieder ausleuchten, und wendet sich ihnen dann zu.

KRISTINA: Ein herzliches *Buzz for Justice*-Willkommen an Jurymitglied Nummer eins – Ava, eine Rentnerin aus London, die sich schon ihr ganzes Leben lang gewünscht hat, einmal im Fernsehen auftreten zu dürfen.

Die Kamera zoomt auf die überschwängliche Ava, die frenetisch winkt. Dann folgt ein Schnitt zum nächsten Jurymitglied.

KRISTINA: Wir begrüßen Jurymitglied Nummer zwei, Sadiq, bei uns. Er kommt aus einem kleinen Dorf in Derbyshire und träumt von einer Karriere in der Musikbranche.

Sadiq lächelt freundlich in die Kamera.

KRISTINA: Und zu guter Letzt Jurymitglied Nummer drei – unsere aufstrebende Schauspielerin Candice aus Birmingham. Hallo, Candice.

Die Kamera schwenkt zu Candice hinüber, die sich in Pose stellt, ihre Haare nach hinten wirft und breit grinst.

KRISTINA: Da haben wir wirklich eine inspirierende Gruppe von Leuten, die heute nach Gerechtigkeit suchen und die Entscheidungen treffen wird! Lassen Sie uns nun unseren ersten Kriminellen vorführen, jemanden, den viele unter Ihnen wahrscheinlich schon kennen. Ich für meinen Teil kenne ihn ganz bestimmt – denn es ist kein anderer als der ehemalige Todestrakt-Insasse, der erst kürzlich Studiogast bei *Death is Justice* war, ja, der unvergleichliche … Gus Evans!

Musik setzt ein, und ein Lichtkegel schwirrt durch das Studio, bis er schließlich Gus anstrahlt, der in Begleitung eines Wärters hinter der Kulisse zum Vorschein kommt. Sein dürrer Körper steckt in einer zerrissenen Jeans und einem zerknitterten T-Shirt, und seine Haare stehen wirr ab. Mit gesenktem Kopf nimmt er seinen Platz auf der Anklagebank ein. Dann schließt der Wärter die Anklagebank ab, die Musik wird langsam ausgeblendet, und das Studio wird wieder ausgeleuchtet.

KRISTINA: Gus, wie wunderbar, Sie wiederzusehen. Lassen Sie mich überlegen, das letzte Mal war vor … einer ganzen Woche?

Sie lacht gehässig. Gus nickt langsam.

KRISTINA: Nun, ich für meinen Teil kann es kaum erwarten zu erfahren, was Sie in den letzten sieben Tagen angestellt haben. Aus welchem Grund sind Sie heute hier und müssen sich unserem Urteil stellen? Kommen wir also jetzt zur Sache und werfen einen Blick auf die Geschehnisse.

Sie dreht sich zu dem Bildschirm hinter ihr um, auf dem die Aufnahmen der Überwachungskameras vor dem Todestrakt vom Vortag zu sehen sind. Die Fassade des Todestraktes wirkt imposant und furchteinflößend.

Auf dem Bildschirm im Studio ist jetzt eine Großaufnahme des Beschuldigten, Gus, zu sehen. Er steht ein wenig abseits einer demonstrierenden Menge. Die Demonstranten halten Schilder hoch, auf denen ›Ein Leben für ein Leben‹ steht und ›Wir verlangen sichere Straßen‹. Gus trägt ein Schild mit dem Slogan ›Eine Person, eine Stimme‹. Man sieht, wie er etwas skandiert und von einem Fuß auf den anderen tritt, um sich aufzuwärmen. Dann reckt er eine Faust in die Luft.

Jetzt fährt ein Wagen vor. Gus wirft sein Schild auf den Boden und stürmt nach vorn. Während sich die Menge um das Auto schart und es hin und her schaukelt, schwenkt die Kamera aus, sodass sich Gus in der Menge verliert. Der Wagen kippt auf die Seite und landet dann auf dem Dach. Glas zerbirst, und

Splitter fliegen auf die Straße. Nach einem Schnitt zoomt die Kamera jetzt unscharf an eine junge Frau heran, die weinend am Straßenrand kauert, dann an einen älteren Mann, der auf der Bordsteinkante sitzt und sich ein Stück Stoff gegen eine blutende Kopfwunde hält. Ein weiterer Schnitt, und man sieht ein Standbild von Gus. Er steht jetzt wieder etwas abseits der Menge, sein Gesicht ist vor Wut verzerrt.

Kristina wendet sich wieder Gus zu und schüttelt den Kopf.

KRISTINA: Ich denke, ich spreche für uns alle, wenn ich sage, dass ich doch recht schockiert über Ihr Verhalten bin. Es hat eindeutig dazu geführt, dass unschuldige Zivilpersonen verletzt wurden, wie die junge Frau und der gebrechliche Herr und viele andere mehr.

Sie dreht sich erneut zum Bildschirm um.

KRISTINA: Aber lassen Sie uns jetzt herausfinden, wie die Anklage lautet.

Das Bild von Gus rutscht in die rechte Bildschirmhälfte, während auf der linken Seite das Wort ›STRAFTAT‹ in blauen Großbuchstaben aufleuchtet. Darunter blinken LED-Lichter. Ein Knall ertönt, und die Lichter werden zu Buchstaben: ›STÖRUNG DER ÖFFENTLICHEN ORDNUNG, ERREGUNG ÖFFENTLICHEN ÄRGERNISSES, AUFSTACHELUNG ZUM LANDFRIEDENSBRUCH‹.

Die Zuschauer murmeln aufgeregt.

Gus hebt die Hände in die Luft und sagt etwas, aber man kann es nicht hören. Der Wärter zieht seinen Schlagstock aus dem Halfter und schlägt damit drohend gegen das Glas der Anklagebank.

KRISTINA: *Drei* Vergehen gegen die öffentliche Ordnung. *Drei*. Was halten wir davon, meine Damen und Herren?

Ein missbilligendes Schnalzen geht durch das Publikum.

KRISTINA: Ist das eine Person, die wir frei auf unseren Straßen herumlaufen lassen wollen? Jemand, dem wir eine zweite Chance gaben – und das ist nun der Dank? Jemand, der sich als Verbündeter unserer Schwestersendung *Death is Justice* ausgab, aber weiterhin Kontakt zu Kriminellen pflegte? Jemand, der aus den verarmten Kratzern stammt, mit dem wir uns angefreundet und den wir unterstützt haben, doch der unsere Güte nicht zu schätzen weiß? Möchten wir so jemanden auf unseren Straßen?

Das Publikum buht.

KRISTINA: Nicht mit mir, sage ich! Aber die Entscheidung liegt nicht in meinen Händen. Sie liegt bei Ihnen: dem Volk. Ihr Land, Ihre Regeln, Ihre Demokratie – alles liegt in Ihrer Hand. Die Entscheidung wird heute von Ihren drei Repräsentanten gefällt, die sich mutig dieser Aufgabe stellen, die gutes Geld für diese Ehre gezahlt haben und für die Verantwortung, die Gedanken und Meinungen von Ihnen, dem Volk, hier zu vertreten. Aber lassen Sie uns zunächst sehen, welches Strafmaß Gus Evans erwartet, falls ihn die Jury schuldig sprechen sollte.

Wieder dreht sie sich zum Bildschirm um. Unter der Liste der Vergehen erscheint jetzt das Wort GESAMT, und daneben läuft eine Reihe blinkender LED-Lichter über den Schirm, die erneut mit einem Knall anhalten: ›7 JAHRE‹.

Kristina entweicht ein leiser Pfiff.

KRISTINA: Das ist eine ganz ordentliche Gefängnisstrafe, die Sie da eingefahren haben, Gus. Finden Sie nicht auch, liebe Zuschauer? Meine Güte. Aber auf jeden Fall verdient, wie ich meine. Und das ist natürlich auch eine überaus wichtige Botschaft der Abschreckung für andere, die vielleicht daran denken, die bestehende Ordnung zu untergraben.

Sie durchquert das Studio und geht auf Gus zu.

KRISTINA: Aber natürlich können wir in unserer wahren Demokratie die Jurymitglieder nicht darum bitten, ein Urteil abzugeben, ohne zuerst den Angeklagten selbst angehört zu haben.

Sie hält vor der Anklagebank an. Spots leuchten auf sie und Gus.

KRISTINA: Gus Evans, Sie haben dreißig Sekunden für Ihre Aussage, ab …

Auf dem Bildschirm hinter ihnen erscheint eine große Digitaluhr mit einem 30-Sekunden-Countdown. Gus' Mikrofon kratzt laut, als es eingeschaltet wird.

KRISTINA: … jetzt!

Die Uhr zeigt sofort 00:29.

GUS: Ähm …

KRISTINA: Diese kostbaren Sekunden gehören Ihnen, um uns von Ihrer Unschuld zu überzeugen, Gus. Sie sollten sie nicht verschwenden!

GUS: Alles … ähm … alles, was ich gemacht hab …

KRISTINA: Vielleicht wäre hier ›ehrlich währt am längsten‹ angebracht. Obwohl ich an dieser Stelle darauf hinweisen muss, dass wir – ganz anders als das überholte Justizsystem – keine Deals abschließen!

Sie lacht auf.

KRISTINA: Wir glauben an echte und faire Bestrafung für Straftaten und geben keine mildernden Umstände für das Eingeständnis, schuldig zu sein, wenn das sowieso glasklar ist!

Die Uhr springt auf 00:16.

GUS: Ich hab überhaupt nix gemacht! Ich hab ein Schild hochgehalten, das war's! Ich hab kein öffentliches Ärgernis erregt! Ich hab keinen Landfriedensbruch nich angezettelt! Das ist alles absolute Schei–

Die Zeituhr schaltet auf 00:00, und das Mikrofon wird ausgestellt. Man sieht, wie Gus aufgebracht etwas ruft, wie Speichel auf der Scheibe landet, wie er mit den Handflächen gegen das Glas hämmert, das beschlägt.

Die Kamera schwenkt zu Kristina hinüber, die lächelt.

KRISTINA: Ich fürchte, Ihre Zeit ist abgelaufen, Gus. Lassen Sie uns unsere Aufmerksamkeit nun den Jurymitgliedern zuwenden. Halten Sie die Gerechtigkeit für genauso wichtig wie wir, liebe Zuschauer zu Hause und liebes Publikum im Studio?

Auf ihren hochhackigen Schuhen durchquert Kristina jetzt das Studio und schreitet auf die Jurymitglieder zu. Das Licht im Studio wird abgedunkelt, und drei Spots sind auf Ava, Sadiq und Candice gerichtet. Die dreidimensionalen Auge-Logos über jedem von ihnen kratzen wie statisch aufgeladen, und jede Iris glüht eisblau.

Die Schaltuhr, die auf dem Bildschirm eingeblendet ist, springt auf 00:30 zurück.

KRISTINA: Jurymitglied Nummer eins, Ava, Sie sind als Erste an der Reihe. Sie haben die Videoaufnahme gesehen und Gus' Verteidigung gehört. Ab jetzt stehen Ihnen 30 Sekunden zur Verfügung, um Ihre Entscheidung zu treffen.

Die Schaltuhr tickt laut, während die Sekunden ablaufen. Avas faltige Hände schweben über dem Buzzer vor ihr.

KRISTINA: Ava, ich muss Sie bitten, sich zu beeilen. Falls Sie Gus schuldig sprechen und ihn für die nächsten sieben Jahre ins Gefängnis schicken möchten, haben Sie jetzt …

Sie wirft einen kurzen Blick auf den Bildschirm.

KRISTINA: Noch zehn Sekunden Zeit für Ihre Entscheidung. Denken Sie daran, drücken Sie auf den Buzzer für schuldig, betätigen Sie ihn nicht, falls Sie ihn für unschul…

Avas Hände sausen auf den Buzzer hinab. Das Auge-Logo über ihr leuchtet auf, und das statisch aufgeladene Kratzen wird lauter.

KRISTINA: Das erste Urteil ist gefällt! Noch bleiben zwei, allerdings wird nur eine einfache Mehrheit benötigt. Gus, falls Sadiq Sie für schuldig hält, werden Sie umgehend zum Gefängnis gebracht und Ihre Strafe antreten. Sadiq, Ihre Entscheidung bitte.

Auf dem Bildschirm beginnt der Countdown erneut. Sadiq hat seine Hände zu beiden Seiten des Buzzers auf den Tresen gelegt und starrt auf ihn hinab. Das Blau des Auge-Logos über ihm wirft ein unwirkliches Licht auf ihn. Man sieht, dass seine Hände zittern.

KRISTINA: Fünfzehn Sekunden, Sadiq.

Er hebt beide Hände und hält sie über den Buzzer.

KRISTINA: Zehn.

Das Display pulsiert mit jeder verstreichenden Sekunde. Das Publikum skandiert den Countdown. Sadiq sieht zu Gus hinüber, überkreuzt die Arme vor der Brust und schüttelt den Kopf.

KRISTINA: Fünf. Noch haben Sie die Zeit, Sadiq. Drei, zwei, eins, null.

Das Auge über Sadiq schließt sich und verblasst, bis es nicht mehr zu sehen ist. Sadiq verschwindet in der Dunkelheit.

KRISTINA: Nun, meine Damen und Herren, liebe Zuschauer zu Hause, was für eine Überraschung! Ich für meinen Teil dachte, das sei ein eindeutiger Fall. Es scheint, Gus, dass man Ihnen eine Rettungsleine zugeworfen hat – aber die Frage ist, wie lange sie hält!

Kristina macht einen Schritt auf die dritte Person zu.

KRISTINA: Jurymitglied Nummer drei – Candice –, die Entscheidung liegt bei Ihnen. Gus' Schicksal liegt in Ihren Händen. Aber sind diese Hände bereit, Gerechtigkeit walten zu lassen? Wir wollen es hoffen. Alles hängt jetzt von Ihnen ab. Wenn Sie auf den Buzzer drücken, wird Gus Evans, der ehemalige Insasse des Todestrakts, sieben Jahre im Gefängnis sitzen. Ihm wird zur Last gelegt, drei – ja, gleich drei – Straftaten gegen die öffentliche Ordnung begangen zu haben. Straftaten, die die Verletzung Hunderter unschuldiger Bürger nach sich zogen. Candice, folgen Sie Ihrem Herzen. Ihre dreißig Sekunden beginnen … jetzt.

Die Schaltuhr startet erneut den Countdown. Jede Sekunde blinkt bläulich im dunklen Studio auf.

Gespielt entsetzt schlägt Candice die Hände vors Gesicht. Die Zuschauer im Studio rufen ihr zu, und sie dreht sich zu ihnen um. Einige zeigen mit dem Daumen nach unten, andere schütteln den Kopf.

CANDICE (rufend): Ich weiß nicht, was ich machen soll!

Sie zuckt mit den Schultern, beugt sich vor und legt ihre zitternden Hände auf den Buzzer. Die Zuschauer im Studio jubeln auf, aber als sie zu Gus hinübersieht, treffen sich ihre Blicke. Er lächelt sie an, und sie zieht die Hände wieder zurück.

Das Publikum buht und johlt.

KRISTINA: Fünfzehn Sekunden, Candice. Fragen Sie sich: Wären Sie gern in einen Tumult mit diesem Mann verwickelt? Was ist mit Ihrer Mutter? Oder vielleicht sogar Ihrer Großmutter? Was rät Ihnen Ihr Herz? Noch haben Sie zwölf Sekunden.

CANDICE (rufend): Ich weiß es nicht!

Das Display blinkt zehn … neun …

Candice schaut wieder hilfesuchend in das Publikum im Studio. Ihr Blick bleibt an einem Mann hängen, der sie direkt anstarrt.

KRISTINA: Sieben Sekunden, Candice, sechs … Sie müssen jetzt handeln.

Der Mann formt lautlos etwas mit den Lippen, und Candice fasst daraufhin in ihre Jackentasche. Die Kameras im Studio fangen nicht ein, wie sie auf eine Visitenkarte schielt. Jemand hat eine Adresse darauf gekritzelt und die Worte ›Vorsprechen morgen, falls er verurteilt wird‹.

KRISTINA: Drei … zwei …

Candice sieht wieder zu dem Mann im Publikum hinüber und starrt dann auf den Buzzer.

KRISTINA: Eins …

Candice schlägt mit beiden Händen auf den Buzzer. Sofort leuchtet das Auge auf und taucht sie in ein schillerndes Blau.

Auf der Bühne schwankt Gus leicht auf der Anklagebank und fährt sich mit einer Hand durch seine zerzausten Haare. Er ruft verzweifelt, doch sein Mikrofon ist ausgestellt, und niemand kann es hören. Das Publikum jubelt. Kristina lächelt.

KRISTINA (laut, das Publikum übertönend): Nun, meine Damen und Herren, liebe Zuschauer zu Hause und hier im Studio, ein gerechtes Urteil, wie ich finde. Damit fühlen wir uns bestimmt alle sicherer. Gus Evans, obwohl Sie Ihre Unschuld beteuert haben, hat die Gerechtigkeit gesiegt. Das Volk hat entschieden. Sie gehen ins Gefängnis!

Spots tanzen quer über die Bühne, und ein Triumphmarsch spielt auf. Der Wärter zieht Gus von der Anklagebank hoch.

KRISTINA: Gus Evans, Sie werden mit sofortiger Wirkung Ihre Haftstrafe antreten. Aufgrund der Schwere Ihrer Verbrechen werden Sie das volle Strafmaß – sieben Jahre – absitzen, ohne jede Chance auf Bewährung oder vorzeitige Haftentlassung.

Einige Zuschauer im Studio erheben sich und klatschen, während Gus, dessen Hände auf dem Rücken mit Handschellen gefesselt sind, hoch erhobenen Hauptes abgeführt wird.

GUS (rufend): Das ist doch ein Witz! Ein absoluter Schwindel! Ich habe nichts als die Wahrheit gesagt, aber keiner will die hören. Also hängense mir einfach was an! Wacht auf, ihr Schwachköpfe. Wacht auf!

KRISTINA: Vielen Dank, dass Sie dabei waren, liebe Zuschauer, und vielen Dank, liebe Jurymitglieder, dass Sie wieder einmal für Gerechtigkeit gesorgt haben. Nach einem kurzen Spot geht es weiter mit unserem nächsten Fall bei *Buzz for Justice*.

Der Wärter zerrt Gus über die Bühne. Als er am Tresen der Jurymitglieder vorbeikommt, weg von den Kameras, beugt sich der Mann, der Candice angestarrt hat, aus den Schatten zu ihm herüber.

MANN (flüsternd): Wir haben Sie gewarnt, Gus. Sie haben sich nicht an unsere Abmachung gehalten. Das ist nun das Ergebnis. Wir sitzen am längeren Hebel, das hätten Sie nicht vergessen dürfen.

Der Mann lehnt sich zurück in die Dunkelheit. Gus lässt den Kopf hängen und wird abgeführt.

Isaac

Eine Stille wie diese kannte ich bisher nicht. Es ist so still, dass ich sogar beim Blinzeln meine Augenlider hören kann und wie der Speichel beim Schlucken gegen meine Zähne schlägt.

Sie erlaubten mir nicht, eine Aussage zu Protokoll zu geben. Sie sagten, das, was ich gestern in meiner Rede gesagt habe, würde als Aussage dienen.

Sie fragten mich, ob ich den Verstand verloren hätte.

›*Wieso um alles in der Welt hast du die Schuld auf dich genommen? Und dann auch noch für dieses Dreckstück, dieses Honeydew-Mädchen.*‹

Ich antwortete nicht. Ich hielt den Mund und versuchte nicht hinzuhören, während sie mir die Haare abrasierten, mir befahlen, mich auszuziehen, und zusahen, wie ich den weißen Gefängnisoverall überstreifte.

›Lass dich nicht provozieren‹, ermahnte ich mich selbst.

Und jetzt sitze ich hier in Zelle 1.

Sechs weitere Zellen und sechs weitere Tage stehen mir noch bevor. Ich bin in die Mühlen eines Rechtssystems geraten, an das ich nicht glauben kann. Denn es fördert Lügen und Sensationsgier, hält Schlagzeilen und Gerüchte für wichtiger als Ehrlichkeit und Wahrheit. Die Öffentlichkeit wird geblendet und getäuscht und entscheidet auf der Basis von Propaganda und Fehlinformationen darüber, ob jemand leben darf oder sterben muss.

Alles ist entweder schwarz oder weiß. Man ist schuldig oder unschuldig. Kein Grau, keine Gründe. Ja oder nein, ohne jede Erklärung.

Das Gesetz besagt Auge um Auge.

Das wusste ich. Wusste es, als ich die Pistole in die Hand nahm, abdrückte und meinen sogenannten *Vater* erschoss.

Dass er Martha getötet hätte, wenn ich ihm nicht zuvorgekommen wäre, spielt keine Rolle in einem System, in dem es keine Erklärungen geben darf.

Fakt ist, ich habe ihn getötet.

Fakt ist, ich bin schuldig.

Fakt ist, ich werde sterben.

Martha

Ich würde die Mahlzeit, die sie mir vorgesetzt haben, wirklich gern essen, weil sie mir gesagt haben, dass es helfen würde. Eve und Cicero und Max, meine ich.

Aber ich kriege keinen Bissen runter.

Und ich lege mich ins Bett, weil sie mir gesagt haben, dass ich mich besser fühlen würde, wenn ich erst mal geschlafen hätte, und dass wir alles morgen regeln könnten. Aber wie soll ich jetzt schlafen?

Ich sehe dein Gesicht vor mir, Isaac.

Stelle mir vor, wie sich unsere Hände berühren.

Höre deine Worte in meinen Ohren.

Ich
kann
nicht
schlafen.
Kann
nichts
essen.
Kann
eine Welt ohne dich nicht akzeptieren.

Mir ist schwindlig.

Plötzlich bekomme ich keine Luft mehr.

Nach Atem ringend stolpere ich aus dem Schlafzimmer, taumle erst durch den Flur, dann durch die Küche und schließlich durchs Wohnzimmer. Ungebetene Tränen laufen meine Wangen hinab.

Mir ist übel.

Meine Hände kribbeln.

Mit tränenverschleierten Augen taste ich nach dem Schloss der Terrassentür. Als ich es endlich aufbekomme, stürze ich hinaus in den Garten.

Die Kälte trifft mich wie ein Ziegelstein.

Weckt mich auf.

Zwingt mich dazu, eisige Luft einzusaugen.

Der Frost knirscht unter meinen Füßen, als ich durch den Garten laufe, bis ich mitten auf dem Rasen zusammenbreche.

Gott, ich vermisse dich so sehr, Isaac.

Es tut mir leid,

so verdammt leid.

Ich rolle mich auf den Rücken.

Ein Windstoß fegt durch den Garten und lässt mich erzittern. Ich starre zum blassblauen Himmel hinauf und wünschte mir, es wäre Nacht und ich könnte die Sterne sehen.

Unsere Sterne, Isaac.

Die weder Schuld noch Unschuld kennen.

Siehst du jetzt gerade aus dem winzigen Fenster und starrst genau wie ich in den Himmel?

Ich blende alles aus und stelle mir vor, dass du hier neben mir liegst, und plötzlich bin ich mir sicher, dass ich spüre, wie du meine Hand nimmst.

Isaac

»Abstreiten, abstreiten, abstreiten«, riet mir mein sogenannter Vater einmal. Ich hatte ihm gebeichtet, in einer Arbeit geschummelt und von dem Jungen neben mir abgeschrieben zu haben. Erzählte ihm mit vor Scham glühenden Wangen, dass ich in Panik geraten war, weil ich ein Blackout hatte, und erklärte ihm, dass der Junge mich beim Abgucken erwischt und es dem Lehrer gepetzt hatte.

Er lachte mich aus. »Zeig mal etwas Rückgrat«, höhnte er.

Meine Stiefmutter kam in die Küche und sah, wie wir beide beisammenstanden, was äußerst selten vorkam. Ich erinnere mich daran, wie Jackson den Kopf schüttelte, als er ihr erklärte, was geschehen war.

»Ich hab ihm gesagt«, fügte er hinzu und zeigte mit einem Finger auf mich, »dass die ihm gar nichts beweisen können. Einfach abstreiten. Nichts, worüber man sich den Kopf zerbrechen sollte.«

Aber ich wollte bestraft werden, denn ich hatte es nicht besser verdient. Ich hatte eine Eins bekommen und gehörte somit zu den Klassenbesten, was mir nicht zustand. Und doch sah ich in Jacksons Blick, dass er eher stolz als enttäuscht war.

»Du hast eine Gelegenheit wahrgenommen, die sich dir bot«, kommentierte er. »Richtig so!«

»Die können dir überhaupt nichts beweisen«, stimmte Patty zu. »Dein Wort steht gegen seins. Der Lehrer hat es ja nicht gesehen, nicht wahr? Nur der Junge.«

»Sie hat recht«, pflichtete Jackson ihr bei. »Wenn du etwas im Leben erreichen willst, musst du dich nur um dich selbst kümmern und dafür auch bereit sein, über Leichen zu gehen. Du hast bloß die Initiative ergriffen.«

»Nein«, flüsterte ich. »Ich habe gemogelt.«

Patty bedachte mich mit einem Blick, der sagte, dass ich wohl schwer von Begriff war. »Ungefähr genauso naiv wie du damals, als wir uns kennenlernten«, warf sie Jackson an den Kopf und machte dann einen Schritt auf mich zu. »In diesem Leben hilft dir niemand, wenn du dir nicht selbst hilfst. Sieh dir nur deinen Vater an – wie, glaubst du, hat er das alles erreicht? Indem er Gelegenheiten nutzte, die sich ihm boten«, erklärte sie. »Das habe ich ihm beigebracht.«

Jackson antwortete nicht. Er war schon halb aus der Küche.

Am nächsten Tag stand ich in der Schule vor meinem Klassenlehrer, der mich beschuldigte, abgeschrieben zu haben. Ich konnte es einfach nicht abstreiten und sagte die Wahrheit. Als Patty hörte, dass ich zur Strafe eine ganze Woche nachsitzen musste, nannte sie mich einen Dummkopf. Aber Jackson hob bloß die Zeitung hoch und las weiter. Sein Gesicht wurde von der Überschrift ›Isaac Paige zum Nachwuchs-Kriminalbotschafter ernannt‹ verdeckt, und mein eigenes Foto starrte mir entgegen.

Damals hatte ich dem nichts entgegenzusetzen, denn ich wusste, dass ich schuldig war. Wusste es, als ich auf die Arbeit meines Tischnachbarn geschielt hatte.

Und jetzt habe ich dem auch nichts entgegenzusetzen, denn

ich bin schuldig. Wusste es, als ich den Abzug drückte, und tat es trotzdem.

Auge um Auge.

Ich zerre die Pritsche zum Fenster hinüber. Sie kratzt laut über den Boden, aber niemand kommt. Der Himmel ist klar und winterblau. Unser Himmel, Martha, und unsere Sterne sind immer noch da, auch wenn sie im Moment vom Tageslicht überdeckt werden.

Wenn ich meinen Kopf ganz weit zur Seite drehe, kann ich den Pfad sehen, den ich nahm, als ich zum Zuschauerraum für deine Hinrichtung geführt wurde. Da unten steht ein Baum. Er wirkt dort fehl am Platz, als hätte ihn jemand viel zu dicht an das Gebäude gepflanzt.

Die Äste sind kahl und warten darauf, im Frühling zu neuem Leben zu erwachen.

Na, aber da ist ja doch noch Leben: Da sitzt ein Vogel, der sich ein Nest gebaut hat. Ich frage mich, ob er wohl den Winter überstehen wird. Vielleicht hat jemand Futter für ihn in den Baum gehängt. Ich hoffe es jedenfalls.

Hast du ihn auch gesehen, als du hier drin warst, Martha?

Ich wünschte mir, wir hätten wenigstens miteinander sprechen können, nach Zelle 7.

Ich wünschte mir, ich hätte länger bei dir bleiben können, hätte dich in meinen Armen halten und dir sagen können, dass ich dich liebe und so stolz darauf bin, dein Freund zu sein.

Vor sieben Tagen warst du hier drin, lagst auf dieser Pritsche, von diesen weißen Wänden umgeben.

Die Zeit schreitet so schnell voran. Steht für nichts und niemanden still.

Martha, du und ich haben dafür gekämpft, das Rechtssystem zu ändern, damit es keine Korruption mehr gibt und es wieder fairer wird. Wir kämpfen immer noch dafür. Aber selbst *wenn* wir erfolgreich sein sollten, wird es die Todesstrafe dann trotzdem noch geben? Ist es das, was die Menschen in diesem Land wollen?

Und nur, weil sie es wollen, heißt das auch, dass es das Richtige ist?

Der Premierminister

Unter einem klaren blauen Novemberhimmel kommt ein Privatjet auf einer Landebahn zum Stehen.

Die Flugzeugtür schwingt auf, und der Premierminister tritt von zwei Bodyguards flankiert nach draußen. Er bleibt kurz auf der Metalltreppe stehen und rückt seine verspiegelte Sonnenbrille zurecht, deren Gläser im Licht der Wintersonne funkeln. Mit einem blendend weißen Zahnpastalächeln läuft er schließlich leichtfüßig die Treppe hinunter und überquert die Landebahn auf dem Weg zu den wartenden Journalisten.

Mit erhobener Hand blickt er auf die zahlreichen Gesichter und Kameras und bittet um Ruhe und die ungeteilte Aufmerksamkeit, ehe er zu sprechen beginnt.

»Meine Damen und Herren, ich bedanke mich bei Ihnen, dass Sie mich bei meiner Rückkehr in unser Land so warmherzig begrüßen, insbesondere an einem Tag, der alles andere als warm ist.«

Die anwesende Menge schmunzelt, und der Premierminister lächelt erneut.

»Im Gegensatz zum blauen Himmel hier über uns scheinen wir allerdings gerade etwas stürmische Zeiten zu durchleben. Während meines Auslandsaufenthaltes habe ich die Entwicklung der Ereignisse im Zusammenhang mit unserem Justizsystem verfolgt. Insbesondere habe ich gewisse Insassen im Todestrakt mit höchstem Interesse und größter Sorge beobachtet.«

Er hält inne, streckt die Schultern durch und hebt das Kinn.

»Es wäre fatal, aus den Augen zu verlieren, dass unser Justizsystem weltführend, innovativ und inspirierend ist. Es ist unerlässlich, dass wir uns angesichts der neuesten Entwicklungen nicht zu überstürzten Handlungen hinreißen lassen. Und es ist unsere Bürgerpflicht, unser System vor jenen zu schützen, die von anderen mittels lächerlicher Behauptungen manipuliert wurden.

Lassen Sie mich Ihnen eine Frage stellen: Welches andere Land auf der Welt gestattet jedem seiner Bürger, Jurymitglied in jedem einzelnen Fall zu sein? Können Sie mir das sagen?«

Sein Blick schweift ruhig und gelassen über das Publikum.

Niemand meldet sich zu Wort.

»Und wissen Sie auch, warum Sie keine Antwort auf diese Frage wissen? Weil es keine gibt. Wir haben den Maßstab gesetzt, wir sind Pioniere, eine Weltmacht, an der sich andere orientieren. Lassen Sie uns das nie vergessen. Vielen Dank.«

Er wendet sich von der Menge ab.

»Premierminister!«, ruft ein Journalist. »Was ist mit Martha Honeydew? Sie war unschuldig. Was wäre, wenn man sie hingerichtet hätte? Was hätte das für unser Justizsystem bedeutet?«

Der Premierminister bleibt stehen.

Er überlegt einen Augenblick, dann dreht er sich um und nickt dem Journalisten zu. »Im Leben und insbesondere in der Führung eines Landes muss man sich oft fragen, was gewisse Begriffe wie beispielsweise Unschuld eigentlich bedeuten und welche Erwartungen die Gesellschaft an solche Konzepte knüpft. Derlei Fragen sind in diesem Fall auch angebracht.«

»Premierminister!«, ruft jetzt jemand anders. »Sie hat unser System zum Narren gehalten, wie stehen Sie dazu?«

Der Premierminister lächelt und schüttelt den Kopf. »Wenn Sie das glauben, sind Sie selbst ein Narr«, entgegnet er. »Wenn sich diejenigen, die solche Anschuldigungen erheben, die Zeit nähmen, einmal genau zu studieren, wie unser Justizsystem funktioniert, wäre ihnen klar, dass die Möglichkeit, Einfluss auf die Entscheidung über Schuld oder Unschuld zu nehmen, verschwindend gering ist.«

Als er sich erneut abzuwenden versucht, löst er eine Flut an Fragen aus, und Mikrofone und Aufnahmegeräte werden ihm entgegengestreckt. Lässig tritt er einen Schritt zurück und lächelt in die Menge.

Eine Frage übertönt alle anderen.

»Was ist mit den Korruptionsvorwürfen?«

Er nimmt seine Sonnenbrille ab. »Was soll damit sein?«, entgegnet er.

»Gestern wurden einige Anschuldigungen erhoben. Der Paige-Junge hatte eine Menge Beweismaterial, das diese schwerwiegenden Anschuldigungen zu bestätigen scheint. Zum Beispiel hat er gesagt, dass sein Vater, Jackson Paige, Martha Honeydews Mutter umgebracht hat. Falls das stimmen sollte, würde das bedeuten, dass der junge Mann, der für dieses Verbrechen hingerichtet wurde, unschuldig war. Und dann war da noch dieses Video …«

Der Premier hebt beschwichtigend eine Hand. »Ich muss Sie leider unterbrechen. Aus der Luft gegriffene Behauptungen wie diese sind nichts weiter als hässliche und unprofessionelle Versuche zu untergraben, wofür unser Land steht. Ich kann es wirklich nicht ertragen …«

»Aber sie waren ja gar nicht aus der Luft gegriffen. Er hatte Beweise. Und die Dokumente, die er von seinem Vater …«

Der Premier lacht laut auf und wird sofort wieder ernst. »Und genau das macht mir Angst – Angst um unser Land. Wir müssen uns mit vereinten Kräften gegen diese Leute wehren, die derartige Gerüchte in die Welt setzen. Denn damit untergraben sie die Werte, für die so viele von Ihnen, die Öffentlichkeit, über Jahre hinweg gekämpft haben und die Sie alle verdienen: Frieden, Beständigkeit und Sicherheit.

Lassen Sie uns nicht vergessen, wie dramatisch die Statistiken für Gewaltverbrechen seit der Einführung des Stimmen-für-Alle-Systems zurückgegangen sind. Möchten Sie diese gewonnene Sicherheit wirklich einfach aus dem Fenster werfen? Das bezweifele ich. Diese Anschuldigungen sind nichts als das: Anschuldigungen. Wir dürfen ihnen keinerlei Beachtung schenken. Tatsächlich war einer der vielen Gründe für die Abschaffung der Gerichte das fortwährende Risiko der Korruption, die oft genug verhinderte, dass die Schuldigen zur Rechenschaft gezogen wurden. Drogendealer bekamen ein milderes Strafmaß, wenn sie Geschäftspartner verrieten. Mörder, die auf schuldig plädierten, bekamen ein milderes Strafmaß, um den Gerichten Geld zu sparen. Anklagen gegen korrupte Polizisten wurden wieder fallengelassen, wenn sie bei anderen Angelegenheiten ein Auge zudrückten. Das musste einfach aufhören!«

Er hebt beschwörend beide Hände. »Und das hat es. Dank Ihnen, der Öffentlichkeit. Deshalb flehe ich Sie an: Seien Sie stolz auf das, was wir gemeinsam erreicht haben. Riskieren Sie nicht, all das aufgrund von Gerüchten und Hörensagen aufs Spiel zu setzen. Wir – Sie und ich und das Kabinett, das mich unterstützt – haben gelobt, keine Form der Korruption zuzulassen und unermüdlich gegen sie anzukämpfen. Meine Damen und Herren, ich bin stolz darauf, sagen zu können, dass das auch weiterhin unser größtes Bestreben ist.

Wir haben Paiges Anschuldigungen äußerst ernst genommen, und die Polizei und das Dezernat für Schwerverbrechen haben sie, meinen Anweisungen aus dem Urlaub folgend, gründlich untersucht und analysiert. Sie sind zu dem Schluss gekommen, dass sie vollkommen unbegründet sind. Die Dokumente, die angeblich aus Jacksons Büro entwendet worden sein sollen, und die sogenannte Aufnahme einer Sicherheitskamera waren nichts weiter als schlau eingefädelte Lügen.«

Er hält inne und lässt seinen Blick über die anwesende Menge schweifen.

»Lassen Sie uns vereint an unseren moralischen Wertvorstellungen festhalten, und lassen Sie uns gemeinsam stark sein. Wir dürfen nicht zulassen, dass die Launen derer, die schwächer sind als wir, das in den Dreck ziehen, was uns so sehr am Herzen liegt.«

Die Antwort des Premiers löst ein Blitzlichtgewitter aus, und weitere Fragen hageln auf ihn nieder, während ihm die Journalisten ihre Mikrofone entgegenstrecken. Unterdessen tritt eine junge Frau unauffällig an seine Seite.

»Wir sollten jetzt gehen, Sir«, flüstert sie.

Er nickt, lächelt beständig weiter, winkt der Menge zu und geht dann mit schnellen Schritten zum Terminal.

Sofia – unauffällige Schuhe, Hose, adretter Pullover – folgt ihm diskret. Sie hält einen Stapel Akten in den Armen, auf dem ein Klemmbrett thront. Sie bleibt im Hintergrund, doch ihre Augen sind überall, und ihr entgeht nichts.

Als sie das Flughafengebäude betreten, außer Reichweite neugieriger Blicke und lauschender Ohren, fällt das Lächeln des Premierministers in sich zusammen. Sein Gesicht verzieht sich vor Wut, und er marschiert aufgebracht auf und ab.

»Verdammte Scheiße!«, brüllt er. »Dieses Gör hat eine *verdammte* Schweinerei angerichtet. Das muss auf der Stelle unterbunden werden!« Er bleibt stehen und schüttelt den Kopf. »Verdammte Scheiße«, wiederholt er und bläst die Wangen auf. »Sofia, wie sieht mein Terminkalender heute aus?«

»Es gibt ziemlich viele Leute, die mit Ihnen sprechen möchten, Sir«, antwortet sie und liest von einer Liste auf ihrem Klemmbrett ab. »Die *National News* möchte ein Interview mit Ihnen, *Death is Justice* fragt nach, ob Sie als Ehrengast im Studio auftreten könnten oder vielleicht in einer Live-Schaltung. Sie haben eine Talkshow-Einladung, und *Celebrity Now!* möchte gern einen Artikel mit …«

Er fällt ihr ins Wort. »Nichts davon. Ich will mit Patty Paige sprechen. Organisieren Sie das.«

Vor den Royal Courts of Justice

Martha sitzt auf der Rückbank in Eves Wagen und trommelt mit den Fingern gegen die angestaubte Plastikverkleidung der Tür.

Eve stellt den Motor ab und blickt mit müden Augen in den Rückspiegel.

»Ich denke nicht, dass das eine gute Idee ist«, sagt sie zu Martha.

»Dann schlagen Sie was Besseres vor«, entgegnet Martha. »Sie haben doch lauter so gute Ideen gehabt, seit ich Sie vor, was, … einer Woche kennengelernt habe.«

Cicero dreht sich auf dem Beifahrersitz zu Martha um und sieht sie mit erhobenen Augenbrauen an. »Sie leben noch, oder etwa nicht?«, blafft er sie an. »Was glauben Sie, wäre passiert, wenn Eve nicht Ihre psychologische Betreuerin im Todestrakt gewesen wäre?«

Eve schüttelt den Kopf. »Das ist doch egal«, entgegnet sie.

»Das ist es nicht!« Cicero schlägt mit der Faust auf das Armaturenbrett. »Wir haben uns Ihretwegen in Gefahr gebracht, Martha! Und Max noch dazu. Was meinen Sie wohl, würde passieren, wenn die Behörden herausfänden, dass Max sich in das Sicherheitssystem von Zelle 7 gehackt und den Leuten gezeigt hat, dass Sie Jackson nicht umgebracht haben? Oder wenn sie herausbekämen, dass ich beim Fernsehsender mit verzerrter Stimme angerufen habe, damit ich Sie in der Öffentlichkeit verteidigen konnte? Oder wenn sie wüssten, dass Eve Nachrichten zwischen Ihnen und Isaac überbracht hat?« Er wirft ihr einen gereizten Blick zu und schüttelt den Kopf.

Martha schreckt vor ihm zurück.

»Hmm?« Seine Stimme wird etwas versöhnlicher. »Haben Sie mal eine Sekunde darüber nachgedacht, was dann passiert wäre?«

Eve legt eine Hand auf sein Knie. »Nicht jetzt«, flüstert sie.

Cicero seufzt und dreht sich zurück nach vorn.

Einen Moment lang sitzen die drei stumm da.

Martha hebt einen Arm, wischt über die beschlagene Fensterscheibe und schielt nach draußen. Auf der anderen Straßenseite warten Reporter, die ihren Wagen neugierig beobachten.

»Tut mir leid«, murmelt sie schließlich. »Sie haben recht: Sie haben mir geholfen, da rauszukommen. Danke.«

»Das war eine Gemeinschaftsleistung«, erwidert Eve. »Wir waren nicht diejenigen, die dadrin festsaßen.«

Martha zuckt mit den Schultern. »Ich muss mich der Öffentlichkeit stellen«, sagt sie leise.

Eve legt ihren Sicherheitsgurt ab, dreht sich zu Martha um und sieht sie durchdringend an.

Martha blickt zu ihr auf. »Ich verstehe Sie ja«, fügt sie jetzt hinzu. »Aber die Menschen sollen wissen, dass ich kein Monster bin. Und wie sehr …«

Sie hält inne, schluckt schwer und holt tief Luft. »Isaac … wie sehr … was er …« Sie sieht weg und fährt sich mit dem Ärmel über das Gesicht.

»Möchtest du, dass ich dich begleite?«, fragt Eve.

Martha schüttelt den Kopf. »Ich schaffe das schon«, erwidert sie. »Aber« – sie stockt und holt tief Luft – »Sie warten hier auf mich, bis ich wiederkomme, oder?«

Eve schenkt ihr ein dünnes Lächeln und nickt. »Selbstverständlich«, antwortet sie.

18.30 Uhr. Die Sendung – Death is Justice – beginnt

Auf einem dunkelblauen Bildschirm tanzen weiße Flecke, die wie statisch aufgeladen summen und knistern. Jetzt erscheint ein überdimensionales Auge mit einer eisblauen Iris auf der Mitte des Bildschirms. Es blinzelt, und die Wörter ›Auge um Auge‹ drehen sich im Kreis um die schwarze Pupille.

MÄNNLICHE STIMME: Auge um Auge Productions präsentiert …

Die Wörter halten an, und das statisch aufgeladene Knistern erklingt erneut. Jetzt laufen die Buchstaben spitz zu, das Auge wird rot und schließt sich schließlich.

MÄNNLICHE STIMME: … unsere heutige Ausgabe von *Death is Justice* mit Ihrem Gastgeber …

Das Blau wird langsam ausgeblendet, und die Scheinwerfer im Fernsehstudio erhellen ein protziges Set. Ihr Licht spiegelt sich auf dem glitzernden eisblauen Fußboden. Rechts von der Bühne befindet sich ein überdimensionaler Bildschirm, auf dem das Auge-Logo zu sehen ist. Die Wörter drehen sich langsam im Kreis, und das Auge blinzelt.

Auf der linken Seite des Studios befindet sich ein sanft geschwungener Hochglanz-Tresen. Dahinter stehen glitzernde Barhocker, die auf das Studiopublikum ausgerichtet sind, das im Schatten sitzt und nicht zu sehen ist.

MÄNNLICHE STIMME: … Joshua Decker!

Ein Spot geht an und beleuchtet Joshua, der vor dem Tresen steht. Er trägt einen dunkelblauen, schmal geschnittenen Anzug und ein blütenweißes Hemd. Seine gemusterte Krawatte glänzt im Scheinwerferlicht des Studios, und die Absätze seiner Schuhe klackern, während er das Studio durchquert. Er winkt den johlenden und klatschenden Zuschauern im Studio zu.

JOSHUA: Meine Damen und Herren, liebe Zuschauer zu Hause, liebes Studiopublikum, was für ein Empfang! Herzlichen Dank! Es freut mich wirklich sehr, wieder hier zu sein und Sie durch unsere Kultsendung führen zu dürfen.

Der Applaus schwillt an.

JOSHUA: Unsere liebe Kristina Albright widmet sich derweil einer neuen Aufgabe. Sie ist ab jetzt Gastgeberin unserer Sendung *Buzz for Justice*, die nachmittags ausgestrahlt wird. Falls Sie sie noch nicht gesehen haben sollten, kann ich Sie nur *inständig* bitten einzuschalten. Sonst verpassen Sie ein regelrechtes Feuerwerk der Unterhaltung! Wir sorgen live im Studio für Gerechtigkeit. Eine Jury, die sich aus drei Bürgern wie Sie und ich zusammensetzt, fällt ihr Urteil mithilfe großer blauer Buzzer. Falls sie jemanden für schuldig halten, betätigen sie den Buzzer: Bäm! Dann müssen sie nur noch abwarten, ob die

Mehrheitsentscheidung zu ihren Gunsten ausfällt. Klingt spannend, oder? Möchten Sie mitmachen?

Das Publikum reagiert nicht.

JOSHUA: Ich kann Sie nicht hören. Also, noch einmal: Möchten Sie mitmachen?

PUBLIKUM (einstimmig): Ja!

JOSHUA: Dann schauen Sie im Internet auf www.augeumauge-productions.com vorbei, klicken Sie den *Buzz for Justice*-Tab an, und bewerben Sie sich für den Kauf einer Eintrittskarte! Ein absolutes Schnäppchen: nur £99 für eine Publikumskarte und £499 für einen der ausschlaggebenden Juryplätze. In welcher anderen Gesellschaft gibt es die Gelegenheit, direkt an vorderster Front der Justiz mitzuwirken? Was für ein Abenteuer! Die Warteliste wird stetig länger, deshalb zögern Sie nicht, und loggen Sie sich noch heute mit Ihrer Bewerbung ein. Aber jetzt zurück zu unserer Sendung …

Er hält einen Augenblick inne, die Scheinwerfer werden heruntergefahren, und er geht auf das Publikum zu.

JOSHUA: Ich kann wirklich kaum glauben, dass ich Ihr Gastgeber sein darf, und danke Ihnen für Ihren Enthusiasmus und Ihren warmherzigen Empfang. Ich fühle mich geehrt und privilegiert.

Wilder Applaus ertönt.

JOSHUA: Und da wir gerade von Privilegien sprechen ... wohl kaum jemand war privilegierter als unser neuester Insasse im Todestrakt – Isaac Paige. Er hatte eine rosige Zukunft vor sich, doch warf sie aus einer Laune heraus weg. Oder war es vielleicht doch ganz anders? Was meinen Sie?

Ein aufgeregtes Raunen geht durch das Publikum.

JOSHUA: Viele sind der Meinung, dass er sein Leben verschwendet hat. Und doch könnten seine Absichten gut gewesen sein. Geschah dies alles vielleicht aus Liebe? Womöglich war es eine Tat aus Leidenschaft. Falls es so war, frage ich Sie, liebe Zuschauer, was würden *Sie* für die Person tun, die Sie über alles in der Welt lieben?

Im Studio ist es mucksmäuschenstill. Doch Joshua zuckt zusammen und fasst sich kurz mit einer Hand ans Ohr, bevor er sich wieder sammelt und fortfährt.

JOSHUA (wie beiläufig): Oder vielleicht, wie manch einer glaubt, wurde er manipuliert und fälschte die sogenannten *Beweise* angeblicher Korruption. Eine schwierige Frage, über die man nachdenken muss.

Er bleibt dicht vor dem Publikum stehen und lächelt einer Frau in der ersten Reihe zu. Sie kichert, und ein Murmeln geht durch die Reihen. Er zwinkert der Frau zu und dreht sich dann zurück zur Kamera.

JOSHUA: Vielleicht kann unser heutiger Gast etwas Aufschluss über die Situation geben. Ja, meine Damen und Herren im Studio und liebe Zuschauer zu Hause, heute Abend dürfen wir einen wirklich *ganz* besonderen Gast bei uns willkommen heißen. Womöglich die einzige Person, die in der Lage ist, das alles zu erklären. Ich bin mir sicher, Sie hätten das nicht für möglich gehalten, aber heute sprechen wir das erste Mal nach ihrer Freilassung aus dem Todestrakt mit ihr höchstpersönlich. Bitte begrüßen Sie nun mit mir im Studio … Martha Honeydew!

Laute Musik dröhnt durch das Studio, und die Spots tanzen über die Bühne, als Martha hinter der Kulisse hervortritt. Das Publikum applaudiert nur mäßig, während sie zu Joshua hinübergeht, der neben dem Tresen auf sie wartet. Joshua lächelt und kommt auf sie zu, als wollte er sie umarmen, doch sie versteift sich merklich und tritt einen Schritt zurück, sodass sie einander ungelenk begrüßen.

Die Musik verblasst, die Spots erlöschen, und Joshua und Martha setzen sich hinter dem Tresen auf die Hocker.

JOSHUA: Martha, es freut uns wirklich, dich zu sehen. Wirklich. Wir sind alle unglaublich erleichtert, dass du freigelassen wurdest.

MARTHA: Vielen Dank.

JOSHUA: Wir haben gehört, dass du zurzeit bei der psychologischen Betreuerin – Ex-Betreuerin muss man wohl sagen –, Eve Stanton, wohnst. Stimmt das?

MARTHA (nickend): Ja, das ist richtig.

JOSHUA: Vorübergehend.

MARTHA: Wie bitte?

JOSHUA: Eve erlaubt dir, *vorübergehend* bei ihr zu wohnen.

MARTHA: Das … das verstehe ich nicht.

Joshua lacht auf, wirft einen Seitenblick auf das unterkühlt reagierende Publikum im Studio und sieht sie dann wieder an.

JOSHUA: Ist dir zu Ohren gekommen, was Kommissar Hart vom City-Dezernat für Schwerverbrechen gestern gesagt hat, nachdem du freigelassen wurdest?

Martha starrt ihn an.

MARTHA: Ich … nein …

Im Studio herrscht gespannte Stille. Joshua blickt ins Publikum.

JOSHUA: Oje. Nun, es scheint fast, meine Damen und Herren, dass wir unserer armen Martha eine ziemliche Hiobsbotschaft überbringen müssen. Martha, wenn du einmal dort hinschauen könntest …

Das Auge-Logo auf dem Bildschirm schwebt auf die rechte Seite. Auf der linken Seite erscheint das Standbild einer Videoaufnahme von Kommissar Hart in Uniform. Seine an der Brust aufgereihten Orden glitzern im Licht der Scheinwerfer.

Die Aufnahme wird abgespult, und Martha sieht gebannt zu.

KOMMISSAR HART (Videoaufnahme): Diese ganze Affäre ist komplett fingiert. Ich habe ja von Anfang an gesagt, dass mehr an der Sache dran ist, und ich habe recht behalten. Honeydew hat nicht nur die Autoritäten zum Narren gehalten, sondern auch das Opfer, Isaac Paige, die Polizei und selbst Sie, das Volk. Es macht mich unglaublich wütend, dass Honeydew unschuldige, schutzlose Mitbürger ausgenutzt hat, und ich verspreche Ihnen allen höchstpersönlich, dass so etwas nie wieder vorkommen wird. Obwohl sie nicht dafür belangt werden wird, die Zeit der Polizei verschwendet zu haben, kann ich Ihnen versichern, dass in diesem Augenblick bereits Vorkehrungen getroffen werden, um sie so schnell wie möglich in eine psychiatrische Anstalt einzuweisen und ihren geistigen Gesundheitszustand zu überprüfen. Bis dahin wird sie ununterbrochen unter Beobachtung stehen. Es mag sein, dass sie in Bezug auf besagtes Verbrechen unschuldig ist, doch das heißt noch lange nicht, dass sie dazu in der Lage ist, frei auf unseren Straßen herumzulaufen. Wie immer genießt die Sicherheit der Öffentlichkeit unsere allerhöchste Priorität.

Das Video wird angehalten, und Harts Gesicht ist in Großaufnahme zu sehen. Martha starrt es an.

JOSHUA (leise): Wie fühlst du dich gerade?

Martha schwankt auf ihrem Hocker, schließt die Augen und sucht am Tresen Halt.

JOSHUA: Martha, wie fühlst du dich dabei?

Sie öffnet die Augen und starrt wieder auf den Bildschirm.

MARTHA: Mir ist schlecht.

JOSHUA: Es tut mir sehr leid, das zu hören. Wirklich sehr leid. Du hast letzte Woche viel durchgemacht im Todestrakt, nicht wahr?

MARTHA: Nicht mehr als alle anderen Insassen auch, aber was hat Kommissar Hart gemeint, als er gesagt hat …

JOSHUA: Schon, aber du …

MARTHA: Können Sie mir das bitte noch mal zeigen? Ich will wissen, was er damit gemeint hat, als er sagte, ich hätte Isaac zum Narren gehalten.

JOSHUA (betroffen): Darauf können wir später noch einmal zurückkommen, Martha. Wie schon gesagt hattest du es ziemlich schwer dadrin. Schließlich warst du ja unschuldig.

Martha löst ihren Blick vom Bildschirm und sieht Joshua an.

MARTHA: Ja, aber andere waren oder sind, das auch. Oliver Barkova zum Beispiel.

JOSHUA: Das behauptest du, aber –

MARTHA: Aber Sie wissen das jetzt doch, nicht wahr?

Sie wendet sich an das Publikum.

MARTHA: Sie wissen, dass er meine Mutter nicht umgebracht hat. Sie wissen, dass es dieses Schwein Jackson Paige getan hat, stimmt's?

Niemand reagiert.

JOSHUA: Martha, ich muss dich bitten, deine Ausdrucksweise zu mäßigen.

MARTHA: Sie wissen doch, dass er schuldig war! Jackson Paige? Ich meine, das weiß jetzt jeder, oder? Sie haben die Videoaufnahme gesehen, die Tonaufnahme gehört, den ganzen Kram gelesen, den Isaac gefunden hat …

Ein Murmeln geht durch das Studiopublikum. Einige schütteln den Kopf oder zischen missbilligend. Martha runzelt die Stirn, sieht erst die Zuschauer an, dann Joshua.

Joshua mahlt mit dem Kiefer. Er hält einen Augenblick inne, als überlegte er, was er sagen soll, aber fährt dann fort.

JOSHUA (leise): Meinst du diese Aufnahme?

Auf dem Bildschirm erscheint die körnige Aufnahme einer Sicherheitskamera. Sie ist so stark vergrößert, dass man lediglich sieht, wie Isaac die Waffe auf Jackson richtet. Martha ist nicht im Bild. Der Schuss fällt, ein weißer Blitz leuchtet auf, Jackson geht zu Boden. Diese kurze Sequenz wird in einer Endlosschleife wiederholt. Immer und immer wieder.

Die Zuschauer im Studio zucken zurück. Die Aufnahme hält an dem Zeitpunkt an, an dem Jackson zu Boden fällt. Die Kameras im Studio sind auf Joshua und Martha gerichtet.

MARTHA: Da ist nicht alles drauf! Sie haben nicht gezeigt, wie Jackson mich bedroht hat! Das hat jemand zusammengeschnitten. Das ist irreführend. Und was ist mit …

ZUSCHAUER (laut rufend): Isaac hat es verdient zu sterben! Auge um Auge!

Das Publikum jubelt auf.

MARTHA: Aber … das stimmt nicht … Sie können gar nicht sehen, was wirklich passiert ist … Er hat es gemacht, um mich zu retten!

ZUSCHAUER (aufgebracht): Er hat es getan, weil er ein undankbarer, egoistischer Bastard ist. Jackson hat ihm eine Chance gegeben und ihn aus den Kratzern geholt – und wie hat er es ihm gedankt? Er hat die Hand gebissen, die ihn genährt hat!

Martha springt so hastig auf, dass der Hocker hinter ihr umfällt.

MARTHA (laut rufend): Nein, das ist nicht wahr!

Sie kommt hinter dem Tresen hervor und hebt beschwörend beide Hände.

MARTHA: Was ist mit den Leuten, die Jackson in der Tasche hatte? Die Verbrechen, die sie begangen haben, die vertuscht wurden! Die Bestechungsgelder! Das haben Sie doch alles gesehen? Und diese Aufnahme – Jackson hatte seinen Gürtel um meinen Hals geschlungen, Herrgott noch mal! Er wollte mich umbringen! Isaac rettete …

JOSHUA: Martha, ich fürchte, die Behörden sind der Ansicht, dass du alles gefälscht …

ZUSCHAUER: Du bist eine verlogene und berechnende Schlampe!

MARTHA: Nein! Sie haben es gesehen. Sie haben es alle gesehen, als ich in Zelle 7 saß! Es wurde im Fernsehen gezeigt!

Sie dreht sich zu Joshua um, der regungslos am Tresen sitzt.

MARTHA: Haben die das nicht gezeigt? Haben Sie es nicht? Es war in der verdammten Sendung! Das war es doch … oder nicht?

Ihre Augen füllen sich mit Tränen.

JOSHUA (leise): Setz dich bitte … Es gibt keinerlei Nachweis für diese Aufnahme, Martha.

ZUSCHAUER: Lügnerin! Du willst bloß die Aufmerksamkeit auf dich ziehen, deshalb hast du dir das alles ausgedacht! Du machst dir was vor! Du bist nicht ganz richtig im Kopf! Die sollten dich einsperren!

JOSHUA: Lassen Sie uns bitte Ruhe bewahren …

MARTHA (laut rufend): Scheiß auf Ihre Ruhe! Er hat meine Mutter umgebracht! Er hat sie einfach absichtlich überfahren. Wir hatten die Aufnahme einer Sicherheitskamera zum Beweis. Isaac hat sie live im Fernsehen gezeigt!

Als Marthas Stimme bricht, beginnt das Publikum zu lachen.

MARTHA (weinend und laut rufend): Wir hatten Beweise für seine Korruption – Listen, Dokumente. Die Schmiergelder, die er an die Polizei gezahlt hat. Die Lügen. Alles!

Das Lachen des Publikums wird lauter. Tränen strömen über Marthas Gesicht, während sie die Zuschauer anstarrt. Die Kamera schwenkt aus. Joshua steht jetzt neben ihr und legt eine Hand auf ihren Arm, aber sie zieht ihn weg.

JOSHUA (leise): Martha, komm bitte, setz dich wieder hin, du tust dir damit keinen Gefallen.

Martha beachtet ihn nicht und stürzt auf das Publikum zu.

MARTHA: Wacht endlich auf! Macht eure verdammten Augen auf! Seid ihr wirklich so dumm? Glaubt ihr im Ernst …

Einige Zuschauer stehen jetzt auf und buhen laut. Zwei Bodyguards kommen auf die Bühne, flankieren Martha und ziehen sie zurück. Joshua holt ein Taschentuch aus seiner Hosentasche und tupft sich die Stirn.

Die Zuschauer krakeelen aufgebracht. Plötzlich saust ein Schuh dicht an Joshua vorbei und trifft Martha. Joshua duckt sich und dreht sich weg, als ein weiterer an ihm vorbeifliegt.

Während die Bodyguards Martha vom Publikum wegzerren, fasst sich Joshua ans Ohr, wendet sich der Kamera zu und lächelt.

JOSHUA: Wie immer haben wir hier einen echten Skandal bei *Death is Justice* zu bieten. Die Gemüter sind erhitzt – kein Wunder bei so einem Drama! Wir haben stark ausgeprägte Meinungen vom Studiopublikum und Martha zu hören bekommen. Aber wie denken Sie über den Fall? Was halten Sie davon, dass Isaac Paige im Todestrakt einsitzt? Sie können uns jetzt anrufen, denn die Leitungen sind soeben freigeschaltet worden. Lassen Sie uns darüber diskutieren, meine Damen und Herren! Und vergessen Sie nicht das Voting. Wählen Sie 0909 87 97 77, und fügen Sie eine 7 für ›schuldig‹ hinzu und eine 0 für ›nicht schuldig‹. Sie können natürlich auch per SMS abstimmen. Senden Sie STERBEN oder LEBEN an 7997. Oder besuchen Sie unsere Webseite www.augeumaugeproductions.com, klicken Sie den ›Isaac Paige Teen-Killer‹-Tab an, und treffen Sie Ihre Entscheidung. Anrufe werden nach den üblichen Premium-Gebühren abgerechnet, SMS kosten 5 Pfund, zuzüglich aller Standardgebühren Ihres Anbieters, das Online-Voting kostet ebenfalls 5 Pfund, zuzüglich einer einmaligen Registrationsgebühr von 20 Pfund. Die Allgemeinen Geschäftsbedingungen finden Sie auf unserer Webseite. Bleiben Sie dran. Nach einem kurzen Spot unseres Sponsors, Cyber Secure, geht's gleich weiter.

Die Kamera schwenkt zum Bildschirm, auf dem jetzt das flauschige Wolken-Logo der Firma Cyber Secure zu sehen ist. Während ein Strom an Informationen wie Namen, Adressen, E-Mails und Dokumente in die Wolke einfließt, umschließt ein goldenes Vorhängeschloss die untere linke Ecke der Wolke.

WEIBLICHE STIMME: Cyber Secure – hält die wichtigsten Daten unseres Landes unter Schloss und Riegel.

Patty und der Premierminister

Unter einem dunklen, schweren Himmel steht Patty in einem ordentlichen, gepflegten Garten. Obwohl sie einen dicken Steppmantel und einen Hut aus Kunstpelz trägt, tritt sie vor Kälte mit einem Fuß auf den anderen und verschränkt die Arme vor ihrer Brust.

»Ich weiß wirklich nicht, warum wir diese Unterhaltung nicht im Haus führen können«, mault sie, und ihr warmer Atem schickt kleine Wolken in die Luft.

Eine altmodische Laterne neben ihr wirft einen sanften Schein auf die perfekten Beete, und das Licht glitzert auf dem frostigen Pfad, der durch den getrimmten Rasen führt. Der Premier sitzt auf einer Holzbank unter einer Eiche und sieht zu ihr auf.

»Du weißt ganz genau, warum«, erwidert er. Er lehnt sich zurück und stützt seine Ellenbogen auf der Rücklehne ab. Als er die Beine überkreuzt, lugt die messerscharfe Bügelfalte seiner Hose unter seinem langen Mantel hervor.

»Ich verstehe nicht, warum du unsere Beziehung geheim hältst«, entgegnet sie.

Er lacht auf. »Weil deine Interpretation von ›Beziehung‹ kaum mit der Interpretation dieses Wortes in der allgemeinen Bevölkerung übereinstimmt.«

»Ich weiß nicht, was du damit sagen willst.«

»Eben«, antwortet er.

»Du denkst, dass ich dich blam…«

»Die Vereinbarung, die du und ich getroffen haben, steht jetzt nicht zur Debatte. Was allerdings zur Debatte steht, ist dein Sohn und dieses Mädchen.«

»*Vereinbarung*?«, wiederholt sie.

Er ignoriert ihren Einwand und fährt fort. »Wie konntest du das nur zulassen, Patty? Das ist einfach inakzeptabel, das ist dir doch hoffentlich klar! Ehrlich gesagt bin ich ziemlich enttäuscht von dir. Ich hatte mehr erwartet. Die Säuberungsaktion, die ich deswegen durchführen lassen musste, war offen gestanden lächerlich.«

Sie wendet ihren Blick ab, fährt mit einer Hand in ihre Manteltasche und zieht eine Zigarette aus einem Päckchen. Sie hält sie zwischen den Lippen, und aus ihrem Feuerzeug schießt eine Flamme. Sie wirft Schatten auf ihr Gesicht, die ihre Falten betonen.

Der Premier sieht zu ihr auf. »Nicht in meinem Garten«.

Sie nimmt ihren Daumen weg, und die Flamme erlischt.

»Und wer hat dir die Krone aufgesetzt?«, erwidert sie mit affektiertem Tonfall.

Er lacht und steht auf. »Ich wusste doch, dass es einen Grund gibt, warum ich dich in meiner Nähe dulde, Patty. Du bringst mich zum Lachen.« Er lockert seinen Schal und zieht ihn sich vom Hals. »Aber zurück zu deinem Sohn.«

Sie zittert und starrt ihn an. »Er ist sechzehn, Herrgott noch mal. Ich kann ihn nicht pausenlos im Auge behalten!«

»Mir scheint, du konntest ihn überhaupt nicht im Auge behalten.«

»So war das nicht …«

»Genauso wenig wie deinen Mann …«

»Wenigstens ist das jetzt kein Problem mehr.«

Als er sich zu ihr vorbeugt und ihr den Schal um den Hals legt, verkrampft sich ihr Körper, und sie sieht ihn mit ängstlich aufgerissenen Augen an.

»Ich würde sagen«, beginnt er und zieht den Schal mit der linken Hand fester zu, »dass du nicht vergessen solltest, mit wem du sprichst. Ich könnte dich jederzeit beseitigen.« Er schnippt mit den Fingern. »Einfach so.«

Irgendwo weiter weg heult eine Sirene durch die nächtliche Stille. Die Polizei oder vielleicht ein Krankenwagen.

»Das Mädchen«, fährt er fort. »Diese Martha Honeydew, sie ist lästig. Sie muss unter Kontrolle gebracht werden. Wenn wir nicht aufpassen, sammelt sie womöglich eine Gefolgschaft um sich. Ich habe meinen Teil getan. Jetzt bist du dran.«

»Du kannst dich auf mich verlassen«, entgegnet Patty. »Ich hab das im Griff.«

»Ach wirklich? Waren es nicht meine Leute, die alle Verbindungen zu der katastrophalen Aussage deines Sohnes gekappt haben, die Aufnahmen vernichtet, Videos manipuliert und Anrufe derer abgefangen haben, die dabei waren? Waren es nicht meine Leute, die dafür gesorgt haben, dass die Medien Martha Honeydews Namen durch den Dreck ziehen und alles diskreditieren, was sie und dein Sohn gesagt haben? Was genau hast du dazu beigetragen?«

»Ich habe gesagt, du kannst dich auf mich verlassen. Ich werde das mit ihr in Ordnung bringen.«

Er lockert seinen Griff. »Das hoffe ich«, flüstert er. »Um deinetwillen hoffe ich das sehr.«

Martha

Gleicher Himmel.

Gleiche Sterne.

Die gleiche Welt hier unten. Alles die gleiche Scheiße, nur in anderer Reihenfolge.

Ich hier draußen, du dadrinnen. Ich vermisse dich, Isaac.

Das ist doch alles völlig sinnlos.

Ab und zu denke ich, dass ich doch gestorben bin und tot sein muss. Aber dann unterhalte ich mich mit Eve oder Max oder sehe Cicero dabei zu, wie er an seinem lächerlichen Schnurrbart kaut, um mich vom Gegenteil zu überzeugen. Es erinnert mich daran, was die drei alles für mich getan haben, um mich aus dem Todestrakt zu holen.

Für eine Weile habe ich mir die Liveschaltung von dir aus Zelle 1 angeschaut, aber ich konnte nicht ertragen, dir dabei zuzusehen, wie du leiden musst.

Ich setzte mich zusammen mit ihnen allen an den Tisch – Eve, Cicero und Max – und versuchte zu essen, was Max mir gekocht hatte, aber mein Magen streikte.

Und ich hörte ihnen zu, wie sie mir erklärten, dass alles, wofür du gekämpft hattest, alles, was du im Fernsehen gezeigt hattest, für nichts und wieder nichts war. Alles verschwand entweder in irgendeinem schwarzen Loch, in das alle fehlenden

Beweisstücke zu verschwinden scheinen, oder die Polizei und die Regierung überzeugten die Presse davon, dass wir alle Beweisstücke gefälscht hätten.

In diesem Augenblick wurde mir ein für alle Mal klar, dass ich noch am Leben sein muss, weil ich mir so einen Mist wirklich nicht ausgedacht haben könnte.

»Martha kann bei uns bleiben, nicht wahr, Mum?«, fragte Max und schob mir eine Portion Lasagne auf den Teller.

»Natürlich«, antwortete sie, aber ich traute mich nicht, ihr in die Augen zu blicken, weil ich wusste, was ich dort sehen würde.

Nichts als eine Lüge.

Eine Lüge, damit ich mich besser fühle. Aber ich weiß verdammt genau, was morgen passieren wird.

Wir stehen wieder ganz am Anfang, Isaac.

Ich werde dich aber nicht im Stich lassen.

Egal, was ich dafür tun muss.

Es ist nur so, dass ich nicht weiß, was das sein könnte.

Sei bei mir, hier in meinen Gedanken, und hilf mir, eine Lösung zu finden.

Tag 2

Isaac

Ich sitze in der Mitte des blitzweißen virtuellen Betreuungsraums auf einem weißen Drehstuhl. Der Gefängnisoverall ist auch weiß – oder jedenfalls muss er es mal gewesen sein. Jetzt ist er eher dreckig grau.

Meine nackten Füße, die auf dem weißen Kachelboden stehen, fühlen sich eiskalt an. Ich überkreuze die Arme vor der Brust.

»Isaac Paige«, tönt eine weibliche Stimme aus dem Computer. Sie klingt metallen und spricht abgehackt. »Willkommen zu deinem zweiten Tag im Todestrakt. Ich bin deine virtuelle Betreuerin und für dein psychisches und emotionales Wohlbefinden zuständig. Wie geht es dir heute?«

Ich beuge mich vor und linse in die winzige Kamera des Computerbildschirms. »Martha«, sage ich. Meine Stimme ist rau, da ich lange nicht geredet habe. Ich muss husten. »Siehst du mir zu?«

»Wir bitten dich, nicht über Dinge zu sprechen, die nicht direkten Bezug auf die Frage nehmen, die dir gestellt wurde. Wie geht es dir heute, Isaac?«

Ich ignoriere die Stimme und fahre fort. »Ich hoffe, du siehst das hier.«

Ein lautes Surren erklingt, gefolgt von einem dumpfen Aufprall.

»Wir werden dir in Kürze Bilder aus deiner Vergangenheit zeigen. Wir fordern dich dazu auf, uns deine Gedanken und Erinnerungen in Verbindung mit diesen Bildern mitzuteilen. Dies ist nicht nur für unsere Zuschauer informativ, sondern hilft uns darüber hinaus dabei, dein Wohlbefinden zu gewährleisten. Hier ist das erste.«

Das Foto einer jungen Frau in einem Krankenhaushemd erscheint auf dem Bildschirm. Sie hält ein Baby in den Armen, das in eine blaue Decke gewickelt ist.

Ihr Gesicht ist verschwitzt, und ihre dunklen Haare sind ungekämmt, aber sie lächelt überglücklich.

Meine Mum. Meine echte Mum.

Ich spüre den Drang zurückzulächeln, aber ich will nicht, dass sie irgendeine Reaktion sehen.

Ich rede weiter mit Martha. »Ich hoffe, du bist in Sicherheit.« Jetzt ist ein neues Foto zu sehen: ein Kleinkind mit einem rundlichen Gesicht und strubbeligen Haaren. Das bin ich. An meinem T-Shirt haftet ein Button mit einer großen Zwei, und auf dem Tisch vor mir steht eine kleine Geburtstagstorte aus Schokolade. Ich wünschte, ich könnte mich an diesen Tag erinnern. Sie sitzt neben mir, sieht mir zu und lächelt mich an – meine Mum.

Es flimmert vor meinen Augen, und es gelingt mir nicht, ein Stirnrunzeln zu unterdrücken.

»Ich hoffe, die Presse bringt jetzt alle Fakten«, fahre ich fort und versuche mich von dem Foto abzulenken.

Das Foto wird langsam ausgeblendet.

Jetzt erscheint eins von einem Jungen in Schuluniform – wieder ich. Er steht neben einem Schild vor der Tür eines Hochhauses, auf dem ›Haus Blauglöckchen‹ steht. Das muss mein erster Schultag gewesen sein. Ich starre es länger an, als ich sollte. Meine Hose scheint an den Knien etwas durchgetragen, und der Pullover ist voller Fusseln. Das Hemd sieht auch eher grau als weiß aus. Und doch – ich sehe sauber und ordentlich aus: Mit frisch gewaschenen und ordentlich gekämmten Haaren stehe ich mit vor Stolz geschwellter Brust da und strahle.

Sie hat alles für mich getan, was sie konnte.

»Ich hoffe, die Leute haben die Liste der Verbrechen gesehen, die ich ins Internet gestellt habe«, fahre ich fort. »Ich hoffe, die Gerechtigkeit hat gesiegt, und ich hoffe, allen ist jetzt klar, wie diese Leute mit Geld und Macht das System manipulieren.«

»Isaac Paige, wir müssen dich daran erinnern«, erklingt die Computerstimme, »dass eine Stellungnahme deinerseits zu den gezeigten Fotos unerlässlich ist. Es ist überaus wichtig, dass das Volk darüber informiert wird, welche Gefühle du deiner natürlichen Mutter gegenüber hegst und wie du über die Situation denkst, in die du geraten bist.«

Ich rühre mich nicht, zeige keinerlei Reaktion. Ich starre bloß auf das alte Foto von mir, wie ich unschuldig in die Kamera strahle und keine Ahnung habe, dass sich mein Leben in nur etwas über einem Jahr unwiederbringlich verändern wird.

Schließlich erscheint ein anderes Bild – die Titelseite einer Zeitung mit der riesigen Schlagzeile: ›Das großmütige Herz eines Promi-Millionärs.‹

Wie bei einem Teleprompter laufen jetzt Wörter über den Bildschirm. Ich kann mir einfach nicht helfen und lese mit.

Wir leben in einer Welt, in der wir so beschäftigt sind, dass wir uns nur selten um diejenigen kümmern können, die weniger Glück im Leben gehabt haben als wir. Da bedarf es schon außergewöhnlicher Umstände, damit wir aktiv werden und zur Tat schreiten.

Gestern hat Jackson Paige eindrucksvoll bewiesen, dass er nicht zu denjenigen gehört, die Menschen in Not ignorieren.

Eine tragische Geschichte, die jedoch nicht ohne Happy End ausging. Letzte Woche erfuhren wir von dem schockierenden Selbstmord einer jungen Frau aus den Wolkenkratzern. Sie war ganz offensichtlich nicht in der Lage, mit ihrer Situation fertigzuwerden, und nahm sich das Leben, indem sie vom Balkon ihrer Wohnung sprang. Sie hinterließ ihren sechsjährigen Sohn Isaac.

War es ein Wunder, dass sich einer der großzügigsten Männer unseres Landes zu diesem Zeitpunkt zufällig in der Nähe befand? Oder hatte das Schicksal seine Hand im Spiel, sodass er die erste Person am Unfallort war? Jackson Paige und seine bezaubernde Frau Patty ließen nicht zu, dass dieser arme Waisenjunge in einem Heim aufwachsen muss, und retteten ihn vor diesem schrecklichen Schicksal. Sie gaben ihm ein Zuhause und somit eine Zukunft, von der kaum ein Kind zu träumen wagt …

Am liebsten würde ich angesichts dieser bodenlosen Dummheit und Naivität explodieren, aber ich weigere mich, irgendeine Reaktion zu zeigen.

Jetzt wird ein Foto aus der Zeitung eingeblendet – wieder von mir. Ich trage einen nagelneuen schwarzen Anzug mit Krawatte, und meine Schuhe sind so blank geputzt, dass sich das Gras, auf dem ich stehe, in ihnen spiegelt. Meine Haare sind generalstabsmäßig gescheitelt. Neben mir ist der Sarg meiner Mutter aufgebahrt. Ich erinnere mich daran, mich wie taub gefühlt zu haben, aber geweint habe ich ganz bestimmt nicht. Und doch rollt auf dem Foto eine einzelne Träne meine Wange hinab. Haben sie die aus Effekthascherei hinzugefügt?

Ich räuspere mich und beuge mich vor.

»Ich vermisse dich«, sage ich in die Kamera. »Ich vermisse dich, Martha Honeydew.«

Ich vermisse dich auch, Mum, aber das sage ich denen nicht.

»Isaac Paige«, meldet sich die virtuelle Betreuerin jetzt wieder zu Wort. »Wir müssen dich daran erinnern, dass dir dieser Service angeboten wurde, damit du Dinge verarbeiten kannst, die dich vielleicht beschäftigen. Du hast die Möglichkeit, dich hier traumatischen Begebenheiten aus deiner Vergangenheit aus sicherer Entfernung zu stellen – und sie möglicherweise zu bewältigen –, ehe du aus dieser Welt scheidest. Die Videoschaltung dient dazu, den Zuschauern ein umfassendes Bild von dir zu bieten, damit sie ihre Stimme gut informiert abgeben können. Sie stellt keine Gelegenheit für dich dar, direkt mit spezifischen Individuen zu kommunizieren.

Eine Kommunikation mit der Außenwelt ist dir strikt untersagt, und ein weiterer Versuch wird die umgehende und permanente Ausschließung von unserem virtuellen Betreuungsservice nach sich ziehen.«

Ich sehe mir das Foto noch einmal an. Die nackten Beine neben mir müssen Pattys gewesen sein und die auf der anderen Seite, die in einer grauen Hose steckten, Jacksons.

»Martha Honeydew«, sage ich und lächele in die Kamera. »Ich liebe dich.«

Der Bildschirm und alle Lichter gehen aus, und ich sitze in vollkommener Dunkelheit in dem Zimmer.

Martha

»Ich liebe dich auch«, flüstere ich vor dem Fernseher, so leise, dass es niemand hören kann. Obwohl sie alle sowieso hinter mir in der Küche beschäftigt sind. Eve, die neben Cicero am Fenster steht, hängt in irgendeiner Warteschleife am Telefon. Sie linsen gemeinsam durch die Jalousie. Sie glauben, dass ich sie nicht hören kann, dass ich nicht zuhöre, aber ich tue es doch.

»Ich habe noch nie so viele Journalisten auf einem Haufen gesehen«, murmelt sie.

»Aasgeier«, speit er hervor. »Sie hoffen auf ein Foto von ihr, das sie dann auf ihren Titelseiten zusammen mit noch mehr Lügen drucken können.«

»Vielleicht sollten wir besser mit ihnen reden«, schlägt Eve flüsternd vor. »Wir könnten alles aus ihrem Blickwinkel erzählen. Oder ihnen sagen, dass sie Martha interviewen können, wenn sie Jacksons Unterlagen abdrucken.«

»Sie wie einen Köder auswerfen? Nette Idee, aber man kann denen einfach nicht trauen. Man muss sich doch nur ansehen, was heute in *Death is Justice* passiert ist. Diese Aufnahme von der Sicherheitskamera hat alles nur noch schlimmer gemacht. Nein, die drehen alles so, wie sie es haben wollen.«

Ich wende mich zu ihnen um, weil ich widersprechen will. Ihnen sagen will, dass ich das Interview doch geben möchte.

Ich werde mich nicht von denen manipulieren lassen. Ich könnte helfen – aber Eve hebt eine Hand, um Cicero zu stoppen.

»Hallo?«, sagt sie in das Telefon, während sie die Küche verlässt. »Eve Stanton am Apparat. Könnten Sie mich bitte mit jemandem verbinden, der zuständig ist für …«

Ihre Stimme ist plötzlich sehr leise, und ich kann nicht viel verstehen, aber bin mir ziemlich sicher, dass sie *Adoptionen* gesagt hat.

Plötzlich zischt und spritzt etwas hinter mir, und ich fahre herum. Max steht mit dem Handy in der Hand am Herd und bereitet Essen in einer Pfanne zu.

Keine Ahnung, was es ist, aber es riecht lecker.

Es tut gut, jemanden zu haben, der für einen kocht.

Es tut gut, nichts aus der Dose essen zu müssen.

Es tut gut, in einem warmen Haus zu sitzen.

Ich wende mich wieder dem Fernseher zu.

Die Schaltung zum virtuellen Betreuungsraum mit Isaac ist verschwunden. Stattdessen erscheint nur ein statisch aufgeladenes Flimmern auf dem Bildschirm.

Eve hat mir eine Kette geschenkt, damit ich mir den Ring, den Isaac mir gab, um den Hals hängen kann, weil ich es bisher noch nicht geschafft habe, die verschiedenen Teile zusammenzufügen. Ich spiele mit den einzelnen Ringen, während ich durch die verschiedenen Zellen zappe. Zelle 7 ist leer, irgendein Typ sitzt in Zelle 6, und in Zelle 5 befindet sich eine Frau, eine ziemlich alte Frau; die Zellen 4 und 3 stehen leer, und dann schalte ich auf Zelle 2.

Leer.

Wo zum Teufel ist er?

Ich stelle die Kaffeetasse ab und kaue an meinen Nägeln. Ich kann nicht anders. Plötzlich wird die Zelltür aufgestoßen, und jemand schubst ihn hinein. Als Erstes sieht er in die Kamera, und mir kommt es so vor, als starrte er mich direkt an, als wüsste er, dass ich ihm zusehe.

O Gott, es wäre alles so viel einfacher, wenn ich nicht diesen schrecklichen *Schmerz* spüren würde, diese *Qual*. Es wäre einfacher, ihn zu hassen. Wütend auf ihn zu sein, weil er meinen Platz eingenommen hat. Es wäre einfacher, tot zu sein.

Die Aufnahme wechselt. Eine andere Kamera filmt ihn jetzt von der gegenüberliegenden Seite der Zelle aus, aber er hat es nicht bemerkt.

Jetzt sehe ich nichts als seinen rasierten Hinterkopf.

Als jemand meinen Arm berührt, schrecke ich zusammen.

»Martha?«, spricht mich Cicero an. Lachfalten erscheinen auf seinem Gesicht, als er mich anlächelt. »Warum essen Sie nicht einen Happen? Max hat Pfannkuchen gebacken.«

Er führt mich an den Tisch, und ich setze mich hin.

Manchmal kommt mir das alles ganz unwirklich vor, wie herzlich sie sind. Es ist überwältigend, auf eine gute Art.

»Wie haben die das gemacht?«, frage ich.

Max und Cicero sehen mich an.

»Wie haben die was gemacht?«, will Eve wissen, die gerade zurück in die Küche gekommen ist, ihr Handy ausstellt und sich zu uns an den Tisch setzt.

»Wie sind sie die Aufnahmen von gestern losgeworden? Millionen von Menschen müssen die doch gesehen haben. Es müsste eigentlich überall im Internet stehen, aber da ist nichts.«

Cicero legt die *National News* vor mir auf den Tisch. Auf der Titelseite sind zwei Fotos zu sehen.

»Martha, Ihre Story befindet sich auf der Titelseite jeder einzelnen überregionalen Zeitung. Ihr Schicksal ist viel interessanter als ein politischer Skandal. Einige Schlagzeilen sind etwas sensationslüsterner als andere.«

Auf dem einen Foto bin ich zu sehen. Es ist das Polizeifoto von mir von letzter Woche: Meine Haare sind abrasiert, und ich halte eine Tafel mit einer Nummer in den Händen. Neben meinem Foto haben sie das Polizeifoto von Isaac abgedruckt.

Was für ein Paar.

Die Schlagzeile springt mir entgegen – ›Verzweiflungstat aus wahrer Liebe‹. Ich ziehe die Zeitung zu mir und lese.

In einem bemerkenswerten Akt wahrer Liebe hat der Sohn des Promi-Millionärs Jackson Paige vor laufender Kamera in Death is Justice *gestanden, dass er – und nicht die Beschuldigte Martha Honeydew – seinen Vater ermordet hat.*

Einigen Quellen zufolge hat Honeydew von Anfang an ihre Schuld beteuert, um das Leben ihres Liebhabers, Isaac Paige, zu retten.

Meine Wangen beginnen zu glühen, als ich das Wort ›Liebhaber‹ lese.

Obwohl es zunächst schien, als hätte die Bevölkerung Mitleid mit den beiden, gehen Meinungsforscher jetzt davon aus, dass die überwältigende Mehrheit wütend darüber ist, angelogen worden zu sein, und sich zudem über die verschwendeten Steuergelder ärgert. Viele derjenigen, die im Fall von ›Der Staat versus Honeydew‹ *ihre Stimme abgegeben haben, wollen jetzt Schadensersatzklagen gegen Auge um Auge Productions anstrengen, obwohl die Rechtsab-*

teilung der Produktionsfirma betont, dass dies gegen die allgemeinen Geschäftsbedingungen verstoße.

Andere Quellen gehen davon aus, dass Honeydew Paige unter Umständen hinters Licht geführt hat …

Ich kann nicht weiterlesen, kann mir die Fotos nicht länger ansehen und drehe die Zeitung deshalb um.

Max setzt mir einen Pfannkuchen vor die Nase. Dann schiebt er noch Sirup über den Tisch. Ich sehe auf und beobachte ihn dabei, wie er die Zeitung nimmt und in den Recycling-Eimer wirft.

»Lies den Quatsch nicht«, sagt er.

»Aber die Leute lesen den Quatsch«, entgegne ich. »Und sie glauben es auch.«

»Immerhin haben wir noch alle Dokumente«, platzt es aus Cicero heraus. »Die Kopien aller Videoaufnahmen der Sicherheitskameras …«

»Nur glauben alle, dass wir sie gefälscht haben«, werfe ich ein.

Die Pfanne zischt, als Max Pfannkuchenteig hineingibt. »Das ist egal«, antwortet er. »Ich werde es einfach ins Netz stellen. Die Leute können sich dann selbst davon überzeugen, dass es nicht gefälscht ist … Und danach werde ich es in den Kommentarrubriken der Zeitungswebseiten verlinken. Wir kriegen das unter die Leute. Das wird schon.«

Ich würde ihm wirklich gern glauben, aber er kennt das Leben nicht so wie ich.

»Dein Pfannkuchen wird kalt«, ermahnt er mich und deutet mit dem Pfannenwender auf meinen Teller.

Ich kann mich nicht daran erinnern, wann ich zuletzt Pfannkuchen gegessen habe. Wahrscheinlich vor einer Ewigkeit, als meine Mum noch lebte. Kann nicht behaupten, jetzt einen zu wollen. Ich will eigentlich gar nichts.

»Iss!«, befiehlt er. »Es wird dir guttun.«

Ich habe das Gefühl, dass es unhöflich wäre, seine Aufforderung zu ignorieren, also nehme ich wenigstens die Gabel in die Hand.

Eve sitzt neben mir. »Er kocht gern«, flüstert sie mir zu. »Es gibt ihm das Gefühl, sich nützlich zu machen, was er natürlich auch tut.«

»Sind da draußen viele Leute?«, will ich wissen, während ich ein Stück Pfannkuchen über den Teller schiebe.

Eve nickt. »Ja«, antwortet sie. »Jede Menge. Du hast eine ziemlich große Medienschlacht ausgelöst.«

Ich zucke mit den Schultern. »Aber nicht so, wie ich es geplant hatte. Ich habe nicht geplant, hier zu sein. Ich habe geplant … Isaac sollte hier sein, an meiner Stelle. Das ist alles so falsch!«

»Es gibt Leute da draußen, die einer Meinung mit dir sind …«

»Warum sagen sie es dann nicht?« Frustriert knalle ich die Gabel auf den Tisch. »Ich habe überhaupt nichts erreicht. Am besten sollte ich einfach zulassen, dass sie mich einsperren, und Ihnen den ganzen Ärger ersparen.«

»Bevor du das machst, solltest du wissen, dass Eve recht hat; es gibt einige Leute, die deiner Meinung sind. Aber seien wir mal ehrlich, im Moment hassen dich die meisten. Natürlich wäre es da am einfachsten, alles wegzuwerfen und aufzugeben«, mischt sich Max in das Gespräch ein.

Mein Magen dreht sich um.

Eve sieht schockiert zu ihm auf. »Max!«

»Ach, komm schon, Martha: Was hattest du denn erwartet? Du verkündest vor Millionen von Zuschauern, dass die Leute, die dieses Land leiten, korrupt sind. Du sagst ihnen, dass jemand, den sie wie einen Gott verehrt haben, ein Mörder und Lügner ist, der seine Frau mit Prostituierten betrog und mit Drogen dealte. Hast du wirklich gedacht, dass sie sich dafür bei dir bedanken würden, ihnen unter die Nase gerieben zu haben, wie naiv und dumm sie waren? Es ist wesentlich einfacher, dich zur Lügnerin abzustempeln und zu hassen, als sich der Wahrheit zu stellen!«

»Aber …«

Er lässt einen Pfannkuchen auf Eves Teller gleiten.

»Wenn du jetzt einen Rückzieher machst, werden sie denken, dass du nur die Aufmerksamkeit auf dich ziehen wolltest. Sie werden glauben, was die Regierung über dich verbreitet: dass du psychisch labil bist oder was auch immer. Gerade jetzt ist es wichtig, härter zu kämpfen, stärker zu sein und sich nicht beirren zu lassen. Wir stellen alle Beweise ins Internet, die Aufnahmen der Sicherheitskameras auch, und wir werden ihnen Beweise liefern, die sie nicht leugnen können. Aber die Wahrheit ist unangenehm, und es wird ihnen nicht gefallen. Sie werden ganz bestimmt bis zum bitteren Ende dagegen ankämpfen.«

Plötzlich klingelt es an der Tür.

Keiner von uns wagt es, sich zu rühren.

»Vielleicht ein Journalist, der sein Glück versucht?«, überlegt Cicero.

»Vielleicht.« Eve zuckt mit den Schultern, aber ich sehe ihr an, wie besorgt sie ist.

Ich bekomme die Blicke mit, die Max und Cicero austauschen, als Eve das Zimmer verlässt, und Sekunden später folgt Cicero ihr. Ich stehe auf, nähere mich vorsichtig der Tür und linse durch den Spalt.

»Du weißt schon, dass du ihnen vertrauen kannst, oder?«, sagt Max von der Spüle aus.

»Ja, weiß ich«, flüstere ich, aber ich bin neugierig und habe außerdem Angst.

Auf Zehenspitzen schleiche ich durch den Flur. Die kalte Luft, die durch die geöffnete Haustür weht, umfließt meine Waden. Noch verstehe ich die Stimmen nicht, also arbeite ich mich vorsichtig weiter nach vorn. Als ich näher komme, kann ich endlich hören, was sie sagen.

»Es ist uns zu Ohren gekommen, dass Martha Elizabeth Honeydew keinen gesetzlichen Vormund hat und noch nicht volljährig ist. Minderjährig im Sinne des Gesetzes …« Eine männliche Stimme, tief und laut.

»Das fällt Ihnen doch nur ausgerechnet jetzt ein, weil es Ihnen in den Kram passt«, unterbricht Cicero.

»Kommissar Hart hat spezifische Anweisungen gegeben, dass sie zu einem örtlichen Heim überführt werden muss, wo ihre psychischen und emotionalen Bedürfnisse untersucht und analysiert werden. Bis sie volljährig ist.«

Scheiße.

»Sie befindet sich in meiner Obhut. Sie kann hierbleiben«, entgegnet Eve.

»Gnädige Frau, Sie stehen nicht auf dem behördlich anerkannten Register qualifizierter Personen für die Vormundschaft über Minderjährige.«

»Ich habe den ganzen Tag über versucht, jemanden unter der offiziellen Nummer zu erreichen, aber das Gespräch wurde jedes Mal unterbrochen! Ich bin eine psychologische Betreuerin – ich habe alle nötigen Unterlagen, die es mir erlauben, Minderjährige zu betreuen.«

»Aber Sie sind nicht als solche registriert. Es wäre ein Verstoß gegen unser Protokoll, ihr zu erlauben, bei Ihnen zu bleiben. Letzte Nacht war ein Akt der Kulanz unsererseits, und es war nur für eine Nacht gedacht.«

»Aber sie wäre hier glücklicher«, widerspricht Eve.

»Das ist nicht unsere Angelegenheit.«

»Und wie kann ich mich registrieren lassen?«

»Dazu müssen Sie Formulare …«

»Na schön, dann geben Sie mir diese Formulare!«

»Gnädige Frau, regen Sie sich bitte nicht auf. Die Formulare sind in den jeweiligen Heimen erhältlich. Sie können sie abholen, oder wir können dafür sorgen, dass sie Ihnen per Post zugestellt werden. Ich muss Sie allerdings darauf hinweisen, dass es eine Wartezeit von ungefähr sechs Monaten für die Bearbeitung von Anträgen dieser Art gibt. Wir müssen die Flüchtige jetzt mitnehmen.«

»*Flüchtige*?«

Ich habe genug gehört.

So leise ich kann, laufe ich zurück durch den Flur in die Küche und schließe die Tür.

Max starrt mich an.

»Schnell«, zische ich. »Schuhe.«

»Was?«

»Ich brauche Schuhe. Wo sind Schuhe?«

Ciceros Stimme hallt durch das Haus. »Sie werden *nicht* reinkommen!«

»Was ist los?«

»Die wollen mich holen. Schnell, Schuhe. Ich hab keine Schuhe.«

Max sprintet aus dem Zimmer und kommt Sekunden später mit einem Wintermantel zurück, den er mir zuwirft. »Nimm die«, sagt er dann und zieht ein Paar Stiefel unter dem Tisch hervor. »Mum stellt sie nie weg.«

»Sie haben kein Recht darauf, mein Haus zu betreten!«, ist Eves Stimme im Flur zu hören.

Ich ziehe Mantel und Stiefel an.

»Wir wurden dazu autorisiert, gnädige Frau. Treten Sie jetzt bitte zur Seite.«

Scheiße. Die sind schon im Haus.

»Ich möchte mit Ihrem Vorgesetzten sprechen«, verlangt Eve.

»Das wäre Kommissar Hart. Ich fürchte, der ist im Moment beschäftigt.«

»Ich bestehe darauf, jetzt sofort mit ihm zu sprechen.«

»Sie können bestehen, worauf Sie möchten, aber dieser Beschluss hier erlaubt uns, Ihr Haus zu durchsuchen …«

»Wohin willst du jetzt?«, fragt mich Max.

Ich schüttele den Kopf. »Keine Ahnung«, erwidere ich. »Hör mal, schlag mir etwas Zeit heraus, okay? Sag ihnen, dass ich gerade auf dem Klo bin oder so, ja?«

Er nickt. »Klar.«

Ich stürze auf die Tür zum Garten zu, aber er hält mich zurück.

»Du brauchst Geld«, sagt er.

»Nein«, entgegne ich. »Das kann ich nicht …«

Er zieht vierzig Pfund aus seiner Tasche. »Hier, nimm die«, sagt er.

Ich starre ihn an. Er kennt mich überhaupt nicht. Ich habe

ihm nichts als Ärger eingebracht. Eigentlich müsste ich ihm vollkommen gleichgültig sein, aber …

»Fassen Sie mich nicht an!« Wieder Eves Stimme.

»Nimm schon!«, zischt Max und stopft mir das Geld in die Manteltasche. »Und das hier.« Er reißt eine mit Krimskrams gefüllte Schublade auf und nimmt ein Handy heraus. »Das ist mein altes, aber die Batterie müsste noch voll sein. Ich werde später Geld draufladen.«

»Max, ich …« Eine Tür wird zugeschlagen, und ich verstumme.

»Wir können jedes einzelne Zimmer durchsuchen, aber ich verspreche Ihnen, dass wir sie finden werden.«

»Geh jetzt«, raunt Max, aber das muss er mir gar nicht erst sagen.

Ich nicke ihm kurz zu und sprinte dann durch die Tür in den Garten.

Ehe ich den Rasen überquere und hinter der Hecke verschwinde, sehe ich gerade noch, wie zwei Schlipsträger in die Küche gestürzt kommen und Max anstarren, der am Tisch sitzt und sich seelenruhig ein Stück Pfannkuchen in den Mund schiebt.

Gesegnet seist du, Max Stanton.

Gesegnet sei deine mitfühlende Seele.

Wohin jetzt?

Ich schleiche mich durch Gärten, quetsche mich durch Hecken hindurch, klettere über Zäune und Mauern, bis ich auf eine geschäftige Straße hinaustrete. Nicht weit von hier treffen die City und die Avenues aufeinander.

Ich könnte weiter rein in die Stadt, wo es größere Menschenmengen gibt. Mich dort verstecken, wo mich niemand vermutet.

Es nieselt. So ein feiner Nieselregen, der einen durchnässt, ohne dass man es gleich merkt. Alle sind zu sehr mit sich selbst beschäftigt, als dass sie Notiz von mir nähmen – sie starren auf ihre Handys oder denken darüber nach, was sie heute Abend zu essen bekommen oder was auch immer.

Was soll ich jetzt machen?

Ich habe keinen Schimmer.

Was willst du, Martha, überlege ich.

Sicherheit.

Ein Zuhause.

Trost.

Liebe.

Isaac.

Ich will Isaac da rausholen.

Ich will bei ihm sein und will, dass die Welt die ganze Wahrheit erfährt.

Das ist ein großer Wunsch.

Sollte es eigentlich nicht sein.

Was würdest du dafür tun?

Falsche Frage.

Die richtige Frage lautet, *was würdest du nicht dafür tun*?

Ich gehe weiter.

Werde immer nasser.

Fühle mich allein, nutzlos und einen Haufen anderer Dinge.

Meine Beine, mein Kopf, mein Verstand, oder was sonst auch immer es sein mag, führen mich durch die Straßen, durch Gegenden, von denen ich nicht einmal wusste, dass sie existieren, bis ich schließlich die Kratzer am Horizont sehe.

»Na, du hast wirklich einen tollen Orientierungssinn«, murmele ich leise zu mir selbst.

Die Sonne hat sich hinter den Regenwolken versteckt, und alles ist dunkel und grau. Grauer Himmel, graue Straßen, graue Welt. Und so dunkel, dass die Leute die Lichter in ihren Wohnungen angeknipst haben, obwohl es mitten am Tag ist. Kleine, lebendige Kleckse auf trostlosem Grau. Ich gehe weiter auf die Kratzer zu. Die winzigen Lichtpunkte in den Wohnungen lassen die Kratzer wie Roboter aussehen, die aufgeladen glühen und nur darauf warten, endlich loszumarschieren.

Ich nehme die Abkürzung durch die Unterführung und komme an den verdammten Blumen und Kuscheltieren und dem ganzen anderen Krempel vorbei, der hier für Jackson niedergelegt wurde.

Wie kann es sein, dass sich eine ganze Gesellschaft dermaßen verschaukeln lässt? Sich etwas vormacht, sich täuschen lässt und keine Fragen stellt? Nicht sieht, dass alles nur Schein ist?

Das macht mich unglaublich wütend.

Wie kann man so viele Menschen auf einmal manipulieren?

Ich glaube, ich kann Schritte hören. Hohe Absätze auf Beton vielleicht.

Schnell weiter, Martha, ermahne ich mich, verlasse die Unterführung und husche flink an den mit Brettern zugenagelten Geschäften vorbei und auf die vertrocknete Grasfläche und den verwahrlosten Park zu, mit der zerbrochenen Bank und den Schaukeln. Hätte nie gedacht, dass ich das hier noch einmal wiedersehen würde.

Die Schaukeln, auf denen wir zusammen gesessen haben, Isaac.

Meine Sicht verschwimmt. Ich würde gern behaupten, dass das am Wind liegt und nicht an den Erinnerungen, die mir Tränen in die Augen treiben.

Ich wische sie weg. Konzentrier dich! Da drüben stehen Autos – keine Sirenen auf dem Dach, aber ich bin mir ziemlich sicher, dass es trotzdem Polizeiautos sind.

Soll ich es riskieren oder lieber weitergehen?

Ich wage mich ein wenig weiter vor und steuere auf Haus Osterglocke zu, auf mein Zuhause.

Davor sind einige Leute unterwegs. Ein paar Kids sitzen auf einer Mauer, eine Frau schleppt Einkaufstüten nach Hause, ein alter Typ schiebt einen Einkaufswagen durch die Gegend – das Übliche eben. Kaum Leute, die die Polizei anhalten oder verhören würde.

Ehrlich gesagt wäre sie zu faul dazu.

Die Kids würden den Beamten wahrscheinlich freche Antworten geben, die Frau würde irgendeinen Unsinn quatschen, und der alte Typ würde zu sehr stinken. Jedenfalls würde die Polizei das denken. Tatsächlich würden die Kids ihnen wahrscheinlich nur ein bisschen auf der Nase herumtanzen, weil ihnen langweilig ist, und die Frau würde vielleicht um Hilfe mit ihren Einkaufstüten bitten, und der alte Mann würde darauf hoffen, dass sie ihn verhaften, damit er einen warmen, trockenen Schlafplatz für die Nacht hätte.

Das sind keine Vorurteile – ich habe es mindestens eine Million Mal genau so erlebt.

Vorsichtig wage ich mich weiter vor, werde langsamer, schleiche seitwärts heran und verschwinde im Schatten hinter den Müllcontainern der Kratzer.

Meine Güte, die stinken vielleicht.

Ich frage mich, was die Polizei hier wohl zu schaffen hat. Ich nehme an, dass sie nach mir suchen. Ich hatte vorgehabt, Mrs. B einen Besuch abzustatten oder in meiner Wohnung vorbeizuschauen, um ein paar Klamotten mitzunehmen oder vielleicht sogar den Rest des Tages dort zu verbringen und in Ruhe darüber nachzudenken, was ich jetzt machen soll. Aber es scheint, dass das ziemlich naiv von mir war.

Als ich einen Blick zwischen den Müllcontainern hindurch riskiere, blenden mich zwei Autoscheinwerfer, die gerade in dem Augenblick über die Container schweifen. Ich halte mir eine Hand vor Augen und sehe zu, wie ein Auto an den Straßenrand fährt.

Ein großer Wagen mit glänzendem Lack und einem personalisierten Nummernschild.

P P41GE

Was zum Teufel macht Patty hier?

Ich ducke mich schnell und sehe, wie ihre Beine aus dem Wagen gleiten, gefolgt von einem teuer aussehenden langen Mantel. Die Tür knallt dumpf hinter ihr zu, und ihr schweres Parfum weht zu mir herüber.

»Mrs. Paige«, ruft ihr ein Polizist zu, der vor der Tür zum Haus Osterglocke steht. »Ich glaube nicht, dass es klug ist, sich in dieser Gegend ohne Begleitung aufzuhalten.«

Er spaziert gemächlich auf sie zu.

»Ich bin durchaus in der Lage, auf mich selbst aufzupassen, vielen Dank«, antwortet Patty.

»Genau genommen dürfen Sie eigentlich nicht hier parken, aber in Ihrem Fall machen wir natürlich eine Ausnahme«, sagt er und kommt näher. »Darf ich fragen, was Sie hierher führt?«

»Ich bin hier, um Lydia Barkova mein Beileid auszusprechen.«

»Mrs. B?«

»Wieso wird sie hier von jedem so genannt?«

Ich könnte es dir erklären, denke ich. *Aber das werde ich ganz sicher nicht tun.*

»Wie dem auch sei«, fährt Patty fort. »Die arme Frau hat eine Menge durchgemacht. Ich halte es für meine Pflicht, sie zu besuchen und ihr meine Hilfe anzubieten. Ich habe ihr außerdem einige Lebensmittel mitgebracht.«

Ich höre das Rascheln einer Plastiktüte.

»Mrs. Paige, Sie sind wirklich ein Vorbild und eine Inspiration für uns alle. Die wohltätigen Organisationen Ihres Mannes leben in Ihnen weiter.«

Ist der Typ ein Arschkriecher, oder ist er einfach nur strohdoof?

Er säuselt weiter: »Erlauben Sie mir, Sie zu Mrs. Bs Wohnung zu begleiten. Ich kann dort auf Sie warten und Sie dann sicher zurück zu Ihrem Wagen geleiten, wenn Sie möchten. Wir wollen doch nicht, dass Ihnen etwas zustößt.«

Was für ein Arsch, denke ich. Jetzt ist mein Plan, in meine Wohnung zurückzukehren, vollkommen im Eimer. So komme ich auf keinen Fall ungesehen an Mrs. Bs Wohnung vorbei.

Ich sehe zu, wie er ihr die Tür aufhält und sie gemeinsam im Haus Osterglocke verschwinden.

Da bleibt mir nur noch eine Möglichkeit, denke ich. Ich hoffe nur, dass keiner der anderen Polizisten jemandem unangenehme Fragen stellt, der urplötzlich hinter den Müllcontainern auftaucht, und mache mich auf den Weg zurück zu der vertrockneten Grasfläche.

Mrs. B

Mrs. B trägt ihren üblichen dicken Rock und einen Wollpullover, als sie auf knielangen Strümpfen mit einem Tablett bewaffnet aus ihrer Küche getappt kommt. Auf dem Tablett thronen eine alte, abgeschlagene Teekanne und zusammengesuchtes Porzellan. Als sie das Wohnzimmer betritt, betrachtet sie ihren Gast argwöhnisch und rümpft die Nase, als ihr Pattys aufdringliches Parfum entgegenschlägt.

Das Porzellan klirrt, als Mrs. B das Tablett auf dem Tischchen abstellt, das zwischen dem Sofa und ihrem Ohrensessel steht.

»Das ist wirklich sehr zuvorkommend von Ihnen«, flötet Patty, die ganz vorn auf der Sofakante sitzt, die Beine in ihrem kurzen Rock übereinandergeschlagen.

Mrs. B antwortet nicht, sondern schenkt Tee ein.

»Wir machen uns alle große Sorgen um Martha«, haucht Patty.

Mrs. Bs Augen weiten sich, und sie sieht zu Patty auf.

»Und wir hatten gehofft, dass Sie vielleicht wissen, wo sie steckt. Sie wissen schon, dass sie davongelaufen ist, oder?«

»Wer ist *wir?*«, fragt Mrs. B.

»Wie bitte?«

»Sie haben ›wir‹ gesagt.«

»Nun«, antwortet Patty. »Wir alle natürlich!«

Mrs. B nimmt ihre Tasse hoch und starrt Patty wortlos an.

»Ich, unsere Freunde, die Presse und natürlich Mrs. Stanton und Mr. Cicero.«

»Sie kennen sich? Sind Sie befreundet?«

»Mit Mrs. Stanton und Mr. Cicero? Ja.«

»Sie scheinen mir nicht wie selbe Art von Leuten.«

»Wie meinen Sie das?«

»Die sind nett.«

Plötzlich ist es sehr still in der Wohnung. Patty ringt sich ein eingefrorenes Lächeln ab. Sie hebt die Tasse zum Mund und nippt daran. Ihre Lippen hinterlassen einen pinkfarbenen Abdruck am Rand. »Ich bin mir nicht sicher, was Sie mir unterstellen wollen«, antwortet sie schließlich.

Mrs. B sitzt nur da und beobachtet sie.

»Aber wie dem auch sei. Wir machen uns alle sehr große Sorgen. Wir möchten bloß, dass Martha in Sicherheit ist. Und glücklich.«

»Und Sie können ihr dabei helfen?«

»Davon bin ich überzeugt, ja!«

»Und das hat nichts mit Geld zu tun?«, hakt Mrs. B nach.

Patty lacht nervös. »Wieso sollte es etwas mit Geld zu tun haben?«

»Wenn Isaac in fünf Tagen hingerichtet wird, bekommt Martha alles Geld. Sie kriegen nichts. Sie haben dann nur … was hat Jackson gleich gesagt? *Bescheidenen Unterhalt*. Wie viel ist das?«

»Ich … ich …«

»Kein teures Parfum oder Make-up, keine teuren Schuhe oder Klamotten«, fährt Mrs. B mit einem Funkeln in den Augen fort. »Heiliger Strohsack, dann müssen Sie vielleicht … wie sagt man noch gleich … lassen Sie mich überlegen … oh, ja, jetzt weiß ich wieder … *arbeiten*. Dann müssen Sie sich vielleicht *Arbeit* suchen.«

Patty starrt sie entgeistert an.

»Wissen Sie, was das ist, Mrs. Paige? *Arbeit*? Ich wette, Martha hat in sechzehn Jahren mehr gearbeitet als Sie in … wie vielen Jahren? Fünfundvierzig … siebenundvierzig?«

Patty läuft rot an. »Sechsunddreißig!«, entrüstet sie sich. »Ich bin sechsunddreißig!«

»Es ist besser, Sie gehen jetzt, Mrs. Paige.« Mrs. B steht auf. »Ich weiß nicht, wo Martha ist, aber wenn ich wüsste, würde ich Ihnen nichts sagen. Sie sind kein guter Mensch. Ihnen geht es nur darum …« Sie reibt Daumen und Zeigefinger zusammen. »Geld. Geld, Geld, Geld.«

Patty erhebt sich vom Sofa. »Sie liegen falsch. Das hier hat absolut nichts mit Geld zu tun. Das Mädchen ist die einzige Verbindung, die ich zu meinem Sohn habe …«

»Pah!« Mrs. B macht eine abfällige Handbewegung.

»Ich … ich … ich dachte«, stammelt Patty mit belegter Stimme. »Ich dachte, wir könnten einander unterstützen … trösten …« Sie schnappt lautstark nach Luft und zieht ein Taschentuch aus ihrer Designer-Handtasche. »Ich werde Ihren Wunsch respektieren und gehen, aber bitte …« Sie tupft sich die Nase. »Falls Sie mit ihr sprechen sollten, sagen Sie ihr, dass sie sich mit mir in Verbindung setzen soll. Meine Nummer steht hier.« Sie legt eine Visitenkarte neben die abgestellten Tassen auf den Tisch. »Ich finde allein hinaus.«

Mrs. B antwortet nicht und sieht Patty mit argwöhnischem Blick hinterher, während sie die Wohnung verlässt.

Patty steuert mit schnellem Schritt durch den Hausflur auf den Aufzug zu und zieht eine kleine Flasche Desinfektionsmittel aus ihrer Tasche hervor. Mit angewiderter Miene pumpt sie etwas davon in ihre Hand und reibt es dann sorgfältig zwischen die Finger.

Martha

Es regnet jetzt in Strömen. Dicke, fette Tropfen. Eigentlich mag ich Regen ja gern, aber er ist wirklich ätzend, wenn man sich nirgendwo unterstellen kann.

Ich habe mir Zeit damit gelassen, zu Gus rüberzugehen. Habe lauter Haken geschlagen, mich in den Schatten aufgehalten und größere Menschengruppen gemieden. Nicht, dass ich den Leuten in den Kratzern nicht über den Weg traue, aber hier in der Gegend spricht sich alles ziemlich schnell rum, egal wie leise man es flüstert.

Leute mögen Tratsch.

Ich verrate dir ein Geheimnis, aber du darfst es nicht weitersagen, wird geflüstert.

Klar doch, kommt die Antwort, aber mit hinter dem Rücken überkreuzten Fingern.

In Gus' Wohnung brennt kein Licht, und die Vorhänge sind zugezogen.

Merkwürdig.

Ich klopfe an die Tür und warte.

Nichts.

Dann klopfe ich ans Fenster, weil er höchstwahrscheinlich auf dem Sofa eingenickt sein wird.

Immer noch nichts.

Der Wind fegt über den Rasen, und ich bin patschnass vom Regen.

Ich gehe in die Hocke und linse durch den Briefschlitz, aber kann nichts sehen. Ich rufe seinen Namen, aber nichts bewegt sich.

»Der ist nicht zu Hause.«

Mit angehaltenem Atem wirbele ich um die eigene Achse, bereit, sofort wegzulaufen.

»Haste das nich im Fernsehen gesehen?«

Mein Körper entspannt sich wieder. Es ist sein Nachbar. Gott sei Dank.

»Der sitzt im Knast«, fährt er fort.

Ich runzele die Stirn. »Was soll das heißen?«

»Der war in dieser Sendung«, erklärt er mir. »Hab nich viel davon verstanden. Die hatten diese komischen Buzzer.«

Ich spüre einen Stich in der Magengrube. »*Buzz for Justice*«, seufze ich.

»Ja, genau, das war's, glaub ich. *Buzz for Justice*. Der ist jetzt jedenfalls weg. Lebt nich mehr hier.«

»Wie lange muss er sitzen?«, will ich wissen.

»Oh ... Jahre. Sieben Jahre, glaub ich. Eine Schande ist das.«

Ich mustere ihn – ein alter Mann, er trägt Pantoffeln und Bademantel. Die paar Haare, die er noch hat, kleben nass an seinem Kopf. »Sie sollten jetzt besser reingehen«, rate ich ihm. »Sonst holen Sie sich noch den Tod.« Ich ziehe meine Kapuze tiefer, um mein Gesicht zu verstecken.

»Du aber auch«, erwidert er. »Hier, nimm das.« Er streckt mir seine dürre Hand entgegen und lässt einen Schlüssel zwischen den Fingern baumeln. »Wir brauchen mehr junge Leute wie dich, Martha Honeydew«, sagt er. »Nich weniger. Wärm dich erst mal auf, und sieh zu, dassde wieder trocken wirst. Sieh zu, dassde nich stirbst. Und bleib nich zu lange hier, sonst kriegen die dich.«

Eine Sekunde lang starre ich ihn an und denke daran, was Max gesagt hat: Einige Leute sind auf deiner Seite. Dann verschwindet der Mann, und das Grau der Kratzer verschluckt ihn so leicht und schnell, wie es ihn hervorspie.

Sieh zu, dassde nich stirbst, wiederhole ich in Gedanken und muss fast grinsen. *Ja, ich werd's versuchen. Die Genugtuung gebe ich denen nicht. Und außerdem werde ich Isaac nicht im Stich lassen.*

In Gus' Wohnung ist es kalt und feucht.

Ich knipse das Licht lieber nicht an, damit niemand auf die Idee kommt nachzusehen, was hier vor sich geht. Aber es ist so dunkel in der Wohnung, dass ich über leere Pizzaschachteln und Dosen stolpere, die auf dem Boden verstreut liegen. Ich arbeite mich zur Küche vor und öffne den Kühlschrank. Ich finde nichts außer einer halb leeren Milchtüte, etwas Schinken, der an den Ecken hart geworden ist, und ein paar Plastikbehältern mit den Resten einer Bestellung vom Chinesen.

Ich überlege, ob ich sie mir aufwärmen soll, aber wer weiß, wie lange die schon im Kühlschrank stehen. Stattdessen durchsuche ich die Schränke und finde schließlich Cornflakes, eine Tüte Chips und Instantkaffee.

Das muss reichen.

Ich mache den Kühlschrank wieder auf, nehme die Milch heraus und rieche daran. Sie stinkt so sehr, dass ich mich beinahe übergeben muss.

Also dann trockene Cornflakes und schwarzen Kaffee.

Ich muss einen Becher und eine Schüssel abwaschen.

Das Licht des Fernsehers flackert durch das Zimmer, als ich ihn einschalte. Ich stelle die Lautstärke ganz leise und kauere vor dem Elektroheizer, dessen Stäbe rot glühen, während er warm wird. Es riecht komisch nach verbranntem Staub.

Ich schnappe mir die Bettdecke vom Bett. Zwar weiß ich nicht, wann Gus sie wohl zuletzt gewaschen hat, aber das ist mir im Moment egal. Sie mag etwas müffeln, aber sie ist warm und gemütlich. In seine Bettdecke gehüllt, mit seinem Geruch um mich herum, sehe ich mir die Wiederholung der Sendung an, in der er ins Gefängnis geschickt wurde. Ich muss daran denken, wie er in den Kratzern auf mich aufgepasst hat, und es macht mich unsagbar traurig.

Er hat nichts falsch gemacht. Tatsächlich hat er sich immer unglaublich angestrengt, alles richtig zu machen.

Aber die haben ihn benutzt, um an Informationen zu kommen. Haben ihn bestraft, wenn er nicht einer Meinung mit dem System war, und haben ihn schließlich aus dem Weg geräumt, als er sich gegen sie aufgelehnt hat.

Sieben Jahre. Was für eine Zukunft bleibt ihm danach noch?

18:30 Uhr. Death is Justice

Die Erkennungsmelodie mit dem dumpfen Herzschlagrhythmus erklingt. Das Auge-Logo dreht sich auf dem riesigen Bildschirm, und die Scheinwerfer im Studio werden hochgefahren. Joshua kommt hinter der Kulisse hervor. Er trägt einen hellgrauen, glänzenden Anzug, ein schwarzes Hemd und eine schwarz-grau gestreifte Krawatte. Seine frisch rasierte Haut strahlt mit seinem Lächeln um die Wette. Er bleibt dicht vor dem Studiopublikum am Bühnenrand stehen. Die Zuschauer applaudieren, und er hebt die Hände zum Dank.

Die Musik wird langsam ausgeblendet, und der Applaus verblasst.

JOSHUA: Hallo und guten Abend, meine Damen und Herren hier im Studio und liebe Zuschauer zu Hause. Herzlichen Dank, dass Sie heute wieder mit dabei sind!

Das Publikum klatscht erneut.

JOSHUA: Das wird eine super Show – das reinste Vergnügen! Wir haben heute wieder allerhand Überraschungen für Sie vorbereitet. Ich kann es wirklich kaum erwarten. Möchten Sie wissen, was es ist?

PUBLIKUM (laut rufend): JA!

JOSHUA: Natürlich möchten Sie das!

Er lächelt, geht zu dem geschwungenen Tresen und lässt sich an einem Ende auf einem Hocker nieder. Seine Notizen liegen vor ihm auf dem Tresen ausgebreitet.

JOSHUA (feierlich): Nun, meine Damen und Herren, letzte Woche haben wir gemeinsam einen ziemlich holprigen Weg zurückgelegt, der seinen Höhepunkt in den furchtbaren Ereignissen in Zelle 7 um Martha Honeydew erreichte. Wir waren alle sehr schockiert, manche von uns sogar traumatisiert, und ich weiß, dass diese Geschichte mitnichten ausgestanden ist. Wir sehen weiter gespannt zu, wie sich das Drama um Isaac Paige entwickelt, für den Martha ihr eigenes Leben zu opfern bereit war. Wir begleiten ihn diese Woche auf seinem Weg von Zelle 1 bis Zelle 7. Wie Sie sich sicher erinnern, sprachen wir erst gestern mit Martha, aber …

Er hält inne, legt einen Finger auf die Lippen, wirft einen kurzen Blick zur Seite und sieht dann wieder auf das Publikum im Studio.

JOSHUA: Vielleicht geht das nur mir so, aber ich denke immer noch über die Ereignisse der letzten Woche nach und frage mich, was Martha dazu gebracht haben mag, die Schuld für ein so gravierendes Verbrechen auf sich zu nehmen. Und wieso Isaac einfach tatenlos zugesehen und sich damit abgefunden hat, dass die angebliche Liebe *seines* Lebens sterben soll? Das kann ich mir einfach nicht erklären, und ich weiß nicht, was ich von dieser tragischen Geschichte einer jungen Liebe halten soll. Ich schäme mich nicht zuzugeben, sogar ein paar Tränen vergossen zu haben.

Er schüttelt den Kopf und blickt ernst in die Kamera.

JOSHUA: Und ich schäme mich nicht, Ihnen zu verraten, dass ich für meinen Teil ziemlich verwirrt bin. Was hat es wirklich mit dem Skandal auf sich? Ich suche immer noch nach einer Erklärung. Und wer könnte besser für Klarheit sorgen als derjenige, der an der Spitze unseres Landes steht? Ich spreche natürlich von unserem gewählten Staatsoberhaupt. Ja, wir sind ganz besonders stolz, heute Abend keinen anderen in unserer Sendung begrüßen zu dürfen als unseren Premierminister selbst, Stephen Renard.

Eine dynamische Melodie erklingt. Joshua steht von seinem Hocker auf, und der Premier schlendert in einem stahlblauen, maßgeschneiderten Anzug, einem blütenweißen Hemd und einer blauen Krawatte auf die Bühne. Er hält einen Moment inne und lächelt, sodass seine perfekt geformten weißen Zähne im Licht der Studioscheinwerfer aufblitzen.

Das Publikum jubelt ihm zu. Der Premier hebt eine Hand zum Gruß und geht auf den Tresen zu. Als er Joshua erreicht, wird die Musik ausgeblendet. Sie schütteln einander die Hände. Nachdem der Premier Platz genommen hat, setzt sich Joshua auch wieder an den Tresen.

JOSHUA (lächelnd): Wir danken Ihnen sehr, Sir, dass Sie sich trotz Ihres prall gefüllten Terminkalenders die Zeit genommen haben, uns in unserer Sendung einen Besuch abzustatten. Es ist auf jeden Fall eine riesige Ehre für uns, Sie als Gast begrüßen zu dürfen.

Der Premierminister sitzt kerzengerade auf seinem Hocker und zupft seinen Anzug zurecht.

PM: Vielen Dank für die Einladung. Diese Sendung und *Buzz for Justice* repräsentieren all das, was unsere Gesellschaft ausmacht: Demokratie. Sie haben wesentlichen Anteil an der Entwicklung unseres Justizsystems, da sie alle Teile der Gesellschaft erreichen, die Fälle aus jedem Blickwinkel durchleuchten und somit der Öffentlichkeit ermöglichen, gut informierte und intelligente Entscheidungen zu treffen. Ich fühle mich – *wir* in der Regierung fühlen uns – sehr privilegiert, ein solches Podium zu haben. Eines, das der ganzen Welt zeigt, wie innovativ wir wirklich sind.

JOSHUA: Vielen Dank für Ihre freundlichen Worte, Herr Premierminister. Ich würde Sie gern nach Ihrer Meinung zu den neuesten Entwicklungen fragen. Es gab da ja einige Kontroversen. Zum Beispiel waren viele sehr aufgebracht darüber, dass wir um Haaresbreite eine unschuldige Teenagerin ermordet hätten.

Joshua zuckt zusammen und fasst sich ans Ohr. Der Premierminister zeigt dagegen keinerlei Regung.

PM: Joshua … Ich darf Sie doch Joshua nennen?

JOSHUA: Selbstverständlich.

PM: Joshua … ich sehe das … nun, zuerst muss ich Ihre Wortwahl korrigieren: Im Falle der Todesstrafe von ›Mord‹ zu sprechen ist nicht richtig …

Joshua runzelt die Stirn und wirft einen kurzen Blick auf seine Unterlagen.

JOSHUA: Laut meiner Unterlagen ist die Definition von Mord …

PM (lachend): Lassen Sie uns zu den wirklich wichtigen Dingen zurückkommen, Joshua. Was ich sagen wollte, ist, es wird wohl immer Leute geben, die Probleme und Kontroversen schüren wollen. Das ist noch nicht einmal unbedingt etwas Schlechtes, da es uns dazu zwingt, unsere getroffenen Entscheidungen und unsere Strategien und Meinungen genau zu hinterfragen und sicherzustellen, dass wir wirklich die Wünsche der Mehrheit vertreten. Es ist unerlässlich, die Ansichten dieser Individuen zu überdenken. Schließlich sind sie auch ein Teil der ganzen Gesellschaft – so klein er auch sein mag. Allerdings liegt es in unserer Verantwortung als Weltführer, als Visionäre und als Beschützer des Volkes, die Kraft und den Mut dazu aufzubringen, unsere eigenen Meinungen und Einstellungen zu verteidigen und nicht aus den Augen zu verlieren, was richtig ist und was die Sicherheit unserer Bürger gewährleistet.

Das Publikum bricht in Applaus aus, und der Premier wartet geduldig, bis er wieder abebbt.

PM: Ich – und auch mein Kabinett – glauben fest daran, dass die Leben vieler wichtiger sind als das eines Einzelnen. Was nicht bedeuten soll, dass eine solche Entscheidung herzlos ist. Ganz im Gegenteil: Wir stellen unser Herz in den Dienst der Gesellschaft – wo es hingehört, wo es sein sollte.

Er wendet sich an das Publikum im Studio.

PM: Wir sollten einen Augenblick über Folgendes nachdenken: Lassen Sie uns den Fall Martha Honeydew nehmen, die beschuldigt wurde, Jackson Paige getötet zu haben. Wäre sie hingerichtet worden, hätte das den Verlust eines Lebens nach sich gezogen. Sie ist sechzehn. Wenn man von einer Lebenserwartung ausgeht, wie sie in der Bibel steht – unser Leben währet siebzig Jahre –, dann ist das ein Verlust von vierundfünfzig Jahren. Rein mathematisch betrachtet. Jetzt stellen wir uns einmal vor, dass sie vom Volk für unschuldig gehalten wird, freikommt und dann wieder einen Mord begeht. Und lassen Sie uns dabei nicht vergessen, dass sie ja bereits einen sechsunddreißig Jahre alten Mann getötet hat, was einen Verlust von vierunddreißig Jahren bedeutet. Ihr nächster Mord könnte einen Verlust von weiteren dreißig, vierzig oder vielleicht sogar fünfzig Lebensjahren nach sich ziehen. Und rechnen Sie jetzt noch den Schmerz dazu, der in keiner Statistik auftaucht, den Schaden, der bei den Familien der Opfer angerichtet wird. Die Trauer der Ehefrauen, Mütter, Ehemänner, Väter, Großeltern. Und nicht zu vergessen die Kinder. *Die Kinder.* Die zu Waisen gemacht werden, die in Armut und Elend leben müssen aufgrund des sinnlosen Aktes einer einzelnen Person.

Er seufzt und schüttelt den Kopf.

PM: Das alles wegen einer Person, die *wir* auf freien Fuß gesetzt haben. Eine Person, die aus dieser Welt entfernt worden wäre und somit nicht in der Lage gewesen wäre, so viel Schmerz und Elend zu verbreiten, wenn wir nicht zu handeln versäumt hätten. Das, meine Damen und Herren, wäre unser Versagen gewesen. Unsere Schuld, unsere Verantwortung. Ich für meinen Teil möchte dieses Risiko nicht eingehen. Lassen Sie mich Ihnen eine Frage stellen …

Er steht auf und geht langsam auf das Studiopublikum zu. Ein Scheinwerfer folgt ihm.

PM: Würden Sie einen Tiger aus dem Zoo befreien und der Bevölkerung sagen, dass er zwar scharfe Zähne habe, diese aber wahrscheinlich nicht benutzen werde? Und würden Sie dann zulassen, dass dieser Tiger auf den gleichen Straßen wie Ihre Familie herumstreift? Oder würden Sie eine Spinne aus ihrem Terrarium herauslassen, wohlwissend, dass ihr Biss tödlich ist? Würden Sie darauf vertrauen, dass die Spinne immer ruhig bleibt, selbst wenn sie auf Ihnen und Ihren Kindern herumkriecht? Natürlich nicht.

Er bleibt am Bühnenrand stehen.

PM: Und hier haben wir die gleiche Situation. Ich habe es schon unzählige Male betont: Die Sicherheit des Volkes ist vorrangig, und ich werde tun, was getan werden muss, um sie zu gewährleisten.

Die Zuschauer springen begeistert auf und applaudieren. Der Premierminister verneigt sich leicht.

PM (lauter werdend): Wer möchte in einer Gesellschaft leben, in der unsere Kinder auf dem Nachhauseweg nicht sicher sind? In der unsere Töchter und Schwestern Angst haben müssen, im Dunkeln Abkürzungen durch abgelegene Gassen zu nehmen? In der unsere Großeltern zu viel Angst haben, Fremden die Tür zu öffnen? In der Jugendliche in Gangs an Straßenecken herumlungern und Passanten terrorisieren? Ich jedenfalls nicht. Da mache ich nicht mit!

Der Premier spaziert zurück zum Tresen. Jubel und Applaus dröhnen durch das Studio. Joshua hebt lächelnd die Hände, um das Publikum ruhigzustellen. Der Premierminister setzt sich zurück auf den Hocker.

JOSHUA: Herzlichen Dank, Premierminister. Es scheint, dass sich das Volk mit Ihnen als Kapitän am Steuer unseres Schiffes sicherer fühlt. Es gibt da noch eine Sache, die in der letzten Woche angesprochen wurde. Und ich würde Sie gern bitten, dazu für uns Stellung zu nehmen.

PM: Selbstverständlich. Deshalb bin ich ja hier. Ich stehe Ihnen zur Verfügung.

JOSHUA: Ich möchte nicht unbedingt einer Kontroverse meine Stimme leihen, aber denke, dass es doch besser ist, diese Dinge offen anzusprechen, anstatt …

PM: In den Untergrund zu gehen. Ganz richtig. Da bin ich ganz Ihrer Meinung.

JOSHUA: Können Sie uns sagen, wie Sie zu der Kontroverse um die Votingpreise stehen? Es gibt Stimmen, die behaupten, das System gebe den wohlhabenderen Mitbürgern einen unfairen Vorteil.

PM: Joshua, ich bin wirklich froh, dass Sie das ansprechen. Und ich bin froh, dass ich hier bin, um mögliche Befürchtungen und Sorgen ausräumen zu können. Wie immer haben wir den Stimmen unserer Wähler, unseres Volkes, der Menschen, denen wir dienen, genau zugehört. Es freut mich ganz besonders, Ihnen heute mitteilen zu können, dass wir planen, den Mitgliedern unserer Gesellschaft, die weniger Glück im Leben gehabt haben, die gleichen Rechte zuzugestehen wie allen anderen auch. Wir haben eine der besten Menschenrechtslagen der Welt, und mit dieser neuesten Entwicklung werden wir sicher ganz oben an der Spitze stehen. Um absolute Gleichstellung zu gewährleisten, werden wir ab heute jede einzelne Person in den sozial schwächsten Gegenden unseres Landes mit einem Handy ausstatten. Damit können sie sich Zugang zum Internet verschaffen und haben somit die Gelegenheit, ihre Stimme in dieser wegweisenden Sendung abzugeben. Sie werden ihr Guthaben aufladen und die *Death is Justice*-App herunterladen können, die, wie Sie wissen, Joshua, alle neuesten Informationen zu den Fällen, Statistiken, die Biografien der Beschuldigten sowie das One-Click-Voting mit direkter Verbindung zu ihrem Bankkonto beinhaltet. Wir haben heute bereits mit dieser einmaligen Aktion in der Londoner Wolkenkratzer-Gegend begonnen.

Joshua nickt und lächelt mühsam.

JOSHUA: Aber um ihre Stimme abgeben zu können, müssen die Leute trotzdem noch be…

PM (ihm schnell ins Wort fallend): Wir sind das erste Land, in dem die Armutsgrenze der Technologiediskriminierung auf diese Weise aufgelöst wird und in dem den ärmsten Mitbürgern unseres Landes die gleichen Möglichkeiten zugestanden werden. Ich fühle mich geehrt und bin stolz darauf, an dieser neuesten Entwicklung teilhaben zu dürfen.

Das Publikum im Studio bricht wieder in Jubel aus. Der Premier verneigt sich erneut.

JOSHUA: Nun, meine Damen und Herren, liebe Zuschauer zu Hause und hier im Studio, was halten wir davon? Das ist schon ein tolles Angebot, das unsere Regierung hier anbietet. Sehr großzügig. Allerdings wäre es noch wesentlich großzügiger und fairer, wenn das Voting kostenlos wäre.

Joshua fährt erneut zusammen und fasst sich ans Ohr. Der Premierminister geht über seinen Einwand hinweg.

PM: Wie schon gesagt, wir haben bereits mit der Verteilung begonnen. In diesem Augenblick sind unsere Mitarbeiter unterwegs und machen Hausbesuche, suchen Gemeindezentren, Arztpraxen und Postämter auf und verteilen Handys. Diese Aktion genießt absolute Priorität.

Joshua lächelt wieder, doch sein Lächeln wirkt gezwungen und unbehaglich.

JOSHUA: Nun, da haben wir es! Falls Sie also kein Handy besitzen und uns gerade zusehen, holen Sie sich eins kostenlos ab, oder freuen Sie sich auf einen Hausbesuch. Nach einer kurzen Pause melden wir uns gleich wieder. Vergessen Sie nicht, in der Zwischenzeit Ihre Stimme abzugeben. Sie sehen jetzt alle dazu nötigen Informationen am unteren Bildschirmrand.

Ein blaues Band mit silberner Schrift mit allen Details und Telefonnummern läuft über den unteren Bildschirmrand. Joshuas Lächeln verblasst allmählich.

Martha

Ich stelle den Fernseher stumm.

Draußen heult der Wind, leere Dosen scheppern auf den Straßen, und weiß Gott was gurgelt in den Abflüssen. Aber *ich* höre etwas anderes.

Was war das?

Eine Tür?

Der Wind rüttelt an den Briefschlitzen und peitscht den Regen gegen die Fensterscheiben, aber das war es auch nicht.

Jemand redet.

Hört sich wie der Typ von vorhin an – der Nachbar.

Schnell drücke ich auf den Aus-Knopf der Fernbedienung.

Die roten Stäbe der Elektroheizung glühen noch nach, aber sonst ist alles dunkel. Nur der schwache Schein der Straßenlaternen draußen fällt durch die alten Gardinen.

Jetzt ist eine weitere Stimme zu hören.

Eine Tür wird geschlossen.

Was hat der Premier noch gleich gesagt – sie geben Handys in den unterprivilegierten Gegenden aus, gehen von Tür zu Tür … Ich höre ein Klopfen, nicht an Gus' Haustür, aber in der Nähe.

Ich erschaudere, als hätte mir jemand Eiswürfel über den Rücken gekippt, und ziehe die Bettdecke fester um mich, als könnte sie mich beschützen.

Soll ich warten und herausfinden, was vor sich geht?

Immer noch in die Bettdecke gehüllt schleiche ich auf Zehenspitzen zum Fenster und linse durch ein Loch in der Gardine.

Vor der Tür der Wohnung gegenüber steht ein gut gekleideter Mann. Er ist in Begleitung einer zweiten Person und redet mit dem Mieter.

Der zweite Mann ist der Postbote mit seinem roten Postwagen.

Er zieht gerade etwas daraus hervor, reicht es dem Bewohner, der den Empfang bestätigen muss.

Der Postbote dreht sich um und sieht zum Fenster herüber.

Sieht mich direkt an.

Hat er mich erkannt?

Ich schaue ihm in die Augen, aber er reagiert nicht. Ich weiß allerdings, wer er ist. Ich habe ihn öfters hier gesehen. Es ist immer der gleiche Postbote in den Kratzern. Er nickt immer zum Gruß.

Aber diesmal zwinkert er mir zu.

Oh Scheiße!

Schnell trete ich zur Seite und hoffe, dass mich die Schatten verschlucken. Ich kann ihn aber immer noch sehen und den anderen Mann auch.

Kann ihre Umrisse erkennen und durch das gekippte Fenster hören, was sie sagen.

Der andere Mann dreht sich um. »Dieser Job geht mir auf den Sack«, beschwert er sich.

»Verstehe nicht, wieso sie jemanden in Ihrer Position damit beauftragt haben«, erwidert der Postbote. »Jeder Idiot könnte das erledigen. Oder ich hätte es alleine machen können.«

»Ich will Ihnen nicht zu nahe treten«, antwortet der Anzugträger. »Aber wir suchen ja außerdem das Mädchen. Sie wissen schon, diese Honeydew, die auf der Flucht ist.«

»Die wissen also nicht, wo sie steckt?«

»Falls sie es wissen, hat mir jedenfalls keiner was davon gesagt. Wie weit sind wir jetzt? Welches Haus ist als Nächstes dran? Wir sollten mal einen Zahn zulegen, damit wir endlich Feierabend machen können.«

Ihre Schatten ziehen über das Fenster hinweg auf Gus' Haustür zu. Sie ist ganz aus Holz ohne Sichtfenster, und ich hocke mich dahinter. Der Schlüssel steckt im Schloss, aber ich bin mir nicht sicher, ob ich auch abgeschlossen habe.

Soll ich nachsehen?

Riskieren, ein Geräusch zu machen?

Oder soll ich lieber einfach abwarten?

Plötzlich klopft jemand so laut gegen die Tür, dass sie in den Angeln klappert. Meine Hand schnellt vor den Mund, damit ich nicht vor Schreck losschreie.

»Vollkommen verwahrlost«, kommentiert der Mann.

»Hier kommt keiner zur Tür«, erwidert der Postbote. »Das ist die Wohnung von Gus Evans. Den habense gestern verknackt. Da ist keiner drin.«

»Was ist mit Hausbesetzern?«

Der Briefkastenschlitz klappert. Finger kommen durch den Schlitz und halten ihn offen.

Mein Atem stockt.

»Glaub ich nich.«

Die Klappe schnappt zurück.

»Schreiben Sie ›nicht zugestellt‹ auf die Liste. Ich rufe an. Die können jemanden schicken, der sich die Wohnung genauer ansieht. In diesem Hundewetter bleibe ich nicht länger hier als nötig.«

Ich höre, wie sie weggehen, aber wage nicht, mich zu bewegen. Jetzt klopfen sie an die Nachbartür. Jemand antwortet. Ich höre dem Geschwafel des Anzugträgers über das kostenlose Handy zu, die Großzügigkeit der Regierung, die Förderung der sozialen Gleichstellung, blablabla.

Er fragt nach Namen, bestätigt die Adresse, fragt nach Geburtsdatum, Versicherungsnummer, Angehörigen … und so weiter … Mir stellen sich die Nackenhaare hoch.

Was für ein abgefahrener Scheiß.

Ich habe keine Ahnung, was die im Schilde führen, der schleimige Premier Stephen Renard und seine Handlanger, aber ich kann nicht riskieren, noch länger hierzubleiben.

Kann nicht zu Eve zurück.

Und zu Mrs. B kann ich auch nicht oder mich in meiner eigenen Wohnung verstecken.

Wohin also? Warum ist es immer so verdammt schwer für manche und so einfach für andere?

Ich schnappe mir einen alten Rucksack von Gus und stopfe eine dünne Decke hinein. Dann durchsuche ich noch mal alle Schränke und finde eine angebrochene Keksschachtel, die ich auch in den Rucksack lege. Ich sehe mich ein letztes Mal in der Wohnung um, ehe ich aus der Tür schlüpfe. Den Wohnungsschlüssel stecke ich in meine Hosentasche, für den Fall der Fälle. Ich lasse meine Leute und mein Zuhause hinter mir und mache mich auf den Weg in die City.

Ich bin kilometerweit gelaufen, und meine Füße schmerzen. Eves Stiefel sind warm, aber sie passen mir nicht richtig, und ich habe inzwischen mehrere Blasen bekommen. Ich habe mit dem Gedanken gespielt, den Bus oder die Bahn zu nehmen, aber ich habe mich nicht getraut.

Max' Mantel hält das schlimmste Wetter von mir ab, aber mein Gesicht ist eiskalt und meine Beine auch. Meine Hände verstecke ich in den Ärmeln. Ich bin mir nicht sicher, wo ich bin, aber ich gehe einfach auf die Lichter und Menschenmassen zu.

Hoffe darauf, in der Menge unterzutauchen.

Während ich gehe, denke ich nach, überlege hin und her, stelle immer wieder dieselben Fragen.

Wäre es wirklich so schlimm, in ein Heim zu müssen? Sollte ich mich einfach stellen? Zumindest wäre es da warm und trocken. Ich bekäme etwas zu essen. Ich könnte wieder zur Schule gehen. Vielleicht wäre das Leben dann wieder normal.

Ach ja?, widerspricht mein Verstand. *Die interessieren sich bloß für die Beweise, die wir haben. Zwar haben sie die Aufnahmen zerstört und alles gelöscht, was Max und Cicero ins Netz gestellt haben, und mich in der Presse durch den Dreck gezogen, aber wir haben die Originale, und das wissen sie ganz genau.*

Ich stelle eine Gefahr für sie dar.

Zu viele Leute stehen auf dieser Liste, die eine Menge zu verlieren haben. Wenn ich mich jetzt stelle, ist der Ofen aus.

Ausnahmsweise hat mein Verstand mal recht.

Mir fällt ein, dass ich das Handy von Max in der Tasche habe, und ich überlege, ob ich es anstellen soll. Ihn anrufen und eine vertraute Stimme hören, eine nette, freundliche Stimme. Ich könnte ihn fragen, was los ist, was er erreicht hat. Vielleicht hat er ja doch eine Webseite oder einen Videokanal ins Internet stellen können.

Der zweite Tag ist jetzt fast zu Ende, und ich habe nichts getan, um Isaac zu helfen. Ihm bleiben nur noch fünf Tage.

Als ich auf der anderen Straßenseite ein Elektrogeschäft entdecke, schlängele ich mich durch den Verkehr hinüber. Auf den Fernsehbildschirmen im Schaufenster werden verschiedene Kanäle übertagen. Ich suche sie alle ab. Dann entdecke ich einen Nachrichtensender. Ein Sprecher verkündet lautlos die Nachrichten – und Isaac ist die Hauptmeldung. Ich halte den Atem an, als sein Foto eingeblendet wird.

O Gott, er sieht schrecklich aus! Sein Kopf ist kahl rasiert und von kleinen Schnittwunden überzogen, an denen verkrustetes Blut klebt. Er hat blutunterlaufene Augen und einen blauen Fleck an der Wange, den er vorher nicht gehabt hat, da bin ich mir absolut sicher.

Verdammt, Isaac, das ist alles einfach nur schrecklich.

Alles verschwimmt vor meinen Augen. Ich bin von Leuten umgeben, die mit ihren eigenen Leben beschäftigt sind und die das alles nicht interessiert oder kratzt.

Tränen rollen meine Wangen hinab. Bis ich sie wegblinzele und wieder sehen kann, bist du schon vom Bildschirm verschwunden.

Ich lasse mich im Gewusel der Passanten treiben und versuche, nicht aufzufallen.

Mit einem Mal bin ich von unzähligen Menschen umringt, die alle aus einer Richtung zu kommen scheinen.

Die Frau neben mir trägt eine perfekt sitzende Frisur und ein wohlriechendes Parfum. Sie stakst auf hohen Absätzen über den Bürgersteig. Wie herrlich *normal.*

Sie zieht etwas unter dem Arm hervor und zeigt es ihrer Freundin, die neben ihr hergeht.

Als sie unter einer Straßenlaterne her kommen, kann ich es sehen und keuche auf.

Meine Beine drohen unter mir nachzugeben, mein Herz pocht wild, und Hitze steigt mir ins Gesicht, aber ich schaffe es trotzdem, dicht bei den beiden Frauen zu bleiben.

Großer Gott … das ist wirklich ohne Worte!

Ein Foto von Isaac lächelt von einer Hochglanzseite herab.

Scheiße …

Die produzieren jetzt sogar ein Magazin?

Verdammte …

Oben steht *Death is Justice*, daneben das Auge-Logo und Isaacs Foto mitten drauf.

Ein Heftchen über diejenigen, die im Todestrakt dem Ende ihres Lebens entgegensehen.

Wie kommt es, dass ich nichts davon wusste? Ist das neu?

Als ich abrupt stehen bleibe, werde ich von Passanten angerempelt, aber ich kann nicht weiter. Kann mich nicht bewegen.

Ich sehe mich in der Menge um. Lächelnde Gesichter, fröhliches Gelächter, teure Klamotten, perfektes Make-up und schicke Frisuren. Manikürte Fingernägel, die *diese Heftchen* umklammern. Isaacs Gesicht auf jedem Cover.

Ich drehe mich um und gehe in die Richtung, aus der die Menge kam. Denn ich weiß jetzt, wo die Leute waren.

Die Stimmen der Fußgänger vermischen sich miteinander, aber ein Gespräch ist lauter als alle anderen. Ich senke den Kopf, gehe zur Seite und versuche unauffällig zuzuhören.

»Wenn ich es dir doch sage«, erklingt eine weibliche Stimme. »Meine Mutter ist Journalistin, und sie war dabei, als Martha in Zelle 7 war – sie hat gesehen, was passiert ist, und es mir gesagt.«

»Die haben alles vertuscht?«, will eine männliche Stimme wissen.

»Mum hat gesagt, die haben ein Video gezeigt, auf dem Jackson Martha mit einer Waffe bedroht hat, und eins, auf dem er ihre Mutter überfahren hat. Und sie hatten Unterlagen, die ganz furchtbare Verbrechen aufgelistet haben …«

»Ich habe gehört, die Dokumente sollen gefälscht gewesen sein.«

»Also das Video war es jedenfalls nicht! Mum hat es auf ihrem Handy mitgefilmt, aber dann, *dann* hat ihr Chef gesagt, dass alle in der Abteilung ein neues Handy bekämen und …«

Ihre Stimme verblasst.

Verdammt.

Ich zwänge mich an den letzten Leuten vorbei, die aus dem Gebäude strömen, und bleibe direkt vor dem riesigen Eingangsportal stehen.

Zu beiden Seiten befindet sich ein schwarzer, schmiedeeiserner Zaun. Das Gebäude erhebt sich vor mir in den Himmel, und darüber, ganz weit oben, wo früher ein schönes rundes Fenster war, befindet sich jetzt das Auge-Logo, dessen eisblaue Farbe im Abendhimmel schimmert. Fast wie ein eigener Planet.

Fasziniert starre ich zu ihm hinauf.

Sie nennen das Gebäude immer noch *Royal Courts of Justice*, obwohl es hier keine Gerechtigkeit mehr gibt. Nur die Studios von *Death is Justice* und die Büros der Produktionsfirma.

Eines Tages vielleicht, denke ich, *wird es wieder zu dem, was es einmal war: ein Ort, an dem wahres Recht gesprochen wird.*

Ich biege in die nächste Seitenstraße ein und sacke in einem Hauseingang zusammen. Hier im Schatten kann ich ungestört das alte Gemäuer und die Bogenfenster bewundern. Mal abgesehen von dem Auge-Logo sieht die Fassade alt und gediegen aus. Ganz im Gegensatz dazu ist drinnen alles auf Hochglanz poliert und modern bis zum Gehtnichtmehr. Ein Ort, an dem die Welt immer in Ordnung ist.

Wir lächeln. Ihr applaudiert.

Wir berichten von irgendeinem Skandal. Ihr staunt.

Schalten Sie auch morgen wieder ein.

Mehr Zuschauer, mehr Stimmen, mehr Geld.

Da wird schon was dran sein, an der Geschichte, sagt ihr.

Also bringen wir ein paar Leute um, und ihr jubelt.

Die Kriminalstatistiken sind gesunken. Es funktioniert, sagt ihr.

Macht einfach die Augen zu, ignoriert die Fakten, stellt keine Fragen!

Es ist einfacher so.

Mir passiert so was nicht, sagt ihr. Wieso sollte mir das was ausmachen?

Gleichgültigkeit.

Als ich höre, wie in der Nähe ein Tor quietschend geöffnet wird, vergrabe ich mein Gesicht schnell in meinen Mantel und lehne mich weiter zurück in den Schatten.

»Kann ich Ihnen ein Taxi rufen, Mr. Decker?«, erkundigt sich eine männliche Stimme.

»Nein, vielen Dank, nicht heute Abend. Die frische Luft wird mir guttun«, kommt die Antwort.

Decker, überlege ich. *Decker. Was? Joshua Decker? Der Fernsehtyp?* Ich beuge mich ein wenig aus dem Schatten hervor und erhasche einen Blick auf ihn, wie er in meine Richtung kommt.

Verdammt noch mal, das ist er wirklich.

Ich halte die Luft an, als er näher kommt.

»Wie Sie wünschen, Mr. Decker«, ruft ihm die männliche Stimme hinterher. »Also mir wäre das ja zu kalt.«

Als er an mir vorbeigeht, höre ich, wie Joshua seufzt, und sehe zu, wie er den Kragen seines Mantels zum Schutz gegen den Wind hochschlägt. Wenn ich jetzt meine Hand nach ihm ausstreckte, könnte ich ihn glatt anfassen. Aber das tue ich natürlich nicht.

Ich blicke ihm nach, sehe zu, wie er sich immer weiter entfernt.

Und dann denke ich an meinen Auftritt im Fernsehen mit ihm und an meinen nutzlosen Versuch, Isaac zu helfen.

Ich stehe schnell auf, falle in denselben Trott und folge ihm.

Er geht nicht besonders schnell. Seine Route führt ihn am Old Bailey vorbei und dann zur Millennium Bridge. Er bleibt mitten auf der Brücke stehen, lehnt sich über die Balustrade, und sein Blick schweift über den Horizont.

Ich beobachte ihn und frage mich, was er wohl gerade denkt.

Ich warte ein ganzes Stück weiter hinter ihm, aber selbst von hier aus sieht er nicht so wie im Fernsehen aus. Er macht eher einen traurigen Eindruck.

Nach einer Weile geht er weiter, und ich nehme wieder die Verfolgung auf. Als er in einen Getränkeladen geht, bleibe ich in einer winzigen Seitenstraße stehen. Er kommt mit einer in Papier eingewickelten Flasche heraus. Ich halte einige Meter Abstand, während er Straßen überquert und sich durch den Verkehr schlängelt. Ich bin mir ziemlich sicher, dass er mich nicht sieht: Viele der Straßenlaternen funktionieren nicht, sodass die Bürgersteige im Dunkeln liegen. Außerdem heult der

Wind laut, und Passanten, die von den Scheinwerfern der Busse und Autos geblendet werden, wuseln durch den Feierabendverkehr. Jeder könnte jeden unbemerkt verfolgen.

Joshua betritt das Grundstück eines Hauses, von dem ich nur träumen kann. Eine breite Treppe führt zu einer imposanten Holztür mit großen Fenstern zu beiden Seiten. Das Grundstück ist von einem dieser altmodischen schmiedeeisernen Zäune umringt.

Als ihm jemand die Tür öffnet, trete ich aus den Schatten hervor und überquere die Straße.

Eve

»Max!« Eve schlägt die Tür hinter sich zu und marschiert durch das Haus Richtung Küche. »Max, bist du zu Hause?«

»Dieser Brief wurde für dich abgegeben«, sagt er, als sie die Küche betritt. »Ich musste den Empfang bestätigen.«

Sie nimmt ihn mit zitternden Händen entgegen, reißt den Umschlag auf und zieht ein Blatt Papier hervor. Während sie den Brief überfliegt, schnellt ihre Hand vor den Mund.

»Schlechte Nachrichten?«, fragt Max besorgt.

»Keine guten.«

Sie hält ihm den Brief hin, wendet sich ab und seufzt tief.

»›Sollten Sie Martha Honeydew nicht bis morgen Mittag um zwölf Uhr in die Obhut der Behörden übergeben, wird dies als Gefährdung der Sicherheit der Nation gewertet sowie als direkter Verstoß gegen die Anweisungen der Autoritäten. Dies zöge Ihre Festnahme nach sich sowie eine Anklage wegen Justizbehinderung‹«, liest Max laut vor.

Er sieht zu ihr auf. »Die wollen dich *verhaften*? Wie soll das bitte eine Justizbehinderung sein, wenn Martha sich nicht bei den Behörden meldet?«

»Darum geht es denen doch gar nicht«, entgegnet Eve. »Die denken sich einfach irgendwas aus. Sie fühlen sich von Martha – und uns – bedroht.«

»Weil sie wissen, dass wir die Originale aller Dokumente und Unterlagen haben? Und die Aufnahme der Sicherheitskameras? Obwohl sie schon alles erdenklich Mögliche unternommen haben, um uns zu diskreditieren?«

»Wieso sollten sie das Risiko eingehen, wenn sie uns doch zum Schweigen bringen können, bevor die Bevölkerung beginnt zuzuhören?«, antwortet Eve.

»Na, das wird jedenfalls nicht funktionieren«, erwidert er. »Ich habe schon alles eingescannt. Ich habe es allen Herausgebern der Zeitungen und allen Fernsehproduzenten per E-Mail zukommen lassen und jedem, den ich ausfindig machen konnte. Ich habe eine Webseite eingerichtet und dort die Videoclips hochgeladen … Ich lasse mich nicht von denen einschüchtern.«

Sie zeigt auf den Brief. »Aber Max, gegen das hier kommen wir nicht an. Wenn wir denen nicht sagen, wo sich Martha aufhält, werden sie mich holen.«

»Willst du sie denen etwa ausliefern?«

»Wie denn? Ich weiß ja nicht einmal, wo sie steckt.«

Beide verstummen. Max stellt die Kaffeemaschine an.

»Lass das mal mit dem Kaffee, mir ist nach einem Glas Wein«, murmelt Eve und nimmt eine Flasche Wein aus dem Schrank. Max liest unterdessen den Brief zu Ende.

»›Die Strafzumessung für diese schwere Straftat wurde mit einer Höchststrafe von lebenslänglicher Haft festgelegt‹«, liest er vor und sieht kurz zu Eve auf, die sich ein Glas Wein einschenkt. »›Das Strafmaß wird auf jeden einzelnen Fall abgestimmt, in Einklang mit den Richtlinien, die in *Buzz for Justice* vorgegeben werden.‹«

Eve steckt den Korken zurück in die Weinflasche. »Genau … mein Schicksal wird von drei wahllos ausgesuchten Leuten besiegelt. Das kann man ja überhaupt nicht manipulieren. Wenn zwei dieser furchtbaren Buzzer aufleuchten, lande ich im Gefängnis.«

Sie nimmt das Glas hoch und sieht Max an. »Max«, beginnt sie, »falls das passieren sollte, falls die mich wirklich für schuldig befinden sollten …«

»Schon gut«, unterbricht er sie. »Du hast es mir schon mal gesagt – falls dir irgendwas zustoßen sollte, hast du bei deinem Anwalt hinterlegt, dass ich bei …«

»Nein, das meine ich nicht. Das ist etwas …«

»Lass gut sein, Mum. Wir kriegen das schon irgendwie hin. Wir werden mit ihnen reden, es erklären.« Er schlingt seine Arme um sie und drückt sie an sich.

»Einen Sohn wie dich habe ich nicht verdient«, flüstert sie.

Martha

Wer auch immer Joshua in sein Haus lässt, steht seitlich hinter der Tür, sodass ich niemanden erkennen kann.

Was ich allerdings sehe, ist Joshuas Lächeln und die Erleichterung, die sich auf seinem Gesicht ausbreitet, weil er mit jemandem zusammen ist, den er liebt, und sich endlich entspannen kann. Das Glück, in den eigenen vier Wänden zu sein, in denen man sich so geben kann, wie man ist, und sich nicht um die Welt da draußen scheren muss.

Wie ist Joshua wohl privat? Ich habe das Gefühl, dass er jedenfalls nicht der Mensch ist, den man im Fernsehen zu sehen bekommt: der mit der perfekt sitzenden Frisur, den Designer-Klamotten und dem Filmstarlächeln.

Ich nehme die drei Steinstufen, die zu der imposanten, schwarz glänzenden Haustür führen. Regentropfen laufen an ihr hinab, und durch die Scheiben schimmert sanftes Licht nach draußen. Zu beiden Seiten der Tür stehen Pflanzenkübel.

An der Tür hängt ein Messingklopfer.

Ich nehme ihn in die Hand.

Hebe ihn an.

Aber ich kann ihn nicht gegen die Tür fallen lassen.

Vorsichtig lege ich ihn wieder zurück an seinen Platz.

Was machst du hier?, frage ich mich stattdessen.

Was willst du erreichen?

Mir ist kalt.

Ich bin hungrig, müde und allein.

Ich will … muss …

Gefunden werden? Soll Joshua die Polizei verständigen, und sollen die mich abholen, damit ich nie wieder frei sein kann?

Wenn meine Freiheit so aussieht, will ich sie dann überhaupt?

Plötzlich kann ich an nichts anderes denken als an Isaacs Gesicht auf diesem Magazin. Ich weiß keine Antwort auf meine Fragen, aber ich weiß, dass das hier noch *lange* nicht vorbei ist.

Ich gehe die Treppe hinunter zurück in den Vorgarten, aber aus irgendeinem Grund drehe ich mich noch mal um.

Joshuas wunderschönes Haus hat vier Stockwerke: das erhöhte Erdgeschoss, zwei Stockwerke darüber und dann noch ein Souterrain. Dort brennt Licht. Ich schleiche zurück und entdecke eine kleinere Treppe, die nach unten führt. Einige Stufen sind von Efeu bedeckt, andere zerbrochen.

Ich versuche, mich in der Dunkelheit zu halten, die von den Pflanzen erzeugt wird, und schleiche die Treppe hinunter.

Von der Straße aus kann man mich jetzt nicht mehr sehen. Und von innen kann man mich auch nicht sehen. Das Licht im Raum macht das unmöglich. Aber ich sehe sie.

Joshua wirft seinen Schlüssel in eine Schale, die auf dem Tisch steht, und streift sich die Schuhe ab. Dann zieht er sich die Socken aus und krümmt mit geschlossenen Augen die Zehen. Jemand anders kommt in das Zimmer, ein dunkelhaariger Mann von durchschnittlicher Größe. Er nimmt Joshua die Jacke ab und hängt sie an die Garderobe neben der Tür.

Joshua sitzt am Tisch und stützt den Kopf auf die Hände.

Der andere Mann stellt sich hinter ihn und legt ihm die Hände auf die Schultern. Dann schlingt er seine Arme um ihn und küsst ihn.

Hmm, denke ich, *das hat er aber schön für sich behalten. Warum wohl?*

Und dann kommt mir *Death is Justice* in den Sinn. Er ist das neue Aushängeschild der Sendung. Die Frauen schmachten ihn reihenweise an. Wie viele von denen schalten wohl bloß ein, um ihn zu sehen? Ob die Produktionsfirma weiß, dass er schwul ist? Würde es ihnen etwas ausmachen? Würde es der Öffentlichkeit etwas ausmachen? Den Zuschauern? Und den Wählern?

Jetzt setzt sich der Mann neben Joshua. Joshua sieht auf und schüttelt den Kopf, ich sehe die Tränen, die über sein Gesicht laufen, und wie sein Partner ihm ein Taschentuch reicht.

Das ist privat, denke ich und gehe zurück auf die Straße.

Was soll ich jetzt machen?

Die kostbaren vierzig Pfund von Max benutzen und sehen, ob ich irgendwo ein Hotelzimmer bekommen kann? Aber wo wäre ich sicher?

Ich wünschte mir, mein Leben hätte eine Pause-Taste, auf die ich jetzt drücken könnte, um mich ein wenig auszuruhen und nachzudenken.

Ich bin so furchtbar müde und friere, friere bis auf die Knochen, aber ich kann nicht aufhören. Jede Minute, jede Sekunde, die ich verschwende, bringt Isaac seinem Tod eine Sekunde näher.

In fünf Tagen kannst du dich ausruhen, rede ich mir gut zu. *Dann kannst du schlafen. Und dann kannst du zurückblicken und dir sicher sein, dass du alles, wirklich alles, getan hast, was in deiner Macht stand.*

Aber jetzt gerade tue ich nichts. Absolut nichts. Ich brauche Raum, um nachzudenken und zu planen, was ich als Nächstes tun werde.

Der Premierminister

Mit schnellen Schritten geht der Premier einen langen, holzvertäfelten Flur entlang. Ein Teppich verschluckt seine Schritte, und von den Wänden starren die Porträts ehemaliger Premiers auf ihn herab.

Er hat sie unzählige Male gesehen und geht wie immer an ihnen vorbei, ohne auch nur einen einzigen Gedanken an sie zu verschwenden. Für ihn sind sie weder geschichtsträchtig, noch haben sie sonst irgendeine Bedeutung: In seinen Augen sind sie nichts als alte Gemälde.

Er kommt durch eine Flügeltür, biegt links ab und presst einen Daumen gegen ein Lesegerät an der Wand. Eine Tür öffnet sich klickend, und er betritt einen blau gestrichenen Raum.

An einer Wand des Raumes befindet sich ein riesiger Bildschirm, der von kleineren Bildschirmen umgeben ist. Auf den kleinen Bildschirmen sind verschiedene Ansichten von Sicherheitskameras zu sehen: Sie sind auf Straßen, Kreuzungen, Häuser, Geschäfte und Schulen eingestellt, während auf dem Bildschirm in der Mitte ein Satellitenbild der City, der Avenues und der Kratzer zu sehen ist. Die Aufnahme ist mit kleinen roten Punkten übersät, von denen manche an Ort und Stelle bleiben und andere sich in alle Himmelsrichtungen bewegen.

Vor den Bildschirmen stehen zwei Drehsessel aus Leder. Auf einem von ihnen sitzt Sofia, die Assistentin des Premierministers.

»Sir«, begrüßt sie ihn und steht auf, als er den Raum betritt. »Ich habe alles auf einem Feed für Sie zusammengefasst. Sie ist es eindeutig.«

Der Premier setzt sich.

»Wie jeden Abend um diese Zeit bin ich alle Feeds der Promi-Häuser durchgegangen. Joshua Decker ist erst kürzlich auf die Beobachtungsliste gekommen, sonst hätte ich mir sein Haus erst in ungefähr einer Stunde angesehen.« Während sie spricht, drückt sie auf ein paar Tasten, und alle Feeds auf den kleinen Bildschirmen verschwinden.

»Dann habe ich alles zurückverfolgt und die Route abgesteckt, die sie genommen haben muss. In den Kratzern gestaltet sich das etwas schwierig aufgrund der vielen mutwillig zerstörten Sicherheitskameras – Sie werden sehen, dass einige Bilder unscharf sind und einige ganz ausfallen.«

Die Feeds der Sicherheitskameras erscheinen auf den kleinen Bildschirmen, und man sieht verschiedene Aufnahmen von Martha in unterschiedlichen Gegenden, die von einem Bildschirm zum nächsten springen.

»Mir ist es aber trotzdem gelungen, ihren Weg ganz zurückzuverfolgen. Es scheint, dass sie sich in Gus Evans' Wohnung aufgehalten hat.«

Auf dem Hauptbildschirm verschwinden alle roten Punkte, und die Aufnahme zoomt auf die Kratzer.

»Als wir damit begannen, die neu ausgeteilten Handys online auszuwerten, fiel mir ein altes Signal auf, das mit ihrer Route übereinstimmt. Ich gehe davon aus, dass sie Max Stantons Handy bei sich hat. Glücklicherweise haben wir alle alten Signale archiviert, sodass ich es zurückverfolgen konnte.«

Sie bedient weitere Tasten, und ein einzelner roter Punkt erscheint auf dem Bildschirm.

»Und da ist sie. Oder besser gesagt, war sie.«

»Sind Sie sich sicher, dass sie es ist?«, vergewissert sich der Premier.

»Absolut sicher. Wie Sie sehen, habe ich die Aufnahmen der Sicherheitskameras mit dem Signal dieses Handys abgeglichen …«

Sie verstummt, drückt auf verschiedene Tasten, bis auf dem großen Bildschirm die Route eines einzelnen roten Punktes zu sehen ist und auf den kleinen Bildschirmen die Aufnahmen der Sicherheitskameras von Marthas Weg durch die City.

»Erstaunlich. Jetzt haben wir sie also rund um die Uhr im Visier?«

»Das ist richtig, Sir. Tatsächlich können Sie jetzt mit der neuen Handys-für-alle-Initiative jeden Bürger überwachen.«

»Das ist genau das, was ich wollte«, erwidert er und kann ein Lächeln nicht unterdrücken.

»Solange niemand davon erfährt. Ich denke, einige Leute wären nicht besonders glücklich darüber, rund um die Uhr observiert zu werden.«

Er winkt ab. »Die werden mit dem Argument ruhiggestellt, dass sie wohl etwas zu verbergen haben müssen, wenn sie sich so gegen die Überwachung wehren. Nein, das stellt kein Problem dar. Sofia, Sie haben sich selbst übertroffen. Ich habe Ihnen diese Aufgabe anvertraut, und Sie haben es sich wirklich verdient, in Zukunft noch mehr verantwortungsvolle Aufgaben zu übernehmen. Ganz hervorragend. Sie können jetzt gehen. Machen Sie heute früher Schluss.«

Sie wirft einen Blick auf die Wanduhr – 23:30 Uhr.

»Vielen Dank, Sir«, antwortet sie, steht auf und verlässt den Raum.

Der Premier lehnt sich im Sessel zurück. Nachdenklich trommelt er mit den Fingern gegen das Kinn, verengt die Augen zu Schlitzen und seufzt. Dann beugt er sich zur Tastatur vor, holt das Optionsmenü auf den Bildschirm und gibt ›Patty Paige‹ in die Suchfunktion ein. Für einen Moment wird die Aufnahme auf dem Bildschirm unscharf und zoomt dann auf einen roten Punkt in der City, der sich in einem Gebäude befindet und sich nicht bewegt.

Er nimmt sein Handy vom Schreibtisch und wählt.

Als es klingelt, bewegt sich der rote Punkt aus dem Gebäude in eine Seitenstraße.

»Hallo?«, nimmt Patty den Anruf entgegen.

»Patty, Liebes, wie geht es dir?«

Sie antwortet nicht sofort. Stattdessen ist das Rauschen des Straßenverkehrs zu hören.

»Stephen?«

»Für dich bin ich immer noch Premierminister, Patty. Wie geht es dir?«

»Gut, danke«, antwortet sie.

»Hervorragend. Ich war etwas besorgt. Ich dachte mir, dass es dir vielleicht schwerfällt, den Verlust deines Mannes zu verarbeiten und dazu noch, dass sich dein Sohn im Todestrakt befindet.«

»Er ist nicht mein Sohn.«

»Du hast doch nicht etwa das Verlangen, deine Sorgen im

Alkohol zu ertränken?« Er zoomt weiter, bis der Bildschirm eine Bar zeigt, aus der Patty gerade gekommen ist. Ihr Name – Holly's – prangt in Neonschrift davor.

»Ich weiß noch, dass du immer ganz gern ins Holly's gegangen bist …«

»In die Spelunke? Niemals«, entgegnet sie. »Ich sitze im Auto. Bin gerade an den Straßenrand gefahren. Du kannst bestimmt den Verkehr hören.«

»Ich glaube dir aufs Wort, Patty«, sagt er, während er dem roten Punkt dabei zusieht, wie er sich näher an den Straßenrand bewegt. »Du genießt mein vollstes Vertrauen.«

»Gut«, erwidert sie. »Wie versprochen habe ich die Sache voll im Griff. Das ist absolut kein Problem. Ich kümmere mich um Honeydew.«

»Es wäre wirklich schrecklich, Patty, wenn wir einander nicht vollkommen verstünden. Wie ich zuvor gesagt habe, sähe ich mich gezwungen, unsere Freundschaft und Vereinbarung zu terminieren. Bis jetzt war alles zu unserem gegenseitigen Vorteil. Damit das auch in Zukunft so bleibt, müssen wir vollends miteinander kooperieren.«

»Absolut«, stimmt sie zu.

»Und wo genau ist Honeydew jetzt?« Er holt das Optionsmenü zurück auf den Bildschirm.

»Ähm …«

»Du hast mehrmals beteuert, dass du die Sache in Ordnung bringst.« Er gibt ›Martha Honeydew‹ ein.

»Ich kann dir versichern …«

»Wo ist sie jetzt gerade, Patty?«

Das Satellitenbild vergrößert sich, bis ein roter Punkt an einer Ecke erscheint. Dann zoomt die Aufnahme wieder heran.

»Ich …«

»Soll ich es dir sagen?«

»Sie … sie versteckt sich in den Kratzern.«

»Falsch, da ist sie nicht.« Er schnalzt missbilligend. »Ganz offensichtlich hast du überhaupt keine Ahnung, wo sie sich aufhält. Und wenn du nicht weißt, wo sie ist, hast du die Situation auch auf keinen Fall im Griff.«

Er tappt ungeduldig mit einem Fuß auf den Boden.

Patty antwortet nicht.

»Sie befindet sich in einem Park in der Nähe von Joshua Deckers Haus. In dem mit dem Musikpavillon. Du hast vierundzwanzig Stunden. Wenn du die Situation bis dahin nicht unter Kontrolle hast, werde ich dein öffentliches Ansehen vernichten. Ist das klar?«

»Woher …«

»Ich gehe nicht davon aus, deinen Teil unserer Vereinbarung erledigen zu müssen. Verschwinde aus dieser heruntergekommenen Bar und tu endlich was.«

»Spionierst du mir etwa nach?«

Er ignoriert ihren aufgebrachten Ton. »Sofia wird dich über alle neuen Entwicklungen informieren. Und jetzt mach dich an die Arbeit, Patty. Dich zu Fall zu bringen würde eine ziemliche Schweinerei anrichten. Morgen Abend. Keine Ausreden.«

Er hängt auf und sieht auf die Bildschirme vor sich. »Martha Honeydew, du bist ein lästiges Gör.«

Tag 3

Martha

Mir ist furchtbar kalt. Es ist so eiskalt draußen, dass ich selbst mit der Decke über dem Mantel friere. Kann mich nicht daran erinnern, wann ich zuletzt richtig gut geschlafen habe.

Wahrscheinlich vor jenem Abend – dem Abend, an dem du Jackson erschossen hast. Als wir zusammen in meiner Wohnung waren.

Ich sitze hier und warte, bis sich meine Augen an die Dunkelheit gewöhnt haben. Ich kann die Umrisse von Bäumen ausmachen, die sich im Wind wiegen, und das Rascheln der Blätter höre ich auch. Ich halte die Kälte aus, weil ich keine andere Wahl habe. Zu den paar Menschen, denen ich wirklich vertraue, kann ich nicht gehen. Also bleibe ich hier.

Irgendwo läuten Kirchenglocken. Ich zähle mit – eins, zwei, drei, vier, fünf.

Ich nehme meine Kette ab und lasse Isaacs Ring auf meine Handfläche fallen. Ich starre ihn an. Fünf ineinander verschlungene Ringe, die man zu einem einzigen Ring zusammenfügen muss. Ich versuche es, aber bekomme es nicht hin. Ich denke daran, was er mir schrieb: ›Ich hoffe, du wirst ihn tragen und dich an mich erinnern, wo auch immer ich jetzt sein mag. Und ich hoffe, er wird dich dazu inspirieren weiterzukämpfen.‹

Ich versuche noch einmal, die Ringe zusammenzufügen,

aber sie verhaken sich ineinander und fallen dann wieder auseinander.

Frustriert fädele ich sie zurück auf die Kette.

Ich versuche es, Isaac, denke ich. *Ich werde nicht aufgeben.*

Ich starre in den Himmel, der immer noch dunkel ist: ein samtiges Blau mit leuchtenden Sternen. Unser Himmel, Isaac, unsere Sterne. Kann mir nicht vorstellen, wie es sein würde, zum Himmel aufzusehen, wenn du nicht mehr da wärst.

Ich habe das Gefühl, als sähe ich dabei zu, wie ein Zug auf ein Auto zurast, das auf den Gleisen feststeckt. Alle anderen stehen nur rum und warten auf den Aufprall.

Ich weiß, dass er kommt.

Ich weiß, dass ich den Zug irgendwann zum Stillstand bringen kann, die Fahrt verlangsamen kann, aber nicht rechtzeitig, um das Auto von den Schienen zu bekommen.

Meine Güte, das ist wirklich eine verrückte Scheiße.

Wenn du mir vor einem Jahr gesagt hättest, dass das hier passieren würde, hätte ich dich ausgelacht. Wenn du es mir vor zwei Wochen erzählt hättest, hätte ich etwas davon geglaubt. Wenn du es mir vor einer Woche erzählt hättest, weiß ich nicht, ob ich dann immer noch durchgezogen hätte, was in Zelle 7 passiert ist.

Isaac

Ich warte auf den Sonnenaufgang und darauf, in eine neue Zelle gebracht zu werden.

Gestern, als sie mich von der Zelle davor in diese hier schleiften, konnte ich einen Blick auf die Tür zu Zelle 7 am Ende des Flurs werfen. Sie sieht aus wie das Tor zum Himmel. Oder zur Hölle.

Oder wie der Durchgang zur Bühne im Theater.

Wir sind hinter der Kulisse, und die Menschen, unser Publikum, warten auf der anderen Seite auf unsere Vorstellung.

Werden sie bekommen, was sie wollen?

Werden sie meine Darbietung mit Applaus belohnen?

Mir vielleicht sogar Standing Ovations geben?

Was für eine Farce.

Mir wird übel vor Angst.

Martha

Der dritte Tag ist angebrochen, und ich habe es immer noch nicht geschafft, dir irgendwie zu helfen.

Ich ziehe das Handy, das Max mir gegeben hat, aus der Manteltasche. Mein eigenes habe ich nicht oft benutzt, weil ich es mir nicht leisten konnte. Hatte ein uraltes Ding, das ungefähr so groß wie ein Ziegelstein war, mit dem man nur telefonieren konnte. Aber ich hatte ja sowieso kein Geld und niemanden, den ich hätte anrufen können.

Das von Max sieht schicker aus.

Die Zeit auf dem Display leuchtet mir in der Dunkelheit entgegen – 5:16 Uhr – und ein verpasster Anruf. Auf dem Display steht ›Zuhause‹. Für eine Sekunde spüre ich ein Ziehen in der Magengrube, aber es ist ja nicht mein Zuhause. Es ist das von Max. Er wird sich von dort aus gemeldet haben, damit ich weiß, von wem der Anruf stammt. Er hat um 2:30 Uhr angerufen – ich muss wohl geschlafen haben.

Er hat außerdem eine SMS geschickt.

›Wo bist du? Ich mache mir Sorgen. Können wir uns irgendwo treffen? Ruf mich an.‹

Später, denke ich.

Als ich aufstehe, sind meine Arme und Beine steif und tun weh. *Diese ganze Geschichte hätte sich im Frühling oder Sommer abspielen können*, denke ich, *aber nein* … Ich stakse vom Musikpavillon weg und durchquere den Park.

Es ist still und ruhig.

Isaac, falls ich dich da rausholen kann, können wir diesen Park vielleicht mal zusammen besuchen. Durch das Herbstlaub laufen oder über den eisigen Rasen spazieren. In Wollhandschuhen Händchen halten.

Ich verlasse den Park, und die Straßen um ihn herum sind geschäftiger, als ich gedacht hätte. Es ist ein komisches Gefühl, einer Stadt dabei zuzusehen, wie sie aufwacht und zum Leben erweckt wird. Ich sehe Leute, die auf dem Weg zur Arbeit sind, und frage mich, was in ihren Welten los ist. Sind sie glücklich oder traurig, liegt jemand, den sie kennen, im Sterben, oder leben sie vielleicht von der Hand in den Mund?

Manchmal kann man es ihnen an den Augen ablesen, aber die meisten hasten wie Roboter mit vorgebeugten Schultern auf den grauen Bürgersteigen vorwärts.

Sie wirken wie Maschinen.

Darauf programmiert, auf einer bestimmten Route von A nach B zu gehen. Programmiert, das zu glauben, was man ihnen sagt, und keine Fragen zu stellen. Programmiert, etwas in der Zeitung zu lesen und zu glauben, dass es stimmt.

Und programmiert, eine Minute lang Mitleid mit Leuten zu haben, die leiden müssen, dann dankbar zu sein, dass es sie nicht getroffen hat, und schließlich zu vergessen, dass sie es überhaupt gesehen oder gehört haben.

Teilnahmslosigkeit. Ignoranz. Feigheit.

Meine Güte, ich klinge schon wie eine vollkommen verrückte Aktivistin.

Schließlich erreiche ich mein Ziel.

Der Todestrakt türmt sich direkt vor mir auf und zeichnet sich bedrohlich in all seiner Größe in der Dunkelheit ab.

Er macht mir Angst, aber dann denke ich daran, dass Isaac in einer der Zellen sitzt.

Schwarze, schmiedeeiserne Zäune und schwarze, schmiedeeiserne Tore, eine massive Holztür am Eingang und darüber das riesige Auge, das eisblau leuchtet, blinzelt und alles sieht. Alle paar Minuten dreht sich der Schriftzug ›Auge um Auge‹ um die Pupille, und dann ist ein Kratzen zu hören, das wie statisch aufgeladen klingt. Es lässt mich erschaudern.

Denn es erinnert mich an das Gefühl, auf diesem Stuhl zu sitzen: die Klammern an den Handgelenken, die kalte Krone auf dem Kopf.

Die Angst …

Wie nah dran ich war …

Und jetzt Isaac …

Ich starre angestrengt durch die Dunkelheit. Neben der massiven Holztür steht in wesentlich kleineren Buchstaben ›Gesponsert von Cyber Secure‹, zusammen mit dem Logo der flauschigen Wolke mit Vorhängeschloss.

Ich gehe auf die andere Seite des Tors. Hier führt ein Pfad über das Gelände, vorbei an dem Baum, zu dem Eingang, durch den die Zuschauer zu den Hinrichtungen gehen.

Der Baum, denke ich. Es überrascht mich, wie sehr mich der Gedanke an ihn tröstet. Ich wage es, ein paar Sekunden stehen zu bleiben. Als Vögel aus seinen Ästen fliegen, bin ich erleichtert, dass er immer noch voller Leben steckt, und muss lächeln.

Die kleinen Dinge zählen.

Ich schleiche weiter um die Anlage herum. Je weiter ich mich von dem von der Straße aus einsehbaren Gebiet entferne, desto ungepflegter wird es. Hier hinten sind einige der Straßenlaternen kaputt, und eine von ihnen flackert ununterbrochen. Als ich um die Ecke biege, geht der schmiedeeiserne Zaun in eine alte Steinmauer über. Ich folge ihr, weg von der Straße, und der Pfad verwandelt sich in Gras.

Kein Licht, keine Autos, nichts.

Die Sonne ist noch nicht aufgegangen.

Ich kann kaum die Hand vor Augen sehen. Plötzlich fühlt es sich an, als wäre ich gar nicht mehr in der City.

Meine Stiefel sind jetzt nass, und der Boden ist aufgeweicht und matschig.

Natürlich, bei all dem Regen.

Ich recke mich und kann die obere Kante der Mauer ausmachen, jedoch weder darüber hinweg, noch die Rückseite des Traktes sehen.

Vor mir ragt ein Baum in den Himmel. Er ist nicht riesig, aber …

Ich bleibe stehen und überlege. Ich umkreise den Baum, berühre ihn, schätze den Abstand der Äste ab und reiße die Augen auf, damit ich so viel wie möglich sehen kann.

In meinem Kopf schwirren lauter Ideen umher, von denen ich nicht weiß, ob ich es wage, sie in die Tat umzusetzen.

Was soll schon passieren, flüstert mein Verstand, und die Frage hängt wie eine Atemwolke in der Luft.

Ich seufze.

Was soll's, denke ich. *Was habe ich schon zu verlieren?*

Es ist nicht schwer, auf den Baum zu klettern, denn überall ragen Äste hervor. Ich schaffe es relativ leicht, auf die Höhe der Mauer zu kommen. Ich linse hinüber und kann jetzt das Gebäude sehen. Auf dieser Seite ist es nicht so imposant, alles wirkt eher gedrungen und verlottert. Okay, hier muss es ja nicht gut aussehen – die Öffentlichkeit bekommt es schließlich nicht zu Gesicht.

Und dann fällt mein Blick auf die Fenster.

Mann, das ist vielleicht komisch.

Erinnerungen daran, was da drinnen vor sich ging, blitzen vor meinen Augen auf. Ob es wohl immer noch genauso ist? Eve hat gesagt, sie verändern manchmal die Folter-Abfolge der einzelnen Zellen und bringen neue Elemente rein. Das Fenster ganz links leuchtet grellweiß – das muss Zelle 1 sein. Die ist also immer noch so. Und, meine Güte, es hat so furchtbar viel geregnet – in welcher Zelle war noch mal das Loch? In Zelle 3? Oder ist das jetzt vielleicht anders? Irgendeine andere perverse Art der Folter unter dem Deckmantel der sogenannten Gerechtigkeit.

Isaac muss in Zelle 2 sein. Sie haben ihn noch nicht verlegt. Das geschieht erst bei Sonnenaufgang, und jetzt ist es ungefähr 5:30 Uhr. Wann geht im November die Sonne auf? Jedenfalls noch lange nicht.

Da, das da muss das Fenster von Zelle 2 sein.

Als ich mir die Reihe der Fenster ansehe, fällt mir auf, dass sie tatsächlich immer kleiner werden.

Dann blicke ich nach unten und überlege, ob ich die Mauer von der anderen Seite wieder hochklettern könnte.

Ich bin mir nicht sicher.

Aber … das da drüben ist Isaacs Zelle. Da. Gleich da. Da ist er drin. Ich springe, ehe mich mein Verstand vom Gegenteil überzeugen kann. Die Landung ist hart, aber es ist nichts passiert. Ohne zu warten, renne ich über den Rasen und stelle mich unter sein Fenster.

Ich habe absolut keinen Schimmer, was ich jetzt machen soll.

Ich lehne mich gegen die Wand und überlege. Das Fenster liegt nicht besonders hoch. Wenn ich jetzt etwas rufen würde, könnte er es wahrscheinlich hören. Oder ich könnte etwas suchen, um zum Fenster hochzuklettern, und ihn sehen.

Dann könnte ich mit ihm sprechen.

Die Scheibe zerbrechen, falls da überhaupt eine ist – ich weiß es nicht mehr –, und seine Hand halten.

Bei ihm sein.

Allein.

Er ist – was? – ein paar Meter von mir entfernt. Vielleicht drei. Ich schließe die Augen und stelle mir vor, wie er auf der Pritsche liegt. Wenn ich doch nur in die Zelle spazieren und mich neben ihn legen könnte. Wir könnten einander umarmen, und alles um uns herum würde verschwinden.

Schön wär's.

Ich trete einen Schritt zurück und hole tief Luft.

»Isaac!«, zische ich zum Fenster hoch.

Ich verharre und warte. Nichts.

»Ich liebe dich«, traue ich mich zu rufen, aber der Wind peitscht mir ins Gesicht und trägt meine Worte mit sich fort.

Meine Augen brennen. Ich blinzele die Tränen weg, schniefe laut und hole noch einmal tief Luft, um wieder zu rufen.

Und diesmal, so laut ich kann.

Aber dann halte ich inne.

Das kannst du nicht machen, ermahne ich mich selbst. *Denk doch mal nach, was dann passieren würde. Die Kamera in der Zelle beobachtet ihn rund um die Uhr. Die wären in ein paar Sekunden hier draußen. Du hättest absolut keine Chance.*

Ich starre aus der Dunkelheit hinauf in das Licht.

Hast du keine Angst, dass sie dich schnappen?

Natürlich habe ich die, aber ich muss das einfach machen, antwortet mein Herz meinem Verstand.

Was? Nur, damit du ihn noch ein einziges Mal siehst?

Ja! Und damit er weiß, dass ich alles versuche und ihn nicht vergessen habe.

Und damit er wieder zusehen muss, wie sie dich einsperren?

Darauf weiß ich keine Antwort.

Lass es sein, Martha. Gib's auf. Es ist unmöglich und verdammt dumm.

Ich will weiter streiten und versuchen, einen Weg zu finden, der nicht unmöglich oder dumm ist, aber ich weiß selbst ganz genau, dass ich mir etwas vormache.

Wenn ich nicht so entschlossen wäre, stark zu bleiben, könnte ich mich jetzt einfach hier hinsetzen und losheulen.

Stattdessen presse ich mich gegen die Wand und schleiche vorwärts. Es ist immer noch dunkel, aber um die Ecke scheint etwas Licht.

Ich hocke mich hin, bleibe dicht an der Mauer und arbeite mich langsam vor, bis ich das Ende der Wand erreicht habe und um die Ecke schielen kann. Ich sehe jetzt wieder den schmiedeeisernen Zaun und die Straße vor dem Gebäude, wo die Leute normalerweise Schlange stehen, um eingelassen zu werden. Ich wage es nicht weiterzugehen, aber das ist kein Problem. Von hier aus kann ich alles überblicken.

Da ist der Baum, der dicht vor dem Fenster des ehemaligen Beratungsraums steht und dessen Äste sich nach dem Mond ausstrecken.

Was hat es nur mit diesem Baum auf sich? Warum tröstet mich sein Anblick so sehr?

Weil Eve ihn dorthin gepflanzt hat, obwohl das nicht gestattet war? Weil es ein leiser Akt des Widerstandes war?

Eve war sehr gut zu mir. Sie alle waren das. Ich habe eine Menge zurückzuzahlen. Ich wende mich ab, denn ich will nicht riskieren, dass sie mich schnappen. Aber wie komme ich hier wieder raus?

So, wie ich es sehe, habe ich drei Möglichkeiten.

Ich kann mich zurück nach hinten schleichen und versuchen, die Mauer hochzuklettern. Falls es nicht abgeschlossen ist, kann ich dreist durch das Tor spazieren und darauf hoffen, so selbstbewusst zu wirken, dass mich niemand aufhält. Oder ich kann über den Zaun klettern oder versuchen, mich durch die Stäbe zu quetschen.

Keine Möglichkeit klingt gut.

Du verdammte blöde Kuh, schimpfe ich. *Das war verdammt dumm von dir. Wieso hast du das gemacht, hm?*

Du kannst mich mal, gebe ich zurück. Ich bin meinem Herzen gefolgt, nicht meinem Verstand.

Ich suche den Zaun ab, sehe Leuten dabei zu, wie sie von einer Straßenlaterne beleuchtet am Tor vorbeihasten, drehe mich zur Mauer um und frage mich, ob die erste Möglichkeit nicht vielleicht doch die beste wäre, als mir etwas auffällt.

An das alte Gebäude des Todestraktes wurde angebaut, und genau an der Stelle, wo die alte Mauer auf den neuen Zaun trifft, hat jemand schlecht gearbeitet und eine Lücke gelassen.

Das sollte reichen.

Ich mache einen großen Bogen zurück zur Mauer und husche an ihr entlang zurück zum Zaun. Jetzt kann ich sehen, warum da eine Lücke ist – ein Abfalleimer ist an dieser Stelle in den Zement eingelassen worden. Wahrscheinlich hätte es zu viel Zeit und Geld gekostet, ihn zu entfernen, aber ich könnte denjenigen küssen, der dafür verantwortlich ist. Innerhalb von Sekunden klettere ich auf den Eimer und springe hinüber.

Jetzt bin ich wieder auf der Straße. Bin etwas schmutziger, rieche etwas strenger und fühle mich etwas schlechter.

Ich setze die Kapuze auf, senke den Kopf, stopfe die Hände in die Manteltaschen und gehe weiter.

Ich weiß nicht, worauf ich gehofft habe.

Weiß nicht einmal, warum ich überhaupt hierhergekommen bin.

Du kriegst ihn da auf keinen Fall raus, belehrt mich mein Verstand. *Es ist unmöglich. Das weißt du. Er wird sterben. Du wirst alleine sein.*

Ich spiele an dem Ring, der an der Kette baumelt, und versuche, die Teile zusammenzufügen, als wohnte dem Ring eine magische Antwort inne.

Was soll ich jetzt tun?

Was *kann* ich tun?

Mir will nichts einfallen.

Nichts, nichts, *nichts.*

Und ich fühle mich so
verdammt
nutzlos.

Plötzlich hält ein Auto neben mir an.

Ich gehe einfach weiter und sehe mich nicht einmal um.

Hau ab, würde ich am liebsten rufen. *Lass mich in Ruhe.*

Ich höre, wie das Fenster mit einem elektrischen Surren herunterfährt.

Bleib bloß nicht stehen, befehle ich mir.

Ich will links abbiegen, aber da ist keine Straße.
Möchte die Straße überqueren, aber kann es nicht.
Ich werde langsamer.
Das Auto auch.
Als ich schneller gehe, zieht das Auto das Tempo wieder an.
Ich kehre um und gehe in die entgegengesetzte Richtung.
Scheiße, es hält tatsächlich an und setzt zurück. Was jetzt? Was soll ich tun?

»Martha?«, erklingt eine weibliche Stimme aus dem Auto, eine Art geflüstertes Zischen. Ich suche die Straße ab, aber es gibt keinen Ausweg.

»Martha, Süße, steige ein. Lass uns reden.«

Süße? Süße?! Was?

Ich gehe wieder in die entgegengesetzte Richtung und bin drauf und dran, über die Straße zu rennen, als der Wagen plötzlich einen Satz nach vorn macht und direkt vor meinen Füßen anhält. Ich stütze mich mit den Händen auf der Motorhaube ab und sehe durch die Windschutzscheibe.

Ausgerechnet Patty Paige!

Sie lächelt und deutet auf den Beifahrersitz.

Lächelt mich an.

Ich rühre mich nicht vom Fleck.

Auf der anderen Straßenseite wird ein Auto langsamer, und der Fahrer lässt seine Fensterscheibe herab.

»Alles in Ordnung, Fräulein?«, erkundigt er sich.

Als wäre ein Suchscheinwerfer auf mich gerichtet, stehe ich wie gelähmt vor Angst im grellweißen Lichtkegel und starre den Mann an. Scheiße, er wird mich mit Sicherheit erkennen, und dann war alles umsonst. Ich muss von der Straße runter.

Dann nicke ich ihm zu. »Alles okay«, antworte ich, gehe so

ruhig wie möglich auf die Beifahrerseite von Pattys Auto und steige ein.

In diesem Moment scheint Patty wirklich die bessere Wahl, und das will was heißen.

»Was wollen Sie von mir?«, frage ich unwirsch und sacke auf dem Beifahrersitz zusammen.

Als sie losfährt, ertönt das Klicken der Zentralverriegelung.

In einem teuren Auto wie diesem habe ich noch nie gesessen. Alles glänzt, und es riecht irgendwie komisch. Auf dem Armaturenbrett leuchtet eine helle digitale Zahl auf, die die Geschwindigkeit des Wagens angibt. Daneben gibt es alle möglichen Anzeigen. Und der Sitz ist warm. Es fühlt sich an, als hätte ich mir in die Hose gemacht.

»So spricht man aber nicht mit jemandem, der einem gerade aus der Klemme geholfen hat.«

»Das ist eine merkwürdige Perspektive«, entgegne ich. »Wenn man bedenkt, dass Sie mich gerade beinahe überfahren hätten. Eine Honeydew wurde schon überfahren. Sie wollen doch bestimmt nicht, dass man Ihnen vorwirft, nur Ihren Mann nachgeahmt zu haben.«

Sie hält vor einer roten Ampel an, und der Wagen stellt automatisch den Motor aus.

»Schickes Auto«, sage ich. »Wenn man sich so nen Scheiß leisten kann. Sie sollten besser damit umgehen. Ich nehme mal an, dass es ziemlich viel Geld kosten würde, es zu ersetzen.«

»Du solltest besser aufpassen, was du sagst. Junge Damen fluchen nicht.«

Ihre Antwort ist so absurd, dass ich lachen muss.

Die Ampel springt auf Grün, und sie fährt weiter.

»Wie?«, entgegne ich. »Sie haben ein Problem damit, wenn

Frauen fluchen, aber nicht damit, dass ein ganzes Land dazu angestiftet wird, unschuldige Menschen in den Tod zu schicken?«

»Was redest du für einen Unsinn?«

»Lassen Sie mich da vorn raus.«

»In dieser Gegend solltest du besser nicht aussteigen.« Sie setzt den Blinker und fährt auf eine Schnellstraße auf. »Außerdem will dir etwas vorschlagen.«

»Kein Interesse.«

»Das wirst du haben.« Sie biegt in einen gut versteckten Weg ein. »Gib mir fünf Minuten, um es dir zu erklären, und dann fahre ich dich zurück und setze dich ab, wo auch immer du willst.«

Ich will nichts mit dieser Schnepfe zu tun haben, aber ich halte den Mund und sehe zu, wie die Scheinwerfer einen schmalen Pfad vor uns erleuchten. Der Weg ist unbefestigt, und der Wagen holpert auf ihm durch die Dunkelheit. Ich habe keine Ahnung, wohin er führt, aber bin mir sicher, dass mich niemand hier finden würde. Ich vergrabe die Hände in den Manteltaschen. Meine Finger berühren das Handy, das Max mir gab.

»Wohin fahren wir?«, frage ich.

»An einen abgelegenen Ort«, erwidert sie.

Abgelegen, denke ich und erinnere mich daran, was in Isaacs Brief über seinen Erbteil stand – dass er es mir vermachen will, nicht Patty.

Aber was wäre, wenn es mich nicht mehr gäbe? Wenn ich nicht mehr hier wäre? Wenn ich tot wäre?

Wer bekäme das Geld dann?

Sein nächster Angehöriger, antwortet meine innere Stimme.

Und das wäre … Patty.

Verdammt.

Das würde sie nicht tun, oder?

Natürlich würde sie das, antwortet meine innere Stimme.

Warum bin ich bloß in das Auto eingestiegen?

Das Auto fährt relativ langsam auf dem Weg, überlege ich. Vielleicht könnte ich einfach rausspringen?

Aber die Tür ist verriegelt. Glaube nicht, dass ich rauskönnte. Und was, wenn ich es doch könnte? Was würde sie dann machen? Mich überfahren?

Scheiße.

Scheiße, Scheiße, Scheiße.

Sie hält an, ehe ich irgendetwas unternehmen kann, und stellt die Scheinwerfer aus.

»Komm«, sagt sie bloß.

Sie entriegelt die Tür und steigt aus.

Ich folge ihr, bleibe aber auf Abstand.

Mein Herz pocht wie verrückt.

Meine Handflächen sind verschwitzt.

Wir sind beim Fluss. Ich kann das Gurgeln des Wassers hören und spüre die Luftfeuchtigkeit.

»Komm hierher!«, fordert sie mich auf. »Gleich geht die Sonne auf. Das sieht wunderschön auf dem Wasser aus.«

Vergiss es, denke ich. *Ich weiß, wie verdammt kalt das Wasser ist und wie schnell man bei der Kälte ertrinkt, wenn man hineinfallen sollte.*

»Ich bleibe hier«, entgegne ich.

»Wie du willst.«

Ich zucke mit den Schultern.

»Wir zwei haben ein gemeinsames Problem«, sagt sie und schlendert auf mich zu. »Isaac.«

»Wieso ist er ein Problem?«

»Die Lage, in der er steckt, ist unser Problem.«

Ich lehne mich gegen ihr Auto, weil ich glaube, dass es sie ärgern wird, und fahre mit den Fingern über den Lack, während ich ihr zuhöre.

»Was auch immer du von mir hältst, Martha Honeydew, ich habe diesen Jungen wirklich sehr gern und möchte nicht, dass er stirbt. Ich habe bereits einen Mann in meinem Leben verloren; ich habe kein Interesse daran, einen weiteren zu verlieren.«

Es gibt eine Menge, was ich darauf antworten möchte, aber ich presse die Lippen fest aufeinander.

»Ich weiß, dass deine Gefühle für ihn tief und echt sind, und es ist wirklich eine Schande, dass es zu dieser Situation kommen musste. Ich denke wirklich, dass dieses ganze … Spektakel … hätte vermieden werden können. Oder man hätte besser damit umgehen können.«

»*Spektakel?*«, wiederhole ich ungläubig.

Sie beachtet meinen Einwand nicht.

»Trotz allem ist er immer noch mein Sohn. Ich habe ihn großgezogen. Ich trage ihm gegenüber eine Verantwortung.«

»Ja und?« Wieso kommt sie nicht endlich zur Sache? Sie macht ein paar Schritte auf mich zu. Ihre Hände stecken tief in den Taschen eines Mantels aus Kunstpelz. Versteckt sie da etwas?

»Ich glaube, es wäre im Interesse aller Beteiligten, wenn wir Isaac da rausholen würden.«

Mein Magen rebelliert. *Ihn rausholen? Wie denn?*

»Er hat es nicht verdient, sterben zu müssen«, fährt sie fort. »Jackson war ein Schwein. Das kann ich jetzt sagen. Vorher … wurde ich von ihm unterdrückt. Er war ein furchtbarer, herrschsüchtiger Mann. Davon hat Isaac dir sicher erzählt.«

Sie blickt zu mir auf, aber ich zeige keine Regung. Das alles klingt wie eine Rede, die sie einstudiert hat, und ich beobachte sie genau – wie sie sich bewegt, was ihre Hände machen – und versuche herauszufinden, was sie im Schilde führt.

»Zusammen können wir das schaffen.« Sie macht noch einen Schritt auf mich zu.

»Wie?«, frage ich und bin sofort sauer auf mich, es getan zu haben. Aber ich bin neugierig.

»Wir sprengen ein Loch.«

Ich breche in Gelächter aus. »Sie sind doch verrückt!«, erwidere ich. »Wirklich, ich glaube, Sie sind jetzt völlig übergeschnappt!« Ich wende mich ab und marschiere los. Ich bin erleichtert – nein – enttäuscht.

»Willst du vielleicht einfach nur zusehen, wie er stirbt?«, ruft sie mir hinterher. »Willst du nicht zumindest versuchen, ihn zu retten? Er hat dich jedenfalls nicht so einfach im Stich gelassen! So weit her ist es mit deiner Liebe dann wohl doch nicht.«

Ich bleibe stehen.

Wie angewurzelt verharre ich in der Kälte und dem Wind, der über das Wasser hinwegpeitscht und durch mich hindurchfegt. Natürlich liebe ich ihn! Wie kann sie es nur wagen, das anzuzweifeln?

Weißt du noch, was du gestern Abend gedacht hast, Martha?, fragt meine innere Stimme. *Wie hast du es noch gleich ausgedrückt? ›Jede Minute, jede Sekunde, die ich verschwende, bringt Isaac seinem Tod eine Sekunde näher.‹*

»Aber was ist, wenn wir ihn aus Versehen in die Luft sprengen oder jemand anderen töten?«, flüstere ich.

»So viel Sprengstoff würden wir gar nicht nehmen, du Dummerchen.«

Ein Loch sprengen, wiederhole ich langsam in Gedanken.

»Sie reden von Sprengstoff? Von einer Bombe, richtig?«

»Es wäre wahrscheinlich das Beste, nicht vom B-Wort zu sprechen. Die Leute hören das nicht so gern, und genau genommen wäre es ja auch gar keine Bombe, sondern eher so wie im Film, wenn Gauner Sprengstoff benutzen, um an einen Safe zu kommen. Wir sprechen hier nur von einem Loch, das groß genug ist, damit er hinausklettern kann.«

Mein Verstand schlägt wild Alarm. Die Medien, die Polizei oder die Regierung würden auf jeden Fall von einer Bombe sprechen, wenn etwas hochgejagt würde!

Aber … verdammt … es gibt so viele Aber.

»Wieso brauchen Sie mich überhaupt dazu? Damit ich die Schuld auf mich nehme und Sie aus dem Schneider sind? Damit Sie sich die Hände nicht schmutzig machen müssen, wie immer?«

»Es gibt Dinge im Leben, die ich nicht gut kann. Das gebe ich gern zu. Ich kann Sprengstoff besorgen, ich habe Beziehungen, aber ich kann nicht in die Nähe des Todestraktes oder des Geländes kommen.«

»Und wieso glauben Sie, dass ich das kann?«

Sie dreht sich zu mir um und hebt ihre dünnen Augenbrauen.

»Stell dich nicht dumm«, schimpft sie. »Und glaub nicht, dass du mich für blöd verkaufen kannst, oder du wirst es bereuen.«

»Und was ist mit der Verdrahtung? Sie wissen schon, die … das *Ding* scharf macht …?« Ich höre, wie diese lächerlichen Wörter aus meinem Mund kommen, aber kann mir beim besten Willen nicht vorstellen, warum ich sie sage. Wieso verschwinde ich nicht einfach von hier und lasse diese verrückte Kuh mit ihrem verrückten Plan allein?

Wegen Isaac, deshalb.

»Das müsstest du nicht selbst erledigen. Ich habe eine Kontaktperson, die den Sprengstoff besorgen und dir zeigen würde, was du tun musst.«

Ich starre auf den Fluss hinaus und sehe dem Wasser dabei zu, wie es an uns vorüberfließt.

»Und danach? Wenn es vorbei ist, was dann?«

»Was auch immer«, antwortet sie. »Ich will bloß, dass er in Sicherheit und glücklich ist …«

»Und das hat nichts mit dem Geld zu tun?«, unterbreche ich sie.

Sie legt ihren Kopf schief. »Ah, also, schon irgendwie. Eine gewisse finanzielle Entschädigung wäre durchaus angebracht. Ich finde, ein fairer Deal wäre, wenn du Isaac davon überzeugen würdest, sich den Reichtum seines Vaters mit mir zu teilen – halbe-halbe.«

»Wieso überrascht mich das nicht?«

»Ich könnte hundert Prozent verlangen – schließlich ist ein Leben kostbarer als alles Geld der Welt. Aber ich bin nicht gierig. Und außerdem wäre es euch überlassen zu verschwinden und zu tun, was auch immer ihr wollt. Ich würde euch nicht daran hindern.«

»Ich weiß nicht …«, überlege ich. »Das klingt … das klingt viel zu gefährlich. Wenn sie mich schnappen würden …«

»Das werden sie nicht.«

»Falls jemand dabei verletzt würde – oder sterben würde – und sie mich schnappen, säße ich wieder im Todestrakt.«

»Wo sich Isaac im Moment befindet«, wirft sie ein. »Weil er

dir das Leben gerettet hat. Uns bleibt keine Zeit, um den heißen Brei herumzureden. Falls du nicht bereit bist, ihn zu retten, muss ich das wissen. Dann suche ich jemand anderen.«

Jemand anderen, wiederhole ich in Gedanken. *Wen? Und was würde Isaac davon halten? Und was wäre, wenn diese andere Person einen Fehler machen und Isaac dabei umbringen würde?*

»Du hast vierundzwanzig Stunden Zeit, es dir zu überlegen.« Sie reicht mir eine Visitenkarte mit ihrer Handynummer. »Falls ich bis dahin nichts von dir gehört habe, gehe ich davon aus, dass deine Gefühle für ihn wesentlich schwächer sind, als du vorgibst. Dann finde ich jemanden, dem er mehr bedeutet.«

Ich habe das Gefühl, als hätte sie mir in die Magengrube geboxt.

Ich stelle ihr eine letzte Frage. »Wie kommt es, dass Ihre Beziehungen dafür reichen, Sprengstoff zu besorgen und mir versprechen zu können, dass man mich nicht schnappt, aber nicht dafür, Isaac selbst da rauszuholen?«

Jetzt ist sie an der Reihe, mich auszulachen. »Ich gebe es wirklich nicht gern zu, insbesondere nicht vor dir, aber manche Dinge sind selbst für mich unerreichbar. Insbesondere seit eurer Eskapade letzte Woche. Auf diese Weise bekommen wir alle, was wir wollen. Du bekommst Isaac zurück, ich bekomme einen fairen Anteil am Erbe und das Mitleid der Öffentlichkeit. Stell dir nur mal die Entrüstung vor, wenn er von der Regierung aus dem Todestrakt entlassen würde.

Jackson war sehr beliebt. Die Öffentlichkeit besteht darauf, dass jemand für seinen Tod zur Rechenschaft gezogen wird. Sie brauchen das. Es gibt ihnen das nötige Vertrauen in unser System. Und solange sie darauf vertrauen, werden sie auch keine Fragen stellen.«

So sehr ich diese Frau auch verabscheue, sie ist ganz sicher nicht die einfältige Blondine, die sie zu sein vorgibt. Sie ist nämlich schlau, gerissen und weiß außerdem, wie man Menschen manipuliert.

»Aber ich will ja, dass sie Fragen stellen«, widerspreche ich. »Das System ist falsch. Darum geht es bei der ganzen Geschichte doch!«

»Nein. Man muss den Leuten nur suggerieren, dass ihnen zugehört wird, und sie denken lassen, dass sie eine gewisse Macht haben. Man muss sie glauben lassen, dass sie in einer Demokratie leben. Aber das ist ein Trugschluss. Manchmal muss man Zugeständnisse machen. Und Isaac ist im Moment so ein Zugeständnis.«

»Aber wenn wir ihn da rausholen …?«

»Wird es die Regierung auf terroristische Aktivitäten schieben. Die Bevölkerung wird dann noch fester hinter uns stehen.«

Mein Blick schweift über den Fluss hinweg, wo in der Ferne die Mauern des Londoner Towers zu sehen sind. Ich muss an die vielen Menschen denken, die dort hingerichtet wurden, dann an Isaac und das *wahnsinnig* moderne Äquivalent.

Kann ich das wirklich tun?, überlege ich. *Es geht gegen alles, wofür ich einstehe, wofür wir gekämpft haben.*

Aber … Isaac.

Noch vier Tage! Wie willst du in vier Tagen die Meinung der Bevölkerung ändern?

Es muss einen anderen Weg geben.

Ich hole tief Luft.

Martha Honeydew – Tochter, Freundin, Geliebte.

Martha Honeydew – des Mordes beschuldigt, Überlebende des Todestraktes, vor den Autoritäten auf der Flucht.

»Vierundzwanzig Stunden«, wiederholt Patty. Dann kehrt sie zu ihrem Wagen zurück, fährt davon und lässt mich allein mit meinen Gedanken am Flussufer zurück.

Im Haus der Stantons

Eve sitzt aufrecht im Bett. Sie hat sich die Haare zurückgesteckt, ihr Gesicht ist fleckig, und ihre Augen sind gerötet. Die Vorhänge vor dem Schlafzimmerfenster stehen halb offen, und das Tageslicht, das sich durch sie hindurchstiehlt, erhellt die Fotografien, die vor Eve auf der Bettdecke ausgebreitet liegen.

Einige von ihr.

Einige von Max.

Einige von Max' Vater Jim.

Einige von ihnen allen.

Dazwischen liegen alte Zeitungsartikel, die mit der Zeit vergilbt und rissig geworden sind.

›Unser Rechtssystem triumphiert erneut‹ verkündet eine der Schlagzeilen.

Eine andere: ›Menschenfreund für unmenschliche Tat hingerichtet.‹

Und über einem Foto einer zusammengesackten Leiche auf dem elektrischen Stuhl in Zelle 7: ›Jim Stanton: so tot wie sein Opfer.‹

Eve wendet sich ab. Ihr kommen Tränen, aber sie blinzelt sie weg, atmet zitternd durch, nimmt einen Notizblock und einen Stift von ihrem Nachttisch und beginnt zu schreiben:

Lieber Max,
bisher habe ich nie den richtigen Zeitpunkt gefunden, dir das, was nun kommt, zu sagen. Es wäre mir lieber gewesen, es dir persönlich zu erklären, aber die Situation hat sich so rasant schnell verändert, und ich habe Angst, dass alles herauskommt, bevor ich die Gelegenheit habe, es dir persönlich zu erklären. Falls du das hier liest, haben sie mich unter dem Vorwand, Martha zu helfen, abgeholt.
Und falls das so ist, fürchte ich, dass es nur eine Frage der Zeit ist, bis jemand ein Geheimnis aufdeckt, das ich dir vorenthalten habe. Falls es herauskommt, werden sie es benutzen, um daraus ein Geschäft zu machen, und sich nicht darum scheren, welche Auswirkungen das auf dich hat.
Ich möchte, dass du die Wahrheit von mir erfährst.
Und mehr als alles andere, Max, möchte ich mich bei dir entschuldigen.

Neben ihr liegt ein Umschlag mit seinem Namen.

Unterdessen schlurft Cicero in Pyjama und Bademantel durch den Flur zur Küche. Er blickt zu Max hinüber, der vor seinem Laptop am Küchentisch sitzt. Das Licht des Laptops beleuchtet sein Gesicht. Neben ihm stapeln sich Dokumente und Akten.

Max sieht zu Cicero auf und runzelt die Stirn.

»Ich habe auf dem Sofa übernachtet«, erklärt Cicero.

»Das werden die Medien bestimmt schön ausschlachten«, erwidert Max, dessen Aufmerksamkeit bereits zurück zu seinem Computer gewandert ist. »Die warten immer noch da draußen vor der Einfahrt.«

Cicero zuckt mit den Schultern und stellt den Wasserkocher an.

»Max, da gibt es nichts …«

»Das geht mich wirklich nichts an«, unterbricht ihn Max.

Cicero überkreuzt die Arme vor der Brust. »Was machen Sie da?«

Max sieht nicht auf, und seine Finger fliegen über die Tastatur.

»Die Webseite wurde gelöscht«, murmelt er. »Mit den ganzen Videos. Aber ziemlich viele Leute hatten sie schon gesehen und kommentiert. Einige haben es als Verschwörungstheorie-Mist abgetan, aber ein paar waren anderer Meinung. *Manche* hören auf uns, aber …«

»Das wird dauern?«

Max nickt. »Ja genau, vielleicht zu lange, um, Sie wissen schon, rechtzeitig etwas zu bewirken. Ich baue gerade eine neue Webseite. Wir werden sehen, was damit passiert.«

»Können die das zu Ihnen zurückverfolgen?«

»So, wie ich es gemacht habe, sollte es so gut wie unmöglich sein.«

»Was ist mit der Aufnahme aus *Death is Justice* mit Martha in Zelle 7?«, will Cicero wissen.

Max schüttelt den Kopf. »Selbst wenn sie noch eine Kopie davon haben sollten, haben sie die Sicherheitsvorkehrungen ihres Systems erhöht. Ich komme da nicht mehr rein.«

Er gibt etwas ein und öffnet eine neue Webpage – das Login für *Death is Justice*. Er tippt eine neue Adresse in das Suchfeld, und ein neuer Link erscheint auf dem Bildschirm. »Das scheint der einfachste Weg rein. Das ist wohl für einige Mitarbeiter der Sendung, Produzenten, TV-Crew oder was auch immer, damit sie sich in das System einloggen können. Falls ich über diesen Weg in das System käme, könnte ich vielleicht bis zum Archiv vordringen. Falls sie die Aufnahmen nicht schon gelöscht haben. Aber … ich brauche mehr Zeit. Und …« Er schüttelt wieder den Kopf.

Während er Max zuhört, nimmt Cicero zwei Becher aus dem Schrank und schenkt ihnen Kaffee ein.

»Ich frage mich bloß, wie Jackson es geschafft hat, das alles allein auf die Beine zu stellen. Das ist nämlich ziemlich kompliziert …«, überlegt Max.

Cicero hält vor dem Kühlschrank inne und sieht Max an. »Sie denken, dass jemand anders dahintersteckt?«

Max nickt.

»Aber wer?«, fragt Cicero und gibt Milch in den Kaffee.

»Patty Paige?«

»Patty Paige?!«, wiederholt Cicero ungläubig. »Aber die ist nichts als eine, vergeben Sie mir den Ausdruck, *hohle Nuss*.«

Max nimmt den Kaffeebecher entgegen und wendet sich wieder dem Laptop zu. Dann durchsucht er die Dokumente und Aktenorder neben sich.

»Sehen Sie sich mal diese Liste von Jackson an«, bittet er Cicero und breitet sie vor ihm aus. »Schauen Sie mal, wer da alles draufsteht.«

Cicero überfliegt die Namen. »Penny Drayton, Kommissar Hart, Ian Chobury … Moment mal … die waren mit mir im Fernsehen als Experten.«

»Lesen Sie weiter.«

»Albert DeLonzo …« Er fährt mit dem Finger über die Liste. »Das sind alles Journalisten …«

Max nickt.

»Und dann … Politiker …« Er liest weiter. »Jede Menge Politiker.«

»Mehr Politiker als alle anderen Berufsgruppen. Die Liste ist in bestimme Kategorien unterteilt.«

»Hm … da haben wir den Kanzler, den Gesundheitsminister, den Kultusminister … fast das ganze Kabinett …«

»Das sind *fast* alle mächtigen Leute in der Regierung«, sagt Max. »Abgesehen vom Premier selbst.« Er zeigt auf einen Vermerk, der neben einem der Namen steht. »Wenn man sich das mal im Detail ansieht, sind einige Sachen ziemlich ernst, wie der Vermerk für Jonny West – Sie wissen schon, der Fernsehmoderator?« Er schüttelt den Kopf. »Das ist ein ziemlicher Hammer. Aber dann sehen Sie sich mal andere an, wie den für den Innenminister.«

Cicero liest und fängt an zu grinsen. »Der Innenminister hatte sein erstes Mal mit einer Prostituierten?«

»Ja, ich meine, wen interessiert das schon?«

»Das sind alles Druckmittel«, staunt Cicero. »Und alles, was mit Sex zu tun hat, eignet sich ganz besonders dafür, Leute zum Schweigen zu bringen. Sie würden sich wundern. Als ich noch Richter war, war das den Leuten immer am peinlichsten. Wenn das rauskommt, wenn sich das im Internet verbreitet …« Er schüttelt den Kopf. »Aber nichts über den Premier?«

»Nein. Und über Pattys Familie gibt es auch nichts auf der Liste.«

»Ihre Eltern hatten jede Menge Geld und Beziehungen«, erklärt Cicero. »Sie verloren alles, bevor Jackson Patty geheiratet hat, und ihr Bruder … Was war noch gleich mit ihrem Bruder?« Er fährt mit den Fingern über seinen Schnäuzer. »Irgendetwas ist passiert. Wie hieß er noch gleich? Stuart? Stan? Oder so ähnlich. Davon stand damals nichts in der Presse, aber ich erinnere mich daran, dass zu der Zeit ziemlich viele Gerüchte kursierten. Irgendetwas mit Körperverletzung? Wurde er nicht verhaftet? Ich weiß es nicht mehr.«

Beide nippen gedankenverloren an ihren Bechern.

»Vielleicht ist das alles nur Zufall«, überlegt Max.

»Vielleicht sollten wir uns nicht zu schnell erlauben, an einen Zufall zu glauben«, gibt Cicero zurück.

Als er erneut einen Blick auf die Liste wirft, klingelt es. Ehe sie reagieren können, hämmert jemand unnachgiebig gegen die Tür.

»Was um alles …?«, schimpft Cicero und springt auf.

Max sucht mit finsterem Blick die Dokumente zusammen, nimmt den Laptop an sich und verschwindet aus der Küche.

»Falls Sie nicht umgehend die Tür öffnen, werden wir sie eintreten!«, ruft jemand von draußen.

Eve kommt aus ihrem Zimmer gerannt und zieht sich einen Pullover über ihren Schlafanzug.

»Was ist denn jetzt los? Wer ist das?«, ruft sie.

Cicero will etwas erwidern, aber Eve läuft bereits den Flur entlang zur Haustür.

Als Max mit leeren Händen in die Küche zurückkehrt, erscheint Eve in Begleitung von drei Polizisten.

»Sie haben gesagt, ich hätte bis mittags Zeit«, beschwert sie sich.

»Unsere Anweisungen haben sich geändert, Mrs. Stanton«, erwidert einer der Polizisten, und seine Augen wandern von Eve in ihrem Schlafanzug zu Cicero, der barfuß in seinem Pyjama in der Küche sitzt. »Mr. Cicero?«, begrüßt er ihn und hebt die Augenbrauen.

»Auf dem Sofa«, entgegnet Cicero. »Ich bin hier zu Gast und habe auf dem Sofa geschlafen.«

Der Polizist nickt bedächtig.

»Von welchen Anweisungen reden Sie?«, fragt Eve.

»Falls Sie die Suche nach Martha Honeydew weiter behindern, indem Sie sich weigern, sie uns auszuhändigen oder uns mitzuteilen, wo sie sich befindet, müssen wir Sie wegen Justizbehinderung verhaften.«

»Aber … sie ist nicht hier. Und ich weiß auch nicht, wo sie steckt.«

»Wir haben Grund zu der Annahme, dass Sie uns nicht die Wahrheit sagen.«

»Ich weiß wirklich überhaupt nichts. Gehen Sie zu Ihrem Vorgesetzten zurück und richten Sie ihm das aus.«

»Ich fürchte, das ist nicht möglich. Wir wurden instruiert, entweder mit Martha Honeydew oder Ihnen zurückzukehren.«

»Das ist doch absurd!«, schimpft Cicero.

»Es gibt nichts, was ich Ihnen sagen könnte«, erwidert Eve leise.

»In dem Fall, Mrs. Stanton, haben wir keine andere Wahl und müssen Sie festnehmen.«

»Sie hat Ihnen doch gesagt, dass sie nicht weiß, wo Martha ist!«, ruft Max aufgebracht. »Was soll das denn bringen, sie jetzt festzunehmen? Damit sie Ihnen auf der Polizeiwache noch mal sagen kann, dass sie es nicht weiß?«

»Wir befolgen lediglich unsere Anweisungen«, entgegnet der Polizist. »Mrs. Stanton, kommen Sie bitte mit uns mit.«

»Und wessen hat sie sich schuldig gemacht?«, fragt Cicero.

»Wie ich vorhin schon einmal gesagt habe, Sir, hat sie sich der Justizbehinderung schuldig gemacht«, antwortet er.

»Das ergibt überhaupt keinen Sinn«, entgegnet Cicero. »Die Definition von Justizbehinderung ist die Behinderung der Vollstreckung des Rechts in Bezug auf die eigene Person oder Dritter.«

»Perfekt auswendig gelernt«, kommentiert der Polizist schnippisch.

»Dann erklären Sie mir jetzt bitte einmal, wie das hier in diesem Fall zutreffen soll«, verlangt Cicero. »Welche Vollstreckung des Rechts muss in Bezug auf Martha Honeydew ausgeführt werden? Was für ein Verbrechen hat sie begangen?«

»Sie hat es versäumt, den Autoritäten mitzuteilen, dass sie minderjährig ist und ohne eine volljährige Bezugsperson gelebt hat. Nachdem dies entdeckt wurde, hat sie sich geweigert, bei den Behörden vorstellig zu werden, und lebt somit in einem fortwährenden Zustand der Unbeaufsichtigtkeit.«

»*Unbeaufsichtigkeit*? Gibt es das Wort überhaupt? Erfinden Sie jetzt einfach Vergehen?«

»Sie hat niemanden, der die volle Verantwortung für sie übernimmt wie zum Beispiel ein Elternteil oder ein Vormund …«

»Ich habe doch mehrmals gesagt, dass ich ihr Vormund sein will«, unterbricht Eve.

»Aber Sie haben es versäumt, die dafür nötigen Formulare auszufüllen. Bis diese eingereicht und bearbeitet werden und ein Bescheid vorliegt, ist eine Vormundschaft Ihrerseits nicht möglich.«

»Aber …«

»Wie gesagt, sie hat niemanden, der die volle Verantwortung für ihr Handeln übernehmen kann wie zum Beispiel ein Elternteil oder ein rechtlich beglaubigter Vormund. Und da sie sich nicht in einem Heim aufhält, befindet sie sich außerhalb der Kontrolle der Autoritäten.«

»Und das ist jetzt ein Verbrechen?«, fragt Cicero.

Der Polizist beachtet ihn nicht. »Bitte, Mrs. Stanton, wir möchten kein Aufsehen erregen. Wenn Sie jetzt mit uns kommen würden …«

»Das ist doch wohl das Allerletzte!«, entgegnet Max aufgebracht.

Eve wirft ihm einen kurzen Blick zu. »Lass es gut sein, Max.«

»Mrs. Stanton, wenn Sie nicht freiwillig mit uns kommen, müssen wir leider Gewalt anwenden.«

»Auf keinen Fall!«, ruft Max.

Eve hebt beschwichtigend die Hand. »Darf ich mich wenigstens anziehen?«, fragt sie den Polizisten.

»Leider nein. Wir haben strikte Anweisungen, Sie umgehend zu verhaften, damit Ihr Fall so schnell wie möglich entschieden werden kann.«

»Was? Sie wollen mich im Schlafanzug abführen?«, vergewissert sich Eve schockiert.

»Eve, wir können dagegen ankämpfen …«

»Ich fürchte, das wird Ihnen nicht gelingen, Mr. Cicero, Sir. Sie hat ein Verbrechen begangen, und wir haben einen Haftbefehl, der vom Premierminister höchstpersönlich unterzeichnet wurde.«

»Weil sie *dermaßen* gefährlich ist?«

»Weil Martha Honeydew eine ernsthafte Gefahr für die nationale Sicherheit darstellt.«

»Schon gut, Cicero«, sagt Eve und streift sich Schuhe über. »Was passiert jetzt?«, erkundigt sie sich.

»Darüber darf ich Ihnen leider keine Auskunft erteilen«, erwidert er.

Als Eve und Cicero kurz einen Blick wechseln, nickt er ihr zu.

»Allerdings können Sie sich über die aktuelle Situation informieren«, fügt der Polizist hinzu und reicht Cicero eine Visitenkarte. »Die Infonummer steht da, und das hier ist Mrs. Stantons Fallnummer. Sie können dort anrufen und nachfragen, wie es um den Fall steht.«

»Und das ist natürlich nicht kostenlos«, bemerkt Cicero spöttisch.

Der Polizist antwortet nicht.

Eve tritt einen Schritt vor und schließt Max in die Arme.

»Ich komme schon klar, Mum«, sagt er.

Sie lässt ihn los und sieht ihm tief in die Augen. »Überleg dir gut, wem du vertraust«, warnt sie ihn, bevor sie abgeführt wird.

Isaac

Als die Sonne aufgeht, sehe ich den Schatten des Fenstergitters dabei zu, wie sie über die gegenüberliegende Wand wandern, und wünschte mir, es würde etwas an der Temperatur hier drin ändern, aber das tut es nicht. Es ist immer noch unfassbar kalt.

Ob es draußen gefroren hat? Ich frage mich, ob die Äste des Baumes wohl mit Raureif bedeckt sind und ob der Vogel noch lebt.

Die Leute, die sich das hier ausgedacht haben, sind schlau. Die Kamera nimmt mich die ganze Zeit über auf, aber die Zuschauer wissen nicht, wie kalt es hier drin ist. Deshalb kann ich mich nicht unter der Bettdecke verkriechen, weil sie sonst denken könnten, dass ich keine Hoffnung mehr habe. Und deshalb kann ich nicht hin und her marschieren, um mich aufzuwärmen, weil sie dann vielleicht glauben, dass ich nervös bin. Und ich versuche den Drang zu unterdrücken, vor Kälte zu zittern, damit sie es nicht als Angst interpretieren.

Stattdessen sitze ich hier auf der Bettkante und tue so, als ginge es mir blendend.

Für einen Moment schließe ich die Augen und erinnere mich daran, wie ich mit Martha im Farnwald war.

Wir haben ein Lagerfeuer angezündet, das vor uns flackert, zischt und knistert. Der Rauch weht erst in die eine, dann in die andere Richtung, den Launen des Windes ausgeliefert.

Martha sitzt vor mir, und ich habe meine Arme um sie gelegt und spüre ihre Wärme und wie sich ihre Brust mit jedem Atemzug hebt und senkt.

Sie sieht zu mir auf, und ich möchte ihr am liebsten sagen, dass ich sie liebe. Ich habe es auf der Zunge, aber es scheint noch zu früh. Vielleicht würde sie es mir nicht glauben, oder vielleicht fühlt sie selbst ganz anders.

Letzte Nacht spielte mir der Wind einen Streich: Ich dachte, ich hätte gehört – hätte schwören können, es gehört zu haben –, dass sie mir sagte, wie sehr sie mich liebt. Ich wünsche mir so sehr, dass es wahr wäre, dass sie letzte Nacht bei mir gewesen wäre, dicht bei mir, und mir diese Worte zugeflüstert hätte.

Schön wär's.

Ich öffne die Augen, und das Bild, die Erinnerung und all die Hoffnung verblassen, während die Kälte in der Zelle wieder über mich hinwegflutet. Ich stehe auf, zupfe meinen Overall zurecht und gehe die drei Schritte zum Fenster. Es gibt keine Fensterscheibe. Nur für einen Augenblick strecke ich mein Gesicht der Brise entgegen, aber die Kälte ist so eisig, dass sie mir den Atem nimmt. Ich keuche auf, aber ertrage es, denn der Schmerz auf meinem Gesicht und in meinem Hals erinnert mich daran, dass ich lebe. Als ich es nicht mehr länger aushalten kann, senke ich den Kopf und starre auf meine nackten Füße.

Meine nackten Füße im Sand.

Die Füße eines Achtjährigen, die an diesem Tag nicht kalt sind, sondern sonnenverbrannt und auf einem ausgedörrten Strand stehen.

Neben mir ist noch ein Paar Füße, genauso klein, aber mit Schürfwunden, blauen Flecken und abgesplittertem Nagellack auf den Zehen.

»Zieh deine Sandalen an!«

Ich drehe mich zu Patty um, die sich in einem pinkfarbenen Bikini mit einer übergroßen Sonnenbrille und -hut auf einer Liege räkelt.

Sie nimmt sich die Kopfhörer aus den Ohren, um mit mir zu sprechen. »Ich habe nicht so viel Geld für sie ausgegeben, damit du sie nicht trägst«, schimpft sie.

»Aber *sie* hat auch keine an«, maule ich.

Das Mädchen lächelt mich an, und wir fassen uns an den Händen. »Ab ins Meer!«, ruft sie laut.

Ich will mit ihr mitlaufen, aber Patty bekommt meinen Arm zu fassen, und ihre Fingernägel graben sich wie Krallen in meine Haut.

»Sie trägt keine, weil sie sich keine leisten kann«, zischt sie. »Mit solchen Leuten geben wir uns nicht ab.«

Die großen Augen des Mädchens mit dem schmalen Gesicht betteln mich an, mit ihr zum Meer zurückzulaufen und zu spielen.

»Warum nicht?«, will ich von Patty wissen.

»Sieh dir doch nur ihre Familie da drüben an«, antwortet Patty abfällig. »Billige Kleidung und Badehandtücher, die wahrscheinlich von dem gleichen *Discounter* stammen. Und dann diese Haare! Große Güte!«

Ich weiß nicht, was mit ihren Haaren nicht stimmt oder warum es wichtig ist, Handtücher nicht in einem Discounter zu kaufen, was auch immer das sein soll. Und ich weiß auch nicht, warum man keine Kleidung besitzen soll, die billig ist. Trotzdem lasse ich die Hand des Mädchens fallen und schüttle den Kopf.

Als das Mädchen allein zum Wasser läuft, stöpselt sich Patty die Kopfhörer zurück in die Ohren und dreht sich um, damit sie ihre andere Seite in der Sonne braten kann wie ein Hähnchen am Spieß. Ich habe mich gerade auf eine der anderen Sonnenliegen gesetzt, als Jackson mit zwei Cocktails von der Bar zurückkehrt.

»Kann ich mit einem anderen Kind im Wasser spielen?«, fragte ich ihn.

Daran erinnere ich mich ganz genau – weiß nicht, warum mir das jetzt erst eingefallen ist.

»Ist das die Badehose, die dir deine Mum letztens gekauft hat?«, fragt er.

Ich nicke.

Er wirft einen Seitenblick auf Patty, die in ihre eigene Welt versunken ist, und sieht mich dann wieder an. »Dann leider nicht, Kumpel«, sagt er. »Sie würde mich umbringen, wenn ich dich damit ins Meer lasse.« Er schüttelt den Kopf. »In der darfst du nicht spielen, die war zu teuer.«

Ich sehe zu, wie er die Cocktails auf dem Holztisch abstellt.

»Die steht dir aber gut«, fügt er mit einem Blick über die Schulter hinzu.

Ich sacke auf der Sonnenliege zusammen und nehme meine Spielekonsole in die Hand.

»Kinder heutzutage«, sagt er und bedenkt mich mit einem strengen Blick. »Strand überall, und sie wollen bloß daddeln.«

Ich lege das Spiel beiseite und starre auf meine nackten Füße.

Es gibt hier so gut wie keine Ablenkung, und man hat zu viel Zeit zum Nachdenken.

Erinnerungen sickern durch, die ich nicht will.

Ich erinnere mich, dass nur Jackson zum Elternabend kam.

Jackson, der mir das Fahrradfahren beibrachte.

Jackson, der mit mir ein Baumhaus baute.

Jackson, der mir abends Comics vorlas.

Und ich habe diesen Mann erschossen.

Jackson, der meine Mutter umbrachte.

Jackson, der Drogen dealte.

Jackson, der Marthas Mutter absichtlich überfuhr.

Jackson, der andere sterben ließ, um seine eigene Haut zu retten.

Und ich habe *diesen* Mann erschossen.

Ich kriege die beiden Persönlichkeiten nicht unter einen Hut. Sie müssen parallel existiert haben. Oder vielleicht ist niemand wirklich nur gut oder nur schlecht – oder vielleicht gewann eine von ihnen am Ende die Oberhand. Oder vielleicht geschah etwas, das ihn so werden ließ.

14:30. Uhr Death is Justice

Die Musik mit dem Herzschlagrhythmus erklingt, das Auge-Logo blinzelt und erstrahlt, und die Scheinwerfer über dem Studiopublikum werden abgeblendet, während die Spots über der Bühne aufleuchten. Joshua trägt eine dunkelgraue Hose mit passender Weste und ein tief aufgeknöpftes lilafarbenes Hemd. Mit schnellen Schritten kommt er hinter der Kulisse hervor, grinst breit und winkt den Zuschauern zu.

Das Publikum jubelt und applaudiert. Er stellt sich in die Bühnenmitte und hebt beschwichtigend eine Hand.

JOSHUA: Meine Damen und Herren, vielen Dank und willkommen zu unserer heutigen Mittagsausgabe von *Death is Justice!*

Der Applaus schwillt an.

JOSHUA: Später in unserer Abendausgabe zeigen wir Ihnen live die neuesten Aufnahmen aus allen Zellen, sehen uns die aktuellen Zahlen an und diskutieren darüber, wer wohl hingerichtet wird – eine Sendung, die Sie mit Sicherheit nicht verpassen sollten, aber zunächst, liebe Zuschauer …

Er macht eine bedeutungsschwangere Pause, verengt die Augen etwas und legt den Kopf leicht schief.

JOSHUA: Heute Nachmittag haben wir einen besonderen Gast für Sie.

Ein ›Oooooh‹ geht durch das Publikum.

JOSHUA: Aber bevor wir herausfinden, wer dieser besondere Gast ist, lassen Sie uns zunächst sehen, wie es um unser aktuelles Drama steht. Ein Fall, der anders als alle Fälle ist, die wir *je* zuvor gesehen haben. Eine wirkliche Premiere hier bei *Death is Justice*. Ja, ich spreche natürlich von der Tragödie um Isaac Paige.

Während Joshua zum Tresen hinübergeht und sich links auf einen der Hocker setzt, erklingt eine emotional aufgeladene Melodie. Auf dem Bildschirm zu Joshuas Rechten wird das Auge-Logo ausgeblendet. Stattdessen ist jetzt eine Live-Aufnahme von Isaac in Zelle 3 zu sehen. Die Musik verstummt.

JOSHUA: Wir alle kennen inzwischen die tragische und schockierende Geschichte. 25,5 Millionen Menschen – das ist ganz nebenbei gesagt ein neuer Zuschauerrekord – schalteten ein und sahen, wie die unschuldige Martha Honeydew für schuldig befunden wurde, Jackson Paige erschossen zu haben. Doch dann hat dieser junge Mann hier …

Er deutet mit einer Hand auf den Bildschirm.

JOSHUA: … seine Schuld bekannt. Das war eine wahrlich herzzerreißende und unerwartete Wende des Schicksals …

ZUSCHAUER 1: Aber wir wissen immer noch nicht, was genau gesagt wurde! Das Signal war plötzlich weg!

ZUSCHAUER 2: Sie meinen wohl, ein neuer Zuschauerrekord wurde dabei aufgestellt, einen dunklen Bildschirm anzustarren!

ZUSCHAUER 3: Und auf WatchBack kann man es auch nicht sehen. Im Internet gibt es die Aufnahme auch nicht. Niemand weiß, was genau passiert ist!

Das Publikum wird lauter, und Joshua unternimmt nichts, um es zu beruhigen. Er verzieht das Gesicht, fasst sich kurz ans Ohr und hebt dann eine Hand, um seine Augen vor den Spots zu schützen. Im Publikum hört man dumpfe Schläge und ein Schleifen, dann verstummen die Stimmen. Joshua steht auf.

JOSHUA: Lassen Sie uns jetzt unseren ganz besonderen Gast begrüßen …

Der Lärm im Hintergrund ebbt ab.

JOSHUA: Meine Damen und Herren, liebe Zuschauer zu Hause, bitte heißen Sie jetzt jemanden herzlich willkommen, dem dieser Fall sehr am Herzen liegt, der die flüchtige Martha Honeydew so gut wie eine Mutter kennt. Jemand, da bin ich mir sicher, der uns einen Einblick in die angebliche Beziehung zwischen Martha und Isaac Paige gewähren kann. Ja, die Repräsentantin für Isaac Paige, unser einzigartiger dreifacher Gast hier bei *Death is Justice* … Mrs. Lydia Barkova!

Ein Spot geht an. Das Publikum applaudiert. Mrs. B, die wie immer ihren abgetragenen Rock, einen alten Pullover und eine Hornbrille trägt, kommt hinter der Kulisse hervor, schlurft zum Tresen und setzt sich ungelenk auf den Barhocker. Joshua, der noch steht, schüttelt ihr zum Gruß die Hand und setzt sich dann wieder. Der Beifall des Publikums verebbt.

JOSHUA: Mrs. B … ich darf Sie doch Mrs. B nennen, oder?

MRS. B (nickend): Das dürfen Sie. In meinen Augen sind Sie Gentleman. Ich mag Sie.

JOSHUA (mit gerunzelter Stirn und leiser Stimme): Vielen Dank, das ist wirklich nett von Ihnen. Nun, Mrs. B, Sie haben eine ziemlich schreckliche Zeit hinter sich. Ich kann mir vorstellen, das alles hat Ihnen viel Kummer bereitet und muss sehr schwierig für Sie gewesen sein.

MRS. B: Das stimmt, Mr. Decker.

Mrs. B spielt mit den Händen, die in ihrem Schoß liegen.

JOSHUA: Tatsächlich, wenn wir einmal die letzten Jahre für Sie Revue passieren lassen, haben Sie Ihre Freundin – und Marthas Mutter – Beth Honeydew verloren, Ihren eigenen Sohn …

MRS. B (ihn unterbrechend): Nicht verloren, Mr. Decker. Das ist viel zu harmloses Wort. Sie wurden umgebracht. Ermordet.

JOSHUA: Mord ist hingegen ein sehr hartes Wort, Mrs. B.

MRS. B: Was ist Definition von Mord? Ich habe in Wörterbuch nachgeschlagen. Da steht: ›Vorsätzliche Tötung eines Menschen‹. Jackson hatte geplant, Beth umzubringen, das wissen wir, haben es auf dem Video dieser Sicherheitskamera gesehen.

Ein Murmeln geht durch das Publikum im Studio. Lichtpunkte flackern auf, während einige Zuschauer ihre Handys zücken und das Interview filmen.

MRS. B: Und was ist das hier? Dieser elektrische Stuhl, der mir meinen Ollie, meinen Sohn, meinen *unschuldigen* Sohn geraubt hat?

JOSHUA: Die Todesstrafe. Gerechtigkeit.

MRS. B: Ist das nicht die vorsätzliche Tötung eines Menschen?

Joshua antwortet nicht. Mrs. B rutscht auf dem Hocker nach vorn und setzt sich aufrecht hin. Sie schüttelt langsam den Kopf.

MRS. B: Mr. Decker, Sie überraschen mich. Von Frau, die vorher hier war, habe ich das erwartet, wie hieß die noch? Dürre Frau mit Plastikgesicht.

JOSHUA: Kristina?

MRS. B: Kristina, ja. Von ihr habe ich erwartet, aber von Ihnen? Sie sind nicht dumm, und Sie stecken nicht Kopf in Sand, das sehe ich. Sie wissen, was vor sich geht. Sie kennen Wahrheit. Aber Sie sind schlau. Ein komplizierter Mann. Sie wissen, dass es Mord ist. Sie wissen, dass es falsch ist. Das sehe ich Ihnen an Miene an. Sie wissen, was mit Martha in Zelle 7 passiert ist. Sie haben Beweise gegen Politiker und wichtige Menschen gesehen, nicht wahr?

JOSHUA: Es tut mir leid, Mrs. B, aber ich weiß nicht, wovon Sie reden. Soweit ich weiß, wird offiziell untersucht, was mit den Aufnahmen dieses Abends geschehen ist und auch wie es um den Geisteszustand von Martha steht, aber ich kann mich nicht daran erinnern …

MRS. B: Sagt Ihnen Stimme im Ohr, was Sie sagen sollen? Mich wie verrückte Frau erscheinen lassen? Verrückte Russin, die nichts versteht? Kontrolliert Sie Ding im Ohr?

JOSHUA: Mrs. B, wenn wir dieses Thema bitte für einen Moment beiseitelassen und über Isaac sprechen könnten.

MRS. B: Isaac? Ok, machen wir das, sprechen wir über Isaac. Mr. Decker, sagen Sie mir, wie Leute hier und zu Hause korrekte Wahl treffen sollen, wenn sie nicht wissen, was passiert ist?

JOSHUA: Sie wissen, dass Isaac gestanden hat, seinen Adoptivvater, Jackson Paige, erschossen zu haben.

MRS. B: Wissen sie auch, warum?

JOSHUA: Das Gesetz besagt, der Grund für die Tötung eines Individuums ist irrelevant für die Bestrafung des Beschuldigten. Aber lassen Sie uns das Thema wechseln, Mrs. B, und über seine Beziehung zu Martha sprechen.

MRS. B: Nein, lassen Sie uns weiter über Gesetz sprechen. Ich weiß, was Gesetz sagt, Mr. Decker, aber ich möchte wissen, was *Sie* denken.

Sie wendet sich an das Publikum.

MRS. B: Und ich möchte wissen, was *Sie* denken.

Sie steht auf und tritt zur Zuschauertribüne vor. Joshua sieht überrascht zu.

MRS. B: Was denken Sie? Möchten Sie wissen, warum Isaac seinen Vater erschossen hat? Alle, die im Zuschauerraum von Zelle 7 waren, wissen es – sie haben es auf Video gesehen! Leute, die dort gesessen haben, wo Sie jetzt sitzen, haben es auch gesehen! Aber sie halten Mund!

Sie bleibt am Bühnenrand stehen und fuchtelt mit einem Finger durch die Luft.

MRS. B: Sie – die Behörden und die Regierung – verstecken die Wahrheit vor Leuten. Sie hindern Leute daran, etwas zu sagen. Sie verhindern, dass Leute Wahrheit erfahren! Leute wie Sie wissen nicht, dass Jackson Beth Honeydew mit Wagen überfahren hat, aber es gibt Videoaufnahme davon. Jackson, er hat Beth umgebracht, aber mein Sohn wurde dafür hingerichtet. Und Isaac? Isaac hat Jackson erschossen, um Marthas Leben zu retten! Wir haben Video gesehen mit Jackson, der Gürtel um Marthas Hals schlingt und sagt, er würde sie umbringen …

Plötzlich fängt das Mikrofon an zu kratzen, und Mrs. Bs Stimme ist nur noch teilweise zu hören.

MRS. B (laut rufend): Sie verhindern … Als Nächstes … verhindern … Sendung. Oder … mich …

Joshua kommt mit schnellen Schritten an ihre Seite.

JOSHUA (flüsternd): Lydia … setzen Sie sich bitte zurück an den Tresen.

Er zuckt zusammen und fasst an sein Ohr.

ZUSCHAUER 4: Isaac Paige hat es verdient zu sterben! Wir haben Gerechtigkeit verdient! Unsere Kinder verdienen sichere Straßen!

ZUSCHAUER 5: Auge um Auge. Er hat seinen Vater erschossen. Ich habe es gesehen. Wir *alle* haben es gesehen!

MRS. B: Auge um Auge ist Mist! Es ist falsch …

ZUSCHAUER 6: Sympathisanten wie Sie sollten die Klappe halten! Verdammte Weicheier. Wenn es nach Ihnen ginge, würden wir alle freisprechen! Er ist ein Mörder, und wir wollen keine Mörder auf unseren Straßen! Wir wollen die Gewissheit, dass unsere Familien in Sicherheit sind!

MRS. B (laut rufend): Schafft die Todesstrafe ab!

Das wütende Geschrei des Publikums zerreißt die Luft.

ZUSCHAUER 5: Und Kindermörder laufen lassen? Sie auf unseren Straßen dulden, damit sie wieder töten können? Sie sind ja völlig übergeschnappt!

MRS. B: Das hier ist keine Gerechtigkeit …

ZUSCHAUER 5: Und einfach alle laufen lassen ist es? Wo ist da die Gerechtigkeit für die Opfer? Aber ist ja auch kein Wunder, dass Sie das sagen: Ihr Sohn war schließlich ein Mörder.

MRS. B (laut rufend): Nein!

ZUSCHAUER 4: Ihr Sympathisanten seid so gefährlich wie die Mörder selbst. Leute mit Ihrer Einstellung sollte man einsperren.

ZUSCHAUER 5: Am besten stecken wir die alle in die Kratzer! Wo der Abschaum und die Sympathisanten hingehören.

MRS. B: Das stimmt nicht! Wir haben Herz. Wir denken nicht nur an Geld wie Sie!

ZUSCHAUER 5: Da muss 'ne große Mauer drum!

Die Zuschauer johlen und rufen lauter und lauter. Einige stehen auf und schütteln die Fäuste. Joshua greift nach Mrs. Bs Arm und versucht, sie wegzuziehen.

JOSHUA: Lydia! Kommen Sie!

MRS. B: Ich gebe nicht nach. Ich stehe dafür ein, woran ich glaube.

Einige der Zuschauer klettern über Sitze, andere haben ihre Handys gezückt und filmen alles mit. Plötzlich segelt eine Colaflasche auf die Bühne zu und versprüht ihren Inhalt, gefolgt von Popcorn und einem halb gegessenen Burger.

JOSHUA: Kommen Sie, Lydia! Jetzt!

Eine weitere Plastikflasche fliegt auf die Bühne und trifft Mrs. B mitten auf der Brust. Joshua zieht Mrs. B fort. Die Zuschauer kommen auf die Bühne und laufen ihnen hinterher. Die Scheinwerfer flackern. Man hört ein lautes Krachen.

Auf dem Bildschirm an der Wand erscheint unterdessen wieder das Auge-Logo, das auf die Szene im Studio zu starren scheint.

Martha

Ich muss mich entscheiden, aber dazu brauche ich einen klaren Kopf. Deshalb laufe ich tief in die City hinein, um mich in der Menschenmenge zu verlieren. Ich habe mir die Kapuze tief ins Gesicht gezogen und hoffe, zwischen den Leuten unerkannt zu bleiben.

Auf den Bürgersteigen drängeln sich die Passanten, von denen viele ihre Weihnachtseinkäufe zu erledigen scheinen.

Sieh sich nur einer die ganzen prallen Einkaufstüten an!

Wahrscheinlich sind da lauter Sachen drin, die sowieso keiner haben will. Als jemand mit mir zusammenstößt, drehe ich mich ein wenig zur Seite, und in dem Moment sehe ich es: Die Titelseite einer Zeitung, die für alle sichtbar an einem Zeitungskiosk aushängt. Und auf dem Bild bin, bin … bin …

… ich.

Ich bleibe stehen und starre auf mein Gesicht, das den Blick erwidert.

Es ist das Polizeifoto, das von mir gemacht wurde, als ich in den Todestrakt kam. Ich erstarre. Leute prallen mit mir zusammen und rempeln mich an, schieben mich beiseite, schnalzen missbilligend mit der Zunge oder schütteln den Kopf.

Meine Güte, wie furchtbar ich auf dem Foto aussehe! Meine Haare sind abrasiert, und mein Blick ist verängstigt und wild.

Ich lese die Bildunterschrift: ›Martha: eine Geisteskranke auf der Flucht‹.

Ich komme langsam näher und beuge mich vor, ohne dass mich der Verkäufer sieht. Ich überfliege den Artikel schnell und schaffe es, den ein oder anderen Satz zu lesen.

›Die angesehene Psychologin Penny Drayton diagnostiziert Honeydew eine schwere Persönlichkeitsstörung … hat ein Netz aus Lügen konstruiert … erhöhtes Geltungsbedürfnis … muss zur Sicherheit der Allgemeinheit in einer geschlossenen Anstalt …‹

Mir dreht sich der Magen um.

Die machen mich fertig. Nichts als Lügen, um ihre eigene Haut zu retten. Wie konnte ich nur denken, dass so was nicht passieren würde? Haben die das nicht schon immer so gemacht?

Mir wird übel, und ich kann nicht weiterlesen.

Dann rempelt mich eine Passantin an.

»Du kannst nicht einfach mitten auf dem Bürgersteig stehen bleiben!«, schimpft sie aufgebracht. »Du bist im Weg!«

Beinahe hebe ich meinen Kopf an und sage ihr die Meinung, aber ich schaffe es, meine Zunge im Zaum zu halten.

»'tschuldigung«, murmele ich stattdessen und husche zur Seite. Jetzt stehe ich vor dem Schaufenster eines Elektrogeschäfts.

Und da bin ich schon wieder – auf jedem einzelnen Bildschirm!

Oh Scheiße!

Jetzt verändert sich das Bild. Mein Foto rutscht in die Ecke des Bildschirmes, und eine Nachrichtensprecherin erscheint im

Bild. Sie guckt ernst, aber ich kann nicht hören, was sie sagt. Ich sehe trotzdem zu.

Am unteren Bildschirmrand läuft ein Text. Ich blinzele und blinzele und versuche, es zu lesen.

›STAATSFEINDIN UND GEFAHR FÜR DIE NATIONALE SICHERHEIT, MARTHA HONEYDEW, AUF DER FLUCHT VOR DEN AUTORITÄTEN. DIE ÖFFENTLICHKEIT WIRD GEBETEN, SICH IHR NICHT ZU NÄHERN. FALLS GESICHTET, RUFEN SIE UMGEHEND BEI UNSERER HOTLINE AN. FÜR HINWEISE, DIE ZU IHRER FESTNAHME FÜHREN, WIRD EINE BELOHNUNG AUSGESETZT.‹

Starren mich alle an?

Oder bilde ich mir das bloß ein?

Ich zittere am ganzen Körper.

Ich bekomme schreckliche Angst.

Verdammt.

Wie können die das nur machen?

Was habe ich denn schon getan?

Gefahr für die *nationale Sicherheit?*

Auf dem Bildschirm im Elektrogeschäft wird jetzt eine Aufnahme gezeigt, auf der ich durch Eves Garten laufe. Woher haben sie die? Ein Schauer läuft mir über den Rücken.

Dir ist Gans über Grab gelaufen, würde Mrs. B jetzt sagen. Ich werfe einen kurzen Blick vorbei an den Bildschirmen in das Geschäft. Da steht jemand. Ich glaube, das ist ein Angestellter. Er runzelt die Stirn, als er mich bemerkt.

Ich wende mich schnell ab, und als ich wieder in der Menge

untertauche, fällt mein Blick auf den riesigen Bildschirm, der über dem Kino montiert ist und über den normalerweise Werbungen in großen Pixeln laufen.

Aber nicht heute.

Das ist keine Werbung.

Das bin ich.

Eine riesige Version von mir.

Verdammte …

Ich schiele unter meiner Kapuze hervor und beobachte die Passanten, von denen die meisten auf den Bildschirm starren. Andere wenden sich ihrer Begleitung zu und deuten nach oben oder machen mit ihren Handys Fotos.

Ich habe überhaupt nichts getan!, möchte ich am liebsten brüllen. Tränen füllen meine Augen, und ich kann mein Zittern nicht unterdrücken.

Ich muss hier weg.

Ich gehe, so schnell ich kann, und versuche, die Leute zu meiden, die auf den Bildschirm starren.

Ich laufe um die Ecke und stehe vor einem weiteren Zeitungskiosk.

Mehr Bilder von mir.

Scheiße, Scheiße, Scheiße, Scheiße!

Ich biege wieder ab, diesmal in eine kleine Gasse. Dann überquere ich die nächste Straße und gehe eine Seitenstraße hoch, ohne zu wissen, wo ich bin oder in welche Richtung ich gehe. Nur weiter, immer weiter. Ich überquere eine breite Straße und biege auf eine schmalere Straße ein. Sofort ist weniger los. Bin mir nicht sicher, ob das gut ist.

Die haben Angst vor dir, sagt meine innere Stimme. *Die haben Angst vor dem, was du gegen sie in der Hand hast.*

Aber was soll ich jetzt machen?

Ich höre laute Geräusche – es klingt nach einer Menschenmenge. Es ist leichter, sich unter vielen Leuten zu verstecken. Leichter, unterzutauchen. Ich laufe an das Ende der Straße und komme auf einer breiteren Straße raus. Direkt vor mir befindet sich das Gebäude der Royal Courts of Justice – in dem jetzt das Fernsehstudio für *Death is Justice* untergebracht ist.

Und das Auge. Dieses gottverdammte Auge auf dem Dach.

Aber irgendetwas stimmt hier nicht.

Es liegt eine merkwürdige Atmosphäre in der Luft. Die Menge wirkt nervös, als wartete sie auf ein Ereignis. Jetzt strömen Leute aus den Haupt- und Seiteneingängen des Gebäudes.

Sie rufen laut, manche skandieren etwas, und alle klingen wütend.

Einige von ihnen schütteln die Fäuste.

Ich kann nicht verstehen, was sie sagen.

Ich verlasse die Seitenstraße und überquere den Zebrastreifen. Ich versuche, dichter an das Geschehen heranzukommen, weil ich verstehen möchte, was sie rufen.

Es stoßen immer mehr Leute dazu.

Woher kommen die alle?

Ich mische mich unter die Menge.

»Was ist denn los?«, rufe ich einem Mann zu. Er reckt seine Faust und starrt wütend auf den Haupteingang.

»Verdammte Sympathisanten!«, grölt er.

Ich erwidere nichts und halte meinen Blick zu Boden gerichtet.

»Diese Barkova!«, fährt er fort. »Die hat doch tatsächlich die

Abschaffung der Todesstrafe gefordert. Hat gesagt, wir sollen alle Mörder laufen lassen.«

Mein Magen zieht sich zusammen, und ein eiskalter Schauer läuft mir den Rücken hinab.

»*Lydia* Barkova?«

Er verzieht abfällig das Gesicht, aber ist zu sehr mit seiner Wut beschäftigt, als dass er mich beachten würde.

»Ja, diese Frau aus den Kratzern. Die war bei *Death is Justice*. Jetzt schon zum dritten Mal – das sagt doch alles! Diesmal als Isaac Paiges Repräsentantin. Die hat rumkrakeelt, hat gesagt, dass es keine Gerechtigkeit gibt, dass die Todesstrafe barbarisch ist, dass wir – Leute, die in der City wohnen – kein Herz haben und kein Gewissen. Ich meine, das ist doch absoluter Quatsch.«

»Woher wissen Sie denn, was sie gesagt hat? Waren Sie im Studio? Hat sie das genau so gesagt?«

»Ist alles im Internet. Alle wissen, was sie gesagt hat.«

Er dreht sich zu mir um, und ich ziehe mir die Kapuze schnell tiefer ins Gesicht. »Du klingst wie eine von denen. Kommst du aus den Kratzern? Wieso gehst du nicht einfach dorthin zurück?« Er schüttelt den Kopf. »Das war genau richtig, was die darüber gesagt haben: Wir sollten eine Mauer bauen.«

Ich habe genug gehört und mache mich aus dem Staub. Ich bekomme langsam Panik. Sie verbreiten nichts als Lügen und schüren Hass. Ich bemerke eine Frau mittleren Alters, die mit ihrem Handy beschäftigt ist. Ich schiele unauffällig hin und sehe, dass sie die Webseite der *National News* aufgerufen hat. Die Schlagzeile ist nicht zu übersehen.

›Sprecherin der Kratzer fordert Freiheit für Mörder.‹

Nein, denke ich. *Das hätte sie niemals gesagt*.

Die drehen uns das Wort im Mund um.

Die bringen denen bei, uns zu hassen.

Und wer sind ›die‹ überhaupt?

Wer steckt hinter dieser Hetzkampagne?

Und warum?

Weil du mächtig werden könntest, antwortet meine innere Stimme. *Weil sie Angst haben.*

Ein Mann neben mir rempelt mich an und fängt meinen Blick auf. Ich sehe schnell weg, aber er erstarrt.

»Martha Honeydew?«, fragt er.

Ich versuche, mich durch die Menge zu drängeln und in ihr unterzutauchen.

»Martha Honeydew?«, ruft er laut.

Ich winde mich weiter durch die Leute, als alle plötzlich nach vorn stürzen und mich mit sich reißen.

»Da ist sie!«, ruft jemand. »Honeydew!«

Scheiße.

Plötzlich hebt weiter vorn ein Gejohle und Geschrei an, und die Leute sehen nach vorn und beachten mich nicht mehr. Ich frage mich, wen sie unbedingt sehen wollen.

Ich wende mich um und blicke in die gleiche Richtung.

Mrs. B!

Sie kommt gerade aus dem Gebäude.

Die Menge brüllt auf und macht einen Satz nach vorn. Ich werde erneut mit ihr mitgerissen, bin aber zu klein, um über die Köpfe hinwegzublicken und zu sehen, was passiert. Die Worte, die sie skandieren und rufen, verschmelzen miteinander, Namen werden gerufen. Ich bemühe mich, etwas zu verstehen, aber es gelingt mir nicht.

Dann versuche ich, mich durch Lücken in der Menge zu zwängen, aber ich komme nicht gegen die aufgebrachten Leute an. Wieder erklingt ein lautes Brüllen, irgendetwas ist passiert. Ich kann nichts sehen.

Aber ich höre Hufe auf Asphalt.

Das Zerbersten von Glas.

Ein Zischen.

Gebrüll und laute Schreie.

Ich stemme mich mit aller Kraft gegen die Menge und versuche, zu dem schwarzen Zaun und dem riesigen Tor des Gebäudes vorzudringen, schaffe es aber nicht. Ich werde immer wieder abgedrängt. Steine, Flaschen und Abfall fliegen über meinen Kopf hinweg, Leute schreien.

Ich bekomme Angst.

»Decker!«, ruft jemand, und dann sehe ich ihn durch eine Lücke in der Menge, wie er Mrs. B an der Hand hält und sie durch die Menge zerrt.

Wieso macht er das?

»Mrs. B!«, zische ich durch die Menge. »Mrs. B!«

Sie kann mich unmöglich gehört haben, und doch sieht sie jetzt in meine Richtung.

Ich sehe ihr ins Gesicht, und unsere Blicke treffen aufeinander.

Auf ihrem gütigen Gesicht breitet sich ein Lächeln aus, Lachfalten tauchen hinter ihrer Hornbrille auf, und ihr ganzer Körper hebt an, als sie einen Arm nach mir ausstreckt. Sie sieht so glücklich wie schon lange nicht mehr aus.

Sie ist wie eine Mutter für mich, und ich liebe sie.

Sie ist meine Stütze, meine Zuflucht, meine beste Freundin.

Sie macht sich von Joshua los und kommt mit ausgestreckten Armen auf mich zu.

Wir lächeln einander an, und alles um uns herum verblasst.

Mrs. B.

Meine Retterin in der Not.

Meine Zuflucht.

Was soll ich jetzt machen?

Ich sehe, wie Joshua hinter ihr herstürzt, den Kopf schüttelt und nach unten sieht.

Dann höre ich wieder Hufe.

Plötzlich bin ich von Polizisten, Pferden und Demonstranten umringt und verliere die Orientierung.

Sie versprühen ein Gas, und alles verschwindet unter einer Art Nebel.

»Mrs. B«, huste ich. »Mrs. B.« Ich strecke die Arme vor mir aus und kämpfe mich durch den Nebel. Meine Augen brennen. Die Menge zerstreut sich, einige schreien, andere weinen oder husten, ziehen sich ihre Schals über Mund und Nase und wischen sich über das Gesicht.

»Mrs. B!« Ich selbst schreie jetzt auch.

Mehr Gegenstände fliegen durch die Luft – Steine oder Ziegel oder etwas in der Art –, aber ich schere mich nicht darum. Ich kämpfe mich hustend durch den beißenden Nebel. Meine Augen tränen, meine Nase läuft, aber ich weiß, dass sie hier irgendwo in der Nähe sein muss.

Als ein Windstoß durch die Straße fegt, zerstreut sich der Nebel etwas.

Da! Da ist sie!

Aber jemand läuft auf sie zu.

Er hat ein Messer in der Hand.

Ich renne los.

Aber er erreicht sie vor mir.

Ich sehe, wie sie die Stirn runzelt, als sie ihn sieht, und den

Kopf schüttelt. Und dann sehe ich, wie er sein Messer in ihren Bauch stößt.

»Mrs. B!«, brülle ich, so laut ich kann. »Lydia!« Mir ist jetzt alles gleichgültig, und ich stürze auf sie zu. Durch den ganzen Mist, der vom Himmel regnet, laufe ich zu ihr hinüber.

Aber sie ist zu Boden gegangen, und der Mann mit dem Messer sticht noch mal zu.

»Nein!«, kreische ich.

Ich sehe, dass Joshua auch auf Mrs. B zuläuft. Seine Augen sind vor Schock weit aufgerissen, und sein Mund steht vor Entsetzen offen.

Sekunden bevor ich Mrs. B erreicht habe, lässt der Mann das Messer fallen, dreht sich um und läuft davon.

Ich werfe mich neben sie auf den Boden.

»Nein!«, rufe ich, »nein, nein, nein …«

Ich berühre ihr Gesicht, streiche ihre Haare beiseite und sehe ihr in die Augen.

Leer.

»Mrs. B«, kreische ich. »Mrs. B! Nein, nein. Nein!«

Ihre Hände fallen schlaff vom Körper, und Blut quillt aus ihrem Bauch hervor. Ich schüttele den Kopf, zerre an ihrer Kleidung, die rot durchtränkt ist. Das Blut, das aus ihr herausfließt, aus ihrer Kleidung, aus ihrem Körper, in einer Lache auf den Boden, auf ihre Hände, auf ihre Arme, scheint nicht enden zu wollen.

Ich knie in ihrem Blut, meine Hände sind mit ihrem Blut beschmiert. Ich berühre ihr Gesicht, lege ihren Kopf zur Seite und suche nach einem Puls, nach einem flüsternden Atemzug …

»Oh Scheiße, oh nein, oh nein, nein …«

Joshua kniet sich neben mich.

»Haben Sie das geplant?«, fahre ich ihn an.

»Ich wollte ihr helfen«, zischt er aufgebracht. »Ich habe versucht, sie in Sicherheit zu bringen.«

»Haben Sie gewusst, dass jemand sie erstechen würde? Haben Sie es gewusst?«

»Natürlich nicht!«, empört er sich. Sein Gesicht ist bleich, seine Augen feucht. Glaube ich ihm?

»Martha, du musst von hier verschwinden«, drängelt er. »Du musst weglaufen. Wenn die dich erwischen …«

»Das kann ich nicht!«, rufe ich. »Ich muss bei ihr bleiben. Ich muss dagegen kämpfen. Diese Leute hier, die müssen wissen …«

Er schüttelt den Kopf. »So nicht«, widerspricht er. »Die sind hinter dir her. Wenn die dich hier finden, werden sie dir das hier anhängen. Die wollen dich zu einem Monster machen.«

»Aber …« Ich sehe zu Mrs. B hinab und kann nicht glauben … kann nicht …

»Martha!«, zischt er eindringlich und beugt sich zu mir vor. »Steh jetzt sofort auf und lauf. Sieh dich um!«

Zögernd hebe ich meinen Kopf.

Der Nebel hat sich inzwischen fast verflüchtigt.

Um uns hat sich ein Kreis gebildet.

Die Leute kommen wie Gespenster durch den Nebel.

Und dahinter, deutlicher sichtbar, sind die Schwarzhelme, die wie Ameisen ausschwärmen.

Auf uns zu.

Auf mich.

»Los jetzt, Martha!«, drängt Joshua. »Verschwinde!«

Ich nicke und komme zitternd auf die Beine. Mir ist übel,

und alles dreht sich, aber ich schaffe es, mich durch die Menge zu drängeln und so schnell wie möglich von hier zu verschwinden.

Das Haus der Stantons

»Vor dem vormals als Royal Courts of Justice bekannten Gebäude, in dem sich jetzt die Fernsehstudios der Sendung *Death is Justice* befinden, brach heute ein Tumult aus.« Der Nachrichtensprecher zeigt keinerlei Gefühlsregung, während er den Text vom Teleprompter abliest.

»Dies war eine Reaktion seitens der Demonstranten auf die Forderung des Gastes in der Sendung – Mrs. Lydia Barkova –, die Todesstrafe abzuschaffen und Mitleid mit Mördern zu haben.

Mrs. Barkova wurde als Repräsentantin des beschuldigten Isaac Paige in die Sendung eingeladen, in der sie zuvor die Unschuld ihres eigenen Sohnes und die der flüchtigen Martha Honeydew beteuert hatte.

Sprecher von *Death is Justice* haben wiederholt betont, dass die zum Ausdruck gebrachte Meinung allein die von Mrs. Barkova sei und in keiner Weise mit der Sendung oder mit Auge um Auge Productions in Verbindung stehe.

Nach Beendigung der Sendung fiel Mrs. Barkova vor dem Gebäude einer Messerstecherei zum Opfer und erlag ihren Verletzungen. Es wird davon ausgegangen, dass der Täter ein Angehöriger eines Mordopfers ist, dessen Mörder nur knapp für nicht schuldig befunden wurde. Dieser Umstand wird womöglich dazu führen, dass die Rahmenbedingungen für eine Exekution neu überdacht werden, die zum jetzigen Zeitpunkt die Freilassung eines Beschuldigten vorsehen, wenn das Schuldig-Vote unter fünfzig Prozent liegt.

Sobald die Polizei weitere Ermittlungsergebnisse bekanntgibt, werden wir Sie informieren.

Kommen wir nun zu …«

Cicero packt eine Bestellung von einem chinesischen Restaurant auf dem Küchentisch aus und sieht zu Max hinüber. »Kannten Sie sie?«

»Nein, aber ich weiß, dass sie Martha sehr viel bedeutete«, antwortet er und nimmt Gabeln aus einer Schublade. »Man weiß ja wirklich gar nicht mehr, was man noch glauben kann. Ich meine, das hat Mrs. B doch bestimmt nicht genau so in der Sendung gesagt, oder?«

Cicero schüttelt den Kopf. »Wann kennen wir schon jemals die ganze Wahrheit?«

Max starrt auf seinen Teller. »Es fühlt sich falsch an, hier zu sitzen und in Ruhe zu essen, wo Mum nicht hier ist und Martha – und jetzt auch noch Mrs. B.«

»Dafür tragen Sie keine Verantwortung.«

Max zuckt mit den Schultern. »Es ist nur so lächerlich, jemanden nur deswegen zu erstechen, weil die Person etwas gesagt hat, das einem nicht passt. Oder weil die Leute zu wissen *glauben*, was sie gesagt hat. Ich frage mich bloß …« Er verstummt und kratzt sich am Kopf. »Das ist alles irgendwie ziemlich praktisch, oder?«

»Wie meinen Sie das?«

»Dass jemand getötet wurde, der gegen die Todesstrafe ist, jemand, der sich nicht davor scheut, den Mund aufzumachen.

Und der dazu noch mit Martha befreundet ist und sie unterstützt.«

»Wollen Sie damit sagen, das war ein abgekartetes Spiel? Dass die sie nur in die Sendung eingeladen haben, damit sie ihre Meinung äußert und dann zum Schweigen gebracht wird?«

»Ich will damit sagen – oder besser fragen –, wenn jemand schon einmal gelogen hat, wie soll man dann darauf vertrauen, dass er das nächste Mal die Wahrheit sagt?« Max schiebt sich eine Gabelvoll in den Mund und kaut nachdenklich.

»Ich habe übrigens die Nummer angerufen, um etwas über meine Mutter zu erfahren«, sagt er nach einer Weile. »Erst habe ich ellenlang in einer Warteschleife gehangen, und dann wurde die Verbindung einfach unterbrochen.« Er hält inne, lässt den Kopf einen Moment lang hängen und legt die Gabel beiseite. »Ich mache mir solche Sorgen«, flüstert er.

Cicero sieht zu ihm auf. Obwohl Max seine Angst zu verbergen versucht, steht sie ihm deutlich ins Gesicht geschrieben.

»Ich weiß«, antwortet Cicero sanft. »Ich habe es vorhin auch schon versucht und bin nicht durchgekommen. Ich bin mir aber trotzdem sicher, dass alles gut ausgeht, Max«, fügt er hinzu. Beide vermeiden es jedoch, einander in die Augen zu sehen, denn sie wissen, wie hohl seine Worte klingen.

»Ich versuche es noch mal«, entscheidet Max und zieht sein Handy aus der Hosentasche.

»Sie sollten besser vom Festnetz anrufen, Max. Das ist billiger. Das Telefon liegt noch im Zimmer Ihrer Mutter, glaube ich.«

Max nickt, lässt sein Essen stehen und geht durch den Flur zu Eves Zimmer. Er stockt einen Moment lang und versucht, das Gefühl zu ignorieren, dass er eigentlich anklopfen sollte, bevor er ihr Zimmer schließlich betritt.

Der Raum liegt im Halbdunkel. Die Vorhänge stehen offen, und das Licht der Straßenlaternen wirft einen unwirklichen Schein auf alles. Max sieht sich um: Sein Blick fällt auf die Familienfotos auf Eves Nachttisch, dann auf den Teddy, den er ihr zum Muttertag geschenkt hat, auf ein Buch, das er für sie aus der Bücherei mitgebracht hat, und auf ihr ungemachtes Bett, als hätte man sie direkt von dort aus abgeführt.

Er blinzelt durch die Dunkelheit. Auf dem Bett liegen ihr Handy, lose Blätter und ein Stift.

»Haben Sie es?«, ruft Cicero von der Küche aus.

Max sucht den Rest des Raumes ab und sieht das Telefon schließlich auf der anderen Seite des Bettes liegen. Als er sich vorbeugt, um es an sich zu nehmen, streift seine Hand etwas, das halb unter der Bettdecke verborgen ist. Er sieht genauer hin und entdeckt einen Umschlag, auf dem sein Name steht.

Mit dem Telefon in der Hand richtet er sich wieder auf.

»Max?«, ruft Cicero.

Max starrt auf den Umschlag mit seinem Namen. Er ist versiegelt.

»Haben Sie das Telefon gefunden? Ihr Essen wird kalt.«

Max schnappt sich den Umschlag und stopft ihn sich in die Tasche.

»Ich hab's!«, ruft er und verlässt schnell das Zimmer.

Martha

Ich fühle mich taub.
Mir ist übel.
Mir fehlen die Worte.
In mir klafft Leere.
Mir kommen die Tränen.
Denn ich fühle mich vollkommen verloren und allein.

Ich gehe
und gehe
und gehe.

Ich bin sprachlos.
Kann nicht nachdenken.
Kann nichts sagen.

Setz dich, Martha.
Setz dich einfach hin.
Lass dich gehen.
Gib auf.
Stirb.

Ich setze mich.
Auf den Bürgersteig.
Er ist kalt.
Und nass.

Und ich lasse mich gehen.
Ich hasse mich.
Hasse mich mit aller Kraft.
Schließe die Augen. Lasst mich in Ruhe. Nehmt mich fort.
Ein kalter Wind weht. Durch mich hindurch. Faul.
Ich erinnere mich daran, wie Sie das einmal zu mir gesagt haben, Mrs. B: fauler Wind – zu faul, um sich einen anderen Weg zu suchen – geht direkt durch einen hindurch.
Sie haben viele Dinge gesagt.
Denk bloß daran, Hand über Schatulle zu halten.
Birnen fallen nicht weit vom Stamm.
Ihre lustige Art.
Fall siebenmal hin, steh achtmal auf, haben Sie mal gesagt.
Ich öffne die Augen.
Wie oft bin ich hingefallen?
Aber ich muss wieder aufstehen, oder nicht?
Gib auf oder steh auf.
Aber was soll ich jetzt tun?
Dann erinnere ich mich daran, was ich mich zu Anfang gefragt habe: ›Was würdest du nicht dafür tun?‹
Während ich aufstehe und weitergehe, hüpft der Ring an der Kette, die um meinem Hals baumelt, und Isaacs Worte hallen in mir nach: *Es ist zu Anfang schwierig, aber halte durch.*
Wirklich?

Was hast du sonst noch gesagt? *Ich hoffe, er wird dich dazu inspirieren weiterzukämpfen.*

Ich nehme das Handy aus der Tasche. Drücke mit zitternden Fingern auf die Tasten.

Halte es mir gegen das Ohr.

Höre, wie es klingelt.

»Hallo?«, sagt eine Stimme.

Mein Atem rattert ein und aus.

»Martha?«, fragt die Stimme. »Sag was, Martha!«

»Max«, schluchze ich. »Ich … ich …«

Kann nicht sprechen.

Höre nur zu.

Nicke.

Sehe mich um.

»Bitte«, flüstere ich.

Murmele den Straßennamen, der auf dem Schild vor mir steht, und lasse das Handy fallen.

Lehne mich gegen die Mauer und schließe wieder die Augen.

Ich glaube, es ist der Geruch, der mich geweckt hat.

Kaffee und … was ist das … chinesisches Essen?

Ich öffne die Augen und sehe Max, der eine Decke über mir ausgebreitet hat.

»Es tut mir leid«, flüstert er und hält mir einen Kaffeebecher hin.

Als ich meine Hand danach ausstrecke, stocke ich, denn meine Hände sind mit dunkelrotem Blut verschmiert. Die Ärmel auch. Ich sehe an mir hinunter: meine Knie und der Rest der Hose auch. Scheiße.

»Du warst dabei, als es passiert ist, nicht?«, fragt er.

Ich nicke.

»Sie haben sie erstochen«, murmele ich.

»Ich weiß«, erwidert er leise. »Es tut mir wirklich leid.«

Er reicht mir einen Behälter mit chinesischem Essen. »Du musst was essen«, sagt er. »Es sind bloß die Reste. Da war sonst nichts im Haus.«

»Danke«, antworte ich.

»Was, wenn das alles geplant war?«, überlegt er laut.

Ich zucke mit den Schultern. »Könnten wir ja doch nie beweisen.« Ich sehe ihn an. »Was sollen wir jetzt machen? Haken die uns nacheinander von einer Liste ab? Beseitigen uns, einen nach dem anderen? Gus, Mrs. B … Isaac.«

Er setzt sich neben mich.

Ich bin so erleichtert, einen Freund bei mir zu haben, dass ich auf der Stelle losheulen könnte.

»Meine Mum wurde verhaftet«, sagt er unvermittelt.

»Oh Gott, nein! Warum?«

Er erklärt es mir, und ich bekomme auf der Stelle ein flaues Gefühl im Magen. Ich habe ein schlechtes Gewissen und fühle mich dumm und egoistisch und würde am liebsten sofort zu den Behörden gehen.

»Du kannst dich auf keinen Fall stellen.« Anscheinend kann er auch noch Gedanken lesen.

»Aber …«

»Nein. Wirklich nicht. Das würde sie nicht wollen.«

Ich will etwas erwidern, aber er sieht schon so erschüttert genug aus. Also lasse ich es lieber. Ich kann später darüber nachdenken. Ich zucke mit den Schultern. »Vielleicht hast du recht«, antworte ich.

»Martha …«

»Ich muss Isaac da rausholen«, nuschele ich, den Mund voller Nudeln, um das Thema zu wechseln. Ich schlucke sie herunter und wende mich ihm zu.

Soll ich ihm von Pattys Angebot erzählen? Von ihrem Plan? Wäre er dafür, oder würde er versuchen, es mir auszureden?

Aber falls ich Isaac wiedersehen will, falls ich einen unschuldigen Mann befreien will, falls ich ihn an meiner Seite haben möchte, damit wir gemeinsam gegen das alles hier kämpfen können, welche andere Wahl habe ich dann?

Patty und der Premierminister

»Ich habe die Nase gestrichen voll davon, immer herumschleichen zu müssen«, beschwert sich Patty. »Durch Gärten und geheime Gänge zu laufen! Warum kann ich nicht wie alle anderen durch die Haustür kommen?«

Der Premierminister lehnt sich auf der Gartenbank zurück. Sein Wollmantel ist bis zum Hals zugeknöpft.

»Jetzt, wo Jackson nicht mehr da ist«, fügt sie hinzu.

Er ignoriert ihre Beschwerde. »Ich gehe davon aus, dass du die Situation im Griff hast?«

»Du weißt, dass du dich auf mich verlassen kannst. Ich ködere sie mit dem Plan …«

»Du *köderst* sie?«

»Ja, sie wird einwilligen. Lass dir das gesagt sein.«

»Soll das heißen, dass sie noch nicht zugestimmt hat?«

»Also, noch nicht, nein, aber …«

»Dann hast du die Sache nicht aus der Welt geräumt, wie ich es dir aufgetragen habe.«

»Wenn ich es dir doch sage, sie wird zustimmen.«

»Patty …«

»Ich habe sie in eine hoffnungslose Lage manövriert, in der sie keine andere Wahl mehr hat. Ich habe jemanden dafür bezahlt, diese russische Freundin von ihr zu beseitigen. Ich …«

»*Du* hast Barkova umbringen lassen? Dieses Chaos geht auf dein Konto?«

»Das ist kein Chaos. Das ist alles Teil des Plans. Und er wird aufgehen. Falls doch etwas schieflaufen sollte, kannst du ihr den Mord an der Russin anhängen. Sie war nämlich am Tatort.«

»Dieses Mädchen wieder in den Todestrakt zu stecken und ihr eine Stimme und Bühne zu geben ist wirklich das Allerletzte, das ich will. Sie muss zum Schweigen gebracht werden, und sie muss verschwinden – ein für alle Mal.«

»Aber wenn sie …«

»Hör auf, mich zu unterbrechen. Denk daran, wen du vor dir hast. Fragst du dich gar nicht, warum ich weder deinen Enthusiasmus noch deinen Optimismus teile? Könnte das daran liegen, dass du mir schon öfter Resultate versprochen hast, ohne abzuliefern? Mir versichert hast, dass es eine gute Idee war, alle Unterlagen in deinem Haus aufzubewahren, zum Beispiel? Dass sie dort sicher wären? Ich weiß wirklich nicht, warum ich dir überhaupt noch zuhöre, Patty.«

»Ich glaube, das weißt du ganz genau«, erwidert sie.

»Ich rate dir davon ab, mir drohen zu wollen«, entgegnet er. »Ich denke, du bist nicht dumm genug zu versuchen, mich zu erpressen.«

Sein Atem bildet kleine Wolken, die in die Luft aufsteigen und sich dann zerstreuen. »Falls wir uns noch mehr lose Fäden einhandeln sollten, müssen wir damit beginnen, sie abzuschneiden.« Er steht auf und streicht seinen Mantel glatt.

»Ich gebe dir einen letzten Vertrauensvorschuss, Patty. Allerdings musst du mich umgehend über jede Entwicklung in diesem *Plan* von dir informieren.«

»Was? Warum denn? Ich habe dir doch gesagt, dass du mir vertrauen kannst.«

»Du wirst Sofia anrufen und sie auf dem Laufenden halten, genau, wie ich es dir schon zuvor aufgetragen habe.«

»Aber ich habe alles im Griff.«

»Gehorsam, Patty, und Respekt. Mehr habe ich nie von dir verlangt. Enttäusche mich nicht.«

Er legt kurz eine Hand auf ihre Schulter und verschwindet dann in der Dunkelheit.

Martha

Max besorgt mir ein Zimmer in einer Pension. An der Rezeption tut er so, als wäre es für ihn. Er bleibt eine Weile bei mir. Es tut gut, jemanden zum Reden zu haben, aber ich sage ihm trotzdem, dass er gehen soll. Bin mir nicht sicher, ob Cicero weiß, dass er sich mit mir getroffen hat – habe ihn nicht gefragt. Eve ist morgen bei *Buzz for Justice*.

Das Zimmer ist ziemlich beschissen.

Die Tapete hat sich an vielen Stellen von der Wand gelöst, das Fenster klappert, und es zieht wie Hechtsuppe. Mitten auf dem Teppich ist ein merkwürdiger Fleck, und das Bettlaken ist so dünn, dass man durch es hindurch auf die Matratze sehen kann.

Laut ist es auch. Ständig poltern irgendwelche Leute im Flur die Treppe hoch und runter, lachen oder unterhalten sich lautstark. Im Zimmer über mir geht jemand die ganze Zeit auf und ab, und das Bett kracht in mehr oder weniger regelmäßigen Abständen gegen die Wand.

Aber … was soll's. In der Not frisst der Teufel Fliegen.

Wenigstens bin ich jetzt nicht mehr patschnass. Ich habe etwas zu essen bekommen und konnte duschen, selbst wenn mir dabei Käfer und Spinnen Gesellschaft geleistet haben. Und jetzt sitze ich hier in den Klamotten, die Max mir gab, und sehe dich im Fernsehen, Isaac.

Der Fernseher scheint die neueste Anschaffung in dem Zimmer zu sein. Deshalb ist er wohl auch mit einem Vorhängeschloss an eine Wandhalterung angekettet. Würden Leute wirklich versuchen, den mitgehen zu lassen?

Ich starre auf den Bildschirm und sehe dir zu.

Er wartet auf dich, sagt meine innere Stimme.

Ich glaube, du hast abgenommen, Isaac. Du siehst krank aus. Du sitzt auf dem Bett und starrst hektisch um dich, deine Bewegungen sind abrupt.

Was ist passiert?

Was machen die mit dir?

Ich berühre den Bildschirm und wünschte mir, die Dinge wären anders … wünschte …

Was für ein beschissener Tag!

Oder Woche.

Jahr.

Verdammtes Leben.

Was hast du jetzt vor, Honeydew?, überlege ich.

Aber welche Wahl bleibt mir schon?

Ich seufze, nehme das Handy aus der Tasche und wähle die Nummer, die auf der Karte steht.

»Patty«, sage ich in das Handy, als sie antwortet. »Ich bin dabei.«

Ich hasse diese Schnepfe, aber ich liebe ihren Sohn.

Tag 4

Das Haus der Stantons

»Sind Sie so weit?« Cicero zieht sich einen langen Regenmantel über und setzt sich eine Wollmütze auf.

Max kommt durch den Flur. »Sie müssen das nicht machen.«

»So wie ich die Sache sehe, Max, machen wir entweder das hier oder gar nichts.«

»Aber das ist Ihr Geld.«

»Was soll ich sonst damit machen?«

Max zuckt mit den Schultern. »Ehrlich gesagt fallen mir eine Million anderer Dinge ein.«

»Wahrscheinlich wäre nichts davon etwas, wofür ich mein Geld ausgeben würde«, erwidert Cicero mit funkelnden Augen. Zum ersten Mal seit langem kann er sich ein Grinsen nicht verkneifen.

Max nimmt seine Mütze von der Garderobe. »Dann nichts wie los«, sagt er. Als er in seiner Jackentasche nach dem Hausschlüssel sucht, kommt ihm der Umschlag zwischen die Finger, den er im Zimmer seiner Mutter gefunden hat. Er stockt.

»Alles in Ordnung?«, erkundigt sich Cicero.

Max schließt die Augen und atmet tief durch.

»Es ist nur …« Seine Hand hält den Umschlag fest.

»Ihre Mutter ist eine starke Frau. Wir werden das hinbiegen, und heute Abend ist sie wieder zu Hause.«

Max lässt den Umschlag wieder los.

»Ja«, stimmt er zu. »Sie haben recht.«

***

Nachdem sie das Haus und die Auffahrt verlassen haben, kämpfen sie sich durch die Menge der Journalisten und Fotografen, die vor dem Grundstück warten und ihnen Mikrofone und Kameras entgegenstrecken.

»Was werden Sie tun, wenn Ihre Mutter ins Gefängnis muss?«, ruft einer von ihnen.

»Haben Sie keine Angst, einen weiteren Elternteil zu verlieren?«, will ein anderer wissen.

»Stimmt es, dass Cicero und Ihre Mutter eine Affäre haben?«

»Wie fühlt man sich als Kind einer Kriminellen?«

»Hören Sie nicht hin«, murmelt ihm Cicero zu. »Die wollen bloß eine Reaktion provozieren, das ist alles. Lassen Sie sich nicht darauf ein.«

»Glauben Sie, die kriminelle Energie liegt bei Ihnen in der Familie?«

»Sind Sie wütend auf Ihre Mutter, weil sie Ihnen die Zukunft verbaut hat?«

»Wie fühlen Sie sich?«

Fragen über Fragen prasseln wie ein Kugelhagel auf Max nieder.

»Kommen Sie«, sagt Cicero. Er öffnet die Beifahrertür seines Autos, und Max steigt ein.

Jetzt drängeln sich die Reporter um das Fenster, und die Blitzlichter ihrer Kameras stechen Max in die Augen.

Cicero lässt den Motor an.

Ein Journalist klopft gegen die Scheibe. »Geben Sie uns eine gute Schlagzeile«, ruft er laut. »Oder möchten Sie, dass wir aktiv danach suchen?«

Wieder berührt Max den Umschlag in seiner Tasche.

Dann fährt der Wagen los.

Nachdem Cicero das Auto in einer Seitenstraße geparkt hat, steigen die beiden aus. Als sie die Türen zuschlagen, hallt es laut zwischen den Mauern der Gebäude wider, die sich vor ihnen auftürmen. Cicero sieht einen Augenblick beunruhigt zu den dunklen, anonymen Fenstern hinauf, die bedrohlich auf sie herabzustarren scheinen. Max setzt sich unterdessen seine Kapuze auf, steckt die Hände in die Jackentaschen und geht los. Cicero kommt hinter ihm her und wirft nervöse Blicke in jede Gasse, an der sie vorbeikommen. Er trägt eine Wollmütze und hat den Mantelkragen hochgeschlagen.

Ihre Schritte verhallen in den einsamen und verlassenen Seitenstraßen.

Es ist, als drückte sie die ganze City nieder, als wiesen ihnen die alten Gebäude unter dem dunklen, schweren Gewitterhimmel den Weg.

Ein Sturm zieht auf.

Sie biegen erst in eine Richtung ab, dann in die andere, und langsam dringt der Lärm des Straßenverkehrs durch die Stille. Als sie erneut in eine Straße einbiegen, sind Stimmen zu hören, die allmählich das Geräusch ihrer Schritte auf dem Bürgersteig verschlucken.

»Los geht's«, kommentiert Max seufzend.

Cicero nickt.

Schließlich erreichen sie den Old Bailey, der vor ihnen in die Luft ragt. Über dem Gebäude thront Justitia, die Arme weit ausgestreckt, mit einer Waage in der einen und einem Schwert in der anderen Hand.

Cicero und Max bleiben stehen und sehen sich um.

Die Straßen vor dem Gebäude wurden mit gelbem Polizeiband für den Verkehr gesperrt. Die Fahrer der im Stau stehenden Autos hupen ungeduldig und rufen aufgebracht aus den Fenstern. Das Blaulicht der Polizeiautos, die vor den Absperrungen positioniert wurden, blinkt in regelmäßigen Abständen auf. Ticketverkäufer versuchen ihre Eintrittskarten an den Mann zu bringen, Zeitungsjungen schwenken die neueste Ausgabe in die Luft, und Imbissbudenbesitzer preisen ihre Waren an.

»Hier ist ordentlich was los«, kommentiert Cicero.

»Fast wie bei einem Volksfest«, erwidert Max. »Ist das hier immer so?«

Cicero schüttelt den Kopf. »Das ist hier sonst *nie* so.«

Gemeinsam zwängen sie sich durch die Menge.

»Warum interessieren sich all diese Leute für meine Mutter?«, will Max wissen.

»Ich glaube nicht, dass sie das unbedingt tun«, entgegnet Cicero. »Das scheint mir irgendwie organisiert.« Er hält sich links, wird langsamer und nähert sich einem der Sicherheitsbeamten. Sie nicken einander kaum wahrnehmbar zu. Cicero und Max bleiben stehen.

»Euer Ehren«, begrüßt ihn der Sicherheitsbeamte leise. »Schön, Sie zu sehen.«

»Sie auch«, erwidert Cicero. »Es ist lange her. Es tut mir leid, dass Sie Ihren Job am Gericht verloren haben.«

»Na ja, das trifft ja wohl auf uns alle zu, nicht wahr?«

»Nun …« Cicero zuckt mit den Schultern. »Übrigens, das hier ist Max, Eve Stantons Sohn.«

»Freut mich.« Er reicht Max die Hand. »Sollen wir zur Sache kommen, Euer Ehren? Wir dürfen nicht riskieren, dass jemand unser Treffen bemerkt.«

»Ja, natürlich.« Cicero zieht einen dicken Umschlag aus seiner Manteltasche hervor. »Wie vereinbart.«

Der Mann nickt und lässt den Umschlag in seiner Tasche verschwinden.

»Also gut, wen haben Sie für mich?«, fragt Cicero.

»Okay«, flüstert der Mann. »Es sind heute drei Männer in der Jury. Frauen haben normalerweise schneller Mitleid, deswegen sind wohl keine dabei. Einer von ihnen, er heißt Lucas, ist relativ gut gekleidet. Er trägt Anzug und Krawatte, aber sein Mantel ist schäbig. Als trüge er den Anzug schon seit Jahren nur sonntags, aber den Mantel jeden Tag zur Arbeit. Graue Haare, eine Stirn so groß wie ein Bügelbrett, aber mit vielen Falten. Den erkennen Sie auf Anhieb. Aber …« Er stockt und denkt einen Augenblick nach. Dann fährt er sich mit einer Hand über das Gesicht und seufzt.

»Ich glaube, das könnte schwierig werden, weil er schon mal mit Ihnen zu tun hatte, Euer Ehren. Seine Tochter wurde vor langer Zeit ermordet, als es noch Gerichte gab. Sie waren damals der Richter in dem Fall.«

»Lassen Sie mich raten – der Angeklagte, dem sie es zur Last gelegt hatten, wurde nicht verurteilt?«

»Genau. Vielleicht ist es am besten, wenn der Junge den übernimmt. Wie dem auch sei. Der zweite Kerl ist riesig, mit Glatze, sieht ziemlich grobschlächtig aus, wenn Sie wissen, was ich meine. Sein Name ist Jase. Hat wahrscheinlich ein winziges Schoßhündchen zu Hause.«

Cicero nickt und sucht die Schlange vor dem Eingang nach der Person ab, die ihm beschrieben wurde.

»Aber er hat Schulden, von denen seine Frau nichts weiß. Und ich kann mir vorstellen, dass er nicht unbedingt zu denjenigen gehört, denen viel daran liegt, Mitglied der Jury zu sein. Ich würde wetten, dass er sich für ein Ticket als Juror beworben hat, um es zu einem höheren Preis weiterzuverkaufen.

Der dritte Mann heißt Raif. Der ist von der verklemmten Sorte. So ein Anzugträger, der nie ohne Regenschirm aus dem Haus geht, für alle Fälle. Sie verstehen schon, was ich sagen will.«

»Alles klar.«

»Der könnte auch schwierig werden. Über den habe ich nicht viel herausfinden können. Im Internet gibt's nichts über ihn. Scheint sich nicht in die Karten gucken zu lassen. Tut mir leid, dass ich nicht mehr herausbekommen habe. Das lief alles etwas kurzfristig. Mit etwas mehr Zeit …«

»Das geht in Ordnung«, versichert ihm Cicero. »Das reicht schon.«

»Leute würden alles für Geld tun, Euer Ehren.«

»Die *meisten* Leute«, entgegnet Cicero mit einem müden Lächeln.

Der Mann nickt. »Sie waren schon immer die Ausnahme von jeder Regel.«

Cicero zieht seinen Mantel enger um sich. »Grüßen Sie Ihre

Frau von mir. Sagen Sie ihr, ich vermisse ihren Schokoladenkuchen.«

»Wird gemacht, Euer Ehren. Passen Sie auf sich auf. Sie auch, Max. Und viel Glück.«

Martha

Ich bin die ganze Nacht über immer wieder aufgewacht.

Habe Mrs. B daliegen sehen. Dieses Bild ständig vor Augen gehabt.

Wer tut so was? Hat Max vielleicht recht? War das wirklich geplant? Meine Güte, wenn man es laut ausspricht, klingt man wie einer dieser Verschwörungstheoretiker. Wie jemand, der ein ganzes Zimmer mit Fotos und Zeitungsausschnitten zukleistert und nach irgendeiner schleierhaften Verbindung sucht. Bis er dann irgendwann abgeholt und in eine Anstalt gesteckt wird.

Bin ich vielleicht schon genauso?

Ich habe mich aus der Pension weggestohlen, während der Typ vom Empfang im Hinterzimmer am Telefon hing. Auf dem Tresen lag eine Zeitung mit einem Foto von mir auf der Titelseite. Und im Fernsehen lief gerade eine Nachricht über Mrs. B – das konnte ich einfach nicht ertragen. Für einen Moment stand ich wie festgefroren da und bin mir ziemlich sicher, meinen Namen und das Wort ›Belohnung‹ gehört zu haben.

Ich legte den Schlüssel schnell auf den Tresen und huschte durch die Tür, ohne mir etwas vom Frühstücksbuffet zu nehmen. Das schien mir zu riskant. Draußen ist das Wetter so eisig wie die Einstellung der Regierung zu Leuten wie mir, die kein Geld haben.

Ich weiß nicht, warum sie überhaupt so tun, als böten sie uns Ermäßigungen an. Nichts als Lügen. Sie geben mit der einen Hand und nehmen es mit der anderen wieder weg.

Da könnten sie uns auch gleich ganz ignorieren.

Es ist offensichtlich, dass sie uns hassen.

***

Je näher ich an den Old Bailey gelange, desto dichter wird die Menschenmenge.

Es liegt eine komische Atmosphäre in der Luft, die mir ganz und gar nicht gefällt.

Sie macht mich nervös.

Ich komme um die Ecke und …

Scheiße …

Das ist verrückter als verrückt.

Was sich hier auf dem Platz abspielt, ist wirklich abgefahren.

Wie viele Leute sind das wohl?

Und alle sehen ziemlich wohlhabend aus!

Es kommt mir so vor, als hätten sie die Leute in der City und den Avenues zusammengetrommelt, ihnen gesagt, dass sie sich so schick wie möglich machen sollen, und sie zu einem Tagesausflug zum Old Bailey eingeladen.

Wieso sind die alle hier?

Warum interessieren die sich für Eves Fall?

Verdammt, wenn mich jetzt jemand erkennt, lynchen die mich garantiert.

Aber ich kann jetzt nicht einfach abhauen. Nein, ich werde

nicht weggehen. Journalisten picken sich Leute aus der Menge und interviewen sie vor laufenden Kameras. Die sind doch bestimmt alle einer Meinung! Ich sehe nämlich niemanden, der aussieht, als käme er aus den Kratzern.

Was ist das? Da vorne verkauft jemand tatsächlich Luftballons! Und Fähnchen! Und Popcorn! Als wäre das alles hier die reinste Show.

Das sind Zustände wie im alten Rom, wo Gladiatoren zur Unterhaltung des Volkes um ihr Leben kämpfen mussten.

Wer behauptet da noch, dass wir jetzt zivilisierter sind?

Das ist einfach unfassbar.

Ich sehe mir die Spruchbänder und Banner an:

›Kein Mitleid mit Sympathisanten.‹

›Brutale Gerechtigkeit für wenige ist gütige Gerechtigkeit für alle.‹

Was soll der …?

Und da ist noch eins …

›Mord den Mördern.‹

Den Spruch kenne ich schon.

Ein Kameramann hängt auf halber Höhe von einer Straßenlaterne und filmt den ganzen Platz. Ja, super, zeigt nur eine Meinung und tut so, als würden alle so denken. Das hier ist geplant, manipulativ und einfach nur falsch.

Nichts weiter als Propaganda.

Gerade wird in meiner Nähe irgendeine Frau interviewt. Ich arbeite mich unauffällig mit dem Rücken zu ihr vor und höre zu.

»Also, ich für meinen Teil bin sehr besorgt wegen dieser Situation und fürchte um die Sicherheit meiner Kinder. Martha Honeydew ist ganz offensichtlich ein kaltherziger, selbstsüchtiger Mensch, und ich stimme hundertprozentig mit den Behörden überein, dass sie geistig labil ist. Ich persönlich würde sogar so weit gehen zu sagen, dass sie psychopathische und soziopathische Tendenzen an den Tag legt. Sie hat ganz eindeutig den armen Isaac Paige beeinflusst; und wir, als rechtschaffene Bürger, haben keine andere Wahl: Falls wir den Gesetzen der Regierung treu bleiben wollen, was natürlich der Fall ist, müssen wir den armen Jungen dazu verurteilen, hingerichtet zu werden. Schließlich hat er einen Mann getötet.«

»Halten Sie das Gesetz denn für richtig?«

»Es ist das Gesetz. Man muss sich daran halten und darf es nicht hinterfragen. Mrs. Stanton täte gut daran, das zu beherzigen, insbesondere, wenn man bedenkt, welche Position sie zuvor innehatte als psychologische Betreuerin. Sie hat ganz eindeutig ihre Macht missbraucht, um Einfluss auf die Situation zu nehmen.«

»Und wenn Sie heute eine Karte für die Jury ergattert hätten, wie würden Sie stimmen?«

»Es besteht kein Zweifel: Sie ist schuldig. Wenn es nach mir ginge, müsste sie noch nicht einmal etwas zu ihrer Verteidigung sagen. Was sie getan hat, ist unverzeihlich. Man sollte ein Exempel an ihr statuieren und sie zu der schärfsten und längsten Freiheitsstrafe verurteilen, die das Gesetz für dieses Verbrechen vorsieht. Indem sie Martha Honeydew Beihilfe geleistet hat, hat sie sich der Justizbehinderung schuldig gemacht und unser Land auf einen instabilen Weg gelenkt, auf dem die Sicherheit unseres Volkes in Gefahr ist. Der Premierminister selbst hat, wie viele andere auch, immer wieder betont, dass Honeydew eine Gefahr für die nationale Sicherheit darstellt, und ich teile seine Ansicht.«

Ich halte den Kopf gesenkt, spüre aber, dass sie sich an die Menge wendet.

»Möchten wir, dass unsere Kinder sicher zur Schule gehen können?«

»JA!«, rufen die Leute, die sie umringen.

»Möchten wir mit Zügen und Bussen fahren, ohne fürchten zu müssen, dass Martha Honeydew vielleicht unter uns ist?«

»JA!«

»Möchten wir, dass unser Land auf faire und demokratische Art und Weise gelenkt wird?«

»JA!«

»Glauben wir, dass Eve Stanton ihre Machtposition ausgenutzt hat?«

»JA!«

›Dann weg mit ihr!‹

›WEG! WEG!‹, brüllt die Menge. Ihr Geschrei klingelt mir in den Ohren.

Scheiße, denke ich. *Verdammte Scheiße.*

Max und Cicero

Max zieht sich seine Kapuze tief ins Gesicht und gesellt sich so unauffällig wie möglich zu einem Mann in der Schlange, dessen Hose frisch gebügelt scheint, dessen Mantel aber mit Hundehaaren übersät ist.

»Entschuldigen Sie«, spricht er den Mann an. »Sind Sie Lucas?«

Die Augen des Mannes verengen sich, als er Max ansieht. »Ja«, antwortet er. »Kann ich Ihnen helfen?«

»Ich glaube, ich kann *Ihnen* helfen«, entgegnet Max. »Ich würde Ihnen gern ein Angebot unterbreiten …«

»Ich bin nicht interessiert. Ich würde vorschlagen, Sie lassen mich in Ruhe.« Seine Stimme ist leise und kontrolliert. Er zieht die Hände aus den Taschen und versucht, sein schmales Kreuz breiter erscheinen zu lassen.

»Ich glaube, Sie wären interessiert, wenn Sie …«

Lucas' Hand schnellt vor, hält Max am Kinn und hebt es an.

»Ich *versichere* Ihnen, dass ich kein Interesse habe«, zischt er. Sein Gesicht verzieht sich zu einer zornigen Grimasse, und Schweiß perlt auf seiner Stirn. »Ich habe lange auf diese Gelegenheit gewartet, und kein kleiner Scheißkerl wie du wird mir einen Strich durch die Rechnung machen. Und jetzt«, er lässt Max' Kinn los, »hau ab.«

Max will etwas entgegnen, aber Lucas hebt warnend einen Finger.

»Okay, schon gut«, antwortet Max und taucht schnell in der Menge unter.

Cicero zwängt sich durch das Getümmel. Er setzt schnell eine andere Brille auf, zieht die Wollmütze tiefer ins Gesicht und legt den Schal über den Mund, um sein Gesicht zu verdecken. Dann fällt sein Blick auf einen korpulenten Mann. Er geht langsam auf ihn zu.

Der Mann – Jase – blickt auf.

Cicero lächelt ihn freundlich an. »Kalt heute, was?«, sagt er und reibt sich die Hände.

Jase nickt.

Cicero zieht einen Flachmann aus der Tasche, nimmt einen Schluck und bietet ihn dann dem Mann an.

»Brandy«, erklärt er. »Hält einen warm an so einem Tag.«

»Zum Wohl!«, antwortet Jase und trinkt. »Haben Sie eine Eintrittskarte?«, fragt er.

Cicero schüttelt den Kopf und steckt den Flachmann zurück in die Tasche.

»Wollen Sie eine kaufen?«

»Vielleicht.« Cicero zuckt mit den Schultern. »Wieso, verkaufen Sie eine?«

Jase sieht sich kurz um, seufzt, wendet sich dann Cicero zu und neigt seinen Kopf. »Wenn ich ehrlich bin, habe ich die Karte für die Jury eigentlich für meine Frau gekauft. Zwischen uns kriselt es ein wenig im Moment, und ich wollte sie damit überraschen.«

Cicero nickt. »Verstehe.«

»Als sie gehört hat, wie teuer die Karte war, hat sie mir sie an den Kopf geworfen. Da dachte ich mir, leck mich, dann gehe ich eben selbst.« Er lacht verlegen.

Cicero grinst so breit, dass man es unter seinem buschigen Schnäuzer sehen kann.

»Aber jetzt bereue ich es ein wenig.«

»Frauen, was?!«

»Sie sagen es. Sind Sie verheiratet?«

»Nein«, antwortet Cicero.

»Nie die Richtige gefunden?«

»So was in der Art. Aber wissen Sie was – ich glaube, wir können uns hier gegenseitig aushelfen.« Er hält inne, beugt sich vor. »Sehen Sie, es gibt da *doch* eine Frau. Also, hoffentlich. Sie ist mit Eve Stanton zur Schule gegangen und kannte sie noch, als sie Anwältin war. Sie waren damals befreundet. Also *sie*, diese Frau …«

Jase nickt eifrig und hört gespannt zu.

»… sie glaubt, dass Stanton bloß durchgedreht ist, weil sie ihren Job verloren hat und nur Zeit braucht. Sie versucht immer, das Beste in jedem Menschen zu sehen, insbesondere bei Menschen wie uns, aus der City und den Avenues. Sie ist ziemlich aufgewühlt deswegen, und da dachte ich mir … vielleicht …«

Jase lacht laut und stößt Cicero in die Seite. »Sie wollen sie beeindrucken!«

»Das könnte man sagen.«

»Sie wollen verhindern, dass diese Eve Stanton ins Gefängnis muss? Sie wollen mir die Karte abkaufen, damit Sie dieser Frau einen Gefallen tun können?«

Cicero kratzt sich am Kopf. »Das würde ich gerne, aber ich

glaube nicht, dass ich im Fernsehen auftreten könnte. Vielleicht könnten wir uns anders einigen.«

Er lässt das Gesagte einen Augenblick lang in der Luft hängen.

»Sie wollen, dass ich nicht auf den Buzzer drücke.« Jase' Augen verengen sich, als der Groschen gefallen ist. »Ich habe meine eigene Meinung und Moralvorstellung zu dem Thema.«

»Selbstverständlich«, beeilt sich Cicero zuzustimmen. »Und das respektiere ich natürlich. Aber wenn Sie gewillt wären … Ich bin mir sicher, wir könnten uns einigen. Damit es sich für Sie lohnt …« Er zieht ein Geldbündel aus seiner Jackentasche. »Das hier jetzt und den gleichen Betrag danach. Falls Sie nicht auf den Buzzer drücken.«

Jase grinst zufrieden.

***

»Es ist mir egal, wie viel Sie mir anbieten«, entgegnet der dritte Mann, Raif, erbost. Seine dünnen Lippen sind zu einem Strich zusammengepresst, und seine Nasenflügel beben. »An ihr muss ein Exempel statuiert werden. Sie hat unsere Gesetze untergraben und die Sicherheit unseres Landes gefährdet, indem sie eine Kriminelle bei sich versteckt hat. Und falls Sie mich weiterhin belästigen sollten, werde ich das Sicherheitspersonal verständigen, das sich sicherlich äußerst dafür interessieren würde, dass Sie versucht haben, mich zu bestechen.«

Cicero weicht schnell zurück, zieht den Kopf ein und verschwindet, in seinen übergroßen Mantel gehüllt, zurück ins

Gewimmel der wartenden Menge. Raifs lautstarke Reaktion hat einiges Aufsehen erregt, und manche Leute, die in der Nähe standen, schauen Cicero hinterher. Er bewegt sich im Zickzack durch die Menge, damit ihm niemand folgt.

Nur einer, denkt er bei sich. *Ich hoffe, Max hat den anderen überzeugen können.*

Plötzlich erklingt laute Musik: Trommeln schlagen im Rhythmus eines Herzens. Die Passanten bleiben überrascht stehen, unterbrechen ihre Unterhaltungen und sehen sich um. Cicero sucht ebenfalls nach der Quelle der Musik, als an einer Seite des Gebäudes ein riesiger Bildschirm herabgelassen wird, auf dem Kristina Albrights lächelndes Gesicht erscheint.

»Meine Damen und Herren, liebe Zuschauer, liebes Studiopublikum, liebe Gäste«, trällert ihre Stimme über die Menge hinweg, während die Musik langsam ausgeblendet wird. »Wir bedanken uns bei Ihnen, dass Sie hier sind. Wir werden in Kürze unserer hochverehrten Jury und dem Studiopublikum Einlass gewähren. Aufgrund der vielen Zuschauer, die sich hier vor dem Gebäude versammelt haben, haben wir uns dazu entschlossen, die Sendung hier auf unserer Großleinwand live zu übertragen, damit Sie alle mit dabei sein können.«

Die Menge jubelt und applaudiert.

»Und das alles kostenlos!« Kristinas angemalte Lippen verziehen sich zu einem strahlenden Lächeln.

Die Menge jubelt erneut.

»Wir bedanken uns bei unserem Sponsor – Cyber Secure – und bei Ihnen, unserem Fernsehpublikum, die dieses Public Viewing möglich gemacht haben. Wir hoffen, das Wetter spielt heute mit, und wünschen Ihnen einen angenehmen und unterhaltsamen Vormittag.«

Wilder Applaus hallt durch die Straßen.

Die Musik erklingt erneut. Kristinas Gesicht wird langsam ausgeblendet und durch das Auge-Logo ersetzt.

Die Schlange bewegt sich unterdessen schleppend vorwärts.

Max sieht ihr dabei zu. Das Schicksal seiner Mutter liegt in den Händen von drei Unbekannten. Er wirft einen Blick auf die beiden Männer, mit denen Cicero gesprochen hat, sieht zu, wie die Schlange langsam im Gebäude verschwindet. Dann entdeckt er Cicero, der mit gewohnt kerzengerader Haltung in der Menge steht. Max' Blick wandert weiter durch die Menge, bis er an jemandem hängen bleibt. Martha steht in einiger Entfernung mitten zwischen den Zuschauern und starrt ihn direkt an. Ihre Augen lugen unter einer Kapuze hervor, genau wie seine. Als ihre Blicke aufeinandertreffen, nicken sie einander unmerklich zu. Dann deutet Max so unauffällig wie möglich in eine Richtung, wendet sich ab und bahnt sich langsam einen Weg durch die wartende Menge.

Martha folgt ihm, den Blick unaufhörlich auf Max gerichtet, geht um die Leute herum, zu einer Seite, erst in die eine, dann in die andere Richtung, bis sie schließlich die Schatten einer Seitenstraße erreicht haben.

»Und?«, fragt ihn Martha. »Hat es geklappt?«

»Du hättest nicht hierherkommen dürfen«, erwidert Max.

Nun kommt auch Cicero um die Ecke.

»Martha?«, haucht er.

»Ich weiß, was Sie jetzt beide sagen wollen, aber ich musste einfach kommen.«

Cicero macht einen Schritt auf sie zu und legt eine Hand auf ihre Schulter. »Es ist schön, Sie zu sehen, aber Sie sind hier nicht sicher.«

»Ich bin nirgendwo sicher«, flüstert sie. »Aber ich musste einfach kommen, für Eve.«

10:30 Uhr. Der Vorspann für Buzz for Justice läuft

Die fröhliche Titelmelodie dröhnt durch das Studio. Spots gehen an und flackern über die Bühne. Das Publikum im Studio rutscht erwartungsvoll auf den Stühlen hin und her und murmelt aufgeregt.

MÄNNLICHE STIMME (laut): Meine Damen und Herren, liebe Zuschauer zu Hause, liebes Publikum draußen, willkommen zu unserer heutigen Ausgabe von … *Buzz for Justice*!

Die Zuschauer applaudieren und johlen.

MÄNNLICHE STIMME: Mit Ihrer Gastgeberin … Kristina Albright!

Kristina kommt hinter der Kulisse hervor. Sie trägt ein eng anliegendes, zart hellblaues Kleid mit tiefem Ausschnitt, das an einer Seite mit Rüschen besetzt ist, und farblich passende Heels. Ihre blonden Haare federn, als sie dem Publikum zuwinkt, und ihre Zähne blitzen auf, während sie lächelt.

KRISTINA (den Applaus übertönend): Danke! Vielen Dank, meine Damen und Herren!

Der Applaus wird schwächer.

KRISTINA: Und willkommen zu unserer heutigen, mit einiger Spannung erwarteten Ausgabe. Draußen vor dem Studio herrscht ein ganz schön hoher Andrang für eine Sendung im Tagesprogramm. Und eins verspreche ich Ihnen, es wird aufregender, als unsere Schwestersendung *Death is Justice* seit Langem gewesen ist, so viel ist sicher. Das liegt wohl daran, dass wir Ihnen hier alle Fälle präsentieren: Von Säureangriffen und Entführungen über Körperverletzung und Prostitution bis hin zu Geldfälschung und Verkehrsunfällen bieten wir Ihnen das volle Spektrum der Rechtsprechung. Und sind diese Fälle nicht furchtbar aufregend?

Sie nickt, und ihr Blick schweift beifallsheischend über das Studiopublikum.

KRISTINA: Na, kommen Sie: Sind diese Fälle nicht furchtbar aufregend?

PUBLIKUM (gemeinsam): Ja!

KRISTINA: Ja, ganz genau, das sind sie! Und unser heutiger Fall ist da keine Ausnahme, denn wir beschäftigen uns mit dem Höhepunkt des hier schon seit Längerem andauernden Dramas und Skandals um Eve Stanton.

Ein Raunen geht durch das Publikum.

KRISTINA: Natürlich wissen wir, dass Sie als unsere treuen Zuschauer die Höhen und Tiefen, die Probleme und Sorgen der Paige-Saga verfolgt haben. Eine Tragödie, die mit der Erschießung unseres Helden Jackson Paige begann, gefolgt von dem Skandal um die abscheuliche Martha Honeydew, als wir herausfanden, dass sie diejenige war, die Jacksons eigenen Sohn manipulierte und dann dazu anstiftete, Jackson zu ermorden! Und der …

Sie verstummt, seufzt und schüttelt den Kopf.

KRISTINA (leise): Der absolute *Schock*, als uns klar wurde, dass diese Handlung, zu der er überredet wurde, seinen Tod bedeuten muss, wenn wir die Prinzipien aufrechterhalten wollen, nach denen wir leben.

Sie spaziert, von einem Scheinwerfer angestrahlt, über die Bühne.

KRISTINA: Dies alles macht unseren heutigen Fall so unglaublich relevant. Für die Sicherheit unserer Nation ist es unerlässlich, dass Martha Honeydew gefunden, in Sicherheitsverwahrung gebracht und ihr Geisteszustand genau und gründlich untersucht wird. Denn, wer weiß, was sie sonst als Nächstes tun wird oder auf wen sie es nun abgesehen hat.

Sie hält direkt vor dem Studiopublikum an, das ihr andächtig zuhört.

KRISTINA: Und doch scheint die Sicherheit unserer Nation unsere heutige Beschuldigte wenig zu interessieren, die sich immer wieder geweigert hat, Informationen über den Aufenthaltsort von Honeydew herauszugeben, und somit unsere Leben und derer, die uns nahestehen, aufs Spiel gesetzt hat: die Leben unserer Ehemänner und -frauen, unserer Kinder und Eltern, der Alten und Schwachen, der Jungen und Hilflosen. Eine selbstsüchtige Haltung, eine Trotzhaltung, die weder unsere Gesetze noch die Regierung unseres Landes respektiert. Meine Damen und Herren, verehrte Jurymitglieder, wenn ich einen Platz hier hätte, mit einem dieser Buzzer direkt vor mir, würde ich keine Sekunde zögern und sie ins Gefängnis schicken. Denn was wäre die Alternative? Sollen wir nichts tun und einfach zusehen, wie andere getötet oder dazu manipuliert werden, die schrecklichsten Taten zu begehen?

Sie hält inne, lässt ihren Blick über die Zuschauer im Studio schweifen und sieht dann jedes einzelne Jurymitglied mit strenger Miene an.

KRISTINA: Holen wir sie jetzt rein!

Eine klirrende Melodie erklingt, Spots tanzen über die Bühne, und das Studiopublikum applaudiert. Eve wird von einem Wärter auf die Bühne geführt. Ihre Haare sind unfrisiert, sie trägt kein Make-up und hat immer noch ihren Schlafanzug und den alten Pullover an.

Das Publikum buht und johlt. Den Blick zu Boden gerichtet nimmt Eve ihren Platz auf der Anklagebank ein. Kristina steht selbstbewusst mit kerzengerader Haltung davor. Die Musik wird ausgeblendet, und das Licht über dem Publikum im Studio wird heruntergefahren. Spots scheinen auf die Jurymitglieder, Kristina und Eve herab.

KRISTINA: Mrs. Stanton, Sie wurden heute hierher gebracht, um sich äußerst schweren Anschuldigungen zu stellen. Anschuldigungen, die Auswirkungen auf das Leben Tausender, vielleicht sogar Millionen von Menschen haben könnten und für die Sie vielleicht eine sehr lange Haftstrafe verbüßen werden müssen. Die Zukunft ihres Sohnes, der bereits dadurch benachteiligt wurde, von Ihnen allein großgezogen worden zu sein, scheint nun äußerst gefährdet. Denn wer will schon den Sohn einer verurteilten Verbrecherin für sich arbeiten lassen?

Eve reagiert nicht.

KRISTINA: Mrs. Stanton, lassen Sie uns ein paar Fakten durchgehen, damit unser Studiopublikum und die Jury über alle relevanten Informationen Bescheid wissen und wir unserer demokratischen Pflicht Genüge tun, Sie zu Wort kommen zu lassen. Erstens, stimmt es, dass Sie die zuständige psychologische Betreuerin für Martha Honeydew waren?

Eve lehnt sich zum Mikrofon vor.

EVE: Das ist richtig.

KRISTINA: Bitte antworten Sie nur mit ›Ja‹ oder ›Nein‹.

EVE: Ja.

KRISTINA: Und stimmt es ferner, dass Sie eine Bindung zu diesem Mädchen aufgebaut haben, geglaubt haben, dass sie unschuldig wäre, und versucht haben, sie davon zu überzeugen, auf unschuldig zu plädieren?

EVE: Sie *ist* unschuldig. Hätte man sie hingerichtet, wäre das eine …

KRISTINA: Ja oder nein, Mrs. Stanton?

EVE (leise): Ja.

KRISTINA: Und können Sie die nächste Frage bitte ebenfalls mit einem Ja oder Nein beantworten: Haben Sie Martha Honeydew bei sich zu Hause wohnen lassen, und haben Sie Honeydew den Behörden vorenthalten, als die sie abholen wollten, um sie in ein Heim zu bringen?

EVE (seufzend): Ja, aber …

KRISTINA: Eine letzte Frage. Seit der Einführung des Stimmen-für-Alle-Systems und der jetzigen Form des Todestraktes sind die Statistiken für Gewaltverbrechen um 87 Prozent gesunken. Wir haben Gewaltverbrecher von unseren Straßen geholt und diese somit sicherer gemacht. Stimmt es, dass Sie dennoch eine entschiedene Gegnerin unseres Systems und der Todesstrafe sind und für ihre Abschaffung kämpfen, obwohl dies weitere Leben in Gefahr brächte?

EVE: Ihre Formulierung ist irreführend.

KRISTINA: Ja oder nein? Falls Sie diese Frage nicht beantworten, kommen Sie umgehend in Beugehaft.

EVE: Früher haben einige behauptet, die Gerichte wären unfair und manipulierend, aber jetzt haben wir stattdessen *das* hier? Wie soll das besser sein?

KRISTINA: Dies ist Ihre letzte Warnung, Mrs. Stanton. Bitte beantworten Sie die Frage: Wollen Sie, dass unser jetziges Rechtssystem geändert wird?

EVE: Ja.

KRISTINA: Danke. Ich fasse noch einmal kurz zusammen – Mrs. Stanton hat gesagt, dass sie Martha Honeydew für unschuldig hielt, als die im Todestrakt war, und sie dazu ermutigte, auf unschuldig zu plädieren; sie ist eine erbitterte und lautstarke Gegnerin unseres jetzigen Systems – eines Systems, das Tag für Tag unschuldige Leben rettet –, und sie hat Martha Honeydew, die eine Bedrohung für unsere Sicherheit darstellt, absichtlich den zuständigen Behörden vorenthalten und somit das Leben jedes einzelnen Mitglieds unserer Gesellschaft in Gefahr gebracht.

Kristina nutzt die absolute Stille im Studio dazu, eine kleine Kunstpause einzulegen, damit ihre Zusammenfassung in das Bewusstsein der Zuschauer dringt. Sie schüttelt langsam den Kopf. Eve bleibt stumm, sitzt aber aufrecht auf der Anklagebank.

KRISTINA: Lassen Sie uns nun sehen, mit welchen Straftaten wir es zu tun haben.

Auf der linken Seite des großen Bildschirms leuchtet jetzt das Wort STRAFTAT in großen blauen Buchstaben auf. Darunter blinken einige Reihen mit roten LED-Lichtern.

KRISTINA: Die Straftaten, bitte!

Die Spannung steigt, bis die LED-Lichter mit einem lauten Knall anhalten. In der ersten Zeile steht: ›WISSENTLICHE HILFELEISTUNG EINER AKTENKUNDIGEN KRIMINELLEN‹. Auf der nächsten: ›JUSTIZBEHINDERUNG‹. Und schließlich: ›GEFÄHRDUNG VON MENSCHENLEBEN‹.

Die Zuschauer murmeln aufgeregt.

KRISTINA: Wir haben drei Straftaten! Und das sind ziemlich schwerwiegende Vergehen obendrein. Lassen Sie uns nun schnell herausfinden, wie Mrs. Stantons Strafmaß aussieht, falls – *wenn* – sie schuldig gesprochen wird.

Die Zuschauer jubeln und nicken eifrig. Kristina dreht sich wieder zum Bildschirm um. Unter den Straftaten blinkt jetzt das Wort ›GESAMT‹ auf, und die LED-Lichter flackern, bis ein lauter Knall ertönt. Das Publikum im Studio ist plötzlich absolut still.

KRISTINA: Meine Güte. Ich glaube, das ist die höchste Freiheitsstrafe, die bisher in *Buzz for Justice* verhängt wurde. Vollkommen berechtigt, natürlich, aber nichtsdestotrotz bin ich mir sicher, dass dies ein ziemlicher Schock für Sie und Ihre Familie sein muss.

Eve starrt auf das Strafmaß auf dem Bildschirm und wird kreidebleich – 30 JAHRE.

KRISTINA: In der Tat, wenn Sie wieder entlassen werden, Mrs. Stanton, wird Ihr Sohn bereits ein alter Mann sein. Wahrscheinlich wird er bei Ihrer Entlassung bereits in dem Alter sein, in dem er selbst Kinder hat. Enkelkinder, die Sie nicht kennen werden. Ich frage mich, wie alt die wohl sein werden, wenn Sie freikommen. Und wie alt Sie sein werden, Mrs. Stanton. Tatsächlich muss man sich wohl fragen, ob Sie überhaupt so lange leben.

Sie überquert die Bühne und sieht direkt in die Kamera.

KRISTINA: Ein lebensverändernder Einschnitt für Mrs. Stanton und ihre Familie, aber das ist natürlich etwas, woran sie hätte denken sollen, bevor sie ihre Straftaten beging. Lassen Sie uns jetzt unsere Jurymitglieder begrüßen.

EVE (laut rufend): Was ist mit meinen dreißig Sekunden? Mir stehen dreißig Sekunden zu!

Kristina wendet sich ihr zu und lächelt höhnisch.

KRISTINA (lachend): Eve, haben Sie vorhin nicht zugehört? Die Fragen, die ich Ihnen gestellt habe, waren Ihre Gelegenheit, etwas zu sagen. Sie haben mehr als die dreißig Sekunden Zeit gehabt, die Ihnen normalerweise zugebilligt werden.

EVE: Nein! Das ist nicht fair. Ich will mit meiner Familie sprechen. Max, hör zu, Max, glaub nicht …

Ihr Mikrofon wird ausgestellt, sodass man nicht mehr hört, was sie sagt, doch sie redet weiter, und ihr Gesicht ist vor Wut verzerrt, während sie mit den Fäusten gegen die Glasscheibe der Anklagebank trommelt.

KRISTINA: Aber, aber, Eve. Ein Wutausbruch hat noch nie irgendetwas gebracht, nicht wahr? Das wissen Sie doch.

Sie lächelt in die Kamera. Das Trommeln ist weiter im Hintergrund zu hören.

KRISTINA (lauter): Vielleicht hat Eve Stanton ihren Sohn bereits ein letztes Mal in Freiheit gesehen. Sie mag bereits zum letzten Mal frische Luft geschnappt haben und eine letzte Mahlzeit als freier Mensch zu sich genommen haben. Das mag knallhart scheinen, aber Eve Stanton war sich mehr als alle anderen über die Risiken im Klaren, als sie ihre Straftaten beging. Jury, die

Entscheidung liegt bei Ihnen. In Ihren Händen ruht die Verantwortung für die Sicherheit unserer Nation. Aber ehe wir zu einem Urteil kommen, lassen Sie uns kurz von unserem Sponsor hören. Bleiben Sie dran. Es geht gleich weiter.

Sie lächelt, und das Logo von Cyber Secure, die Wolke mit Vorhängeschloss, erscheint in der Ecke des Bildschirms.

Vor dem Old Bailey

»Was wäre, wenn ich mich jetzt einfach stellen würde?«, fragt Martha, die der Live-Übertragung unter dem Schatten einer Markise vor einem leer stehenden Geschäft zusieht.

»Das würde keinen Unterschied machen«, entgegnet Max. »Dann hätten sie bloß euch beide.«

»Aber sie wollen mich, deshalb haben sie Eve festgenommen.«

»Max hat recht«, fügt Cicero hinzu. »Die werden jetzt nicht klein beigeben. Sie behaupten, ein Exempel statuieren zu müssen, aber in Wirklichkeit wollen sie Eve bloß loswerden.«

»Sie wollen uns alle loswerden«, antwortet Martha. »Wahrscheinlich machen wir ihnen zu viel Ärger. Die Leute hier, die genug Geld haben, stellen keine Fragen und hören noch nicht einmal richtig zu, weil sie es nicht wollen, weil sie es nicht müssen. Die denken sich bloß ›Passiert mir nicht, ist egal‹. Bis es einen von ihnen erwischt, natürlich.«

»Das stimmt«, murmelt Cicero und starrt in die Ferne.

Martha sieht auf und folgt seinem Blick. Auf dem großen Bildschirm ist ihr Polizeifoto abgebildet. Quer darüber steht das Wort ›GESUCHT‹, zusammen mit einer Telefonnummer.

»Den ersten Mann habe ich, glaube ich«, flüstert Cicero gedankenverloren. »Aber die anderen beiden?« Er zuckt mit den Schultern. »Wer weiß?«

Das Foto von Martha wird langsam ausgeblendet.

Buzz for Justice

Die Titelmelodie verklingt allmählich. Stattdessen ertönt jetzt ein lauter Herzschlagrhythmus. Eve steht mit versteinerter Miene in dem von Sicherheitsglas umgebenen Zeugenstand. Kristina stolziert mit feierlichem Gesichtsausdruck zu der Jury hinüber.

KRISTINA: Hallo, liebe Zuschauer. Es ist Zeit für die Entscheidung.

Sie bleibt stehen, und die Spots erlöschen.

KRISTINA: Jurymitglied Nummer eins: Raif, Sie sind 39 Jahre alt, verheiratet und haben drei Kinder. Kinder, für deren Sicherheit Sie zweifelsohne alles tun würden. Raif, Sie haben Eve Stantons Antworten auf unsere Fragen gehört und gesehen, welche Straftaten ihr zur Last gelegt werden. Sie haben jetzt dreißig Sekunden Zeit, sich zu entscheiden, ob Sie darauf vertrauen, dass Mrs. Stanton reumütig ist, oder ob das Risiko für die Sicherheit unseres Volkes einfach zu groß ist. Ihre Zeit beginnt … jetzt.

Auf dem Bildschirm erscheint eine digitale Zeituhr, die von 00:30 zurückzählt, während daneben Bilder von weinenden Kindern auf staubigen Straßen eingeblendet werden.

RAIF: Da gibt es keine zwei Meinungen.

Mit beiden Händen schlägt er auf den Buzzer, das Auge-Logo über ihm blitzt auf und taucht ihn in ein blaues Licht.

KRISTINA: Wir haben eine erste Entscheidung, bleiben noch zwei. Aber werden sie sich so schnell entschließen wie Raif? Er ist eindeutig ein Mann, der seine Verpflichtung der Gesellschaft gegenüber ernst nimmt. Halten die anderen Jurymitglieder diese Entscheidung ebenfalls für alternativlos? Ich für meinen Teil sehe das auf jeden Fall so. Lassen Sie uns nun zu unserem zweiten Jurymitglied übergehen. Jase ist ein Automechaniker, der seine Jugendliebe geheiratet hat, von der er sagt, dass sie immer noch seine große Liebe ist. Das ist ja süß! Jase, Sie haben dreißig Sekunden, Ihre Entscheidung zu treffen.

Der Countdown beginnt: 00:29, 00:28, 00:27. Eve lässt den Kopf hängen. Jase blickt auf die Gesichter im Publikum.

KRISTINA: Noch fünfzehn Sekunden, Jase. Falls Sie etwas zur Sicherheit unserer Nation beitragen möchten, tun Sie es jetzt.

Zwölf Sekunden.

Die Schaltuhr springt auf 00:10. Ein lautes Ticken ertönt im Studio, und die Lichter blinken mit jeder Sekunde auf, die verstreicht. Jase streckt seine Finger nach dem Buzzer aus.

KRISTINA (mit der Schaltuhr mitzählend): Drei … zwei … eins … null.

Der Spot, der auf Jase ausgerichtet ist, geht aus, und Jase ist nicht mehr zu sehen.

KRISTINA: Was für eine Überraschung! Meine Damen und Herren, ich muss schon sagen, ich bin schockiert. Ich dachte, das ist ein eindeutiger Fall, aber augenscheinlich ist dem nicht so. Es ist traurig, wenn der Wert eines Individuums über den des Kollektivs gestellt wird. Jase ist eindeutig desillusioniert und kann keine Prioritäten setzen. Vielleicht hat unser letztes Jurymitglied höhere moralische Werte. Hallo, Jurymitglied Nummer drei, Lucas. Lucas, dieser Fall ist besonders wichtig für Sie, ist das richtig?

LUCAS: Ja, Kristina, vielen Dank, dass Sie mir die Gelegenheit geben, etwas zu sagen. Meine Tochter Anita wurde vor fünfzehn Jahren ermordet. Der Mann, der beschuldigt wurde, sie umgebracht zu haben, wurde noch vor das alte Gericht gestellt und freigesprochen. Mr. Cicero, sein Richter, hielt die Beweislage für nicht ausreichend.

KRISTINA: Lucas, wir trauern mit Ihnen und sprechen Ihnen unser größtes Beileid aus. Dies muss ein emotional aufgeladener Fall für Sie sein, insbesondere, da Eve Stanton eine enge Freundin des Mannes ist, der den Mörder Ihrer Tochter hat laufen lassen. Ich glaube kaum, dass es in Ihrem Fall nötig ist, aber ich muss Sie trotzdem darauf aufmerksam machen, dass Sie hier in einem der wichtigsten – wenn nicht *dem* wichtigsten – Fall Ihre Stimme abgeben, den wir je in *Buzz for Justice* hatten. Ich bin sicher, Sie sind bereit, aber ich möchte Sie nur kurz daran erinnern, dass wir im Moment eine Stimme für schuldig und eine für unschuldig haben. Lucas, alles hängt nun von Ihnen ab. Eine schwere Verantwortung lastet auf Ihnen. Bevor Sie Ihre Stimme abgeben, sollten Sie darüber nachdenken, was hier auf dem Spiel steht. Lucas, Ihre dreißig Sekunden beginnen jetzt.

Die Schaltuhr tickt. Lucas starrt einen Moment lang auf den Buzzer und sieht dann nach oben. Die Schaltuhr läuft 00:20, 00:19, 00:18 …

KRISTINA (in die Kamera flüsternd): Diese letzte Stimme wird benötigt, damit Mrs. Stanton das Urteil bekommt, das sie verdient hat.

Die Schaltuhr springt auf 00:10, das Ticken wird immer lauter, und die Lichter pulsieren mit jeder Sekunde. Eve sitzt kerzengerade auf der Anklagebank und blickt mit versteinerter Miene vor sich hin. Lucas sieht zu ihr auf. Es bleiben fünf Sekunden.

KRISTINA: Lucas, Ihre Entscheidung, bitte.

00:06

KRISTINA (mit zitternder Stimme): Sie haben nur noch wenige Sekunden, Lucas.

Lucas hebt die Hand.

00:05

KRISTINA: Noch fünf Sekunden.

Er streckt sie nach dem Buzzer aus.

00:04

KRISTINA: Lucas.

Und zieht sie wieder zurück.

00:03

LUCAS: Der Mann, der beschuldigt wurde, meine Tochter umgebracht zu haben, war unschuldig. Ihr Mörder läuft immer noch frei herum. Bringt das alte System zurück!

00:00

Lucas verschwindet im Dunkeln. Kristina steht schockiert da. Ein einzelner Zuschauer im Studio applaudiert langsam. Kristina fasst sich ans Ohr, setzt ihr Plastiklächeln auf und sieht in die Kamera.

KRISTINA: Nun … liebe Zuschauer zu Hause und hier im Studio, man kann wirklich nicht behaupten, dass wir Ihnen kein Drama bieten! Was für eine Überraschung! Ich bin allerdings wirklich gespannt zu hören, welche Argumente Lucas für seine Entscheidung vorzubringen hat. Aber jetzt müssen wir uns zunächst einmal fragen, was für eine Zukunft Mrs. Stanton bevorsteht? Wird sie sicher auf unseren Straßen sein? Wird ein

Verdacht immer und überall an ihr kleben? Wird jedes Mitglied unserer Gesellschaft diese Entscheidung akzeptieren? Wir müssen es abwarten.

Sie wendet sich Eve zu, während die Kamera auf das ganze Studio ausschwenkt. Aus dem Publikum kommt Gejohle, und man hört, wie Leute ihre Plätze verlassen.

KRISTINA: Eve …

ZUSCHAUER (laut rufend): Du egoistische Schlampe!

Als etwas laut gegen das Sicherheitsglas prallt, zuckt Eve zusammen und springt erschrocken zurück. Ein Ei fließt die Scheibe hinab. Ein weiterer Aufprall, ein weiteres Ei, dann noch eins. Eve duckt sich. Sicherheitspersonal stiefelt auf die Bühne. Das Publikum buht und johlt weiter und drängelt sich trampelnd zur Bühne vor.

KRISTINA (laut): Nun, ich denke, wir bekommen ein Gefühl dafür, wie aufgewühlt alle im Moment sind. Bleiben Sie bitte dran, liebe Zuschauer, denn gleich geht es weiter …

Die Kamera zoomt eng an sie heran. Trotzdem sieht man Studiogäste, die an ihr vorbeilaufen und sie anrempeln.

KRISTINA (laut rufend): … mit dem sensationellen Fall eines Paares, das sich *gegenseitig* der körperlichen Misshandlung beschuldigt. Das wird spannend!

Vor dem Old Bailey

»Gott sei Dank«, stöhnt Max auf und dreht sich zu Cicero und Martha um. »Jetzt müssen wir sie so schnell wie möglich in Sicherheit bringen.«

»Ihr braucht ein Auto«, sagt Martha.

Max schielt um die Ecke auf den großen Bildschirm. Er zeigt, wie seine Mutter bei einem Wärter Schutz sucht, während sie mit Eiern und Mehlbomben beworfen wird. Dann ein Schnitt zu den Liveaufnahmen vor dem Old Bailey. Die Kamera zoomt auf einzelne Zuschauer, die ihrem Unmut mit vor Wut verzerrten Gesichtern Luft machen.

»Unser Wagen steht zu weit weg«, entgegnet Max. »Aber ich habe vor dem Eingang zum Old Bailey Autos der Produktionsfirma gesehen. Mr. Cicero, bringen Sie meine Mutter in einem davon nach Hause. Ich treffe Sie dann später zu Hause.«

»Was haben Sie vor?«, will Cicero wissen.

»Ich werde Martha von hier wegbringen«, antwortet er.

»Du musst dich nicht um mich kümmern«, widerspricht Martha. »Deine Mum will dich jetzt ganz bestimmt sehen.«

Max schüttelt den Kopf und fühlt mit den Fingern nach dem Umschlag in seiner Tasche. »Das wird sie schon verstehen«, murmelt er.

Cicero sieht Max prüfend an und nickt dann langsam. »Einverstanden«, sagt er schließlich. »Wir treffen uns später im Haus.«

Während er in der Menge verschwindet, dreht sich Martha zu Max um.

»Was ist los mit dir?«, will sie wissen.

»Was soll los sein?«

»Das gerade. Du hast ihn angelogen. Warum? Was hast du da in deiner Tasche?«

Er zuckt mit den Achseln. »Ich habe echt keine Ahnung, wovon du redest. Komm jetzt. Lass uns von hier verschwinden.«

»Hier lang«, erwidert sie und dreht sich zum Old Bailey um. »Ich weiß aber trotzdem, dass du gelogen hast.«

18:30 Uhr. Death is Justice

Ein dunkelblauer Bildschirm, weiße Flecken, die summen und knistern. Die Wörter ›Auge um Auge‹ drehen sich um die blaue Iris des Auge-Logos.

Der Titel ›Sofa am Samstag‹ schwebt jetzt langsam über den Bildschirm, und die Erkennungsmelodie erklingt, die ruhiger und lieblicher ist als die an den Werktagen. Der Titel wird ausgeblendet, und ein intimeres Studio erscheint im Licht der Scheinwerfer. Joshua, der eine dezent karierte Hose, ein hellblaues Hemd und einen dunkelblauen Schlips trägt, sitzt mit übereinandergeschlagenen Beinen auf einem Ledersofa. Davor steht ein Couchtisch, auf dem Zeitungen und Zeitschriften gefächert ausliegen.

JOSHUA: Guten Abend, liebe Zuschauer, und willkommen zu unserer heutigen Ausgabe von *Death is Justice*!

Verhaltener Applaus erklingt.

JOSHUA: Wir begrüßen heute zwei besondere Gäste in unserem ›Sofa am Samstag‹-Studio. Zunächst haben wir jemanden eingeladen, der Ihnen allen bekannt sein dürfte: Kommissar Hart.

Die Kamera schwenkt ein Stück zur Seite und zeigt Kommissar Hart, der breitbeinig auf dem anderen Ledersofa sitzt und sich zurückgelehnt hat. Sein Bauch zeichnet sich deutlich unter der Uniformjacke ab. Er bringt ein kaum sichtbares, zögerliches Lächeln zustande.

JOSHUA: Und dann begrüßen wir hier ein neues Gesicht. Eine Person, die normalerweise im Hintergrund bleibt, aber trotzdem sehr einflussreich und gut informiert ist. Meine Damen und Herren, freuen Sie sich jetzt mit mir auf die persönliche Assistentin des Premierministers, Sofia Nachant.

Sofia, die eine graue Hose und einen schicken Pullover trägt, kommt hinter der Kulisse hervor. Joshua steht auf und begrüßt sie freundlich lächelnd mit einem Händeschütteln. Kommissar Hart rührt sich nicht vom Fleck und nickt nur kurz zum Gruß.

JOSHUA: Ich danke Ihnen beiden, dass Sie sich trotz Ihrer übervollen Terminkalender die Zeit genommen haben, uns heute zu besuchen. Es ist uns eine absolute Ehre, Sie bei uns zu haben.

SOFIA: Es ist eine Ehre, hier sein zu dürfen, Joshua, und Sie endlich persönlich kennenzulernen, Kommissar Hart.

KOMMISSAR HART: Durchaus.

JOSHUA: Sofia, unser Premier muss furchtbar viel zu tun haben. Ich bin überrascht, dass er Sie entbehren kann.

SOFIA: Also, eigentlich wäre er wirklich gern selbst wiedergekommen, aber das ging leider nicht. Er lässt aber schön grüßen und hat mich autorisiert, für ihn zu sprechen.

JOSHUA: Wunderbar. Also, Ms. Nachant, es gab einige wirklich skandalöse Ereignisse in letzter Zeit, die unsere Nation bis ins Mark erschüttert haben. Vielleicht könnten Sie uns sagen, wie er darüber denkt?

SOFIA: Verzeihen Sie mir, Joshua, aber ich fürchte, Sie unterschätzen die Widerstandsfähigkeit unseres Volkes. Ja, tatsächlich gab es einige *verstörende* Ereignisse: den Mord an einem prominenten und geliebten Mitbürger, die Beinahe-Hinrichtung einer unschuldigen Teenagerin, die Enthüllung, dass ein Sohn seinen Vater ermordete, eine ältere Dame, die auf offener Straße erstochen wurde, Anspielungen auf Korruption auf höchster Ebene …

JOSHUA: Falls ich Sie kurz unterbrechen darf, Sofia. Sie haben gesagt, *Anspielungen auf Korruption auf höchster Ebene*. Hat die Polizei das nicht untersucht und ist zu dem Ergebnis gekommen, dass dies alles von Martha Honeydew erfunden wurde, um die Regierung zu diskreditieren? Ich bin überrascht, dass Sie das hier erwähnen.

KOMMISSAR HART: Das war alles nichts als Unsinn. Und noch dazu respektlos der harten Arbeit gegenüber, die meine Polizeibeamten erbringen. Sie setzen Tag für Tag ihr Leben aufs Spiel, und dann kommt so ein Mädchen mit Flausen im Kopf daher und setzt derartige Behauptungen in die Welt? Das ist eine Frechheit.

Das Publikum johlt und spendet Beifall. Sofia lächelt kurz und nickt.

SOFIA: Ich weiß, was Sie meinen, und verstehe Ihre Frustration, aber das Letzte, was sich der Premierminister wünscht, ist, dass unsere Gesellschaft den Eindruck bekommt, dass wir einfach alles unter den Teppich kehren. Schließlich hat Martha Sie selbst beschuldigt, Kommissar Hart, Straftaten *sexueller* Art begangen zu haben …

Kommissar Hart prustet laut und wendet sich Sofia zu. Die Zuschauer im Studio sehen einander verwirrt an. Joshua sitzt wie versteinert mit offenem Mund da.

KOMMISSAR HART: Nun hören Sie mal gut zu, junges Fräulein … ich könnte Sie wegen Verleumdung belangen …

SOFIA: Das sind lediglich Fakten.

KOMMISSAR HART: Und Steve hat Sie dazu ermächtigt, das hier in seinem Namen zu sagen, ja?

SOFIA: Steve?

KOMMISSAR HART: Der Premierminister. Steve. Er erlaubt Ihnen …

SOFIA: Das ist aber eine äußerst vertrauliche Art, über den Premierminister zu sprechen.

JOSHUA (auflachend): Bei uns sind alle per Du, meine Damen und Herren. Das sind wohl die Vorteile …

KOMMISSAR HART (mit einem Finger auf Sofia zeigend): Und darüber hinaus, Mrs. Nachant …

SOFIA: Ms. Nachant, bitte, nicht Mrs. Mein Familienstand tut nichts zur Sache.

Kommissar Hart schüttelt den Kopf und schnalzt abfällig.

KOMMISSAR HART (lauter): … *Ms*. Nachant, und wo genau können wir diese Behauptungen sehen, die Honeydew angeblich von sich gegeben hat? Wann genau soll sie das gesagt haben?

SOFIA: Ich denke, Sie wissen, wann das war.

KOMMISSAR HART: Das ist keine Diskussion, die wir zur Hauptsendezeit führen sollten, *Ms*. Nachant. Das sollten wir …

SOFIA: Hinter verschlossenen Türen diskutieren? Nicht in aller Öffentlichkeit? Ganz bestimmt nicht. Und ich bin mir sicher, dass Sie in einer ähnlichen Situation zur Zurückhaltung raten würden, denn sonst käme einem vielleicht ein Sprichwort wie ›*Wer sich verteidigt, klagt sich an*‹ in den Sinn, meinen Sie nicht auch?

KOMMISSAR HART: Sie verdammte …

JOSHUA: Ähm … ich muss Sie bitten …

KOMMISSAR HART: Ich weiß nicht, was Steve glaubt, hier abziehen zu können …

Die Kamera zoomt auf Joshua, der sein Ohr berührt und nervös lächelt. Kommissar Harts laute Stimme ist immer noch zu hören, aber Joshua redet über sie hinweg.

JOSHUA: Meine Damen und Herren zu Hause und liebe Kinder, ich muss mich für die wenig blumige Ausdrucksweise entschuldigen. Ich denke, es ist an der Zeit, eine kleine Pause zu machen. Bleiben Sie dran …

KOMMISSAR HART (brüllend): Lügen, beschissene …

Die Titelmusik spielt laut auf und übertönt die Stimmen im Studio. Auf dem Bildschirm erscheint das Auge-Logo.

Im Haus der Stantons

Eve sitzt gemütlich unter einer Decke auf dem Ecksofa und sieht fern. Sie starrt mit aufgerissenen Augen auf den Bildschirm und hält sich ein Glas Wein vor den Mund. Cicero sitzt neben ihr auf dem Boden und stochert mit einem Schürhaken im Kaminfeuer. Er sieht ebenfalls ungläubig auf den Fernseher.

»Sofia Nachant?«, fragt Eve, die sich immer noch nicht rührt.

»Hmm«, antwortet Cicero. »Die … die …« Er sucht nach den richtigen Worten.

»Hat Mumm?«, schlägt Eve vor und nimmt endlich einen Schluck Wein.

Er nickt und stochert im Kamin herum. »Das kann man wohl sagen!«, antwortet er.

Isaac

Zelle 4. Die Zellen sehen alle ziemlich gleich aus, werden aber immer kleiner.

In manchen ist es zu heiß, in anderen zu kalt.

Einzelhaft ist hart.

In der Schule haben wir mal Nelson Mandela durchgenommen, der achtzehn Jahre lang auf Robben Island im Gefängnis saß. Er durfte nur einmal im Jahr für eine halbe Stunde Besuch bekommen, zwei Briefe im Jahr empfangen und hat die ganze Zeit in einer kleinen Zelle mit einem Eimer als Toilette und dem Boden als Bett verbracht.

Ich bin nur sieben Tage hier und habe gerade mal dreieinhalb davon hinter mir.

Das kann man überhaupt nicht vergleichen.

Ich frage mich, wie oft er wohl gedacht hat, dass er dadrin sterben würde.

Hatte er Angst?

Ich habe sie.

Eine Heidenangst. Ich habe ständig das Gefühl, den Tränen nahe zu sein, und verbringe die meiste Zeit damit, dieses Gefühl zu unterdrücken. Ich schäme mich dafür, denn ich sollte tapfer sein, wie Martha es war, doch ich habe nicht genug Mut.

Aber zumindest werde ich so tun, als hätte ich ihn. Und ich

werde mich hoffentlich daran erinnern, dass ich in meinem Leben schon so viel Gutes erlebt habe – mehr als viele andere Menschen.

Mich an meine Kindheit zu erinnern fällt mir trotzdem schwer.

Jemand hat mir mal gesagt, alle Erinnerung seien subjektiv, aber auf meine Erinnerungen trifft das nicht zu. Vielmehr erkenne ich durch sie allmählich, wie ich tatsächlich gelebt habe.

Zum Beispiel erinnere ich mich jetzt daran, wie Patty mich einmal zu einem Herrenausstatter geschleppt hat. Der Teppich in dem luxuriös eingerichteten Geschäft war dick und flauschig, und Hemden in allen erdenklichen Farben und Mustern lagen nach verschiedenen Größen geordnet auf edlen Walnussregalen aufgestapelt. Dreiteilige Anzüge hingen an dicken Messingstangen, und es gab nicht nur Hüte, Krawatten und Kummerbunde zu kaufen, sondern sogar Zylinder und Melonen.

Die Art von Geschäft, in dem eine kleine Glocke erklingt, wenn man es betritt, und in dem die Angestellten ihre Kunden mustern und danach beurteilen, wie teuer die Kleidung ist, die sie tragen.

Patty bestand darauf, dass ich lauter Hosen, Hemden und Jacketts anprobierte, und ein alter Mann mit knackenden Knien nahm Maß und steckte die Kleidung dermaßen enthusiastisch ab, dass ich mir sicher war, Blutflecke auf dem Stoff hinterlassen zu haben.

»Darf man annehmen, es handelt sich um einen besonderen Anlass, gnädige Frau?«, säuselte er mit cremiger Stimme und runden Vokalen. Er klang, als wäre er ganz bestimmt noch nie in den Kratzern gewesen.

Patty thronte mit übereinandergeschlagenen Beinen auf einem Samtstuhl und lächelte ihn an.

»Ich nehme an, für *manche* wäre es ein besonderer Anlass«, antwortete sie mit gekünstelt vornehmem Akzent, »aber für meinen Gatten und mich ist es inzwischen fast zu einer Gewohnheit geworden. Wir lunchen mit dem Premierminister.«

»Wie reizend«, näselte der Mann. »Ich nehme an, der Junge hier ist ebenfalls eingeladen?«

»Steven – der Premierminister – ist ganz besonders darauf erpicht, ihn kennenzulernen.«

Ich hatte schon vorher Anspielungen und Geflüster über sie, Jackson und den Premier gehört, aber nie so offensichtlich wie hier, und ich hörte hier ganz bestimmt zum ersten Mal, dass ich ihn treffen würde.

Mir kam der Wortwechsel zwischen Patty und dem Schneider wie ein Tanz vor, bei dem Patty unentwegt versuchte, ihn zu beeindrucken, und nicht bemerkte, dass er sie verachtete und ansah, als wäre sie ein Stück Dreck unter seinem Schuh. Sie hörte nicht, dass sein Ton vor Sarkasmus triefte.

Es gab eine Hierarchie der Vornehmheit, und sie stand eindeutig auf der untersten Stufe.

Ich kann mich kaum an das Treffen mit dem Premier erinnern.

Ich bekam nur Schnipsel ihrer Unterhaltung mit –

»… müssen sich einen Weg aus der Armut erarbeiten …«

»… der Geldwert von Informationen …«

»… von gegenseitigem Vorteil …«

Dann Fragmente von Pattys Antworten …

»… was auch immer wir tun können …«

»… sein öffentliches Image …«

»… die Abmachung zwischen uns …«

Alles andere blieb unklar. Allerdings erinnere ich mich daran, dass seine Hand kalt war, als er meine zum Gruß fest drückte.

Und daran, dass mir sein breites Lächeln unecht vorkam.

Seine Stimme verstummte zwar, um zuzuhören, doch seine Antworten waren laut, und er nahm die Konversation und den ganzen Raum in Beschlag.

Und ich erinnere mich deutlich daran, mich gefragt zu haben, warum Jackson so still war und woher Patty den Premierminister überhaupt kannte.

Und warum der Schneider in dem Geschäft, der *nur* ein Mann war, der Kleidung verkaufte, sie so abfällig behandelte, wohingegen der Premier, der Führer unseres Landes, sie zum Mittagessen einlud und über ihre albernen Witze lachte.

Als elfjähriger Junge ergab nichts davon Sinn, aber es brachte mich dazu, Fragen zu stellen.

Es machte mich nervös, und ich bekam Angst, aber ich konnte nicht genau sagen, warum.

Seit Jahren weiß ich, dass die Augen des Premiers und die seiner Mitarbeiter in die Köpfe vieler Bürger blicken und jeden Gedanken lesen. Dass sie in ihre Herzen sehen und nach Schwächen suchen. Und seit Jahren sehe ich zu, wie seine ganze Persönlichkeit nicht nur Macht verströmt, sondern auch den Durst danach, sie zu behalten.

An diese Unterhaltungsfetzen erinnere ich mich seit einer Ewigkeit, obwohl sie ohne echten Kontext wenig Sinn zu machen schienen. Und trotzdem …

… läuft mir ein Schauer über den Rücken.

Ich schließe die Augen und sehe mich wieder in dem Geschäft.

Die Kleidung lag ordentlich gefaltet, in Seidenpapier gewickelt und in Schachteln verstaut, vor uns auf dem Tresen. Der Laden roch nach einer Mischung aus frischer Wäsche und Bienenwachs, der Tresen fühlte sich glatt unter meinen Fingern an, und die Kasse ratterte, während der Schneider die Rechnung eingab. Schließlich war die Endsumme auf dem Display zu sehen.

Patty öffnete ihr Portemonnaie, und ihre lackierten Fingernägel ruhten auf einer goldenen Kreditkarte.

Der Schneider hielt die Kreditkarte einen Moment später in der Hand und lächelte ölig.

»Ich bitte um Verzeihung, gnädige Frau, aber Ihre Karte wurde abgelehnt … Höchstwahrscheinlich ein technisches Problem und nicht eine Frage unzureichender Geldmittel.«

»Geh und warte draußen«, befahl Patty, und ich gehorchte. Es dauerte ewig.

»Er wird alles morgen liefern«, sagte sie bloß, als sie endlich aus dem Geschäft kam. »Dann müssen wir nicht alles nach Hause schleppen.«

Ich nickte und glaubte ihr.

»… der Geldwert von Informationen …«, hatte der Premierminister gesagt.

»Unzureichende Geldmittel«, hatte der Schneider gesagt.

War das bloß ein Zufall, frage ich mich jetzt. Aber sie hatten doch keine Geldprobleme, oder?

Oder vielleicht doch?

Oder ging es nur darum, noch reicher zu werden?

Gier vor Prinzipien.

Zu viele Fragen drängen sich in meinen Verstand, auf die ich nie eine Antwort bekommen werde.

Ich wünschte mir, ich könnte mit jemandem darüber reden oder alles aufschreiben, damit es jemand findet, wenn ich tot bin.

Oder dir einen Brief schreiben, Martha.

Ja, das würde ich am liebsten machen.

Ich schließe wieder die Augen und stelle mir vor, wie ich ihn schreibe. *Liebe Martha …*

Nein, ich stelle mir vor, wie du ihn liest. Du gehst durch den Farnwald, die tiefe Wintersonne tanzt durch die Äste der Bäume und glitzert auf dem Frost, der den Boden bedeckt. Du kommst an unsere Lichtung und setzt dich auf den Baumstamm, der in der Nähe der Stelle liegt, an der wir unseren Unterschlupf bauten. Du nimmst den Brief aus deiner Hosentasche. Deine Finger falten das Blatt auseinander, und deine Augen wandern langsam über die Seite und nehmen jedes Wort in sich auf.

Ich hoffe, mir ist es gelungen, etwas zu schreiben, das dir ein Lächeln entlockt und dir klarmacht, wie viel du mir bedeutest.

Martha, ich liebe dich?

Martha, ich vermisse dich?

Nichts als Worte, die einfach nicht ausreichen.

Wenn ich doch nur stattdessen meine Gefühle aus mir herausziehen und für dich auf ein Blatt Papier übertragen könnte.

Es ist mir peinlich, wie lächerlich ich klinge.

Briefe, Sonnenschein, Gefühle …

Ich öffne die Augen.

Ich darf nicht an Briefe, den Farnwald oder an das Mädchen, das ich liebe, denken, weil meine Zukunft nicht mehr als vier Wände zu bieten hat.

Und einen schmerzvollen Tod.

Martha

»Wieso hier?«, will Max wissen, und ich sehe ihm dabei zu, wie er bis zum Ende des Hafenbeckens geht und auf das Wasser starrt.

»Weil hier nichts los ist«, erkläre ich ihm. »Hier laufen keine Leute rum, und es gibt keine Plakate mit meinem hässlichen Gesicht drauf. Niemand beobachtet uns hier.«

»Du bist nicht hässlich …«

Ich antworte mit einem Schulterzucken. Nett von ihm, aber was soll er auch sonst sagen.

Wir setzen uns, lassen unsere Beine über die Kante baumeln und sehen der Sonne dabei zu, wie sie hinter dem Horizont verschwindet und den Fluss dabei langsam in ein orangefarbenes Licht taucht.

Ich wünschte, ich könnte ihr dorthin folgen, wo sie als Nächstes aufgehen wird.

»Ich habe mich nie richtig bei dir bedankt«, flüstere ich. »Dafür, was du mit dem Computersystem von *Death is Justice* gemacht hast und so weiter. Und die Glasscheibe in der Zelle, damit ich rauskonnte. Und einfach alles. Hätte ich viel früher machen müssen.«

»Du musst dich nicht bei mir bedanken«, widerspricht er.

»Doch, muss ich. Und danke auch für gestern. Ich dachte, ich müsste wieder draußen schlafen.«

»Würdest du gern heute Nacht wieder da schlafen?«

»Nee, ich glaube, die würden mich erkennen.«

»Dann irgendwo anders? In einer anderen Pension?«

Ich schüttele den Kopf. »Danke, aber das ist zu riskant.«

Einen Augenblick lang verstummen wir beide, aber er spielt mit seinen Fingern, und ich merke, dass er etwas sagen möchte.

»Wäre es wirklich so schlimm?«, druckst er schließlich rum. »In ein Heim zu müssen? Ich meine nur, ich weiß wirklich nicht, welche andere Wahl du hast. Bis du achtzehn bist auf der Flucht zu sein? Das sind noch zwei Jahre.«

Ich hatte versucht, nicht daran zu denken.

»Es ist schrecklich da«, flüstere ich. »Ich musste mal für einen Monat ins Heim, als meine Mutter im Krankenhaus war. Die Ärzte hatten das Heim verständigt, und die haben mich abgeholt. Die behandeln einen wie ein Tier. Mach diese Arbeit, jene Arbeit! Denen geht es nur darum, Geld zu sparen. Das ist wie im Gefängnis. Ich habe nichts dagegen zu arbeiten und keine Angst davor, mir die Hände schmutzig zu machen, aber so war es da nicht. Es war wie …«

»Wie bei Oliver Twist?«

»So ungefähr. Ich meine, wir sind zur Schule gegangen und haben etwas zu essen bekommen, aber die haben einen da so fertiggemacht, dass man zum Schluss gar nicht mehr wusste, wer man eigentlich ist. Aber …«

Ich verstumme, seufze und sehe wieder zu der untergehenden Sonne auf, deren letztes Stückchen gerade hinter dem Horizont verschwindet und uns in der Dunkelheit zurücklässt. *Nimm mich mit!*, würde ich ihr am liebsten zurufen. »Ich glaube nicht, dass ich da jemals wieder rauskäme«, sage ich leise. »Ich glaube, die würden immer wieder Ausreden finden, warum sie mich von einem Heim zum nächsten schicken. Ich glaube … ich glaube … das wär's dann für mich. Oder zumindest für meine Freiheit.«

Er nickt. »Das verstehe ich.«

»Es tut mir echt leid, dass alles an deiner Familie hängenbleibt«, murmele ich. »Deine Mum, sie …«

»Hast du es geschafft, Isaac zuzusehen?«, unterbricht er mich.

»Gestern Abend, ein bisschen«, erwidere ich. Ich würde ihn am liebsten fragen, wie es mit den Voting-Zahlen aussieht, aber ich traue mich nicht.

»Er hält super durch.«

Nett, dass er das sagt.

»Was ist mit der Webseite?«, frage ich. »Interessiert sich irgendjemand dafür?«

Er schüttelt frustriert den Kopf.

»Ich kann einfach nicht fassen, dass alle lieber wegsehen. Diese Leute – die Popstars, TV-Moderatoren, Schauspieler, was auch immer – sollten eigentlich Vorbilder sein. Wir zeigen allen, was sie wirklich gemacht haben, und keiner will davon etwas wissen.«

»Jedes Mal, wenn ich eine neue Webseite baue und sie ins Netz stelle, wird sie sofort gelöscht. Einige haben sie trotzdem gesehen. Ich habe ein paar Nachrichten von Leuten bekommen, die schockiert waren«, erklärt er. »Aber weitaus mehr haben mich einen Lügner genannt und gesagt, ich solle damit aufhören, im Dreck zu wühlen.«

»Das sind die ›Was kümmern mich die anderen‹-Leute, was?« Martha schnaubt verächtlich.

»Ganz genau. Manche halten uns wahrscheinlich für Verschwörungstheoretiker. Aber andere, glaube ich, haben einfach nur Angst. Die Leute mit Geld, die in der City, in den Avenues oder sogar wie wir in den Vororten wohnen, denken, dass sie ihre Arbeit verlieren und in den Kratzern enden könnten, wenn sie Staub aufwirbeln oder irgendwas gegen irgendwen sagen.«

»Also, *soo* schlimm ist es in den Kratzern nun auch wieder nicht. Wir sind nicht alle Drogensüchtige, Prostituierte oder Mörder!«

»Weiß ich doch«, erwidert er. »Die Drogensüchtigen in der City tragen Anzüge, das ist der einzige Unterschied.«

»Und die Prostituierten tragen Unterwäsche von Designern«, füge ich hinzu, um die Stimmung etwas aufzulockern.

Er grinst. »Genau gleich, aber anders.«

»Mrs. B hat immer gesagt ›gleiches Fleisch, andere Soße‹«, sage ich. Ich würde gern lächeln, als ich mich daran erinnere, aber ich schaffe es nicht.

Wir sitzen eine Weile da, ohne etwas zu sagen.

»Ich weiß nicht, wie es mit Isaac weitergehen soll«, flüstert er plötzlich. »Die haben ihr System aufgerüstet. Ich komme nicht mehr rein, um das Wahlergebnis zu ändern – so wie bei dir.«

Seine Worte hängen in der Luft, und ich denke an Patty und daran, was ich machen werde und was es bedeuten wird.

»Mach dir keine Sorgen deswegen«, antworte ich schließlich.

»Aber er wird …«

Ich wende mich ihm zu. Es liegt mir auf der Zunge, ihm alles zu sagen, aber ich darf es ihm nicht verraten. Sein Blick springt umher. Ich höre ein Rascheln und sehe, dass seine Finger mit etwas spielen.

»Was hast du da eigentlich in deiner Tasche?«, frage ich ihn.

Sein Gesichtsausdruck verändert sich schlagartig, und er sieht weg. »Nichts.«

Ich habe einen wunden Punkt getroffen. »Hmm, alles klar.«

Er zieht die Hände aus den Taschen. »Nichts Wichtiges. Es ist ein Brief, das ist alles.«

»Von wem ist der denn?«

Er hebt ein paar kleine Kieselsteine auf und wirft einen nach dem anderen ins Wasser.

»Von meiner Mum.«

Meine Gedanken überschlagen sich. Ich höre dem Plumpsen zu, das die Kiesel verursachen, als er sie ins Wasser wirft.

Ich wette, Eve dachte, sie müsste ins Gefängnis. Ich wette, sie dachte daran, was die Presse über sie ausgraben würde. Ich weiß etwas, was Max nicht weiß. Ich wette, sie dachte, es wäre das Beste für Max, wenn er es zuerst von ihr hören würde.

»Was steht drin?«, frage ich.

»Ich habe ihn nicht ...«

»Was hat sie dir gesagt? Dass du ihn lesen sollst, falls sie ins Gefängnis muss?«

»Nachdem sie Mum abgeholt haben ... war ich in ihrem Zimmer ... er lag auf ihrem Bett ... unter ein paar Unterlagen ...«

»Sie weiß gar nicht, dass du ihn hast?«

Er schüttelt den Kopf.

Verdammt. Was würde Eve wollen? Was soll ich machen? *Denk nach, denk nach.*

»Gib ihn mir«, schlage ich vor.

»Was?«

»Gib ihn mir, ich mache ihn auf und lese, was drinsteht, und dann sage ich es dir. Dann kann sie nicht sauer auf dich sein, weil du ihn dir einfach genommen hast. Dann bist du nicht schuld. Gib ihn mir.«

Er zieht den Umschlag aus der Tasche. Der Wind zerrt an ihm.

»Gib ihn mir«, flüstere ich.

Er streckt langsam seine Hand aus.

»Manchmal«, sage ich, nehme den Umschlag, öffne ihn und ziehe drei Blätter hervor, »denkt man, dass man etwas unbedingt wissen möchte. Aber wenn man es herausgefunden hat, wünscht man sich, dass man es nie erfahren hätte. Versuchung und so weiter, verstehst du?«

Ich falte die Blätter auseinander, starre auf sie hinab und zähle sie langsam.

Eins …

Zwei …

Drei …

Selbst im dumpfen Licht, das durch die Fenster der Gebäude hinter uns erzeugt wird, ist Eves Geheimnis zu sehen: ihr handschriftliches Schuldbekenntnis.

Ein Geheimnis, das ihren Mann, seinen Vater, getötet und ihre Leben verändert hat.

Max nickt.

»Dir ist doch bestimmt klar, dass nichts Gutes dabei herauskommen kann, oder?«

»Wohl nicht.«

»Gut.«

Ich reiße die Blätter in der Mitte durch und dann noch mal. Vernichte das Schuldbekenntnis, das nichts als Schmerz verursachen würde.

»Was soll das?« Er versucht, mir die Blätter aus der Hand

zu nehmen, aber ich zerreiße sie wieder und wieder. Zu immer kleineren Stücken.

»Hör auf!« Er will mir die Schnipsel abnehmen, aber ich lasse sie wie Hochzeitskonfetti in das Wasser rieseln. »Wieso zum Teufel hast du das gemacht?«, brüllt er mich an.

»Wenn sie wirklich gewollt hätte, dass du es jetzt herausfindest, hätte sie dir den Brief selbst gegeben!«

»Er war an mich adressiert!«

»Aber du hast ihn dir einfach *genommen*!«, schreie ich zurück.

»Das gibt dir noch lange nicht das Recht …«

»Stimmt, aber es gibt dir auch nicht das Recht, es zu lesen!«

»Wieso glaubst du, das entscheiden zu dürfen? Wieso dreht sich immer alles nur um dich?«

»Das ist nicht …«

»Deine Mum wurde umgebracht – und das ist wirklich schrecklich –, aber so ist das Leben nun mal!«

»Das weiß ich selbst!«

»Und dann hast du meine Familie mit reingezogen, meine Mum und mich, und sie wäre fast im Gefängnis gelandet, mein Leben ist ruiniert, und wir können nicht einmal mehr vor die Tür! Alles *deinetwegen*!«

Ich will etwas entgegnen, aber er hat ja recht. Er wurde da mit hineingezogen. Das hatte nichts mit ihm zu tun.

»Du hast den Brief gelesen und weißt jetzt, was drinsteht – ich nicht. Und das soll fair sein?«

Das ist es nicht, denke ich. *Aber was ist schon fair*?

Ich stehe auf und gehe vom Hafenrand weg. Der Wind heult auf, und fette Regentropfen platschen auf meine Haarstoppel. Schnell ziehe ich mir die Kapuze zurück auf den Kopf.

»Ich habe dich bloß beschützt!«, rufe ich über die Schulter hinweg, aber sobald ich es ausgesprochen habe, weiß ich, dass das falsch war.

»Mich beschützt? Ich *brauche* keinen Schutz, ich *will* keinen Schutz. Ausgerechnet du solltest das eigentlich verstehen. Du kommst in unser Leben gestolpert und kennst meine Mum mit einem Schlag besser als ich?«

Ich beiße mir auf die Zunge. Sag ihm bloß nicht, dass du schon davon wusstest, bevor du sie kennengelernt hast. Sag ihm nicht, dass es viele Leute gibt, die wahrscheinlich auch davon wussten. Ich könnte es sagen, ich könnte ihm richtig wehtun. Aber ich stehe bloß da und nehme alles auf mich.

»Es tut mir leid«, murmele ich. »Ich verstehe ja, dass du gestresst bist, aber bitte schrei mich nicht so an.«

»*Gestresst*?«, speit er hervor.

Verdammt noch mal, denke ich. *Schon wieder das falsche Wort*.

»Ich bin *gestresst*, weil mich irgend so ein Mädchen in ihr verkorkstes Leben mit hineingezogen hat und dann weggelaufen ist und es allen anderen überlassen hat, mit dem Chaos fertigzuwerden, weil sie nicht damit umgehen kann!«

Oh, also, ich kann wirklich eine Menge einstecken, aber das geht zu weit! Ich drehe mich um und gehe zu Max zurück. Es regnet jetzt heftig, und ein starker Wind ist aufgekommen. Stinksauer zeige ich mit einem Finger auf ihn.

»*Ich kann nicht damit umgehen?*«, brülle ich ihn an. »*Ich kann nicht damit umgehen*? Was meinst du denn, was ich hier die ganze Zeit mache? Ich *gehe* damit um!«

»Ach ja? Ich kann mich an nichts erinnern, das auch nur im Entferntesten den Anschein erweckt hat, dass du mit der Lage umgehst.«

»Das … kann ich dir nicht sagen.«

Verdammter Mist, Martha.

»Noch was, von dem du mir nichts erzählen kannst? Wieso?«

»Weil du es nicht wissen willst. Weil es besser ist, wenn du es nicht weißt.«

»Noch was, das ich besser nicht wissen soll!«, stößt er wütend hervor. »Sag's mir, oder sag mir, was in dem Brief meiner Mum steht!«

Mist, ich bin wirklich schlecht darin, mich zu streiten.

»Nein«, entgegne ich. »Es steht mir nicht zu, dir das mit deiner Mum zu sagen. Das geht mich nichts an und dich übrigens auch nicht. Und das andere? Weil … weil …«

Ich drehe mich zum Fluss um. Fang jetzt bloß nicht an zu heulen, Martha. Komm schon, sei stark. Wie Isaac.

»Was?«

Mir stehen Tränen in den Augen, als ich zu ihm aufblicke, aber ich werde nicht weinen. »Das kann ich dir nicht sagen. Ich kann es überhaupt niemandem sagen … Ich …« Ich muss schlucken. »Verdammt noch mal, ich habe Angst, okay?! Ich habe Angst.«

Er macht einen Schritt auf mich zu, sein Gesichtsausdruck ist jetzt weicher. »Was ist denn los?«, flüstert er.

Ich schüttele den Kopf. Mir laufen Tränen über die Wangen, die sich mit den Regentropfen vermischen. Am liebsten wäre ich jetzt ganz weit weg. »Jemand«, murmele ich, »jemand ist mit einer Idee an mich … *herangetreten*. Mit einer Möglichkeit, Isaac da rauszuholen.«

Er hebt die Augenbrauen. Seine Stimme senkt sich. »Wie soll das gehen? Da sind doch überall Kameras in den Zellen, und in das Computersystem kommt man jetzt auch nicht mehr rein – glaub mir, ich hab's versucht. Das ist sicherer als … als … ich weiß auch nicht, als Alcatraz oder Fort Knox.«

»Man kommt aber auf das Gelände.«

»Vielleicht, aber das war's dann. Und das bringt sowieso nichts, weil da auch Kameras sind. Die einzige Möglichkeit, in das Gebäude und wieder rauszukommen, ist … ist … ich weiß auch nicht … sich mit einer Bombe einen Weg frei zu sprengen, wahrscheinlich.«

Ich werfe ihm einen vielsagenden Blick zu.

»Nein!«, antwortet er. »Das ist eine *schwachsinnige* Idee.«

»Dann schlag eine bessere vor«, entgegne ich.

Wir verlassen das Hafenbecken. Es ist kalt und nass, und der Wind fegt durch uns hindurch. Deshalb gehen wir zurück in Richtung Zivilisation, auf der Suche nach etwas Schutz und Wärme. Wir entdecken ein Wartehäuschen und stellen uns zitternd vor Kälte unter, während der Regen auf das Blechdach trommelt.

Ich sehe den Autos und Lastwagen dabei zu, wie sie die Straße hinuntersausen. Ihre Scheinwerfer verschleiern und verzerren alles, und ihre Reifen spritzen ganze Wasserfälle auf die Bürgersteige.

Regenwasser tropft von meiner Kapuze.

»Geh nach Hause«, sage ich zu Max.

»Nur, wenn du mit mir kommst«, antwortet er.

»Du weißt, dass das nicht geht.«

»Dann besorge ich dir eben ein Zimmer in einer Pension oder in einem Hotel. Irgendwo.«

Ein Bus hält an. Ich sehe zu den beschlagenen Scheiben hoch. Die Lichter im Bus schneiden durch die Dunkelheit, und ihr grelles Licht lässt mich zusammenzucken. Da ist wieder dieses Fahndungsfoto von mir, das wie eine Kinowerbung an der Seite des Busses prangt.

Max sieht es auch.

»Du weißt, dass ich das nicht riskieren kann«, entgegne ich.

Ein Mann steigt aus dem Bus aus. Er wirft uns kurz einen Blick zu und geht dann schnell durch den Regen. Der Bus fährt an und fädelt sich wieder in den Verkehr ein.

»Aber du musst von der Straße runter«, beharrt Max.

Ich antworte nicht. Ich weiß ja selbst nicht, wo ich hinsoll. Soll ich irgendwo hier draußen Schutz suchen oder mich in einem Gebäude verstecken? Soll ich mich mitten unter die Leute mischen – sie würden mir wahrscheinlich keine Beachtung schenken. Oder riskieren, dass mich jemand in einer Pension erkennt, wie zum Beispiel eine Putzhilfe oder ein anderer Gast?

Vom Regen in die Traufe?

Nein.

»Das ist zu riskant«, entgegne ich deshalb. »Ich suche mir hier draußen was.« Ich verlasse das Wartehäuschen und gehe die Straße entlang. Max folgt mir.

»Im Regen? Nein …«

»Geh nach Hause, Max. Ich komme schon klar. Geh jetzt. Deine Mum macht sich bestimmt Sorgen.«

»Ich lasse dich nicht allein.«

»Du kannst aber nicht die ganze Zeit bei mir bleiben.«

»Dann geh zurück zu den Kratzern! Dort wird dich jemand bestimmt bei sich aufnehmen. Die werden dich beschützen.«

Ich bleibe stehen und sehe ihm direkt ins Gesicht. »Und ihre eigene Haut dabei riskieren? Das kann ich von keinem von ihnen verlangen. Das geht einfach nicht. Und von dir kann ich es auch nicht verlangen.«

Ich gehe weiter, habe keine Ahnung, wohin.

Er folgt mir, einen kleinen Pfad entlang, in der Nähe von einem Zaun. Dann bleibe ich wieder stehen. Es regnet immer noch in Strömen, sichtbar im faden Licht der Straßenlaterne über uns.

»Geh nach Hause!«, fordere ich ihn noch einmal auf. Ich will alleine sein.

Er schüttelt den Kopf.

»Du hast jetzt schon zu viel für mich getan. Geh.«

»Aber …«

»Bitte.«

Wir starren einander einen Augenblick lang an.

»Willst du wirklich, dass ich gehe«, flüstert er, »oder glaubst du nur, dass ich gehen sollte?«

»Ich will wirklich, dass du gehst«, antworte ich.

»Und was willst du jetzt machen?«, fragt er.

Ich lächele schwach. »Überleben.«

»Sieh zu, dass du es schaffst.«

Er umarmt mich. Es fühlt sich warm an und tröstet mich. Aber das ist gar nicht gut. Ich kann es mir nicht leisten, mich fallen zu lassen, kann keine Schwäche zulassen. Als er fortgeht, schaue ich ihm hinterher.

Sei stark, rede ich mir ein. Lauf ihm nicht hinterher und bettle, dass er dich mit zu sich nach Hause nehmen soll. Du willst kein heißes Bad nehmen oder etwas essen, und du willst Eve und Cicero nicht sehen und nicht das Gefühl haben, zu ihnen zu gehören.

Als gäbe es tatsächlich jemanden, der dich will.

Oder mag.

Als könntest du tatsächlich mit jemandem befreundet sein.

Du steckst hier ganz allein drin – vergiss das nicht, denn du musst wirklich daran glauben.

Für das hier bist du verantwortlich, sonst niemand. Du kannst nicht zulassen, dass sie deinetwegen in Gefahr geraten. Sie haben genug für dich getan. Lass sie gehen.

Max ist jetzt zwischen den Passanten verschwunden und wird von der Dunkelheit verschluckt.

Ich hätte ihm nichts davon erzählen sollen, dass ich eine Bombe im Todestrakt zünden werde, denke ich, während ich mich abwende und losgehe. Hätte meine Klappe halten sollen. Hätte den Brief nicht zerreißen sollen. Hätte mich nicht einmischen sollen. Hätte diese ganze verrückte Geschichte nicht anfangen sollen.

Hätte mich daran halten sollen, was ich weiß – nichts –, und nur davon träumen sollen, wer ich bin – ein Waisenkind aus den Kratzern. Denn als ich nur das war, war es sicherer, einfacher und leichter.

Wirklich?, meldet sich meine innere Stimme zu Wort. *Einfacher? Deine Mutter tot, Toiletten putzen und von der Hand in den Mund leben, keine Zukunft, keine Perspektive, keine Hoffnung.*

Aber meine Situation ist jetzt keinen Deut besser, entgegne ich in Gedanken. Eigentlich ist sie sogar noch schlechter: Ich habe kein Zuhause, keine Freunde, keine Familie, keine Arbeit, kein Geld, keine Ausbildung …

Du hast die Chance, mehr zu bekommen …

Ach, mit dem Geld von Isaac vielleicht? Davon werde ich keinen Penny sehen. Dazu müsste ich mich nämlich stellen, und was dann? Das Geld will ich sowieso nicht.

Du hast Hoffnung und Entschlossenheit und Möglichkeiten, und das ist mehr wert als alles Geld.

Jetzt in diesem Augenblick habe ich nichts.

Freunde. Eve …

Nein. Das will ich nicht, will nicht, dass sie sich verpflichtet fühlen. Und außerdem habe ich ihnen jetzt schon zu viel Schmerz zugefügt, zu viel … Verdammt, und jetzt maule ich bloß rum. Ich will gar kein Mitleid. Nur Ehrlichkeit.

Ich habe allen gegenüber ein schlechtes Gewissen. Kann nicht anders und sehe ständig Mrs. B vor mir. Sie hat so viel für mich getan, und ich habe nichts als …

Ich weiß nicht, was ich tun soll. Fühle mich leer. Egoistisch. Dumm. Allein.

Will irgendwohin, aber weiß nicht, wohin. Will mit Isaac zusammen sein. Will nicht, dass er stirbt.

Sehe nur eine Möglichkeit, vor der ich aber eine Riesenangst habe.

Ich laufe planlos durch die Straßen, komme an einem Supermarkt vorbei, dessen Tür piept, als ihn ein Kunde verlässt, dann an einem Getränkemarkt, aus dem ein Schlipsträger mit einer in Papier gewickelten Flasche kommt und in sein Handy brüllt, und schließlich an einem Restaurant, aus dem ein köstliches Aroma strömt. Es ist so verlockend, dass ich das Gefühl habe, mein Magen stülpt sich um.

Ich biege in ein paar Seitenstraßen ein, habe keine Ahnung, wo ich bin, und es ist mir auch egal. Weiter vorn entdecke ich eine Fußgängerunterführung und gehe darauf zu. Wenigstens ist es dadrin trocken.

Ich betrete die Unterführung zögernd. Zwar bietet sie

Schutz vor Wind und Regen, aber es wird immer dunkler, je weiter ich gehe, und die Schatten spielen mir Streiche.

Ich glaube, ein Huschen hören zu können, als liefen riesige Ratten oder streunende Hunde umher.

Es ist jetzt stockdunkel.

Und wahnsinnig gruselig.

Meine Beine tun mir weh und meine Füße auch. Ich will lieber gar nicht erst wissen, was da wohl alles auf dem Boden rumliegt, sinke aber trotzdem runter und lehne mich mit angezogenen Beinen gegen die Wand. Ich könnte hier unten sterben, und niemand würde davon erfahren. Nur wenige würde es überhaupt stören, und manche wären wahrscheinlich sogar froh.

Wie kommt es, dass Leute einander so leichtfertig und schnell hassen?

Wie können sie sich ein Urteil über mich bilden, nur weil sie etwas über mich in der Zeitung gelesen oder im Fernsehen gesehen haben?

So bin ich nämlich nicht.

Ich bin Martha Elizabeth Honeydew. Ich habe am 31. Mai Geburtstag. Ich mag Hunde, aber gegen Katzen bin ich allergisch. Ich hatte mal einen Goldfisch, der Swampy hieß. Mein Lieblingsschokoriegel ist ein Twix. Ich mag keine Rote Bete. Ich wasche lieber ab, als abzutrocknen. Ich trinke starken schwarzen Tee – mit zwei Würfeln Zucker und etwas Milch – und esse für mein Leben gern Kekse.

Das bin ich.

Ich mag Bäume und sehe gern zu, wenn sich Vögel in ihnen einnisten.

Das bin ich.

Ich habe an meinem ersten Schultag geweint. Alle anderen hatten beste Freunde, nur ich nicht.

Das bin ich.

Das Lied, das ich für die Beerdigung meiner Mum ausgesucht habe, war eins, das sie mir immer vorsang, als ich klein war. Seit sie nicht mehr da ist, höre ich es nicht mehr gern. Im ersten Monat nach ihrem Tod habe ich in ihrem Bett geschlafen, damit ich sie noch riechen konnte.

Das bin ich.

Meine Augen brennen. Ich blinzele. Schniefe. Schüttele den Kopf.

Komm schon, fang jetzt bloß nicht an zu weinen, rede ich mir gut zu. *Du hast mehr Mumm.*

Ich habe keinen Schulabschluss. Keine Ausbildung. Keine Familie. Keine echten Freunde. Ausgenommen Isaac, aber der wird in ein paar Tagen höchstwahrscheinlich tot sein.

Das bin ich.

Mit dem Handrücken wische ich mir über die Nase und reibe über meine Augen.

Lass das.

Ich habe keine Zukunft. Keine Hoffnung. Nichts.

Das bin ich.

Mir entwischt ein Schluchzen.

Gib nicht auf.

Ich habe nichts und niemanden.

Das bin ich.

Ich muss blinzeln, und Tränen fallen zu Boden.

Gib. Nicht. Auf.

Aber ich kann nicht mehr.

Es gibt nichts, das ich jetzt noch tun könnte.

Ich rutsche auf den Boden, lege meinen Kopf in den Dreck und weine wie irgendein nutzloser, lächerlicher, hilfloser Loser.

Sei nicht schwach!, befiehlt mir mein Verstand.

Aber das bin doch ich, entgegne ich.

Ich *bin* schwach.

Und ich bin mit allem durch.

Der Premierminister

Mit perfekt sitzendem Schlips und zugeknöpftem Jackett steht der Premierminister in der Mitte des Zimmers und sieht sich die Abendnachrichten an. Aufnahmen zeigen, wie Eve vom Old Bailey zu einem wartenden Auto gezerrt wird. In ihren Haaren und an ihrem Pullover kleben Eierschalen, rohes Ei und Mehl.

Die Augen des Premiers verengen sich.

Der Rest des Zimmers wird nur vom Lichtkegel einer Tischlampe und von dem flackernden Feuer eines offenen Kamins erhellt.

»Haben Sie heute Morgen ›Sofa am Samstag‹ gesehen?«, erkundigt sich Sofia, die im Schatten steht.

»Sollte ich das?«, fragt er kühl. »Ich habe Ihnen diese Aufgabe anvertraut. Ich gehe davon aus, dass es gut gelaufen ist.« Er knöpft sein Jackett auf, zieht es sich aus und hängt es über eine Stuhllehne.

»Werden Sie es sich später noch ansehen?« Sie tritt einen Schritt vor, bleibt aber immer noch im Dunkeln.

»Gibt es irgendeinen Grund, warum ich das tun sollte?«, entgegnet er.

Sie denkt einen Augenblick nach. Das Feuer zischt, und Schatten tanzen über den Fußboden, während das Licht der Flammen über die Wände und schweren Vorhänge flackert.

»Nein«, antwortet sie schließlich. Sie kommt einen weiteren Schritt vor, und jetzt sprenkelt das Licht der züngelnden Flammen ihr Gesicht. Sie öffnet eine Bleikristallkaraffe und schenkt dem Premier einen Drink ein.

»Sie haben alle Aufnahmen der Sicherheitskameras aus der Gegend überprüft«, informiert sie ihn.

»Sie?«

»Ihre Angestellten im blauen Zimmer.« Sie reicht ihm den Drink.

»Haben sie etwas gefunden?«, erkundigt er sich.

»Ja.« Ihre Stimme wird leise. »Sie haben gesehen …«

»Lassen Sie mich raten«, unterbricht er sie. »Cicero und Co?«

Sie nickt.

Er hebt das Glas an und nimmt einen Schluck. »Es scheint, dass sie sich in stille Revolutionäre verwandelt haben.«

»Sie sind sich auch recht sicher …«

Als das Handy in seiner Jackentasche klingelt, verstummt Sofia.

»Patty«, knurrt er in sein Handy. »Ich habe dir doch gesagt, dass du dich bei Sofia melden und nicht mich belästigen sollst.«

Sein Gesichtsausdruck ist streng, während er zuhört. »Ich verstehe. Mit Stantons Sohn?«

Er überlegt einen Augenblick.

»Ich bin mir sicher, wir können dir das übertragen, und dann kannst du es erledigen.«

Er nimmt noch einen Schluck von seinem Drink. Dann breitet sich ein gerissenes Grinsen auf seinem Gesicht aus.

»Die *National News*? Ja, hervorragend. Hier kannst du sogar alle Register ziehen. Du bist die Beste auf diesem Gebiet. Chapeau, das ist eine wunderbare Idee. Du hast dich wirklich selbst übertroffen.«

Er beendet das Gespräch und hält sich das Handy vor den Mund, während er nachdenkt.

»Eine Klappe«, murmelt er grinsend. »Viele Fliegen.«

Tag 5

Martha

Ich halte meine Augen geschlossen.

Ich glaube, es ist immer noch dunkel.

Alles fühlt sich komisch an.

Ich denke angestrengt nach … versuche, mich zu erinnern … Ich war mit Max zusammen. Es war kalt, nass … Es regnete … Da war ein Bus, dann gingen wir zu Fuß … Ich sagte ihm, dass er gehen solle … Ich hielt vor einer Fußgängerunterführung an. Und dann?

Dann fühlte ich mich furchtbar elend und legte mich wie irgendein Loser einfach auf den Boden. Es war kalt. Und nass. Richtig nass.

Aber … jetzt … nicht mehr.

Ich liege auf einem weichen Untergrund, und auf mir liegt etwas. Es ist warm und trocken. Decken? Eine Bettdecke?

Außerdem riecht es gut.

Und es ist still.

Ich wackle mit den Zehen – alles trocken.

Ich rutsche mit meinem Körper hin und her. Was habe ich überhaupt an?

Wo bin ich?

Was zum …?

Was ist passiert?

Ich setze mich schnell aufrecht hin und öffne die Augen. Ich blinzele. Es ist dunkel, aber von irgendwoher kommt ein dumpfes Licht, wie von einer Lampe. Ich blinzele wieder und reiße die Augen weit auf. Ich befinde mich in einem Bett. Auf mir liegt eine riesige, weiche Daunendecke, und ich trage einen rosafarbenen Schlafanzug, dessen Ärmel zu lang sind und mir bis über die Hände reichen. Ich sehe mich, so gut ich kann, in dem Zimmer um. Ich scheine allein zu sein. Ich versuche herauszufinden, wo ich bin.

Gardinen vor den Fenstern, Bücherregale, Poster an den Wänden, ein Schreibtisch …

Plötzlich öffnet jemand die Tür, und Tageslicht strömt in das Zimmer. Ich erbleiche, lege eine Hand vor die Augen und schiele durch sie hindurch.

»Guten Morgen, Schlafmütze!« Eine schrille, hohe Stimme.

»Patty?«, krächze ich. »Was? Was zum Teufel?«

»Das ist ja eine wirklich nette Art, deine Gastgeberin zu begrüßen und dich dafür zu bedanken, dass ich dir das Leben gerettet habe.«

Ich starre sie an. »Was?«

»Ich habe dich bewusstlos am Straßenrand aufgelesen und meine eigene Sicherheit riskiert, indem ich dich mit zu mir nach Hause genommen habe.«

»Was?«, wiederhole ich. »Wieso bin ich nicht aufgewacht?«

»Nun ja«, murmelt sie. »Ich wollte nicht, dass du bockig wirst, deshalb war ein wenig Chloroform mit im Spiel.«

»Was?!«

»Das verursacht keine Langzeitschäden, keine Sorge.«

»Und wo bin ich jetzt?«

»Das habe ich dir bereits gesagt. In meinem Haus.«

»Ihrem …«

»Na schön, wenn du es unbedingt raushängen lassen willst, genau genommen ist es natürlich Isaacs Haus, aber da er zurzeit nicht zu erreichen ist, da …« Sie zuckt mit den Schultern. »Du bist übrigens in seinem Zimmer. Aber das Bett ist frisch bezogen, keine Sorge. Ich hätte dich normalerweise in einem der Gästezimmer untergebracht, aber eins davon habe ich in meinen begehbaren Kleiderschrank verwandelt, in einem stehen Koffer bereit, falls eine überstürzte Abreise nötig sein sollte, und das größte von allen habe ich zu meinem Fitnessstudio umfunktioniert, bis das richtige Fitnessstudio renoviert ist.«

Ich sehe mich um. Seine Poster an den Wänden, seine Hausaufgaben auf dem Schreibtisch, seine Kleidung im Schrank, seine Fotografien auf dem Regal. Ich schiele auf sie. Fotos von ihm mit mir, eins davon von uns im Farnwald, eins von mir auf der Schaukel, lächelnd.

»Ich fasse es nicht, dass Sie mich mit Chloroform betäubt haben.«

»Ich habe mir deinetwegen Sorgen gemacht. Ich dachte mir, es wäre die einfachste Art, dich hierher zu holen.«

Ich starre sie an. »Ja, klar doch. Und jetzt sagen Sie mir, warum Sie mich wirklich hierher gebracht haben.«

Sie seufzt, überkreuzt die Arme vor der Brust und lehnt sich gegen die Wand. »Ich dachte, du würdest vielleicht sterben, wenn ich dich einfach da liegen gelassen hätte.«

»Und das würde Ihnen etwas ausmachen?«

Sie schüttelt den Kopf und schnalzt missbilligend.

»Ach, ich verstehe«, sage ich. »Es würde Ihnen nichts ausmachen, aber Sie sind auf mich angewiesen.«

»Du hast versprochen, dass du mitmachst«, entgegnet sie und fuchtelt mit ihrem Handy in der Luft.

»Tatsächlich ist es Ihnen scheißegal, ob ich sterbe oder nicht, aber Sie brauchen mich, um Isaac aus dem Todestrakt zu holen. Habe ich recht?«

Sie antwortet nicht.

Ich schwinge die Beine über die Bettkante. »Ich kapiere bloß nicht, wie Sie mich gefunden haben. Sind Sie mir gefolgt?«

»Sozusagen.«

Die Klamotten, die ich anhatte, liegen in einem kleinen Haufen auf dem Boden. Daneben liegt das Handy, das Max mir gegeben hat.

»Also, danke für die Rettungsaktion, aber ich muss jetzt los.«

»Nein, das geht nicht.«

»Ähm, doch, das geht wohl.«

Sie stiefelt durch das Zimmer und stellt den Fernsehapparat an. »Nein, junge Dame, das geht nicht. Es sei denn, du willst unbedingt geschnappt werden. Und das wäre für keinen von uns gut, schon gar nicht für Isaac. Wie sollen wir ihn dann da rausholen?«

Sie zappt zu irgendeinem Nachrichtensender, und schon erscheint mein Fahndungsfoto auf dem Bildschirm.

»Ich hätte gedacht, dir wären die Fahndungsfotos aufgefallen, die überall auf den Straßen zu sehen sind.«

»Ich brauche Ihre Hilfe nicht. Ich komme alleine klar.«

»Und doch bist du jetzt hier.«

»Das habe ich mir nicht ausgesucht. Sie haben mich entführt. Mich unter Drogen gesetzt!«

Als sie mich auslacht, würde ich ihr am liebsten eine knallen.

»Wenn ich dich nicht aufgelesen und hierher gebracht hätte,

wärst du jetzt tot. Oder mit Handschellen an irgendein Krankenhausbett gefesselt.«

»Die wollen mich in ein Heim stecken, nicht ins Gefängnis.«

»Ich denke, du weißt selbst, dass die Sache längst über eine Einweisung in ein Heim hinausgegangen ist.«

»Ich habe nichts verbrochen.«

»Du hast doch sicher inzwischen begriffen, dass es wirklich niemanden interessiert, ob du *tatsächlich* etwas verbrochen hast. Fakt ist, du bist hier, und du bleibst hier. Also gewöhn dich an den Gedanken, und halt endlich die Klappe. Stell dich unter die Dusche – du stinkst nämlich wie der Teufel –, zieh dich an, und komm nach unten. Wir haben einiges zu besprechen: Zum Beispiel musst du lernen, wie man mit Sprengstoff umgeht.«

Sie dreht sich um und stolziert aus dem Zimmer.

»Blöde Schlampe«, flüstere ich.

Isaac

Hier eingesperrt habe ich nichts als Erinnerungen. Mein ganzes Leben liegt in der Vergangenheit, denn ich habe keine Zukunft.

Ich sitze auf der Bettkante und denke daran, dass du hier vor sieben Tagen gesessen hast, Martha.

Wie hast du es nur geschafft, so stark zu bleiben?

Was haben sie mit dir in den Zellen angestellt?

Von außen, wenn man es im Fernsehen sieht, wirken die Zellen größer, komfortabler und irgendwie *leichter*.

Aber wie schon gesagt, die Leute, die im Todestrakt das Sagen haben, sind schlau und gerissen: Was die Leute zu Hause zu sehen bekommen, ist nicht das, was hier wirklich passiert.

In der Zelle heute sind die Wände, die Pritsche und der Fußboden weiß wie immer. Das Fenster in dieser Zelle ist noch kleiner als in der vorherigen. So klein, dass es nicht einmal Gitterstäbe hat. Es gibt nicht genug Platz, um die Pritsche zum Fenster zu zerren. Aber selbst wenn es ginge, wäre es zu winzig, um nach draußen zu sehen. Aber ich kann in den Himmel schauen und mir die Straßen und Gebäude darunter vorstellen und mich an den Vogel und den Baum erinnern.

In der Zelle befinden sich vier Kameras. Sie sind jeweils

oben an jeder Wand montiert. Ich weiß, welche gerade filmt, weil dann ein rotes Licht aufleuchtet, wie das Licht in *Terminator*, das einem folgt.

Wenn ich mich umdrehe, filmt eine andere Kamera weiter, damit sie mich immer gut im Blick haben.

Ich spiele ein merkwürdiges Spiel mit ihnen und drehe mich, so schnell ich kann, zu einer Seite, dann zur nächsten und so weiter, in der Hoffnung, dass sie nicht mitkommen.

Dann bleibe ich bei einer Kamera und starre auf das rote Licht, bis Erinnerungen vor mir auftauchen: das rote Licht beim Augenoptiker, Bremslichter im Dunkeln, das Standby-Licht von Jacksons riesigem Plasma-TV oder der Schalter an Pattys Lasergerät zur Gewichtsabnahme.

Das ist das Merkwürdige an Erinnerungen: Man weiß nie, wann einem was wieder einfällt.

Ich schließe die Augen und muss an das ganze Zeug denken, für das Patty und Jackson ihr Geld ausgegeben haben: die supermoderne Alarmanlage, das allerneuste Multimedia-System mit Verkabelung im ganzen Haus, das hauseigene Fitnessstudio, die …

Plötzlich reißt mich ein komisches flirrendes Geräusch aus meinen Gedanken, und ich öffne die Augen.

Was war das?

Auf der Wand vor mir sind jetzt verschiedene Farben zu sehen, die ineinander übergehen, dann langsam zu Bildern werden, zu Fotografien.

Woher kommen die?

Ich drehe mich um. Das Flirren kommt aus der Kamera hinter mir.

Sie scheint auch als Projektor zu fungieren.

Ich drehe mich zurück zur Wand. Ein Bild von Martha wird gerade scharf gestellt.

Das Foto muss gemacht worden sein, bevor sie festgenommen wurde, denn ihre Haare sind noch lang. Sie lächelt – nein, lacht – und sieht glücklich aus.

Reflexartig erwidere ich ihr Lächeln, doch dann verschwindet das Foto wieder. Die Farben werden unscharf und verblassen, bis ein neues Foto von ihr erscheint. Ihre Haare sind immer noch lang, aber jetzt sieht sie ganz anders aus. Ihre Augen starren mich flehend an. Ich strecke meine Hand nach ihr aus, obwohl ich genau weiß, dass sie nicht wirklich da ist.

Woher haben sie das? Woher stammt dieses Foto?

Ein neues Foto.

Ihr Gesicht in Nahaufnahme. Jacksons Gürtel um ihren Hals.

Ein neues Foto.

Diesmal ein Standbild von ihr: Ihr Körper ist angespannt, als die Kugel Jackson trifft. Blutspritzer, die mitten in der Luft hängen.

Wieder ein neues Foto.

Uns beide in Nahaufnahme, in derselben Nacht, wie wir einander anstarren. Wir sehen so ängstlich und verwirrt aus. Jetzt noch eine Tonaufnahme dazu. Ihre Stimme: »Ich kann die Märtyrerin sein, Isaac. Das kann ich, aber der Kämpfer musst du sein.«

›Du sein‹ hallt nach.

Das Bild wird wieder gewechselt. Ein neues Foto.

Jetzt nur sie.

Blaulicht blitzt auf ihrer Haut auf, ihre Hände sind hoch erhoben.

Wieder ein Wechsel.

Ein Rasierapparat fährt über ihren Kopf. Ihre Haare fallen zu Boden. Sie weint.

Wieder.

Sie liegt auf dem Boden in dieser Zelle. Sie trägt einen weißen Overall, ihre Finger sind blutverschmiert.

Wieder.

In Zelle 7, die Krone wird auf ihren Kopf herabgelassen.

Wieder.

Wieder.

Wieder.

Ich drehe mich weg. Kann es nicht ertragen.

Das Flirren hört auf.

Aber Sekunden später beginnt es erneut, diesmal kommt es von der Kamera hinter mir. Die Bilder vor mir beginnen erneut.

Ihre Haare sind lang. Sie lächelt – nein, lacht – und sieht glücklich aus.

Furcht macht sich in mir breit. Das ist eine Endlosschleife. Ich weiß, was als Nächstes kommt.

Gürtel.

Kugel.

Blut.

Märtyrerin.

Kämpfer.

Du sein … sein … sein.

Blaulicht.

Hände hoch.

Rasierapparat auf dem Kopf.

Haare rieseln auf den Boden.

Tränen …

Ich mache die Augen zu.

Kann es nicht ertragen.

Ich wende mich wieder ab. Diesmal zur Seite. Dann öffne ich die Augen. Das Rotlicht der Kamera hier blinkt auf. Und der Projektor gegenüber flirrt.

Hier kommen die Bilder.

Die Folter.

Immer direkt unter der Kamera, die mich gerade aufnimmt, sodass es die Zuschauer zu Hause nicht sehen können. Alles so unglaublich gerissen und berechnend.

Ich wende mich wieder ab, und alles beginnt von Neuem an der Wand vor mir. Wende mich ab, nun an dieser Wand.

Welchen Eindruck muss das bei den Zuschauern hinterlassen? Ich scheine mich die ganze Zeit über grundlos umzudrehen und mit dem Kopf zu schütteln.

Ich muss wie ein Irrer wirken.

Nicht jemand, den man frei herumlaufen lassen möchte. Ich spiele ihnen in die Hände.

Mache genau das, was sie wollen.

Ich schließe die Augen, aber ein Teil von mir kann einfach nicht widerstehen, weil ich Martha sehen will. Also gucke ich wieder hin.

Sie haben jetzt Jacksons selbstgefällig grinsendes Gesicht in die Schleife eingefügt. Und dann auch noch Patty, mit ihrem schrecklich hohen Lachen, das wie ein Messer in meinen Kopf sticht und mir furchtbare Kopfschmerzen verursacht.

Die Bilder blitzen grell auf, und ich schließe die Augen. Aber jetzt klingen die Stimmen und Geräusche noch lauter und schriller.

Ich lege die Hände über die Ohren.

Ich möchte schreien vor Wut, aber das würde ihnen nur noch mehr in die Karten spielen.

Also summe ich eine Melodie, um den Lärm zu blockieren, und schaukele vor und zurück, um mich zu beruhigen.

Versuche langsam zu atmen … ein … aus … ein … aus … ruhig …

Ich lege mich auf die Matratze und vergrabe mein Gesicht, aber ich sehe trotzdem noch, wie die Fotos aufblitzen. Und meine Hände über den Ohren können weder Pattys Gelächter noch Jacksons Stimme oder Marthas Weinen ausblenden.

Ich versuche an etwas anderes zu denken, stelle mir vor, weit weg von hier zu sein, aber ich kann keinen klaren Gedanken fassen. Fragen und Gedanken, die ich nicht will, drängen in meinen Verstand.

Pattys Lachen.

Hätte früher handeln müssen.

Jacksons Stimme.

Hätte zuhören, Fragen stellen, etwas tun müssen.

Marthas Weinen.

Ihre Mutter wäre dann noch am Leben.

Fühle mich schuldig. Bin schuldig.

Ollies Tod hat Mrs. B das Herz gebrochen.

Ich habe es verdient zu sterben. Soll sterben.

»Aaaaah!« Ich stehe auf und schreie gegen die Bilder an.

»Aaaaaah!« Ich schlage mit der Faust gegen die Wand, lasse meine ganze Wut durch den Arm und die Faust laufen und schlage mit voller Wucht gegen die Mauer. Verdammt, das tut vielleicht weh!

Ich sinke zu Boden vor Schmerz.

Mein Kopf pocht und meine Faust jetzt auch. Die Bilder an

der Wand flackern weiter, und die Tonaufnahmen erklingen um mich herum. Ich hebe meine verletzte Hand hoch, und Pattys Gesicht erscheint jetzt auf meiner Hand anstatt auf der Wand.

Ich drehe die Hand, bis ihr Mund auf meinen blutenden Knöcheln erscheint. »Puste den Schmerz weg«, flüstere ich. »Nein, das hast du ja nie gemacht. Was habe ich dir überhaupt je bedeutet? Für dich war ich nichts weiter als ein Gebrauchsgegenstand, der für irgendwelche Feste oder Artikel in Zeitschriften hervorgeholt wurde, oder? Der arme Waisenjunge, den du vor einem Leben in Armut gerettet hast?«

Ich lege die Hand auf meine Brust und schließe die Augen. »Was für ein Witz.«

Patty wurde von den Lesern der Zeitschrift *Proper Parenting* zweimal hintereinander zur ›Mutter des Jahres‹ gekürt. Sie hatte für alles und jeden Zeit und ein Lächeln übrig, nur nicht für mich.

Die ›Mutter des Jahres‹ zischte ständig in ihr Handy, schmiedete geheime Pläne und Intrigen. Gespräche, die ich zufällig mithörte, während ich versuchte, mir eine Sendung im Fernsehen anzusehen, oder ihr eine weitere Tasse Tee kochte oder eine Dose Bohnen öffnete, um mein eigenes Abendessen zu machen.

»… und wenn ich das tue, garantieren Sie mir wie viel?«, hörte ich sie murmeln.

»Nun, *ich* habe jetzt die Kontrolle über unsere Finanzen.«

»Und diese Summe ist für die Fotos von den beiden zusammen? Ja, ich verstehe, solange Sie die Fotos auch wirklich verwenden können … Und wir könnten demnächst eine ähnliche Vereinbarung treffen? Ja, natürlich mit jemand anderem, jemandem, der in der Öffentlichkeit steht.«

Blablabla. Ich äffte sie öfters nach, während ich Butter auf Toast strich und Bohnen darübergoss.

Mutter des Jahres?

Alles klar.

Die Erinnerung verflüchtigt sich.

Mein Verstand ist plötzlich wieder klar.

Ich bin mit einem Mal hellwach und setze mich aufrecht hin.

Wie viele von diesen Telefongesprächen habe ich mit angehört? Alle hatten das gleiche Thema.

Vor mir flackern immer noch die Fotos auf, aber ich beachte sie jetzt nicht mehr.

Ich denke nach.

»Eine Vereinbarung, die uns beiden Vorteile bringt«, hörte ich sie sagen.

Erinnere mich.

»Ja, das stimmt – Geheimnisse *sind* eine gute Waffe gegen andere, und sie mit dir zu teilen bedeutet Geld auf meinem Konto.«

Alles, alles drehte sich – oder besser gesagt dreht sich immer noch – um Geld und Manipulation.

Aber wie viel davon geht auf Pattys Konto?

Max

Max ist allein in seinem Zimmer. Er stellt den Computer an und setzt sich vor den Bildschirm. Als der Computer zu surren beginnt, klickt Max auf den Browser und tippt die Adresse seiner Webseite ein. Während er darauf wartet, dass die Seite lädt, lehnt er sich auf seinem Stuhl zurück und nimmt einen Schluck lauwarmen Kaffee. Schließlich erscheint ein neues Fenster: DIESE WEBSEITE IST NICHT VERFÜGBAR.

Er runzelt die Stirn, beugt sich vor und gibt die Adresse noch einmal ein, diesmal langsam und vorsichtig. Der kleine Kreis dreht sich erneut, und wieder erscheint die gleiche Meldung auf seinem Bildschirm.

Seufzend zieht er sein Handy aus der Tasche und versucht es damit, bekommt aber die gleiche Meldung.

Er wendet sich wieder dem Computer zu. Seine Finger schweben über der Tastatur, aber bevor er sich noch überlegen kann, was er als Nächstes versuchen soll, erhält er eine E-Mail.

Er öffnet sie.

›Die von Ihnen erstellte Webseite verstößt gegen die Richtlinien der Regierung in Bezug auf die Sicherheit unserer Nation. Die Webseite und alle damit verbundenen Chroniken wurden im Einklang mit den kürzlich in Kraft getretenen Anti-Terror-Gesetzen gelöscht. Eine erneute Veröffentlichung dieser

Daten ist Ihnen untersagt. Jegliche Zuwiderhandlung wird mit einer Gefängnisstrafe geahndet.‹

Max bläst die Wangen auf und atmet laut aus. »*Anti-Terror?*«, flüstert er und schüttelt den Kopf.

Als es leise an der Tür klopft, wendet er sich vom Computer ab.

»Darf ich reinkommen?«, fragt Eve und steckt den Kopf durch die Tür.

»Okay.«

Sie macht die Tür hinter sich zu und setzt sich auf sein Bett. »Alles in Ordnung mit dir?«

»Klar«, erwidert Max. »Ich bin froh, dass du wieder zu Hause bist.«

»Ich auch«, haucht sie. »Ich glaube, Cicero hatte seine Finger im Spiel, aber er will es mir nicht sagen.«

Max zuckt mit den Achseln.

»Und ich nehme an, du warst auch daran beteiligt?«

Er antwortet nicht.

»Sei bitte vorsichtig«, sagt sie. Sie steht wieder auf und öffnet die Tür, bleibt aber im Türrahmen stehen. »Max … da war ein Brief in meinem Zimmer, bevor sie mich abgeholt haben. Ich kann ihn nirgends finden. Du weißt nicht zufällig, wo er ist?«

Er schüttelt den Kopf. »Was denn für ein Brief?«

»Etwas, das man besser hört als liest.« Sie wartet auf eine Reaktion von ihm, aber sein Handy pingt mit einer SMS, und er wendet sich von ihr ab.

»Keine Ahnung, Mum«, antwortet er.

»Macht nichts«, erwidert sie, verlässt das Zimmer und schließt die Tür hinter sich.

Max starrt auf das Handy.

Er blinzelt, schüttelt den Kopf, starrt in die Luft und sieht dann doch wieder auf sein Handy.

›Die Webseiten werden gelöscht, ehe Sie etwas damit erreichen. Sie verschwenden Ihre Zeit. Es gibt einen anderen Weg. Sie sind nicht allein.‹

Er sieht auf die Nummer, aber erkennt sie nicht.

›Wer sind Sie?‹, tippt er ein.

Einen kurzen Augenblick später erscheint die Antwort. ›Jemand, der auf Ihrer Seite steht.‹

Er denkt eine Sekunde lang nach, dann fliegen seine Daumen über die Tastatur. ›Welchen anderen Weg gibt es?‹

Er starrt auf den Bildschirm und wartet auf die Antwort.

Eine neue SMS erscheint. ›Dafür ist es noch zu früh. Seien Sie vorsichtig. Sie werden observiert.‹

›Oberserviert?‹

Die Antwort kommt schnell. ›Mehr später. Haben Sie Geduld. Ich melde mich wieder.‹

Gedankenverloren schaut er aus dem Fenster. Sein Blick bleibt hoch oben an den Leitungsmasten hängen, die hinter dem Grundstück stehen.

Er geht zum Fenster hinüber und starrt auf die Bäume, die die Masten halb verdecken. Er ist sich sicher, eine Bewegung gesehen zu haben. Ein Schauer läuft ihm über den Rücken. Obwohl es mitten am Tag ist, zieht er schnell die Vorhänge zu.

Der SMS-Ton erklingt erneut, und Max sieht sofort auf sein Handy.

›Sie können die Vorhänge ruhig zuziehen, aber die wissen trotzdem, wo Sie sind.‹

Seine Knie geben nach. Er strauchelt rückwärts und lässt sich auf den Stuhl fallen. Sein Handy gleitet ihm aus der Hand.

Das erleuchtete Display mit der ominösen Warnung schneidet durch die Dunkelheit.

Martha

Ich sitze auf seinem Bett, bin von seinen Sachen umgeben – ein Foto von ihm als kleiner Junge am Strand, ein T-Shirt, das zerknittert auf dem Boden liegt, seine Schultasche, die vor Büchern überquillt – und sehe ihm auf seinem eigenen Fernseher zu.

Ich schaue ihm schon den ganzen Tag zu. War kurz auf der Toilette, bin nach unten gewandert und dann wieder zurückgekommen.

Es ist unglaublich still im Haus. Ganz anders als in den Kratzern. Hier schreit niemand oder prügelt sich, es gehen keine Feuerwerkskörper hoch, um zu signalisieren, dass Drogen zum Verkauf stehen. Die Heizkörper funktionieren, und es gibt immer genug heißes Wasser. Es zieht nicht durch die Fenster, und die Türschlösser kann man nicht einfach mit einem Buttermesser knacken.

Es sind wohl die einfachen Dinge im Leben, die den Unterschied machen.

Bis jetzt habe ich niemanden außer Patty gesehen. Sie hing an ihrem Handy, hat mir zu verstehen gegeben, dass sie später Zeit für mich hätte, und ist verschwunden.

Am meisten vermisse ich in dieser ganzen verrückten Scheiße, dass mich jemand anlächelt, wenn ich ein Zimmer betrete, dass mich jemand fragt, ob ich Tee möchte, dass mir jemand die Hand auf die Schulter legt. Gesellschaft.

Mum hat das immer gemacht.

Dann Mrs. B.

Isaac.

Eve.

Death is Justice und *Buzz for Justice* haben sich zu einem verdammten Monster entwickelt, das uns mit Haut und Haaren verschlungen hat. Und wir versuchen, in ihm zu überleben. Ich spüre förmlich, wie es mich zersetzt – wie die Magensäure eines furchterregenden Killerwals.

Vielleicht ist das ganze Land ja der Wal. Nein, das System ist es, die Regierung. Genau, die Regierung und die Autoritäten, die das zulassen, sind der Wal, und wir, die kleinen Leute, wir sind … wie heißt das noch gleich … Krill.

Ihretwegen bin ich jetzt an einem Punkt angelangt, an dem es unumgänglich scheint, dass ich zu der Kriminellen werde, zu der sie mich jetzt schon abgestempelt haben.

Entweder sehe ich zu, wie der Mann, den ich liebe, dafür hingerichtet wird, mir das Leben gerettet und für Gerechtigkeit für meine Mum und Ollie und alle anderen gekämpft zu haben, oder ich erkläre mich bereit, ein Loch in den Todestrakt zu sprengen, damit er entkommen kann.

Entweder bleibe ich hier und werde zur Kriminellen, oder ich klettere jetzt einfach aus dem Fenster und laufe davon.

Mein Gewissen sagt mir, dass ich keine Wahl habe.

Max

Benommen tappt Max im Schlafanzug durch den Flur zur Küche. Er trägt sein Laptop unter dem Arm und hält ein Mikrofon in der Hand. Die Kabel schleifen hinter ihm her. Eve und Cicero sitzen am Küchentisch und sehen auf, als er hereinkommt. Auf dem Tisch stehen Teller mit Sandwiches.

»Ich habe eine Idee«, sagt Max. »Heute kann man doch bei *Death is Justice* anrufen, oder?«

»Ja, das stimmt«, antwortet Eve.

Max stellt sein Laptop auf den Tisch. »Gut. Erinnern Sie sich noch daran, was wir für Martha gemacht haben, Mr. Cicero? Mit dem Telefon?«

Cicero nickt.

»Und Martha hat auch ein Handy bei sich«, fügt Max hinzu.

18:30 Uhr. Death is Justice

Die Titelmelodie mit dem Herzschlagrhythmus erklingt. Weiße Flecke summen und knistern um das Auge-Logo. Die Musik verebbt, das Logo fährt an die Seite des dunkelblauen Bildschirms, und Joshua kommt mit schnellen Schritten auf die Bühne. Er trägt einen maßgeschneiderten blauen Anzug, ein weißes Hemd und eine weinrote Krawatte. Er grinst breit, und aus dem Publikum erklingen einzelne Freudenschreie. Er hält an, dreht sich um die eigene Achse und wirft sich in Pose. Anerkennende Pfiffe gehen durch das Studio, und er zwinkert in die Kamera.

JOSHUA: Meine Damen und Herren, einen wunderschönen Abend alle zusammen und willkommen zu unserer Sendung! Wir haben eine wunderbare Abendunterhaltung für Sie vorbereitet! Ja, wirklich. Machen Sie es sich zu Hause gemütlich, genehmigen Sie sich einen Drink, holen Sie die Pralinen hervor, die Sie sich redlich verdient haben, legen Sie die Beine hoch, und lassen Sie sich von uns aus Ihren tagtäglichen Sorgen entführen.

Er macht eine kurze Pause, und das Studiopublikum johlt und applaudiert.

JOSHUA: Wie Sie sicher wissen, haben wir sonntags normalerweise Gäste im Studio in unserer ›Urteil am Sonntag‹-Sendung, aber wir haben uns gedacht, dass wir es diese Woche mal etwas aufmischen. Tatsächlich bringen wir Ihnen heute in unserer Sendung nicht nur …

Er dreht sich zu dem Bildschirm um, der jetzt in sieben Rechtecke unterteilt ist, von denen vier mit Gesichtern gefüllt sind, die in die Kamera starren. Das erste Rechteck blinkt hell auf und fährt in die Mitte des Bildschirms. Der Mann, der in ihm zu sehen ist, zittert sichtbar, und sein Blick springt unruhig umher.

JOSHUA: … einen nagelneuen Insassen in Zelle 1 …

Das erste Rechteck fährt zurück an seinen Platz. Nun wird das vierte Rechteck in die Mitte geschoben – ein Mann liegt auf dem Boden und hält sich die Hände vors Gesicht.

JOSHUA: … sondern auch alle pikanten Details des Mordfalls, der Bill Dandy, dem Insassen in Zelle 4, zur Last gelegt wird …

Bills Zelle fährt zurück. Jetzt kommt Zelle 7 in die Mitte, dessen Insasse ruhelos hin und her geht. Sein Gesicht ist verhärmt.

JOSHUA: Für unseren Mann in Zelle 7 ist heute Stichtag: Ist er der gesuchte schießwütige Bankräuber oder nicht? Die Entscheidung liegt in Ihrer Hand …

Das Rechteck mit Zelle 7 fährt zurück an seinen Platz. Joshua wendet sich der Kamera zu.

JOSHUA: Aber, meine Damen und Herren, es gibt natürlich noch einen ganz besonderen Fall, über den wir diskutieren müssen. Ganz genau, der Fall, auf den Sie alle gewartet haben, das Sahnehäubchen, das Tüpfelchen auf dem i, von dem Sie alle reden. Gesprächsthema Nummer eins an jedem Arbeitsplatz. Der Name, der in aller Munde ist, in allen Zeitungen steht, und *das* Hashtag, dem Sie alle folgen. Kein anderer als der Sohn des ermordeten Promi-Millionärs, Waisenkind aus den Kratzern und Jugendkriminalbotschafter der Zeitschrift *Celebrity Now*!, ja, in Zelle 5 haben wir Isaac Paige!

Das Publikum klatscht wieder. Die Scheinwerfer über ihm werden heruntergefahren, Isaacs Zelle fährt in die Mitte des Bildschirms, und die anderen Zellen werden ausgeblendet. Die Kamera zoomt auf sein geschwollenes Gesicht und seine geröteten Augen. Er liegt auf der Pritsche und starrt an die Decke.

JOSHUA: Oje, er sieht nicht gerade gut aus. Ich frage mich, wie viele unter Ihnen wohl Mitleid mit ihm haben und wie viele dafür sorgen, dass das ›Schuldig‹-Voting immer höher schnellt. Nun, jetzt haben Sie die Chance, es uns zu erzählen, denn heute nehmen wir Ihre Anrufe dazu entgegen, liebe Zuschauer. Wir möchten Ihre Meinung und Gedanken zu diesem Fall hören. Die Leitungen wurden soeben freigeschaltet. Nichts wie ran! Und während unsere netten Damen Ihre Anrufe entgegennehmen, lassen Sie uns einen Blick auf den aktuellen Stand des Votings werfen. Wie beurteilen Sie, unsere treuen Zuschauer,

Isaac Paige? Ist er schuldig des Mordes an seinem Vater, Jackson Paige, dem Self-Made-Millionär, der sich unermüdlich für wohltätige Zwecke eingesetzt und Isaac aus den Kratzern gerettet hat, um seinen Wohlstand mit ihm zu teilen und ihm einen guten Start ins Leben zu ermöglichen?

Joshua lächelt stetig, und seine Stimme klingt voller Charme, aber seine Augen wirken stumpf. Er spaziert zum Bildschirm hinüber, während die Aufnahme aus Isaacs Zelle auf die rechte Seite fährt und zwei Kolumnen auf der linken Seite erscheinen. Über der einen steht ›schuldig‹, über der anderen ›unschuldig‹.

JOSHUA: Lassen Sie uns das Ergebnis sehen!

Die registrierten Anrufe in beiden Kolumnen gehen dramatisch hoch und nieder, während ein lautes Ticken ertönt. Als es aufhört, ist die Schuldig-Kolumne beinahe voll und die Unschuldig-Kolumne fast leer.

JOSHUA: Hier haben wir das Ergebnis! Das sieht ziemlich eindeutig aus, würde ich sagen. Meinen Sie nicht auch, liebe Zuschauer? Ja, wir haben zu 99% schuldig und zu 1% unschuldig. Sagen Sie mir, Anrufer Nummer eins, was halten Sie davon?

Während Joshua zurück zum Tresen geht und sich auf einen der Hocker setzt, ertönt ein Kratzen aus den Lautsprechern. Die Kamera fängt Joshua in Großaufnahme ein.

JOSHUA: Hallo? Haben wir einen ersten Anrufer in der Leitung? Anrufer Nummer eins, sind Sie da?

ANRUFER 1: Hallo. Hallo?

JOSHUA: Wir können Sie gut hören, Anrufer Nummer eins. Wie ist Ihr Name, und was möchten Sie uns zu diesem Fall sagen?

LUTHER: Mein Name ist Luther. Also, eigentlich wollte ich eher was fragen. Ich habe letzte Woche die Sendung mit Martha in Zelle 7 verpasst und wollte es mir deshalb auf WatchBack ansehen, aber als ich es abspielen wollte, lief nichts. Das Band war leer, als hätte man es gelöscht. Und das ist …

JOSHUA (lachend): Luther, ich glaube, Sie haben die falsche Nummer gewählt. Sie brauchen technische Hilfe, mein Lieber!

Die Zuschauer im Studio stimmen in sein Gelächter ein.

LUTHER: Nein, meinem Nachbarn ging es genauso und dem Verkäufer im Laden an der Ecke und meinen Kumpels beim Fußball. Ihre Frauen haben auch versucht, es sich auf WatchBack anzusehen. Alle haben gesagt, ihnen ist genau das Gleiche passiert. Im Internet kann man es auch nirgendwo finden.

JOSHUA: Luther, wenn ich Sie kurz unterbrechen dürfte …

LUTHER: Und Freunde von mir haben gemeint, dass Martha etwas über diesen Korruptionsskandal gesagt hat und darüber, welche Straftaten Leute begangen haben und wie alles vertuscht wurde. Meine Freunde behaupten, da waren ziemlich schwere Verbrechen mit dabei und …

JOSHUA: Luther, mein Freund, mir scheint, Sie sind nicht ganz auf dem neuesten Stand. Sonst wüssten Sie nämlich, dass diese Anschuldigungen genau untersucht wurden …

LUTHER: Doch, das habe ich, aber ich verstehe nicht, wie etwas so Schwerwiegendes in so kurzer Zeit *genau* untersucht worden sein soll. Insbesondere, wenn es normalerweise ewig dauert …

Die Verbindung ist plötzlich tot.

JOSHUA: Oje, ich fürchte, wir haben gerade Luthers Anruf verloren. Wie schade.

Er zwinkert in die Kamera und fasst sich an sein Ohr.

JOSHUA: Lassen Sie uns weitermachen. Haben wir jemanden in der Leitung? Anrufer Nummer zwei … Malcolm. Sind Sie da?

MALCOLM: Hallo, ja, ich bin hier.

JOSHUA: Danke, dass Sie dabei sind. Sagen Sie uns, wie Sie über diesen Fall denken, Malcolm. Haben Sie sich eine Meinung zu Isaac Paige gebildet? Schließlich haben wir jetzt zum zweiten Mal einen Teenager im Todestrakt. Ist das ein Zeichen für den generellen Verfall unserer jungen Gesellschaft? Glauben Sie, wir müssen vor unseren eigenen Teenagern Angst haben? In den Medien wurden Stimmen laut, eine Ausgangsperre für Minderjährige einzuführen. Wie stehen Sie zu diesem Vorschlag?

MALCOLM: Dazu hätte ich eine Menge zu sagen, aber ich werde Ihnen jetzt erst einmal etwas erzählen, das Sie bestimmt interessant finden, Joshua. Etwas, das alle interessant finden werden. Dieser Fall um Isaac Paige ist nicht so klar, wie Sie glauben. Ich arbeite für eine der überregionalen Zeitungen und war letzte Woche im Zuschauerraum, als Martha in Zelle 7 war. Was für ein Chaos das war! Ich kann Ihnen sagen, dass das, worüber Luther gerade gesprochen hat, die ganzen Dokumente …

JOSHUA: Malcolm, ich fürchte, ich muss Sie unterbrechen. Wir können hier an dieser Stelle nicht den Untersuchungen der Polizei vorgreifen.

MALCOLM: Aber Sie haben eben gesagt, alles wurde *genau untersucht*. Abgeschlossen. Schluss, aus. Also … wie ich gerade gesagt habe, die Dokumente … Ich war da, um die Hinrichtung aufzunehmen, und habe Isaacs Rede auf Video, in der er die Dokumente gezeigt hat. Ich habe absichtlich ganz nah herangezoomt und kann Ihnen versichern, die waren nicht gefälscht …

JOSHUA: Malcolm, ich muss Sie darauf hinweisen, dass Anschuldigungen in aller Öffentlichkeit zu erheben …

MALCOLM: Verleumdung ist, ja, das weiß ich. Aber es ist keine Verleumdung, wenn es wahr ist. Und ich weiß, dass das, was ich gesehen habe, wahr ist. Es ist Fakt, dass Albert DeLorenzo – der Chefredakteur der *National News* – für die Beschaffung illegaler Drogen verhaftet wurde. Er wurde später wieder freigelassen. Ich weiß, dass Penny Drayton der Kindesmisshandlung beschuldigt wurde und dass diese Anschuldigung einfach unter den Teppich gekehrt wurde. Ich weiß, dass der Fernsehmoderator Jamie Howdinger immer wieder sexueller Übergriffe beschuldigt wurde und dass den mit dem Fall betrauten Polizeibeamten befohlen wurde, diese Anschuldigungen zu ignorieren. Ich weiß, dass Kommissar Hart wegen zahlreicher sexueller Delikte angezeigt wurde. Und ich weiß, dass Jackson Paige diese Vergehen und Verbrechen dokumentierte, um die Beschuldigten damit zu erpressen. So konnte er sorglos seine eigenen Straftaten begehen, ohne dafür belangt zu werden, und seinen großzügigen Lebensstil genießen. Und nicht nur das: Interessanterweise ist die Videoaufnahme nicht mehr auffindbar, auf der an dem Abend ganz klar zu sehen war, wie Jackson absichtlich …

Wieder ist die Leitung ganz plötzlich tot, und ein statisch aufgeladenes Kratzen erklingt. Joshua lehnt sich etwas zurück und formt mit Daumen und Fingern ein Dreieck. Die Zuschauer im Publikum sind still.

JOSHUA: Ich muss mich für unsere technischen Probleme heute Abend entschuldigen, liebe Zuschauer. Wir scheinen einige Schwierigkeiten zu haben, eine richtige Debatte zu beginnen. Aber lassen Sie es uns noch einmal versuchen. Haben wir einen dritten Anrufer in der Leitung? Anrufer Nummer drei? Wie heißen Sie bitte, und was möchten Sie sagen?

ANRUFER 3 (weiblich): Hallo, Joshua. Danke, dass ich dabei sein darf.

JOSHUA: Keine Ursache. Es tut mir leid, Anrufer Nummer drei, aber ich habe Ihren Namen nicht verstanden.

ANRUFER 3: Wenn ich Ihnen meinen Namen sage, schmeißen Sie mich vielleicht aus der Leitung, oder die Stimme in Ihrem Ohr macht es. Ich glaube, Sie sind eigentlich ganz in Ordnung, aber die Stimme in Ihrem Ohr mag es nicht, wenn jemand etwas sagt, das die Leute nachdenklich stimmt und dazu führt, dass sie Fragen stellen.

JOSHUA: Ich bin verwirrt, Anrufer Nummer drei. Aber auch neugierig.

ANRUFER 3: Gut so. Wie viele Leute sehen jetzt zu, Josh? Wie sehen die Zuschauerzahlen aus?

JOSHUA: Ich fürchte, die habe ich gerade nicht zur Hand …

ANRUFER 3: Was sagt die Stimme in Ihrem Ohr?

Joshua seufzt tief, hebt die Augenbrauen und fasst sich ans Ohr.

JOSHUA: Die Regie sagt, normalerweise sind es immer so um die zwölf bis dreizehn Millionen, aber aufgrund des großen Interesses an diesem Fall gehen die Zuschauerzahlen weit über fünfzehn Million hinaus.

ANRUFER 3: Das sind eine Menge Leute.

JOSHUA: Die alle darauf warten, was Sie zu sagen haben.

ANRUFER 3: Okay, ich würde gern etwas ausprobieren, aber dazu müssen Ihre Zuschauer mitmachen. Es ist wie ein Partyspiel. Ich verspreche, es ist nicht illegal oder anstößig, okay? Und es hat mit Isaac zu tun. Okay?

JOSHUA: Wir können es versuchen.

ANRUFER 3: Okay, ich bitte Sie alle, jetzt einmal die Augen zu schließen und an die Person zu denken, die Sie über alles in der Welt lieben. Wer auch immer das sein mag. Ihre Mutter vielleicht, Ihr Vater, Ihr Bruder, Ihre Schwester? Vielleicht ein bester Freund? Oder Ihr Ehepartner, wer auch immer. Jetzt stellen Sie sich vor, Sie sind mit dieser Person zusammen, sie sitzt Ihnen direkt gegenüber. Sie lächeln einander an. Sie sind glücklich. Sie lieben einander und können sich nicht vorstellen, ohne den anderen zu sein. Okay, Josh, haben Sie's?

JOSHUA: Ja, ich sitze der Person gegenüber.

Die Kamera fährt über die Zuschauer im Studio hinweg, die mit geschlossenen Augen auf ihren Plätzen sitzen. Manche halten Händchen mit der Person neben sich, andere umklammern ihre Handys, als hätten sie so eine Verbindung zu der von ihnen geliebten Person.

ANRUFER 3: Ist Ihnen allen ganz warm ums Herz? Gut, dann stellen Sie sich nun vor, jemand schleicht sich von hinten an Sie heran und flüstert, dass er Sie umbringen wird. Die Person schlingt ein Seil oder einen Gürtel um Ihren Hals. Mein Gott, Sie bekommen unglaubliche Angst. Ich meine, Sie fürchten sich ganz schrecklich. Sie glauben, dass Ihr letztes Stündlein geschlagen hat, und Sie haben Todesangst. Sie sehen auf die Person, die Sie lieben, die Ihren Blick erwidert, und wissen, dass alles in ein paar Minuten – oder vielleicht sogar nur Sekunden – vorbei sein wird. Denn irgendein Verrückter drückt Ihnen gerade die Luft ab. Ihre Angst ist überwältigend!

Sie verstummt. Es ist mucksmäuschenstill im Studio.

ANRUFER 3: Können Sie sich das vorstellen?

JOSHUA (leise): Ja.

Ein Murmeln geht durch das Studiopublikum.

ANRUFER 3: Und jetzt stellen Sie sich vor, dass der von Ihnen geliebte Mensch Ihren Tod verhindern kann. Er kann Ihnen das Leben retten, weil er eine Pistole in der Hand hält. Er zielt und erschießt die Person, die Sie umbringen wollte.

Ein erleichtertes Seufzen geht durch die Zuschauer.

ANRUFER 3: Aber jetzt wird Ihnen der Mensch, den Sie lieben, weggenommen und soll dafür hingerichtet werden, Ihnen das Leben gerettet zu haben. Er hat ein Leben genommen, und deshalb verlangt unser Gesetz, dass er dafür sein Leben lassen muss. Aber er hat nicht aus Hass oder Gier gehandelt, sondern aus Liebe. In unserem Justizsystem gibt es keinen Platz für Liebe, und ich finde, das ist falsch. Genau das ist mir passiert, genau das ist Isaac passiert. Er hat Jackson getötet, weil Jackson drauf und dran war, mich umzubringen. Niemand wusste davon – also so gut wie niemand –, weil die Beweise zerstört oder weggeschafft wurden. Das ist nicht richtig.

JOSHUA: Martha, bist du das?

Ein Murmeln geht durch das Publikum.

MARTHA: In unserem System gibt es nur schwarz oder weiß. Wir brauchen Grautöne, und wir brauchen Liebe oder zumindest Mitgefühl. Dafür müssen wir einstehen – und füreinander. Das geht nur, indem wir uns gegen das System stellen. Isaac *ist* schuldig – ja, er hat einen Menschen getötet –, aber ich flehe Sie an, über den Tellerrand hinwegzuschauen, die Grautöne zu sehen und dafür zu stimmen, dass er es nicht verdient hat, hingerichtet zu werden, und diese Wahl auch als eine Stimme gegen das System gelten zu lassen. Beweisen Sie, dass wir gemeinsam stark sind und gemeins…

Zum dritten Mal wird die Leitung unterbrochen. Und wieder ist es mucksmäuschenstill im Fernsehstudio.

JOSHUA: Mein lieber Schwan! Es scheint wirklich, dass wir hier ein paar technische Schwierigkeiten haben, für die ich mich bei Ihnen entschuldige. Wir hatten einige Anrufer in der Warteschleife, die gern über diesen faszinierenden Fall diskutieren wollten, aber es scheint, dass wir …

ZUSCHAUER IM PUBLIKUM (laut rufend): Lassen Sie uns im Studio diskutieren!

JOSHUA: … die Anrufe erst wieder aufnehmen können, nach …

ZUSCHAUER (laut dazwischenrufend): Wir wollen auch etwas sagen!

JOSHUA: … dieser Nachricht unseres Sponsors. Aber was für faszinierende Anrufe wir bekommen haben, inklusive eines exklusiven Anrufs unserer entzückenden Martha Honeydew. Bleiben Sie dran …

Er verstummt plötzlich und starrt in das Publikum im Studio. Dann reißt er sich den Ohrstöpsel aus dem Ohr.

JOSHUA: Wissen Sie was, warum nicht? Wir bringen Ihnen die Nachricht später. Lassen Sie uns jetzt hier im Studio weiterdiskutieren. Meine Damen und Herren, bleiben Sie bitte auf Ihren Plätzen. Ich werde zu Ihnen kommen.

Er steht auf und geht mit schnellen Schritten zum Publikum hinüber.

JOSHUA: Bitte heben Sie die Hand, wenn Sie etwas …

Mit einem Schlag gehen alle Scheinwerfer aus, und es ist stockdunkel im Studio. Einige Zuschauer schreien.

JOSHUA: Bleiben Sie bitte ruhig, al…

Sein Mikrofon wird ausgestellt.

Auf den Bildschirmen in allen Haushalten, in Geschäften, in Büros und auf allen Handys wird die Schaltung zum Studio unterbrochen. Stattdessen wird eine Videoaufnahme abgespult. Ein blauer Himmel mit weißen, flauschigen Wolken erscheint. Texte, Fotos und Dokumente wehen in eine der Wolken hinein. Ein Vorhängeschloss erscheint und umschließt eine Ecke der Wolke.

WEIBLICHE STIMME: Wir hier bei Cyber Secure nehmen Ihre virtuelle Sicherheit als Sponsoren von *Death is Justice* und *Buzz for Justice* und als Hauptteilhaber von Auge um Auge Productions sehr ernst und garantieren Ihnen, Ihre vertraulichen Informationen im Einklang mit den stringentesten Sicherheitsvorkehrungen der Welt aufzubewahren.

Martha

»Hübscher Trick!« Ohne vorher anzuklopfen, kommt Patty in Isaacs Zimmer gerauscht. Sie reißt mir das Handy aus der Hand, wirft es auf den Boden und zermalmt es unter ihrem Stöckelschuh. »Ich nehme an, das geht auf das Konto von Eve Stantons Sohn, mit dem du so dicke befreundet bist? Der denkt, dass er sich so gut mit Technik auskennt?«

»Jedenfalls besser als Sie.«

»Hältst du ihn dir warm, falls Isaac stirbt?« Ein widerliches Grinsen breitet sich auf ihrem Gesicht aus.

»Bitch!«, speie ich hervor.

»Genau und stolz drauf!«

Ich würde ihr jetzt wirklich zu gerne das gehässige Grinsen aus dem Gesicht wischen.

»Warum habt ihr euch überhaupt die Mühe gemacht? Die Leute werden nicht für unschuldig stimmen. Er war's ja.«

»Es ist eine Art ›Leckt mich‹ an die Regierung.«

»Halt einfach dein vulgäres Mundwerk.«

Ich zeige ihr bloß den Mittelfinger.

»Na ja, man kann dir deine vulgäre Ausdrucksweise und vulgären Angewohnheiten wohl nicht zum Vorwurf machen. Das liegt an deiner schlechten Erziehung, und daran ist deine Mutter schuld.«

»Das Fluchen habe ich mir erst kürzlich angewöhnt«, erwidere ich gelassen. »Dafür können Sie sich bei Ihrem Mann bedanken. Warum stört es Sie überhaupt, dass wir bei *Death is Justice* angerufen haben? Es hört sich jedenfalls nicht danach an, als ob Sie an Isaacs Wohlergehen dächten, sonst würden Sie sich bei mir bedanken. Ich verstehe Sie einfach nicht. Erst erzählen Sie mir, dass Sie ihn retten wollen, und dann …«

Patty seufzt, lässt die Schultern hängen und verdreht die Augen wie ein schmollender Teenager. »Ich habe dir doch *schon mal* gesagt, dass das so nicht funktioniert. Die Leute wollen einen Sündenbock und sehen, dass der Gerechtigkeit Genüge getan wird. Sonst gerät alles aus den Fugen. Die Bürger müssen wissen, wer das Sagen hat und was passiert, wenn man nicht spurt – das ist einfach so.«

»Sie reden vielleicht einen Schrott!«

»Du bist ein typisches Beispiel dafür.«

»Sie sind eine selbstsüchtige falsche Schlange. Und das ist noch höflich ausgedrückt.«

»Soll ich etwa die Behörden wissen lassen, dass du hier bist?«

»Machen Sie doch, was Sie wollen. Wieso haben Sie mich überhaupt hierhin geschleppt?«

»Wir haben eine Vereinbarung getroffen. Du musst eine Menge lernen.«

»Ach ja, richtig. Sie wollen mich zu einer Terroristin machen. Das ist doch mal ein guter Einfluss auf mich.«

»Wohl kaum zu einer Terroristin! Sei mal bloß nicht so großspurig!«

»Ich mache mit, es sei denn, das Schuldig-Voting geht runter. Falls es danach aussieht, als ob er freikommt, können Sie die Sache vergessen.«

»Du machst dir ganz offensichtlich doch etwas vor. Weißt du, wie es um die Zahlen steht? Sie waren noch nie zuvor so beständig hoch. Sie liegen bei 99 Prozent schuldig. Ich gehe davon aus, dass das eine Prozent etwas mit dir zu tun hat und der Tatsache, dass der Premier Handys verteilt hat. Ein guter Schachzug seinerseits – die Leute sollen ruhig denken, dass sie etwas verändern können.«

»Ich werde mich nicht mit Ihnen streiten«, erwidere ich und schaffe es irgendwie, ruhig zu bleiben. »Bringen Sie mir bei, was ich tun muss, aber wie gesagt, falls es danach aussieht, als ob er freikommt …«

»Was nicht der Fall sein wird.«

»… werde ich es nicht durchziehen«, wiederhole ich.

Sie zieht ein Gesicht, verschränkt die Arme vor der Brust und starrt mich an. »Du bist naiv und dumm«, sagt sie.

»Müssen Sie eigentlich immer das letzte Wort haben, Patty? Wie alt sind Sie, fünf?«, lästere ich.

Sie wendet sich ab, stapft zur Tür und reißt sie demonstrativ auf. Dann bleibt sie im Flur stehen. »Nein«, antwortet sie und schließt die Tür, bevor ich etwas erwidern kann.

Kindische Zicke, denke ich.

Joshua

Joshua sitzt in der Mitte eines dunklen Zimmers auf einem Stuhl. Das Licht der Straßenlaternen, das dieses Stockwerk kaum noch erreicht, erzeugt nichts als vage Schatten.

»Wo bin ich?«, fragt er in die Dunkelheit hinein.

»Oberste Etage«, antwortet eine männliche Stimme.

»Und was soll ich hier?«

»Es scheint, wir müssen Sie daran erinnern, welchen Job Sie hier haben und welche Verantwortung damit verbunden ist. Sie haben Ihre persönlichen Gefühle in Ihre Moderation einfließen lassen. Das ist inakzeptabel.«

»Aber …«

»Es gibt viele, die glauben, dass Sie Verständnis für die Beschuldigten haben.«

»Was heute passiert ist, war nicht meine Schuld.«

»Sie haben die Anrufer zu lange reden lassen. Sie hätten sie unterbrechen müssen.«

»Ich war nicht in der Lage, die Anrufer aus der Leitung zu werfen – das konnten nur Sie.«

Der Schatten des Mannes türmt sich bedrohlich vor Joshua auf.

»Augenblick mal: Sie sind gar nicht von *Death is Justice* oder Auge um Auge Productions, stimmt's?«

Der Mann antwortet nicht.

»Wer steckt dahinter? Die Regierung?«

Der Mann durchquert das Zimmer, und seine Schuhe klackern über den Boden. Plötzlich blitzt das Licht eines Fernsehbildschirms in der Dunkelheit auf. Joshua zuckt zusammen und wendet sich ab.

»Jetzt kontrolliert die Regierung also schon, was man im Fernsehen zeigen darf? Was die Menschen sagen dürfen?«

»Beide wollen für das Wohlergehen und die Sicherheit dieser Nation und ihrer Bürger sorgen«, entgegnet der Mann. »Sehen Sie zu!«, befiehlt er. Seine Stimme kommt jetzt von irgendwo hinter Joshua.

Ein leichtes Flimmern läuft über den Bildschirm, dann beginnt eine Aufnahme.

Joshua sitzt mit Kristina und Eve am Tresen bei *Death is Justice*. Er sieht zu Eve hinüber, legt eine Hand auf ihre und sagt: »Das tut mir unendlich leid, Eve.« Ein Schnitt, und man sieht, wie er ihr Papiertaschentücher reicht, wieder ein Schnitt: »Wir sind hier auf Ihrer Seite, Eve. Wir alle unterstützen Sie.«

Jetzt wird eine andere, körnigere Aufnahme gezeigt: Es ist Abend. Man sieht eine Straße, auf der ein paar Autos über den Asphalt rattern und Passanten über die Bürgersteige hasten. Als ein einzelner Mann von rechts in das Bild kommt, folgt ihm die Kamera. Er nimmt die Stufen einer Treppe zu einem großen Haus, das im frühen zwanzigsten Jahrhundert erbaut wurde. Er hält inne und sucht in seinen Taschen, gibt schließlich auf und klingelt.

Die Kamera zoomt näher an den Mann heran, der jetzt vor der Tür wartet.

Joshua sitzt regungslos auf dem Stuhl, während er zusieht,

wie die Tür von einem Mann geöffnet wird und er selbst das Haus betritt. Aber als die Tür langsam geschlossen wird und die Aufnahme in dem Augenblick anhält, als sich die beiden Männer zur Begrüßung küssen, verdreht Joshua die Augen und schüttelt den Kopf.

»Ja und?«, sagt er, während er auf das Standbild von Pete und sich starrt.

»Mir ist das egal«, entgegnet der Mann hinter ihm, »aber vielen ist es das nicht.«

»Ich weiß ja nicht, in welchem Jahrhundert Sie zu leben glauben …«

»Die Leute mögen Sie, aber …«

»Sie unterschätzen unser Land. Die Leute unterstützen das, sie denken nach und sind aufgeschlossen …«

»Und doch gibt es viele intolerante Menschen da draußen. Intolerante Menschen mit einer Menge Einfluss.«

»Soll das eine Drohung sein?«

Der Mann antwortet nicht.

Eine neue Aufnahme erscheint auf dem Bildschirm:

Eine riesige Menschenmenge, die sich vor dem Old Bailey versammelt hat, johlt, skandiert und drängt vorwärts. Die Kamera ruht einen Augenblick auf unterschiedlichen Gesichtern, fast so, als würden Fotos gemacht.

Plötzlich schwillt der Lärm an, und die Kamera schwenkt aus. Joshua kommt mit Mrs. B aus dem Old Bailey. Er führt sie sanft am Arm. Die Kamera zoomt erst auf ihr Gesicht, dann auf seins und folgt ihnen durch die Menge. Ihre Gesichter verschwinden, während die Kamera auf einzelne Individuen zoomt, die Plakate halten, laut rufen oder ihre Fäuste in die Luft recken.

Aus der Luft gesehen, bewegt sich die Menge wie eine Vogelschar, die erst in eine, dann in die andere Richtung fliegt, sich unvermittelt trennt und einen Kreis bildet, in dem sich ein einzelner Körper befindet: Mrs. B, die auf dem Boden liegt. Blut quillt aus ihrem Bauch hervor und bildet Pfützen und Rinnsale auf dem Weg

Jemand stürzt auf sie zu. Die Kamera zoomt heran und nimmt die Person auf – Martha. Dann schwenkt die Aufnahme erneut aus, und es ist zu sehen, wie Joshua auf Mrs. B und Martha zuläuft.

Joshua sitzt vor dem Bildschirm und zeigt keine Reaktion. Jetzt ist ein statisch aufgeladenes Kratzen zu hören und Joshuas Stimme, die durch die Stille schneidet.

»Martha! Steh jetzt sofort auf, und lauf weg!«

Nun ist das Standbild von ihnen beiden mit Mrs. Bs leblosem Körper zu sehen.

»Das ist schon ein merkwürdiges Bündnis, das Sie da geschlossen haben«, kommentiert der Mann. »Warum haben Sie Honeydew gesagt, dass sie weglaufen soll?«

Joshua antwortet nicht.

»Sie wussten doch genau, dass sie von den Behörden gesucht wird.«

»Ja.«

»Und dass es Ihre Bürgerpflicht ist, Ihre Verantwortung für die Sicherheit Ihrer Mitbürger, ihren Aufenthaltsort zu melden.«

»Dann erklären Sie mir bitte, warum sie behördlich gesucht wird«, entgegnet Joshua.

»Sie stellt eine Gefahr für die nationale Sicherheit dar.«

»Was ist, wenn ich dem nicht zustimme?«

»Das tut nichts zur Sache. Haben Sie ihr auf irgendeine andere Weise geholfen?«

Joshua schüttelt den Kopf. »Nein.«

Jetzt erscheint eine Satellitenaufnahme von London auf dem Bildschirm. Joshua hört, dass der Mann hinter ihm irgendein Gerät bedient, und dann erscheinen zwei rote Punkte auf dem Bildschirm. Die Aufnahme zoomt, fokussiert, zoomt erneut, bis eine Adresse im Visier ist: Joshuas. Jetzt erscheinen Namen neben den roten Punkten –

Martha Honeydew.

Joshua Decker.

»Wie …? Was …? Ich habe nicht …«

»Haben Sie Martha bei sich zu Hause Unterschlupf gewährt?«

»Nein!«

Marthas Punkt überquert die Straße, während Joshua sein Haus betritt. Ein paar Sekunden später bewegt sich Martha erneut und nimmt die Stufen vor seinem Haus, pausiert und geht dann auf die Fenster der Küche im Souterrain zu.

»Ich hatte keine Ahnung, dass sie da war!«, beteuert Joshua.

»Mögen Sie Ihren Job, Mr. Decker? Wollen Sie überhaupt einen Job haben?«

»Natürlich!«, antwortet er. »Und ich wusste nicht …«

»Mögen Sie Ihr Haus? Ihr gemütliches Leben mit Ihrem Partner?«

»Selbstverständlich.«

»In dem Fall schlage ich vor, dass Sie sich genau überlegen, was Sie tun.«

Joshua starrt auf den Bildschirm.

»Wir werden uns nicht noch einmal bei Ihnen melden.«

Man hört, wie der Mann das Zimmer durchquert. Als er die Tür öffnet, gelangt kein Licht in den Raum. Nachdem die Tür leise zuschnappt, seufzt Joshua tief, lehnt sich auf dem Stuhl zurück und schüttelt den Kopf.

Martha

»Es ist wirklich ganz einfach«, sagt Patty.

»So einfach, dass ich dabei umkomme, wenn ich einen Fehler machen sollte.«

»Musst du eigentlich immer unbedingt so anstrengend sein?«

Ich sehe zu ihr auf. Am liebsten würde ich ihr etwas wie *›Müssen Sie eigentlich immer unbedingt so korrupt oder so abscheulich oder so gemein sein?‹* an den Kopf werfen.

»Sie könnten es ja selbst machen«, erwidere ich stattdessen.

Sie schnalzt abfällig und bleibt mir eine Antwort schuldig.

»Ich will nur sicher sein, dass ich alles richtig mache«, füge ich hinzu. »Ich möchte nicht das Risiko eingehen, dass ich vielleicht uns beide umbringe oder überhaupt jemanden.«

Patty geht einfach weg. Die Frau nervt total. Wenn es irgendeinen anderen Weg gäbe, Isaac da rauszuholen, würde ich diesen Mist ganz bestimmt nicht mitmachen, aber … tja, da kann man wohl nichts machen.

Ich drehe mich zu dem Mann um, der mit mir in Pattys Garage sitzt. Ein schmächtiger Typ mit Locken und Brille. Wenn er älter wäre, sähe er wie ein verrückter Professor aus.

»Du müsstest dich buchstäblich auf den Sprengsatz setzen, um davon getötet zu werden«, erklärt er mir.

»Woher soll ich wissen, ob ich Ihnen vertrauen kann?«, entgegne ich.

»Mir vertrauen?« Er fährt sich mit den Fingern durch die Haare. Seine Locken sind so dicht, dass er problemlos ein paar Mäuse da oben verstecken könnte. »Hast du denn eine andere Wahl?« Er lächelt, aber irgendwie komisch. Vielleicht bin ich ein Experiment für ihn.

»Es ist ganz einfach«, fährt er fort. »Und solange du dich genau an die Anweisungen hältst, kann nichts schiefgehen.«

»Was ist, wenn ich mich selbst damit in die Luft jage?«

»Was habe ich dir vor einer Minute gesagt?« Seine Augen flackern aufgebracht hinter der Brille.

»Ähm …«

»Du müsstest dich buchstäblich …«

»Ach so, ja, 'tschuldigung, hab's kapiert.«

Er schwafelt eine Ewigkeit darüber, was sich in dem Rucksack befindet, wo ich ihn hinlegen soll und lauter anderen Kram. Irgendwann schaltet mein Gehirn ab, und ich nicke nur noch dann und wann oder stimme zu.

»Fragen?«, beendet er seine Ausführungen schließlich.

Ich starre ihn entgeistert an.

»Was ist, wenn er direkt auf der anderen Seite der Mauer an der Stelle steht, an der der Sprengstoff liegt?«

Er überkreuzt die Arme vor der Brust, starrt mich an und hebt die Augenbrauen. Ich habe das Gefühl, dass er das vorhin irgendwann abgedeckt hat, als ich nicht mehr so richtig aufgepasst habe.

»Dem Grundriss nach zu urteilen, der mir gegeben wurde, findet die Explosion direkt neben dem Abfluss statt. Es ist höchst unwahrscheinlich, dass er sich an dieser Stelle der Zelle befinden würde, weder sitzend noch stehend.«

Ich schließe die Augen, fahre mit den Fingerkuppen über meine juckenden Haarstoppeln auf dem Schädel und versuche, mich zu erinnern … nachzudenken …

Er wird in Zelle 7 sein. Sie ist größer als die anderen. Wenn ich mich recht erinnere, würde die Bombe auf der gegenüberliegenden Seite der Zelle hochgehen, weg von der Tür.

Habe ich irgendwo in der Nähe gesessen?

Bin ich in der Nähe auf und ab gegangen?

Kann mich nicht daran erinnern.

Kann nicht klar denken.

»Was ist mit den Leuten im Zuschauerraum? Was ist, wenn …?«

»Denk daran, was ich dir gesagt habe – es wird eine vergleichsweise kleine Explosion geben. Die Chancen, dass jemand dabei verletzt wird, sind verschwindend gering. Du müsstest buchstäblich …«

Ich nicke wieder.

»Okay«, sagt er. »Jetzt geh durch, was du tun musst.«

Ich rutsche nervös auf dem Stuhl hin und her. »Das ist ja wie in der Schule«, nörgele ich.

»Hast du in der Schule Sachen in die Luft gejagt?«

»Ähm …«

»Jetzt mach schon.«

Ich schließe die Augen und stelle mir die Route vor. »Ich klettere auf der Hinterseite des Gebäudes über die Mauer, an der Stelle, an der ich schon mal hinübergeklettert bin, bleibe dicht am Gebäude und schleiche bis zu Zelle 7 – was ich anhand der Fenster abzählen kann. Direkt an der Mauer des Gebäudes befindet sich ein Busch, und daneben ist ein Abflussgitter. Ich öffne das Gitter und lege den Rucksack in den Abfluss. Dann verschwinde ich durch die Lücke im Zaun …«

»Falsch! Wenn du verschwindest, kannst du ihm nicht helfen.«

»Ach ja, richtig, sorry. Ich gehe so weit weg wie möglich im Dunklen in Deckung. Dann betätige ich mit dem Handy die Zündung …«

Während ich das sage, hebe ich das Handy dazu in die Luft.

»Und dann?«

»Sobald der Sprengstoff explodiert ist, laufe ich zurück zu Zelle 7 und ziehe Isaac durch das Loch, das ich gesprengt habe. Dann laufen wir beide zu der Stelle an dem Zaun, wo ich schon einmal hinübergeklettert bin, in der Nähe des Abfalleimers.«

»Und dann?«

Ich seufze. »Und dann warten Sie an der Ecke, lesen uns auf und fahren uns an einen sicheren Ort, wo auch immer das sein mag.«

Er hebt beide Daumen, und seine Augen verengen sich, als er mich wieder so komisch anlächelt.

Ich mache es ihm nach. »Was sollte schon schieflaufen?«, lästere ich.

Patty kommt zurück in die Garage. »Nichts wird schieflaufen«, antwortet sie.

Plötzlich habe ich eine furchtbare Angst.

Isaac

Jetzt zeigen sie keine Fotos mehr.

Und die Wärter sind auch nicht mehr da.

Ich habe sie gezählt: drei Paar Stiefel, die nacheinander den Flur entlangmarschiert sind. Dreimal öffnete sich die Eingangstür, und dreimal schloss sie sich wieder.

Nun sind keine Stiefel mehr zu hören und auch keine klirrenden Schlüssel, nicht einmal das nervige Pfeifen eines der Wärter.

Die Sonne ging in völliger Stille unter, und niemand ist gekommen, um das Licht anzumachen.

Aber zu Hause werden die Leute trotzdem auf ihren Fernsehern oder Computerbildschirmen zusehen. Und sie werden diese Zelle hier besser sehen, als ich es kann: im grünlichen Licht einer Nachtsichtkamera.

Schaust du mir jetzt zu, Martha?

Kannst du mich sehen?

Was machst du gerade?

Wie war dein Tag?

Ich wünschte mir, du könntest es mir sagen.

Ich möchte, dass die Leute jetzt zuhören und endlich darüber Bescheid wissen, wie korrupt die Regierung ist und wie ungerecht es zugeht.

Möchte hören, wie schockiert und entsetzt sie waren, als sie herausfanden, dass diejenigen, die alle Macht haben, vor nichts zurückschrecken, um sie zu behalten.

Möchte wissen, dass die Zeitungen ihrer Verpflichtung nachgekommen sind und diese Geschichten veröffentlicht haben und dass die Nachrichten im Fernsehen es als Meldung in jeden Haushalt gesendet haben.

Ich möchte dein Lächeln sehen, Martha, während du mir davon erzählst, dass das, wofür wir gekämpft haben, jetzt in die Tat umgesetzt wird. Vielleicht nur allmählich, aber dass die Straftaten, die von Kommissar Hart, Albert DeLorenzo und all den anderen begangen wurden, inzwischen allgemein bekannt sind. Dass diejenigen, die ihre Machtposition ausgenutzt haben, wie Dominosteine umfallen und nur die stehen bleiben, die sich nicht haben korrumpieren lassen.

Hier in der Dunkelheit kann ich mir vorstellen, wie du kerzengerade dastehst und der Öffentlichkeit alles erklärst. Eine Öffentlichkeit, die dir jetzt zuhört. Ich bin sehr stolz auf dich. Dieses Gefühl hilft mir dabei, die Strapazen zu ertragen, und erinnert mich daran, dass es Hoffnung gibt.

Ich akzeptiere, dass es für mich zu spät ist, aber vor dir erstreckt sich jetzt ein gutes Leben mit neuen Zukunftsperspektiven, Martha.

Ich frage mich, was du wohl tun wirst.

Wirst du wieder die Schulbank drücken und dann vielleicht zur Uni gehen?

Was willst du wohl werden?

Nach allem, was passiert ist, möchtest du vielleicht Anwältin werden und für die Rechte anderer kämpfen. Ja, das kann ich mir gut vorstellen.

Du könntest das gut.

In der Dunkelheit habe ich dich vor Augen: älter, weiser, in einem vollen Gerichtssaal. Inzwischen gibt es nämlich wieder Gerichte, weil du – und andere mit dir – dafür gekämpft und gewonnen haben.

Du argumentierst gut. Du bist leidenschaftlich, aber ruhig. Du wirst respektiert, denn die Leute kennen deine Vergangenheit und wissen, wie hart du dir deinen Erfolg erkämpft hast.

Ich stelle mir vor, wie du einen Zeugen oder Angeklagten befragst, wie du deine Hände zusammenlegst und sich die Fingerkuppen berühren. In meiner Fantasie sehe ich einen Ring an deinem Finger, fünf einzelne, ineinander verschlungene Ringe. Der Ring meiner Mutter.

Du hast es inzwischen geschafft, den Ring zusammenzufügen.

›Zuerst ist es schwierig‹, habe ich dir in meinem Brief geschrieben, ›aber halte durch.‹ Und ich habe dir geschrieben, dass du mein Leben erleuchtet hast und dass es jetzt an der Zeit ist, dass du die Leben anderer erleuchtest.

Du *hast* durchgehalten.

Und selbst in der tiefsten Dunkelheit dieser Zelle weiß ich, dass du die Leben anderer Menschen erleuchten wirst.

Und ich weiß, dass du dich an diese Zeit zurückerinnern wirst und daran, dass ich dich liebe.

Obwohl das erst nach meinem Tod geschehen wird.

Tag 6

Martha

Ich konnte letzte Nacht nicht schlafen.

In Pattys Haus ist es zu warm, daran bin ich nicht gewöhnt. Erst als ich das Fenster öffnete und Regen und Wind in das Zimmer fegen ließ, fühlte ich mich wieder lebendig.

Dann nahm ich mir ein paar Klamotten aus Isaacs Schrank – eine Jogginghose, ein T-Shirt und einen Hoodie –, wickelte mich darin ein, setzte mich im Dunkeln in das offene Fenster und ließ meinen Blick über die City schweifen.

Ein verrückter, krasser Ort für verrückte, krasse Leute.

Weißt du, wie sich das alles anfühlt? Wie in der Schule, wenn sich ein paar Schüler zusammenrotten und sich ein schwächeres Kind herauspicken, um es fertigzumachen. Du mischst dich ein und versuchst, sie davon abzubringen. Aber jetzt haben sie dich plötzlich auf dem Kieker. Du sagst, dass du nichts mit ihrem Streit zu tun hast, aber sie hören nicht zu – oder es interessiert sie nicht –, und schon sind sie *immer* hinter dir her, zu *jeder* Zeit, und du kannst ihnen nicht entkommen.

Genau so fühle ich mich.

Nur habe ich auch noch alle anderen mit hineingezogen.

Ich möchte einfach nur nach Hause.

Durch die Wohnungstür treten, meine Schultasche in die Ecke pfeffern und mich an den Küchentisch setzen. Mum wäre dabei, mir einen Kakao zu kochen, und ich würde ihr von meinem Tag erzählen. Ich würde ihr sagen, wie sehr ich Mathe hasse, und sie würde mir zum Trost eine Packung Kekse hinstellen. Und dann würde ich ihr erzählen, dass die alte Mrs. Seaton gefurzt hat, als sie etwas an die Tafel schrieb, und wir würden gemeinsam darüber kichern.

Sie hätte keine Zeit dazu gehabt, etwas zu kochen, weil sie den ganzen Tag gearbeitet hätte, also würde ich schnell runter zum Imbiss an der Ecke laufen und Pommes holen, während sie Würstchen und Spiegeleier braten würde. Auf dem Weg vom Imbiss würde ich Ollie über den Weg laufen. Ich würde mich über Mathe beschweren, und er würde mir sagen, dass ich das meiste aus dem Matheunterricht überhaupt nicht bräuchte, wenn ich mit der Schule fertig bin und dass ich mir keine Sorgen machen soll. Zum Trost würde er mich umarmen, als wäre ich seine kleine Schwester oder so, und wenn wir gemeinsam hoch zu unseren Wohnungen gingen, würde Mrs. B ihren Kopf durch die Tür stecken und mir ein paar Stücke von ihrem Honigkuchen zum Nachtisch mitgeben.

Wir hatten damals nicht viel, aber wir hatten einander.

Manchmal ist das Leben wie ein Kartenhaus.

Wenn man versehentlich dagegenstößt, bricht alles über einem zusammen. Alles, was jetzt noch davon übrig ist, balanciere ich auf meinem Kopf, und es wackelt ziemlich bedrohlich.

Ich werde aus meinen Gedanken gerissen, als es an der Tür klopft.

Ich drehe mich um, und Patty kommt in einem lächerlichen rosafarbenen Outfit ins Zimmer stolziert.

»Warum steht das Fenster sperrangelweit offen? Es ist November! Ich zahle nicht dafür, die Nachbarschaft zu heizen!«

Ich kann mich nicht dazu aufraffen, mich mit ihr zu streiten, und setze mich aufs Bett, während sie das Fenster schließt und den Heizkörper aufdreht. Dann wendet sie sich mir zu und mustert mich eingehend. Ich habe das Gefühl, etwas dazu sagen zu müssen, dass ich Isaacs Klamotten trage, aber am Ende besiegt meine ›Leck-mich‹-Einstellung meine ›Es-tut-mir-leid‹-Gefühle.

»Heute wird Lydia Barkova beigesetzt«, verkündet sie beiläufig.

»Wo?«

»Du kannst da nicht hin«, erwidert sie bloß.

»Ich habe gefragt, wo sie stattfindet, nicht, ob ich hingehen kann«, antworte ich und versuche, ruhig zu bleiben.

»Woher soll ich das wissen?«, entgegnet sie schnippisch. »An irgendeinem furchtbaren Ort am nördlichen Rand der Kratzer. Irgendein Krematorium.«

»Nein!«, rege ich mich auf. »Sie wollte nicht eingeäschert werden! Sie wollte ein Begräbnis. Das hat sie mir selbst gesagt. Sie hat ein Grab direkt neben ihrem Mann und Ollie. Da wollte sie hin.«

Patty zuckt mit den Achseln. »Hey, was habe ich damit zu tun? Außerdem ist sie tot, sie wird es ja nicht erfahren.«

Blöde, unsensible Kuh.

Ich blinzele. Ich werde nicht weinen.

»Ich werde dafür sorgen, dass man Sie auf der städtischen Müllhalde entsorgt, wenn Sie tot sind«, murmele ich. »Dann können Sie ein paar Tage lang Möwenfutter abgeben.« Ich mustere sie eingehend von Kopf bis Fuß und füge dann langsam und bedächtig hinzu: »Oder ein paar Wochen oder Monate.« Ich muss grinsen.

Ich mache Isaacs Schrank auf und ziehe eine dunkle Jacke mit Kapuze hervor.

»Wohin willst du?«

»Raus«, erkläre ich.

»Das geht nicht. Was ist, wenn dich jemand sieht? Unser Plan …«

Ich verlasse das Zimmer.

»Die werden dich erwischen!«, ruft sie mir hinterher.

Das Risiko gehe ich ein.

Die Wolkenkratzer

Eve setzt den Blinker, fährt an den Straßenrand bei der Unterführung und stellt den Motor ab.

Auf dem Beifahrersitz neben ihr gibt Cicero ein lautes Seufzen von sich und starrt aus dem Fenster auf die Beileidsbekundungen für Jackson. Die einst farbenfrohe Blütenpracht, die den ganzen grauen Asphalt überdeckt hatte, ist jetzt verschwunden. Übrig geblieben sind verwelkte Blütenblätter, die vom beißenden Wind und Regen in den Rinnstein gespült wurden oder auf dem Weg liegen geblieben sind und langsam verrotten.

Max lehnt sich auf dem Rücksitz vor. »Was passiert damit?«, fragt er.

»Ich bin mir nicht sicher«, antwortet Eve. »Ich glaube, normalerweise würden die Leute alles zu seinem Grab bringen oder zumindest die verblühten Gestecke entfernen.«

»Es gibt keinen besseren Anhaltspunkt für den Charakter eines Menschen als den«, zitiert Max, was in *Death is Justice* über Jackson gesagt wurde, »wie man nach seinem Tod über ihn denkt.«

Cicero starrt immer noch auf die verwelkten Blumen. »Tja, die Anteilnahme der Bevölkerung hält sich ganz offensichtlich doch in Grenzen.«

Als die drei aus dem Auto aussteigen, fegt der Wind über sie hinweg. Eve zieht eine Wollmütze aus der Tasche und setzt sie sich auf. Max hakt sich bei ihr unter.

Sie gehen an einer Kreuzung vorbei, an der der Besitzer des einzigen Geschäftes der Kratzer gerade aus seinem Laden herauskommt. Eve dreht sich um und sieht ihm dabei zu, wie er die Tür abschließt und die Rollläden herablässt.

Ein Stück weiter durchqueren sie den Park. Niemand sitzt dort auf der Bank oder der Schaukel. Nur ein paar Gestalten huschen in der Ferne über eine Straße.

Eve erinnert sich daran, wie sie schon einmal an diesem Ort war, als sie Gus kennengelernt und Mrs. B besucht hat. Sie muss an die Fotos an der Wohnzimmerwand in Mrs. Bs Wohnung denken und an den Krimskrams, der Mrs. Bs Leben ausmachte und der jetzt zu irgendeinem Sozialkaufhaus gebracht oder einfach weggeworfen würde.

»Alles in Ordnung?«, erkundigt sich Max.

Sie nickt, aber er weiß, dass es gelogen ist.

Endlich erreichen sie die Straße, die zum Krematorium führt.

Es hat sich bereits eine beträchtliche Menschenmenge versammelt. Die dort wartenden Menschen sind gut angezogen, tragen Anzüge mit Krawatte oder schicke Mäntel, die sie fest um sich gezogen haben. Frisch rasierte Männer mit akkuraten Haarschnitten und aufgedonnerte Frauen mit manikürten Fingernägeln stehen auf der Straße und warten. Einige sprechen in ihre Handys, andere kritzeln in Notizbücher.

»Das sind eine Menge Leute«, kommentiert Eve.

Cicero sieht sich um und nimmt die ganze Situation langsam in sich auf.

»Die Leute hier kommen aber nicht aus den Kratzern«, flüstert Max.

Die Tür eines Transporters in der Nähe öffnet sich, und ein Mann mit einer Fernsehkamera springt heraus.

»Nein«, stimmt Cicero zu. »Die sind alle von der Presse.«

»Eine Menge Presse«, fügt Max hinzu.

Cicero nickt. »Ich hoffe nur, Martha taucht nicht hier auf.«

Die Journalisten, die in ihrer Nähe stehen, wenden sich plötzlich alle in die gleiche Richtung um. Sie richten ihre Kameras auf etwas in der Ferne. Es ist jetzt vollkommen still, und eine komische Atmosphäre liegt in der Luft.

Max, Eve und Cicero tauschen ernste Blicke. Dann entdecken sie, was die Aufmerksamkeit aller in Beschlag genommen hat.

Eine große Menschentraube kommt langsam auf das Krematorium zu. Die Trauernden schreiten mit hoch erhobenen Gesichtern lautlos und langsam über das verdorrte Gras.

»*Das* sind die Leute aus den Kratzern«, flüstert Cicero.

Sie wirken friedlich und ruhig. Einige gehen in kleinen Gruppen nebeneinanderher, andere sind allein, manche heben stolz Brust und Kinn, andere putzen sich die Nasen und haben verweinte Augen.

Aber allen ist ihre würdevolle Haltung gemeinsam.

Menschen in Trauerkleidung, die der Schmerz vereint, die in Trauer verbunden sind und ihren Respekt bekunden wollen.

Die Presse, die Journalisten mit ihren Kameras und die Trauer-Touristen teilen sich wie das Rote Meer, und jetzt ist Mrs. Bs Sarg zu sehen, der von Freunden und Nachbarn umringt ist, die die Köpfe gesenkt und die Hände über ihren Herzen halten.

Cicero nimmt Eves Hand und drückt sie.

Eve, Cicero und Max beachten die vielen Kameras nicht, die auf sie gerichtet sind, und beobachten stumm den Sarg und seine Träger, die langsam auf das Krematorium zuschreiten.

Martha

Es tut gut, wieder in den Kratzern zu sein, wo ich hingehöre. Unter Leuten zu sein, die mich kennen und verstehen.

Trotzdem passe ich auf, dass mich niemand wiedererkennt, denn ich kann niemandem vertrauen. Auch hier gibt es Leute, die einer Belohnung nicht widerstehen können. Sie müssten bloß die Nummer wählen und dafür sorgen, dass ich verhaftet würde. Ich mache es ihnen noch nicht einmal zum Vorwurf – so viel Geld kann ein Leben verändern. Es könnte reichen, um die Miete zu zahlen, Schulden abzuzahlen, zum ersten Mal in den Urlaub zu fahren oder vielleicht sogar die eigenen Kinder zur Uni zu schicken und ihnen den Zipfel einer Chance auf eine bessere Zukunft zu geben.

Man muss schon eine Menge Willenskraft aufbringen, um dem zu widerstehen.

Du musst doch bloß in die richtige Richtung zeigen.

Stell dir all die Lebensmittel vor, die du damit kaufen könntest.

Stell dir vor, du könntest deinem Chef, der dich seit Jahren wie den letzten Dreck behandelt, endlich sagen, er soll sich den Job sonst wohin schieben.

Ein Kontoauszug, auf dem keine roten Zahlen zu sehen sind.

Den ganzen Winter heizen zu können.

Geld bedeutet Macht.

Wissen wir das nicht alle zur Genüge?

Ja, es tut gut, wieder hier zu sein, aber ich wünschte mir, es wäre zu einem anderen Anlass. Wünschte mir außerdem, ich könnte einfach hierbleiben.

Ich habe mich der Gruppe angeschlossen, die direkt neben dem Sarg hergeht. Ich hätte gern geholfen, ihn zu tragen, aber die Presse interessiert sich zu sehr für diejenigen, die den Sarg geschultert haben, also habe ich mich zwischen sie gestellt. Meine rechte Hand berührt das Holz des Sarges, und ich halte den Blick zu Boden gerichtet.

Oh Mrs. B …

Die Schuhe, die ich vor mir sehe, gehören zu Sam. Sie sind vorn abgewetzt, aber ich glaube, er hat versucht, es mit schwarzem Filzmarker zu übermalen.

Als er noch in die Grundschule ging, malte er einmal Ollies Hände mit so einem Marker an. Mrs. B rastete vollkommen aus, weil das Gekritzel wie ein Penis aussah und nicht abzuwaschen war. Aber als er deswegen anfing zu weinen, entschuldigte sie sich bei ihm.

Hinter mir geht Asa. Ich kann sein Schniefen hören und seinen rasselnden Atem. Er hat keine Geschwister und auch keine echten Freunde. Aber er war ein äußerst enthusiastischer Fußballer, obwohl er grottenschlecht war. Ich habe noch im Ohr, wie er Ollie immer ›Lass ma spielen‹ zurief, selbst wenn es in Strömen regnete. Ollie war zu nett, um es ihm abzuschlagen, aber – meine Güte – bekam er anschließend Ärger mit Mrs. B, wenn er patschnass nach Hause kam! Er hat ihr nie gesagt, warum er so nass war. Hat nur mit den Achseln gezuckt, als wäre Gott allein schuld, weil er es hatte regnen lassen.

Ihm gegenüber, auf der anderen Seite des Sarges, geht Mr. Stanley, Mrs. Bs *Freund von Familie*, wie sie ihn immer nannte. Ich habe nie herausgefunden, ob Stanley sein Vor- oder Nachname war. Einmal zog ich sie seinetwegen auf. »Er ist Freund, das ist alles«, hatte sie geantwortet. Ich sah, wie sie auf das Foto ihres lange verstorbenen Mannes blickte, und habe es deshalb nie wieder erwähnt.

Ich schiele zur Seite, um sein Gesicht zu sehen, aber der Sarg versteckt ihn vor meinen Blicken.

Es tut mir leid, denke ich und wünsche mir, ich könnte es laut sagen. *Es tut mir leid, es tut mir leid, es tut mir leid.*

Das Holz des Sargs stößt wieder gegen meine Hand, und ich muss daran denken, dass Mrs. B in dieser Kiste liegt, aber es kommt mir unwirklich vor. Kann mir ihre Leiche nicht dadrin vorstellen. Kann nicht begreifen, dass sie nicht mehr *hier* sein soll. Dass sie nicht mehr in einem ihrer schrecklichen Hauskittel zur Tür kommt, die sie immer auf dem Markt gekauft hat. Nie mehr ihr ›geheimes‹ Klopfen an meiner Tür zu hören, um mich zum Abendessen zu rufen, nie wieder den Duft ihres Honigkuchens zu riechen und nicht einmal die einzige Sache zu essen, die sie nicht kochen konnte: ihre ungenießbare Bratensoße, die einem im Mund klebte und zu Gelee wurde, wenn man sie zu lange auf dem Teller ließ.

Überhaupt … *nirgendwo* … mehr … zu sein.

Nichts …

Einfach nichts.

Einfach tot zu sein.

Zu viele Todesfälle und zu viele Beerdigungen und zu viel Schmerz.

Alles verschwimmt vor meinen Augen. Ich hole tief Luft und versuche krampfhaft, nicht zu weinen. Ich blinzele und konzentriere mich auf den Träger vor mir, doch von hinten kann ich nicht erkennen, wer es ist. Dann bleibt mein Blick an jemandem in der Menge links von mir hängen, und ich schaue kurz nochmal hin.

Eve.

Sie starrt mich direkt an.

Ich bekomme ein mulmiges Gefühl in der Magengrube und möchte am liebsten zu ihr laufen und meine Arme um sie schlingen. Möchte, dass sie mich festhält und sich um mich kümmert, so wie letzte Woche.

Ich habe es satt, stark sein zu müssen, ganz alleine zu sein.

Sie nickt mir zu, und ich erwidere den Gruß mit einem Blick. Ich lasse sie nicht aus den Augen, während wir immer näher kommen, bis wir den Eingang des Krematoriums erreicht haben. Wir bleiben stehen. Jemand weiter vorn versucht wahrscheinlich, die Türen oder was auch immer zu öffnen.

Jemand berührt meine Hand, und ich fahre zusammen. Es ist Eve.

»Dreh dich nicht um«, flüstert sie mir ins Ohr. »Die Leute von der Regierung und der Presse sind überall.«

Ich senke den Kopf. Die Trauernden um mich herum sind viel größer als ich, und ich kann mich gut zwischen ihnen verstecken.

»Es tut mir leid wegen Mrs. B«, sagt sie.

Ich schaffe es nicht zu antworten.

Reiß dich zusammen, rüge ich mich.

Aber ich zittere jetzt, mein ganzer Körper schüttelt sich, und ich lasse den Tränen freien Lauf.

»Oh, mein armes Mädchen«, sagt sie und drückt meine Hand. »Ich wünschte, ich könnte das alles in Ordnung bringen …«

Die Menge bewegt sich nun wieder nach vorn, und ich werde mitgerissen.

»Triff dich später mit mir«, flüstert Eve.

Dann schiebt sie sich an mir vorbei und bahnt sich einen Weg durch die Menge.

Ich wische mir übers Gesicht und runzele die Stirn. »Wo?«

Aber der Sarg wird jetzt weitergetragen, und ich verliere Eve aus den Augen.

Ich blicke wieder zu Boden und schlurfe vorwärts.

Wir haben die Betontreppe des Krematoriums erreicht. Ich sehe, wie meine eigenen Füße die Stufen erklimmen, und denke an das letzte Mal, als ich hier war.

Mum.

Und jetzt Mrs. B.

Wer ist als Nächster dran?

Isaac.

Ich berühre kurz den Ring, den ich immer noch nicht zusammengefügt habe und der an der Kette um meinen Hals baumelt.

Die Kapelle ist voll. Jeder Sitzplatz ist besetzt. Die Leute stehen in den Seitenschiffen und im hinteren Teil, wo ich jetzt bin. Umringt von den Menschen, denen ich etwas bedeute, obwohl ich fast eine Fremde für sie bin. Nichts als ein Name, den sie kennen. Sie haben mir zugesehen, wie ich beinahe gestorben wäre, haben mich ganz am Boden gesehen. Ich fühle mich wie nackt ihnen gegenüber, weil sie alles über mich wissen, ohne mich wirklich zu kennen.

Du bist ihre Hoffnung, kommt mir in den Sinn. *Sie kennen die Wahrheit, sie haben für deine Unschuld gestimmt. Sie haben ihr Geld für dich ausgegeben, für jemanden, den sie nicht kennen, aber dem sie vertrauen. Du bist ihnen etwas schuldig.*

Ich bin meiner Mutter etwas schuldig, denke ich. Und Ollie und Mrs. B. Und Eve dafür, dass sie sich um mich gekümmert hat, Cicero dafür, dass er sich öffentlich für mich eingesetzt hat, und Max dafür, geholfen zu haben. Isaac. Isaac für … für … alles.

Wie ist es nur dazu gekommen, dass ich in der Schuld so vieler Leute stehe?

Als ich wieder auf den Sarg starre, muss ich daran denken, dass Mrs. B dadrin liegt. Mir bleibt die Luft weg, als hätte mir jemand in den Magen geboxt.

Ich möchte am liebsten weglaufen und einfach alles zurücklassen, alles vergessen.

Es gibt zu viele schmerzvolle Erinnerungen.

Mein Blick ist tränenverschleiert.

»Hey!«, zischt plötzlich eine Stimme in mein Ohr.

Ich drehe mich so unauffällig wie möglich zur Seite und sehe, dass ein Mädchen direkt neben mir steht.

»Komm mit mir mit nach draußen!«, flüstert sie.

Ich fange ihren Blick auf. »Was?«

»Hier drin werden gleich alle Personalien überprüft. Du musst hier sofort raus. Komm schon!«

Sie zerrt an meinem Arm.

»Kennen wir uns?«

»Ich war mit dir auf der Schule. Komm jetzt!«, bettelt sie. »Schnell!«

»Aber …«

»Ich will dir doch nur helfen. Du musst von hier weg!«

Ich sehe auf den Sarg. »Ich kann nicht …«

»Das musst du aber. Mrs. Barkova würde nicht wollen, dass sie dich erwischen, oder? Komm, ich helfe dir. Komm schnell, bevor sie hier drin loslegen.«

Sie zerrt an mir.

Sie hat recht, denke ich. Ich kann nicht zulassen, dass Mrs. Bs Beerdigung im Chaos endet, weil sie mich hier finden. Ihre Beerdigung ist wichtiger. Also, finde dich damit ab, Martha, und verschwinde.

Ich folge dem Mädchen mit gesenktem Kopf durch die Menge. Ich trete auf Füße, rempele Leute an und fühle mich dabei ganz furchtbar respektlos.

Das Mädchen zieht die Tür lautlos auf, und ich muss die Hand über die Augen legen, weil die Sonne so grell ist. Die Tür schnappt hinter mir mit einem Klicken zu, und das Mädchen zerrt mich ein paar Schritte vom Gebäude weg.

Dann lässt sie mich plötzlich wieder los.

Ich blinzele in das Sonnenlicht hinein.

»Sie ist hier!« Die Stimme des Mädchens schneidet durch die Luft.

Ich zucke zusammen, und mir schnürt sich der Magen zu.

Was hat sie gerade gesagt?

»Ich beanspruche die Belohnung für die Gefangennahme von Martha Honeydew!«, ruft sie jetzt. »Ich habe sie hier!«

Scheiße.

»Was soll das?«, zische ich sie an. »Wer bist du? Wieso machst du …?«

Ich schiele durch das Sonnenlicht und mustere sie: Sie trägt eine Designerjacke, teure Haarverlängerungen und künstliche Fingernägel. »Du bist gar nicht …«

Sie grinst, und ihre Zähne sind so weiß, dass ich davon erblinden könnte. Sie hat gesagt, sie war mit mir auf der Schule, aber ich kann mich nicht an sie erinnern. Und außerdem hat sie Mrs. Barkova gesagt – niemand hier nennt sie so. Die kommt nicht aus den Kratzern. Die ist aus der City oder den Avenues hierhergekommen, weil sie darauf gesetzt hat, dass ich kommen und sie mich finden würde.

»Du Bitch!«, speie ich hervor. »Wie kannst du es wagen, mich aus der Beerdigung meiner Freundin zu zerren? Wie kann man nur so egoistisch sein!«

Ich bin außer mir und schäume regelrecht vor Wut. Am liebsten würde ich ihr den Hals umdrehen.

Wie kann man nur so herzlos sein.

»Ich bekomme die Belohnung!«, ruft sie wieder und versucht, mich am Arm festzuhalten.

»Auf einer Beerdigung!«, fauche ich sie an und reiße mich wieder los. »Du fieses Dreckstück!«

Ich höre, wie die Tür zum Krematorium geöffnet wird und dann wieder zuschnappt.

»Martha!« Diesmal ist es Eve. »Du musst von hier verschwinden«, sagt sie.

Sie deutet mit ihrem Finger auf etwas. Ich blinzele die Tränen aus den Augen und sehe, wie die Handlanger der Behörden auf mich zukommen, gefolgt von Journalisten, die ihre Kameras auf den Schultern tragen.

Verzeihen Sie mir, Mrs. B. Ich bin an allem schuld. Ich habe Ihnen so viele Schmerzen verursacht, dabei haben Sie mich und meine Mum immer unterstützt. Und jetzt kann ich noch nicht einmal bei Ihrer Beerdigung dabei sein. Es tut mir leid.

»Martha!« Eve läuft jetzt die Treppe hinab und kommt auf mich zu.

»Ich weiß«, murmele ich, »ich weiß.« Dann drehe ich mich um und laufe davon.

18:30 Uhr. Death is Justice

Die Titelmelodie dröhnt durch das Studio, und die Spots schwirren umher. Die Kamera fährt über das applaudierende Studiopublikum hinweg und zoomt schließlich auf Joshua, der nachdenklich wirkt. Er trägt eine braunkarierte Hose, eine doppelreihige Weste, ein dunkelblaues Hemd und eine Krawatte und sitzt bereits an der linken Seite des Tresens. Auf dem großen Bildschirm auf der rechten Seite des Studios ist das Auge-Logo zu sehen, das blinzelt und sich bewegt, als sähe es sich im Studio um.

Die Musik verblasst.

JOSHUA: Hallo, meine Damen und Herren, und wieder einmal herzlich willkommen zu unserer allseits beliebten Sendung aus dem Hause Auge um Auge Productions. Wir haben wie immer eine wunderbare Abendunterhaltung für Sie vorbereitet. Zum Beispiel haben wir eine derart unglaubliche Neuigkeit für Sie, dass Sie mit Sicherheit vor Erstaunen vom Stuhl fallen werden!

Die Zuschauer im Studio geben sich schockiert, und Joshua reagiert mit einem sanften Lachen.

JOSHUA: Wir bringen Ihnen die aktuellen Zahlen für alle Insassen des Todestraktes und informieren Sie über die pikanten Details unseres neuesten Insassen in Zelle 1 – das ist schon ein außergewöhnlicher Fall, den wir da haben. Ja, meine Damen und Herren, in Zelle 1 sitzt Mrs. Georgina Parsons ein, eine 87-jährige Frau, die beschuldigt wird, ihren Ehemann erstickt zu haben.

Joshua pausiert kurz, und im Studio ist das erstaunte Keuchen des Publikums zu hören. Die Kamera zoomt an ihn heran.

JOSHUA (leise): Ihren todkranken Ehemann. Ein moralischer Zwiespalt? Oder ein klarer Fall von Schuld? Und spielt das Motiv überhaupt eine Rolle? Darüber werden wir uns später unterhalten, aber zunächst …

Die Kamera fährt zurück.

JOSHUA: Meine Damen und Herren, sagen Sie mir, was würden Sie heute am liebsten sehen?

Die Kamera fährt über das Publikum hinweg, während die Spots über dem Zuschauerraum hochgefahren werden.

ZUSCHAUER 1: Eine Hinrichtung!

ZUSCHAUER 2: Martha im Studio!

ZUSCHAUER 3: Wie Isaac Paige leidet!

JOSHUA: Knapp daneben, meine Damen und Herren.

Er macht eine kurze Pause, steht vom Tresen auf und geht zu dem Bildschirm auf der rechten Seite hinüber.

JOSHUA: Heute Abend schalten wir nicht nur live zu Zelle 6, zu unserem Vatermörder, Kratzer-Sympathisanten und Liebhaber von Martha Honeydew – Isaac Paige –, sondern werden mit ihm sprechen. Live. Auf. Sendung!

Er deutet mit einem Finger in die Kamera.

JOSHUA: Und Sie, ja Sie, liebe Zuschauer vor den Bildschirmen, bekommen die einmalige Gelegenheit, vielleicht zu denjenigen zu gehören, die direkt mit ihm sprechen können. Für schlappe £59.99 können Sie an unserem Gewinnspiel teilnehmen und vielleicht einer der drei glücklichen Gewinner sein, die mit unserem Kriminellen, dem die Todesstrafe droht, sprechen und ihn befragen dürfen. ›Und wie genau kann ich dieses Privileg ergattern?‹, höre ich Sie fragen. Nun, das ist ganz einfach: Wählen Sie 0909 879776, und lassen Sie uns wissen, welche Frage Sie gern stellen möchten. Oder besuchen Sie unsere Webseite www.augeumaugeproductions.com, bezahlen Sie die Mitmachgebühr, und schon sind Sie dabei.

Er stellt sich seitlich neben den Bildschirm, während sich das Bild verändert. Das Auge-Logo fährt in eine Ecke des Bildschirmes, auf dem jetzt eine Live-Verbindung zu Isaac in Zelle 6 zu sehen ist. Er sitzt auf der Matratze, die auf dem Boden liegt. Die Voting-Informationen fließen am unteren Bildschirmrand entlang.

JOSHUA: Wir werden die Fragen der Teilnehmer auswählen, die besonders originell, einfallsreich oder schwierig zu beantworten sind. Also, denken Sie scharf nach, und lassen Sie sich etwas Besonderes einfallen!

Die Studiokamera zoomt auf die Aufnahme von Isaac, der seine Fingerkuppen gegeneinander trommeln lässt und mit geistesabwesendem Blick Worte formt.

JOSHUA: Sie könnten herausfinden, wie dieser junge Mann tickt, welche Gefühle er für Martha Honeydew hegt, wie es um die Beziehung zu seinem Vater stand oder warum er es für nötig hielt, das Leben seines Vaters mit Gewalt zu beenden. Dies ist eine Gelegenheit, die sich nur einmal im Leben bietet. Und das alles zu dem lächerlich niedrigen Preis von nur £59.99. Erhöhen Sie Ihre Chancen auf einen Gewinn, indem Sie sooft Sie wollen teilnehmen und so viele Fragen stellen, wie Sie möchten. Diese Chance, die inneren Beweggründe eines Mörders zu durchleuchten, sollten Sie sich auf keinen Fall entgehen lassen.

Die Kamera richtet sich wieder auf Joshua neben dem Bildschirm.

JOSHUA: Einen verstörten jungen Mann sehen wir da. Was geht wohl in seinem Kopf vor? Nun, Sie haben jetzt die Gelegenheit, es herauszufinden.

Er zwinkert in das Studiopublikum, und ein Raunen geht durch es hindurch.

JOSHUA: Also, nichts wie ran an die Telefone und nehmen Sie an unserem Gewinnspiel teil. Nach einem kurzen Spot unseres Sponsors geht es gleich mit den Fragen der Gewinner weiter.

Die Kamera ruht auf Joshua und fängt ein, wie sein gekünsteltes Lächeln verrutscht.

Martha

Ich laufe.

Meine Beine fliegen über einen Weg.

Über Gras, Treppen hinab, durch Gassen, an Gebäuden vorbei.

Ich laufe.

Weiter, schneller, angestrengter.

Um Haus Osterglocke herum, zwischen den Abfalleimern her, über den Tulpenplatz.

Ich laufe.

Meine Lungen brennen und drohen aus meiner Brust zu platzen, mein Herz pocht wild.

Ich werde müde.

Komm schon, Martha. Lauf weiter!

Ich werfe einen Blick nach hinten.

Kann nichts sehen.

Lauf, Mädchen, lauf!

Das bin ich.

Das tue ich.

Ich laufe dorthin, wo es keine Straßenlaternen gibt und kein Licht vordringt.

Froh darüber, dass es ein bedeckter Tag ist, ein kurzer Tag, ein Tag im Winter.

Es wird dunkler. Ich kann meine Füße nicht mehr sehen, den Weg vor mir auch nicht.

Jeder könnte hinter mir her sein. Oder alle. Oder niemand.

Ich werde langsamer, laufe seitlich auf eine Hecke zu und zwänge mich hinein, als würde ich mit Ollie Versteck spielen.

Leise jetzt. Leise.

Schhh, Martha, Schhh.

Es dämmert erst, aber die Schatten sind schon lang und spielen meiner Wahrnehmung Streiche.

Mein Atem kreischt durch die Stille.

Ich richte die Schultern auf, gebe meinen Lungen so viel Platz wie möglich und atme tief durch.

Meine Beine fühlen sich wie Wackelpudding an.

Ganz ruhig, denke ich.

Du musst schlucken.

Dich beruhigen.

Ich schiele durch die Hecke hindurch und kann sie in der Ferne sehen. Nichts als Gestalten, dunkel und unscharf, aber ich erkenne, wer alle anführt.

Diese verdammte Kuh aus der City. Sie interessiert sich nur für die Belohnung. Aber warum sollte mich das überraschen?

So viel Geld, so viele Möglichkeiten, aber null Moral.

Allerdings, sie glaubt ja, was die in den Medien sagen, glaubt, dass ich so bin, wie die behaupten – aus welchem Grund sollte sie mich also nicht verraten?

Sie zeigt in meine Richtung. Sie weiß, wo ich bin. Wahrscheinlich hat ihr Daddy ihr so ein verdammtes Nachtsichtgerät gekauft, mit dem sie sehen kann, dass ich hier hocke.

Aber … Die anderen Verfolger, die vermutlich von der Regierung sind, sind einfach stehen geblieben. Sie haben die

Hände in die Hüften gestemmt oder in ihre Taschen gesteckt. Sie sind von einer Menge umringt – von Leuten aus den Kratzern, glaube ich –, die sich ihnen in den Weg gestellt hat. Alles ist friedlich, niemand wird handgreiflich, und die Handlanger der Behörden versuchen erst gar nicht, an den Leuten aus den Kratzern vorbeizukommen.

Das Mädchen ruft laut, ich kann es gerade noch hören. Und sie zeigt wieder in meine Richtung, aber niemand tut etwas. Die Leute von der Regierung sehen bloß zu, fast … fast, als wäre es ihnen egal.

Ich recke meinen Hals, damit ich besser sehen kann.

Sie schreit jetzt richtig, aber niemand rührt sich vom Fleck oder versucht, die Leute aus den Kratzern zur Seite zu drängen.

Warum nicht?

Wieso lassen die mich einfach laufen?

Ich habe keine Ahnung, habe aber auch nicht vor hierzubleiben und es herauszufinden.

Death is Justice

Auf dem Bildschirm ist das übergroße Bild einer weißen, flauschigen Wolke vor einem blauen Himmel zu sehen. Ein glitzerndes goldenes Vorhängeschloss umfängt die linke Hälfte der Wolke, während Texte und persönliche Daten durch den Himmel in die Wolke fließen.

Die Worte ›Cyber Secure‹ tauchen auf. Dann wird die Wolke von einem Blitz getroffen, aber der Text bleibt sicher an Ort und Stelle.

WEIBLICHE STIMME: Cyber Secure. Zum Schutz Ihrer sensiblen Daten für alle Fälle.

Die Wolke weht davon, und das Bild wird langsam ausgeblendet und durch das Auge-Logo ersetzt, das in der Mitte auftaucht. Ein nicht sichtbares Publikum applaudiert, während ein sanftes Herzklopfen zu hören ist.

MÄNNLICHE STIMME: Auge um Auge Productions heißt Sie herzlich willkommen zurück zu …

Joshua, der lächelnd am Tresen sitzt, wird eingeblendet.

MÄNNLICHE STIMME: *Death is Justice!*

Das Herzklopfen verblasst, und Joshua hebt eine Hand, damit der Applaus abebbt.

JOSHUA: Willkommen zurück, meine Damen und Herren, liebe Zuschauer zu Hause, alle, die uns auf ihren Smartphones oder Computern zusehen. Tatsächlich gibt es ja eine Menge Möglichkeiten, sich darüber auf dem Laufenden zu halten, was hier bei *Death is Justice* geschieht. Das ist natürlich ungemein wichtig, denn wir bringen Ihnen hier die neuesten Innovationen und Entwicklungen. Vor der Werbepause gaben wir Ihnen die unübertreffliche Gelegenheit, Isaac Paige eine Frage zu stellen.

Er steht auf und spaziert zum Bildschirm hinüber.

JOSHUA: Haben Sie sich während der Werbepause ordentlich ins Zeug gelegt? Haben Sie sich Fragen überlegt, auf deren Antworten Sie schrecklich gespannt sind? Nun, ich hoffe es jedenfalls, denn unsere Leitungen sind jetzt geschlossen.

Er wendet sich dem Bildschirm zu. Oben rechts blinzelt das Auge-Logo, und in der Mitte ist ein Zählwerk mit lauter Nullen zu sehen.

JOSHUA: Lassen Sie uns nun sehen, wie groß die Wettbewerbsbeteiligung für diese einmalige Chance war.

Die Nullen flackern auf, und die Zahlen drehen sich, bis sie schließlich mit einem lauten Knall anhalten. Joshua entweicht ein erstaunter Pfiff.

JOSHUA: Das beweist ein für alle Mal, wie weit unsere Sendung reicht. Sehen Sie sich das nur einmal an, meine Damen und Herren: Insgesamt haben wir 12,15 Millionen Eingänge erhalten! Wow!

Das Studiopublikum applaudiert und johlt.

JOSHUA: Aber wer von Ihnen hat Glück und darf seine Frage stellen? Bevor wir das herausfinden, lassen Sie uns zu Zelle 6 schalten und sehen, wie es unserem Häftling geht.

Das Auge-Logo blinzelt immer noch in der Ecke des Bildschirms, aber im Vollbild ist jetzt die Live-Aufnahme aus Zelle 6 zu sehen. Isaac sitzt auf der Matratze, die auf dem Boden liegt, und sieht zu dem Zellenfenster hinauf. Sein einst weißer Gefängnisoverall ist verdreckt und gräulich, und er trommelt rhythmisch mit den Fingern.

Isaac

Ich werde morgen sterben.

Morgen.

Ich denke die Worte. Flüstere sie, aber mein Verstand kann sie nicht begreifen.

Morgen früh werden sie mich in die letzte Zelle bringen. Sie werden mich auf den Stuhl setzen und meine Arme und Beine mit Metallklammern festschnallen. Die Metallkrone wird langsam auf meinen Kopf herabsinken, und die Elektrizität wird durch mich schießen, während alle dabei zusehen, wie ich sterbe.

Letzte Woche, als Martha hier drin war, habe ich im Internet recherchiert, was mit dem Körper passiert, wenn er mit einer solchen Ladung Strom in Kontakt kommt.

Ich habe es mehrmals laut vorgelesen, weil ich es einfach nicht glauben konnte. Wie kann es nur sein, dass das legal ist? Wie kann eine Regierung zulassen, dass Menschen so etwas Furchtbares angetan wird?

Und dann wurde mir mit einem Mal klar, dass es genau darum geht: um das Spektakel. Genau wie bei Leuten, die sich Horrorfilme hinter vorgehaltener Hand ansehen, die bei einem Autounfall schaulustig gaffen oder die sich Operationen im Fernsehen anschauen. Sie betonen, wie gruselig, schrecklich oder ekelhaft das alles ist, aber genau darum geht es ihnen eigentlich: die Sensationsgeilheit, die Aufregung, der Adrenalinstoß und insbesondere die anschließende Erleichterung, weil es einem selbst nicht passiert.

Tausende haben in Rom den Gladiatoren bei Kämpfen bis auf den Tod zugesehen, sind in Frankreich zur Guillotine gepilgert oder haben vor dem Old Bailey diejenigen mit verrottetem Essen beworfen, die gehängt werden sollten. Es scheint, das alles liegt wohl in der Natur des Menschen.

Denn was hier und jetzt geschieht, ist genau das Gleiche, selbst wenn es sich hinter der glanzvollen Fassade des Showbusiness versteckt. Etwas mehr Pep und Stil und eine Spur Glanz, mit Kartenvorverkauf und Live-Kommentar. Und die fortwährende Versicherung, dass wir alle *das Richtige tun*. Indem wir diese Leute loswerden, *sorgen wir für eine bessere Welt*.

Ich fluche nicht oft, nicht einmal in Gedanken, aber das ist wirklich richtig beschissen.

Denn eigentlich sind wir, die wir unsere Stimmen abgeben, die wahren Verbrecher und Mörder.

Wir sitzen sicher und gemütlich in unseren Häusern, mit vollen Kühlschränken, warmen Betten, riesigen TV-Bildschirmen und weichen Sofas, nehmen unsere Telefone in die Hand, während wir uns ein Bier oder eine Tasse Kaffee genehmigen oder eine Pizza in den Ofen schieben, und entscheiden über das *Leben* einer Person.

Wir überfliegen Zeitungsartikel, die über begangene Straftaten berichten, und verabscheuen sie, werfen einen Blick auf das Gesicht des Beschuldigten, verpixelt und unscharf, und senden eine SMS, während wir im Supermarkt an der Kasse Schlange stehen oder auf einen Kaffee bei Starbucks warten. Wir beurteilen andere Menschen nach ihrem Äußeren, stellen

Vermutungen an und verdächtigen sie. Zu eng stehende Augen, zu dünne Haare, eine zu hohe Stirn, ein zu großer Hintern, ein zu breiter Hals.

›Der sieht wie ein Mörder aus‹, habe ich Leute sagen hören.

›Die sieht durchtrieben aus.‹

Und ich habe gesehen, wie sie den Zuschauerraum im Todestrakt mit einem Lächeln auf den Lippen verlassen haben, einander die Hände geschüttelt oder sogar abgeklatscht haben. Sie sind in eine Welt zurückgekehrt, die sie für ein wenig sicherer halten, nachdem das Böse wieder einmal ausgemerzt wurde. Doch das Böse lebt stattdessen in ihnen weiter.

Wenn ich morgen sterbe, wird die Welt weder sicherer noch gefährlicher sein als heute oder als letzte Woche. Ich hoffe nur, dass mein Tod wenigstens eine Person dazu bringen wird, das System infrage zu stellen oder zu handeln.

Und was ist mit dem Rest von ihnen, mit ihrem Abklatschen, ihrem Grinsen und ihren gegenseitigen Beglückwünschungen? Die können mich mal.

»Isaac Paige, guten Abend. Ich bin Joshua Decker. Wir sind live auf Sendung bei *Death is Justice*.«

Woher kommt diese Stimme? Habe ich jetzt schon Halluzinationen?

»Sei unbesorgt, Isaac.«

Mir fällt ein Lautsprecher auf, der an der Wand hängt.

Oder werde ich vielleicht langsam verrückt?

»Die Nation sieht dir zu, Isaac. Möchtest du vielleicht Hallo sagen?«

Die Nation? Alle? Martha?

»Wee …« Meine Stimme klingt fremd. Ich muss husten. Versuch's noch mal. »Weeelche Kam…era?«

»Die an der Wand direkt vor dir. Möchtest du vielleicht mal winken? Isaac, unsere Zuschauer sind wirklich ziemlich fasziniert von dir. Wir haben eine Menge Leute, die es kaum erwarten können, mit dir zu sprechen.«

»M … Martha?«

»Nein, nicht Martha. Möchtest du etwas Wasser? Wir haben etwas in der Essensausgabe der Tür bereitgestellt.«

Die Zelle ist mittlerweile so eng, dass ich nicht einmal aufstehen muss, um die Klappe zu öffnen. Ich nehme den Plastikbecher heraus. Etwas zu trinken tut gut.

»Isaac, während du etwas trinkst, werde ich dich über die neuesten Entwicklungen unserer Show informieren. Wir haben hier bei *Death is Justice* als innovatives Highlight der Sendung ein Gewinnspiel veranstaltet, das einigen unserer Bürger die Gelegenheit gibt, dir eine Frage zu stellen. Du wirst nicht für möglich halten, wie groß das Interesse an dir ist. Ich bin mir sicher, du wirst verstehen, wie aufgeregt die Leute bei der Vorstellung sind, nicht nur mit einem Insassen des Todestraktes plaudern zu können, sondern mit jemandem, der seinen eigenen Vater umgebracht hat.«

Ich versuche aufzustehen … meine Beine wackeln … mir ist schwindelig.

Ich möchte ganz nah an die Kamera heran, aber sie hängt zu hoch.

»Wir werden jetzt die Gewinner verkünden und sie mit dir verbinden, damit sie dir ihre Fragen direkt stellen können.«

Ob Martha wohl zusieht?

»Unsere erste Gewinnerin ist Shamra aus Norwich. Shamra, Ihre Frage bitte!«

Norwich. Da waren wir mal. Kathedrale. Fluss.

»Hi, Shamra hier. Ich bin vielleicht aufgeregt! Ich kann es nicht fassen, dass ich mit einem echten Mörder spreche!«

»Stellen Sie bitte Ihre Frage«, höre ich Joshua sagen.

»Haha! Ja, natürlich. Ich bin bloß so ... echt ganz außer mir vor Aufregung! Hi, Isaac, es ist echt super, dass ich mit dir sprechen kann, meine Freunde werden bestimmt megaeifersüchtig sein und ...«

»Ihre Frage bitte, Shamra?«, wiederholt Joshua.

»Oh, ja, also meine Frage lautet – Isaac, wenn du deinen letzten Tag mit einer berühmten Persönlichkeit verbringen dürftest, wen würdest du aussuchen und was würdest du dieser Person sagen?«

»Eine wirklich hervorragende Frage von Shamra. Isaac, wie lautet deine Antwort?«

»Martha.« Mein Hals schmerzt immer noch. »Ich würde meinen letzten Tag mit Martha verbringen. Ihr sagen, dass es mir leidtut. Und dass ich sie liebe.«

»Nein, ich meinte jemanden, der berühmt ist, ein Popstar zum Beispiel.«

»Martha, nur Martha.« Ich setze mich zurück auf die Kante der Matratze und starre hoch in die Kamera.

»Vielen Dank für Ihren Anruf, Shamra, und noch einmal herzlichen Glückwunsch: Sie sind die erste Bürgerin, die *jemals* direkt mit einem Insassen des Todestraktes sprechen durfte! Kommen wir jetzt zu unserem nächsten Anrufer.«

Bilde ich mir das alles nur ein?

»Martha, siehst du zu?«, forme ich lautlos mit den Lippen. »Bist du da?«

»Unsere zweite Anruferin ist Elspeth aus Whitby. Herzlichen Glückwunsch, Elspeth.«

Whitby. Lass uns nach Whitby fahren, Martha. Am Meer spazieren gehen, uns gegenseitig im heulenden Wind vor der Abtei *Dracula* vorlesen, Fish and Chips essen.

»Vielen Dank! Ich kann kaum glauben, dass ich gewonnen habe. Ich habe noch nie irgendetwas gewonnen. Ich bin … ich bin … vollkommen von den Socken!«

»Ihr allererster Gewinn, und obendrein sind Sie die zweite Person in der Geschichte, die mit dem Todestrakt-Insassen und Promi-Mörder live im Fernsehen sprechen darf. Was für ein Coup, hm?«

»Das stimmt, Joshua. Und dann auch noch mit Ihnen reden zu können – das ist wirklich eine große Ehre. Sie sind so ein netter Mann.«

»Oh, Elspeth, hören Sie auf: Das steigt mir sonst noch zu Kopf! Bitte, Isaac ist hier und wartet auf Ihre Frage.«

»Ähmm … wow … okay. Hi, Isaac.«

Wieso will diese Frau mit mir sprechen?

»Isaac, bist du da?«

»Das ist er, Elspeth, schießen Sie los.«

»Okay, meine Frage an dich lautet: Wenn du eine Sache in deiner Vergangenheit anders machen könntest, was wäre das und warum?«

»Was für eine ausgezeichnete und gut durchdachte Frage von Elspeth. Isaac, möchtest du darauf antworten?«

»Nichts«, erwidere ich.

»Nichts? Wie, *nichts*?«, entgegnet sie.

»Nein, nichts«, wiederhole ich.

»Ich habe £59.99 dafür ausgegeben, mit dir sprechen zu können, und du antwortest mit einem einzigen Wort? Das ist nicht fair. Ich verlange mehr. Sonst will ich mein Geld zurück.«

»Die Teilnahmebedingungen schließen klar jegliche Rückerstattungen aus, fürchte ich. Isaac, vielleicht könntest du deine Antwort Elspeth ein wenig besser erklären …«

»Ja, Isaac, erklär mir das«, stimmt sie ein. »Du würdest wirklich *überhaupt nichts* anders machen wollen? Nicht einmal, deinen Vater erschossen zu haben?«

Wieso versteht sie das nicht? Wenn ich ihn nicht erschossen hätte, hätte er Martha umgebracht. »Ich wollte es nicht, aber …«

»Ach, hör doch damit auf! Wir wissen alle, dass das Quatsch ist.«

»Was? Auf dem Video mit Martha …«

»Was denn für ein Video?«

Ich stehe auf und gehe auf die Kamera zu, starre auf die Stelle, an der sie an der Wand montiert ist. »Das müssen Sie einfach gesehen haben: Ich habe es doch abgespielt, als ich meine Rede gehalten habe. Das Video, auf dem Martha von Jackson bedroht wurde. Die Aufnahmen der Sicherheitskamera. Und die ganzen Dokumente und Beweisstücke. Das müssen Sie doch gesehen haben.«

»Nö. Ich habe nur das Video gesehen, auf dem du Jackson erschossen hast. Martha war da nicht mit drauf.«

»Was?« Verwirrt kratze ich mich am Kopf. »Aber das ergibt gar keinen Sinn. Er hatte einen Gürtel um ihren Hals geschlungen. Er war drauf und dran, sie zu erwürgen.«

Sie prustet los, lacht mich einfach aus. Ihr Gelächter hallt in der Zelle nach wie das eines Horrorfilm-Clowns. »Nein, das stimmt nicht. Ich glaube, dir ist dadrin wohl die Decke auf den Kopf gefallen. Ich meine, wieso sollte Jackson Paige so etwas getan haben? Du bist ja *vollkommen* durchgedreht. Du hast deinen Vater erschossen. Es gab nur dich und ihn. Man konnte es auf dem Video sehen.«

Versuchen die mich reinzulegen? »Nein, das stimmt nicht«, widerspreche ich ihr. Bleib bei dem, was du weißt, rede ich mir gut zu. Bleib ruhig, und konzentrier dich. »So war das nicht. Sie reden Unsinn.«

»Ich? *Ich* rede Unsinn? Du bist doch derjenige, der hier Lügengeschichten erzählt.« Sie lacht wieder, und der Klang, der durch die Zelle dröhnt, lässt mich zusammenzucken.

»Ich sage dir was: Ich hoffe, die Behörden fassen Martha und sie wird auch für ihren Teil an der ganzen Sache bestraft.«

»Fassen sie? *Fassen sie?* Was?«

»Weißt du, ich habe hier mitgemacht, weil ich an dich geglaubt habe. Jeder hat eine zweite Chance verdient, habe ich gedacht. Und vielleicht hätte ich unschuldig gewählt, wenn du deine Tat aufrichtig bereut hättest, denn du bist ja schließlich berühmt. Aber es tut dir gar nicht leid. Du bist tatsächlich ein eiskalter Mörder, der es verdient hat, hingerichtet zu werden.«

»Ich verstehe das alles nicht!«, brülle ich in die Kamera. »Was zum Teufel geht da draußen vor sich? Was soll das heißen, *sie sollen Martha fassen*? Was zum Teufel …? Und das Video? Joshua, Sie kennen die Wahrheit. Sagen Sie es ihr. Sagen Sie es allen. Ich …« Mein Verstand spielt nicht mehr mit. Ich habe keine Ahnung, was los ist. Sie sollen Martha *fassen*? Sie fassen? *Was*?

Machen die das absichtlich, um mich aufzuregen? Damit sie eine Reaktion bekommen? Für eine *spannende Sendung*?

»Jackson hat Marthas Mutter getötet, er hat meine Mutter getötet«, rufe ich laut in die Kamera. »Und er hätte Martha getötet. Deshalb habe ich ihn erschossen.«

»Du bist ein wirklich desillusionierter junger Mensch, und deswegen habe ich Mitleid mit dir. Aber ich glaube ehrlich, dass die Welt besser und sicherer sein wird, wenn es dich nicht mehr gibt. Und ich hoffe, dass alle, die das hier gehört haben, genauso denken.« Ihre Stimme ist jetzt leiser und sehr ernst. »Weißt du, letztens habe ich den Premierminister sprechen gehört. Er hat gesagt ›Geheimnisse sind Munition gegen andere‹, und er hat recht. Wenn man ein Geheimnis von jemandem kennt, der nichts Gutes im Schilde führt, kann man denjenigen damit stoppen. Dein Geheimnis, dass du ein heimliches Verhältnis mit Honeydew hattest, ist dir jetzt um die Ohren geflogen!«

Was?

Was?

Ich brenne förmlich vor Wut und zittere am ganzen Körper. Meine Finger zucken. Ich zerre die Matratze unter die Kamera und stelle mich drauf. Wenn ich mich mit aller Kraft strecke, kann ich die Kamera erreichen, aber sosehr ich an der Halterung zerre, bekomme ich sie nicht ab. Ich suche nach Kabeln, aber finde keine.

Die Frau, wer auch immer sie sein mag, labert immer noch, aber ich höre nicht mehr hin.

Ruhig, rede ich mir gut zu. *Lass dich nicht zu etwas hinreißen.*

Ich sehe mich in der Zelle um. Ich weiß, was zu tun ist, kann aber nichts finden, was mir dabei helfen würde. Also starre ich in die Kamera, hebe meine rechte Faust und lasse sie mit aller Kraft gegen die Linse krachen.

Die Linse zerspringt, und Glassplitter spicken meine Fingerknöchel. Sie taten gestern schon weh, aber verdammt, das hier brennt höllisch. Trotzdem zerre ich die Matratze zur nächsten Kamera und schlage die Linse mit meiner Faust ein. Und die nächste. Bis nur noch eine übrig ist.

Ich bin nicht mehr länger ein Tier im Zoo, denke ich. Das läuft jetzt nach meinen Regeln ab.

Ich recke mich und blicke direkt in die letzte Kamera.

»Wenn du erträgst, wie Wahrheit, einst von dir gesprochen,
zum Bauernfang von Gaunern wird verdreht«, zitiere ich.
»Wenn du erblickst dein Lebenswerk vor dir zerbrochen,
dich beugst und mühsam schaffst, damit es neu entsteht.«

Reiß dich zusammen, feuere ich mich an. Sei stark. Mach weiter. Du kennst Kiplings Gedicht doch. Du hast es mal in der Schule auswendig lernen müssen.

»Wenn dir die Menge folgt und du doch Tugend schätzt,
wenn dir des Königs Nähe nicht vor der des Armen geht,
wenn weder Feind noch liebster Freund dir deinen Stolz verletzt,
wenn jeder Mensch dir wichtig ist, doch keiner über allen steht,
wenn du füllst die unerbittliche Minute,
mit jeder Sekunde voller Müh', dann als Lohn
ist dein die Welt und alles Gute,
und noch viel mehr – wirst du zum Mensch, mein Sohn.«

Meine Hand pocht schmerzhaft. Ich habe mich von ihnen zum Clown und zur Marionette machen lassen. Aber damit ist jetzt Schluss. Jetzt bleibt mir nur noch eine Sache, die ich sagen möchte.

»Martha, ich liebe dich.«

Dies werden meine letzten Worte sein.

Unser Gehirn ist schon merkwürdig: Mir sind viele Dinge eingefallen, während ich hier drin war. Dinge, die ich gesehen, gehört oder über die ich Bescheid gewusst hatte, die ich aber nie miteinander in Zusammenhang gebracht habe.

Ich glaube, heute ist es mir endlich gelungen.

Diesen Satz des Premiers, den die Anruferin zitierte – Geheimnisse sind Munition gegen andere –, den hatte ich schon einmal gehört, und jetzt weiß ich wieder, wann das war.

Ich zertrümmere die Linse der letzten Kamera.

Death is Justice

Im Fernsehstudio herrscht betroffene Stille. Joshua steht vor dem flimmernden Bildschirm. Er atmet tief aus, schließt einen Moment lang die Augen und schüttelt den Kopf, bevor er in die Kamera blickt.

JOSHUA: Ich weiß nicht, wie es Ihnen geht, meine Damen und Herren, aber ich fühle mich gerade nicht wie ein Mensch, nachdem ich das gesehen und dieses Gedicht gehört habe.

Er überquert die Bühne zum Tresen, lockert seine Krawatte und öffnet den obersten Hemdknopf. Die Kamera reagiert nicht sofort, doch holt ihn schnell ein.

JOSHUA: Nein, ich fühle mich eher wie ein Lügner und Betrüger, und ich denke, es ist an der Zeit, Zivilcourage an den Tag zu legen und dem Beispiel dieser mutigen jungen Leute zu folgen. Ich muss endlich ehrlich zu mir selbst sein. Ich habe seit Langem eine ziemliche Gratwanderung zwischen meiner öffentlichen Persönlichkeit und meinem Privatleben gemacht. Vielleicht ist jetzt der Zeitpunkt gekommen, einem davon den Vorrang zu geben.

Er setzt sich an den Tresen, und die Kamera fängt sein Gesicht in Großaufnahme ein.

JOSHUA: Es gibt viele Leute, die die Wahrheit kennen, aber nur wenige, die sie aussprechen.

Er senkt den Kopf, seufzt tief und sieht dann wieder in die Kamera.

JOSHUA: Das Video der Überwachungskamera, von dem sowohl Martha als auch Isaac in dieser Sendung gesprochen haben, wurde zusammengeschnitten, damit Martha darauf nicht zu sehen ist. Aber sie war da, und Jackson drohte wirklich damit, sie umzubringen. Er legte tatsächlich einen Gürtel um ihren Hals, weshalb Isaac ihn tötete. Isaac liebt Martha so sehr, dass er sein eigenes Leben für sie aufs Spiel setzte. Jackson tötete außerdem Marthas Mutter und ließ zu, dass Oliver Barkova dafür hingerichtet wurde. Er tötete Isaacs Mutter und adoptierte den Jungen, damit er in der Öffentlichkeit gut dastand. Wenn Sie bei Marthas geplanter Hinrichtung in Zelle 7 letzte Woche dabei gewesen wären, wüssten Sie das alles, aber alle Aufnahmen wurden vernichtet, und jeder, der davon wusste, wurde auf die ein oder andere Art zum Schweigen gebracht.

Er stockt und muss schwer schlucken.

JOSHUA: Ich kann nicht länger tatenlos zusehen, wie weiter Unrecht geschieht. Ich weiß nicht, wie viel Zeit mir noch bleibt, bevor man mir den Ton abdreht, aber ich bin mir sicher, nicht genug, um alles zu erklären. Deshalb bitte ich Sie inständig:

Gehen Sie los und stellen Sie Fragen, finden Sie die Wahrheit über Ihr Land und dessen Führung heraus. Beginnen Sie damit, nach den wenigen Kopien der Aufnahme zu suchen, die noch übrig sind. Sie waren zuletzt auf Webseiten zu sehen, die eigens zu dem Zweck eingerichtet wurden, Ihnen die Wahrheit zu zeigen, die aber von der Regierung gelöscht wurden. Sie glauben, bei uns herrscht Meinungsfreiheit? Hinterfragen Sie das!

Er nimmt die Krawatte ab und geht auf das Publikum im Studio zu.

JOSHUA: Eine letzte Sache noch – seit Auge um Auge Productions herausgefunden hat, dass ich schwul bin, haben sie diese Tatsache dazu benutzt, mich zu manipulieren und zu kontrollieren. Sie haben mir gedroht, meine Karriere am Sender und sonst wo zu zerstören und darüber hinaus die meines Partners. Sie haben mir zu verstehen geben, dass dieses Land von manipulativen Fanatikern geführt wird. Da haben sie natürlich recht. Manipulative Fanatiker, die alles dafür tun würden, um an ihrer Macht festzuhalten. Aber ich glaube daran, dass die Bürger dieses Landes besser sind als unsere Regierung. Ich glaube, dass sie freundlich, mitfühlend, verständnisvoll und tolerant sind. Und ich glaube, dass Liebe in ihren Herzen wohnt. Ich bete dafür, dass es so sein mag. Und ich bete für eine bessere Zukunft für uns alle. Ich bezweifele, dass Sie mich noch einmal hier im Studio sehen werden, deshalb flehe ich Sie alle an: Öffnen Sie Ihre Augen und Herzen, hinterfragen Sie, was man Ihnen sagt, und bilden Sie sich eine eigene Meinung, wie auch immer die aussehen mag …

Martha

Die elektrostatische Aufladung des Fernsehers kribbelt an meinen Fingern. Man sieht, wo meine Finger Bahnen durch den Staub auf dem Bildschirm fuhren, als ich Isaacs Gesicht berührte.

Er weiß jetzt die Wahrheit: dass ich auf der Flucht bin. Ich wünschte, er wüsste es nicht, denn ich habe versagt – versage immer noch.

Das muss sich ändern.

Ich hole dich da raus, Isaac, versprochen. Das schaffe ich schon. Das bin ich dir schuldig.

Er sieht furchtbar aus … und müde. Auf seiner Kopfhaut sieht man lauter kleine Schnittwunden und Kratzspuren. Seine Haut glänzt fettig, die Lippen sind aufgesprungen und die Augen blutunterlaufen.

Ich möchte ihn mitnehmen, ihn in meinen Armen halten, sein Gesicht und seinen Kopf waschen, seine Hände säubern, seine Fingerknöchel verbinden.

Er sieht gebrochen aus.

Ich kriege dich wieder hin, Isaac.

Inzwischen hat die Regie das Auge-Logo wieder eingeblendet. Ich sehe zu, wie sich die Wörter um die Iris drehen – Auge um Auge um Auge um Auge um …

Immer und immer wieder.

Eine unendliche Schleife.

Wir ermorden die Mörder; wir werden selbst zu Mördern.

Zeigt mir Isaac noch mal, bitte.

Die Zuschauer werden sich aufregen. In der Sendung hieß es, dass drei Fragen gestellt würden. Sie haben aber nur zwei geschafft. Die Gewinnspielteilnehmer werden ihr Geld trotzdem nicht wiedersehen. Da gibt es immer irgendeine Klausel.

Dann zeigt mir wenigstens Clips von ihm, irgendwelche Aufnahmen.

Halt dich an deine Erinnerungen, rät mir meine innere Stimme. *Es ist besser so.*

Ich will aber keine Erinnerungen. Ich will sehen, was jetzt los ist. Ich will Isaac hier bei mir haben. Diese verrückte, total kranke Welt, die will ich nämlich nicht. Ich will Frieden, Gerechtigkeit und Wahrheit. Ich will Isaac. Bitte. Dafür würde ich sogar anfangen zu beten und in die Kirche zu gehen. Ich will daran glauben, will religiös sein. Bitte, Gott, bitte, hilf mir.

Ich reibe mir die Augen und blinzele das Verschwommene weg.

Die Voting-Daten laufen jetzt am unteren Bildschirmrand entlang. Wie stand es gestern? Zu 99 Prozent schuldig.

Ich starre mit aufgerissenen Augen auf den Bildschirm.

Das kann nicht stimmen. Da steht zu 67 Prozent schuldig.

Wirklich?

Wirklich?

Ich verlasse das Zimmer und gehe die Treppe hinunter. Meine Füße versinken regelrecht in dem flauschigen Teppich. Das Haus ist so riesig, dass ich hier mindestens eine halbe Stunde herumspazieren und immer noch neue Zimmer entdecken könnte. Ich kann allerdings Patty hören, die irgendwo telefoniert. Ihr Lachen ist unglaublich schrill.

Wieso lacht sie?

Ihr Sohn befindet sich im Todestrakt. Ihr Mann ist tot. Sie hat ihr ganzes Vermögen verloren. Alles, bis auf einen Unterhalt, wie auch immer der ausfallen mag.

Als sie mich im Türrahmen stehen sieht, beendet sie das Gespräch sofort.

»Ich muss Schluss machen. Wir plaudern später weiter. Tschüss.«

»Die Voting-Zahlen sind auf 67 Prozent gesunken«, verkünde ich.

Ihre aufgemalten Augenbrauen heben sich, und sie zuckt mit den Schultern. »Ja und? Das ist immer noch eine Mehrheit.«

Herzlose Kuh. Ich ignoriere ihren Kommentar einfach. »Haben Sie *Death is Justice* gesehen?«

»Ja, das habe ich. So ein Dummkopf. Seine Karriere kann er jetzt vergessen. Alle tun immer so, als wären sie weltoffen und tolerant, aber das stimmt nicht. Die Leute haben so viele Vorurteile wie eh und je.«

»Nein, das ist nicht wahr. Mir ist es vollkommen egal, ob er auf Männer steht oder nicht.«

»Dir ist es vielleicht egal, mein Kindchen, aber den Mächtigen, denen, die Entscheidungen treffen, ist das nicht egal, glaub es mir.«

»Ich mag ihn.«

»Du magst ihn, weil er ein Sympathisant ist – und das wissen jetzt alle – alle aus der City und den Avenues, alle, die *wichtig* sind. Der bekommt hier keine Arbeit mehr. Die da oben stellen nur ihresgleichen ein.«

»Sie reden vielleicht einen Stuss.«

»Ich sage bloß die Wahrheit.« Sie lacht mich aus und streicht ihre Haare zur Seite. »Was du dabei vergisst, ist der Unterschied zwischen den beiden. Jetzt, da …«

»Das wäre weniger wichtig, wenn die Leute die Wahrheit wüssten.«

»Ach, lass gut sein.« Sie macht eine abfällige Handbewegung. »Ich kann mich jetzt wirklich nicht um dich und deine Moralvorstellungen kümmern. Das interessiert mich einfach nicht.«

»Ich bin nur runtergekommen, um Sie daran zu erinnern, dass ich nicht versuchen werde, Isaac zu befreien, falls das Voting *wirklich* zu unseren Gunsten steht.«

»Das hast du bereits gesagt.«

Ich verdrehe die Augen. Meine Güte, wie ich diese Frau hasse.

»Wenn es dir recht ist, sein Leben in den Händen dieser Leute zu lassen, die du so sehr verachtest, ist das deine Entscheidung. Ich persönlich dachte, an dir wäre mehr dran. Ich habe geglaubt, du hättest etwas mehr … *Mumm.*«

»Es geht hier nicht um Mumm«, entgegne ich. »Es geht um Vertrauen. Außerdem haben Sie das Wesentliche nicht begriffen – wieso sollten wir alles riskieren, um ihn da rauszuholen, wenn er sowieso freikäme?«

»Du bist ein törichter Dummkopf, Martha Honeydew, aber wenn du dich so entscheiden willst …« Sie lässt den Halbsatz im Raum stehen, ohne meine Frage zu beantworten. »Wir werden ja sehen, wie es morgen um die Zahlen steht. Und jetzt musst du mich entschuldigen.« Sie nimmt ihr Handy hoch und tippt eine Nummer auf die Tastatur.

Isaac

Manchmal habe ich meine Mutter vor Augen, aber immer nur in kleinen Erinnerungsschnipseln: ihre blonden Haare zu einem Pferdeschwanz hochgebunden; die kleinen Lachfältchen an ihren Augen; ihre Lieblingsjeans, die sie immer trug; ihre Hand, die meine hielt; meine Finger, die an ihrem Ring spielten.

Aber an ihre Stimme kann ich mich nicht erinnern und sie auch nie ganz vor mir sehen.

Jetzt frage ich mich, ob ich sie wohl wiedersehen werde. Würde ich sie überhaupt wiedererkennen? Und würde sie mich erkennen?

Es tut mir leid, Mum.

Du hast so viel für mich getan.

Findest du, dass ich mein Leben mit dieser Aktion verschwendet habe, oder siehst du es genauso wie ich?

Allerdings weiß ich jetzt selbst nicht mehr, was richtig ist.

Martha fassen, hat die Anruferin gesagt. *Sie fassen.*

Heißt das, sie ist auf der Flucht?

Warum?

Warum?

Was zum Teufel ist los? Sie wurde doch freigelassen. Alles müsste eigentlich in bester Ordnung sein.

Der Premierminister

Der Premier hat sich auf seinem Ledersessel zurückgelehnt und blickt auf die Monitore, die vor ihm an der Wand hängen. Er ist allein im blauen Zimmer, zappt geistesabwesend durch die unterschiedlichen Kanäle und überfliegt flüchtig jede einzelne Aufnahme. Seine freie Hand schwenkt ein Glas Whisky.

Als sein Handy klingelt, das neben ihm liegt, wirft er einen kurzen Blick auf das Display, seufzt tief und kippt den Rest seines Drinks hinunter.

»Patty«, blafft er ungeduldig. »Wieso um alles in der Welt rufst du so spät noch an?«

Während er ihr zuhört, stellt er das Glas zurück auf den Tisch und fährt mit einem Finger über den Rand.

»Das habe ich in der Tat. Viel niedriger, als ich erwartet hatte, aber das macht nichts. Es wird wieder hochschnellen.«

Er hält wieder inne, und seine Augenbrauen heben sich kaum wahrnehmbar. »Tut sie das? Nun, das ist dein Problem. Falls dir daran liegt, dieses für beide Seiten einträgliche Arrangement beizubehalten, würde ich vorschlagen, dass du deinen Teil der Abmachung einhältst. Bereite alles vor, und sieh zu, dass sie auf den Knopf drückt.«

Er beendet das Gespräch und gibt einen Namen auf der Tastatur des Computers ein. Ein Satellitenbild der City erscheint, auf dem ein kleiner roter Punkt zu sehen ist, der sich in einem großen Gebäude am Stadtrand befindet.

Er drückt auf einen Knopf, und der Bildschirm zoomt näher an den Punkt heran. Daneben erscheint jetzt ein Name: Gus Evans. Er zoomt noch näher heran, sodass neben dem Namen der Ort erscheint: City Gefängnis.

»Einer abgehakt«, murmelt er. »Zwei, wenn man die russische Frau mitzählt.«

Er gibt erneut etwas in den Computer ein, und der rote Punkt verschwindet, während sich die Ansicht wieder verkleinert.

Dann erscheinen drei weitere Punkte in einem anderen Abschnitt. Er klickt sie an, um die Namen zu sehen.

Eve Stanton.

Max Stanton.

Thomas Cicero.

Er legt einen Finger auf die Taste, und die Ansicht vergrößert sich. Sie befinden sich alle drei in Eves Haus.

»Gut«, flüstert er bei sich.

Er lehnt sich auf seinem Sessel vor und tippt wieder etwas auf der Tastatur. Jetzt bewegt sich die Karte nach Süden und zentriert einen anderen Punkt. Die Ansicht vergrößert sich langsam, bis eine Beschriftung erscheint: Todestrakt. Er berührt den Bildschirm mit den Fingern und misst die Distanz zwischen dem Gebäude und dem Parkplatz, der sich auf dem Gelände befindet.

»Ich sehe deine zwei Fliegen mit einer Klappe, Jackson Paige, und erhöhe auf …«, er hält kurz inne und denkt nach, »… sieben.«

Sein Gesicht verzieht sich zu einem schmalen, gemeinen

Grinsen, und der Ledersessel knarzt, als er sich wieder darin zurücklehnt. »So oder so.«

Er hebt beide Arme und reckt sich. Er ist so angetan von seinem eigenen Plan, dass er die Gestalt nicht bemerkt, die sich hinter ihm im Schatten des Raumes versteckt und deren lange Finger auf dem Aufnahmeknopf ihres Handys ruhen.

Tag 7

Martha

Verdammt, ich muss wohl eingeschlafen sein.

Ich habe Isaac eine Ewigkeit lang zugesehen.

Und saß dabei hier, in seinem Zimmer, in seinem Haus, vor seinem Fernseher.

Wie spät ist es jetzt wohl? Ich bin noch so verschlafen, dass alles vor meinen Augen verschwommen ist. Der Fernseher läuft noch. Isaacs Fernseher. Isaac in Isaacs Fernseher.

Es ist 9 Uhr morgens. Scheiße, nur noch zwölf Stunden.

Die Prozentzahlen der eingegangenen Stimmen laufen am unteren Bildschirmrand entlang. Die Schuldig-Stimmen sind inzwischen wieder hochgeschnellt und liegen bei 98 Prozent. Was hat es damit auf sich?

Die letzten zwölf Stunden deines Lebens, Isaac.

Nicht, wenn du ihn da rausholst, wirft meine innere Stimme ein.

Du meinst wohl, nicht, wenn ich eine Bombe lege, antworte ich ihr.

Ich rutsche aus dem Bett, gehe auf Zehenspitzen zum Fenster und starre hinaus auf die City, für deren Bewohner ein ganz normaler Tag begonnen hat. Aber für mich und für dich bedeutet er …

… alles.

Isaac

Zelle 7.

Tag 7.

Jetzt ist es also so weit: Vor nur einer Woche stand ich noch vor diesem Raum, aus dem ich jetzt in den Zuschauerbereich starre.

»Es ist jetzt: 9 Uhr«, ertönt eine elektronisch erzeugte Stimme. »Sie haben: 12 Stunden bis zu Ihrer möglichen Hinrichtung. Die aktuellen Zahlen lauten: 98% für eine Hinrichtung, 2% dagegen. Wir werden die Daten in einer Stunde aktualisieren.«

Die Zahlen werden also regelmäßig auf den neuesten Stand gebracht. Ich wusste nicht, dass sie einem das sagen, und bin mir nicht sicher, was ich davon halten soll.

Wenigstens weiß ich so Bescheid.

Aber ich denke, das Ergebnis ist von vornherein klar. Ich komme hier auf keinen Fall wieder raus. Ich glaube, das habe ich inzwischen akzeptiert.

Es ist furchtbar, auf den Tod warten zu müssen.

Komme ich in die Hölle, weil ich Jackson erschossen habe? Allerdings habe ich jetzt schon das Gefühl, in der Hölle zu sein.

Oder komme ich vielleicht doch in den Himmel, weil ich es getan habe, um dein Leben zu retten, Martha?

Weil ich mein Leben für deins geopfert habe?

Wie entscheidet Gott so etwas?

Aber ich bin kein Christ oder Moslem oder Hindu. Ich gehöre überhaupt keiner Religion an.

Wird dann einfach alles schwarz sein? Eine absolute Leere? Nichts?

Oder werde ich in ein Leben wiedergeboren, das ich verdient habe?

Komme ich vielleicht als Käfer zurück?

Als Kakerlake?

Ich weiß nicht, woran ich glauben soll.

Obwohl, das tue ich doch. Ich glaube an Menschen und die Menschlichkeit.

Und ich glaube an deine Stärke, Martha.

Neun Uhr.

Noch zwölf Stunden. 720 Minuten. 43.200 Sekunden.

Jetzt noch weniger. Es sind schon ein paar Minuten nach neun.

Was nützt es jetzt noch, gut in Mathe zu sein?

Ich hätte es lieber, wenn ich durch meine eigene Hand sterben könnte.

Die Sekunden, Minuten und Stunden selbst wählen könnte.

Aber das werde ich nicht. Ich werde bis zum Schluss kämpfen.

Max

Max verzieht sich in eine Ecke des Wartehäuschens, während der Wind über den leeren Bahnsteig bei der Unterführung fegt.

Er hat die ganze Nacht nach Martha gesucht. Im Farnwald, bei der Unterführung, in der Nähe des Krematoriums, in leer stehenden Wohnungen und in allen anderen Verstecken, die ihm einfielen. Inzwischen geht ihm die Eiseskälte durch Mark und Bein. Er zittert am ganzen Körper, sein Gesicht ist blass, und seine Hände haben sich bläulich verfärbt.

Er hat es aufgegeben, in den Kratzern nach ihr zu suchen, und blickt sich nach irgendeinem Lebenszeichen oder zumindest nach einem Zugfahrplan um. Er entdeckt nichts als die verwelkten Beileidsbekundungen für Jackson, alte Zeitungen, Chipstüten und Getränkedosen, die in den Rinnsteinen umherrollen oder in Häusereingänge geweht wurden.

Als Schritte hinter ihm erklingen, fährt er herum. Ein Mann mittleren Alters in Arbeitshose, Sicherheitsjacke und Arbeitsstiefeln, der eine Zeitung unter dem Arm trägt, fängt seinen Blick auf und nickt ihm zu.

»Sie kenne ich doch«, sagt er. »Sie sind Max Stanton.«

Max mustert ihn, ohne zu antworten.

»Hab ich's mir doch gedacht. Se suchen bestimmt nach Martha, stimmt's? Die is hier nich.«

»Das ist mir inzwischen auch klar geworden«, antwortet er. »Wissen Sie vielleicht, wann der Zug kommt?«

Der Mann, der Max immer noch anstarrt, nickt mit dem Kopf. »Hören Se das?«

Max hört angestrengt hin. »Ja, gerade so«, sagt er.

»Das wird er sein.«

Max sieht über die Schulter des Mannes hinweg auf die Schienen. In der Ferne schneiden zwei Lichtpunkte durch das Grau des winterlichen Morgens. »Fährt der Zug direkt zurück in die City?«, erkundigt sich Max.

»Mehr oder weniger.« Der Mann lässt Max immer noch nicht aus den Augen. »Ich weiß ja nich, ob Se das tröstet«, sagt er dann, »aber ich hätte dasselbe für meine Frau getan.«

Die Lichter werden greller, kommen immer näher, und das Rattern des Zugs wird lauter. Max runzelt die Stirn. »Wie bitte?«, fragt er.

»Um se zu beschützen, meine ich. Damit se weiter für unsre Kinder sorgen könnte. Oder wie im Fall Ihrer Mutter, für Se.«

»Ich habe keine Ahnung, wovon Sie reden«, erwidert Max abweisend. Er verlässt das Wartehäuschen und stellt sich an die Bahnsteigkante. Der Wind heult auf und zerrt an ihm.

»Wahrscheinlich wird es eine offizielle Begnadigung geben.«

Das grelle Weiß der Zugscheinwerfer ergießt sich über Max, und der Lärm von kreischendem Metall donnert um ihn herum.

»Ich weiß aber immer noch nicht, was Sie meinen!«, ruft er darüber hinweg.

»Was?«, ruft der Mann zurück. »Das müssen Se doch wissen. Ihre Mutter …« Der Zug fährt quietschend in den Bahnhof ein, dann ist es plötzlich still. Die Stimme des Mannes dröhnt jetzt über den Bahnsteig. »… hat zugegeben, die Mörderin gewesen zu sein!«

Max fällt die Kinnlade herunter. »Was?«

»Hier!« Der Mann zieht die Zeitung hervor und wirft sie Max gegen die Brust. »Tut mir leid, Kumpel. Ich dachte …« Der Rest wird vom Wind verschluckt.

Max starrt auf die Zeitung.

»Die können Se behalten«, sagt der Mann und legt eine Hand auf Max' Schulter. »Ich hab das wirklich ernst gemeint, was ich vorhin gesagt hab. Ich hätt dasselbe für meine Frau und Kinder getan.«

Max kann seinen Blick nicht von der Zeitung in seinen Händen losreißen.

»Se steigen jetzt besser ein«, rät ihm der Mann. »Der nächste Zug kommt erst in einer Stunde.«

Max schüttelt den Kopf, ignoriert den Zug und kehrt um.

Martha

Scheiß auf Patty, und scheiß auf ihren Plan.

Ich war in der Küche, konnte aber nichts essen oder trinken, sondern saß einfach nur da und dachte nach, als sie reinkam – quicklebendig, frisch frisiert und geschminkt – und verkündete, dass sie auf dem Weg zum Wellness-Zentrum und anschließend zum Mittagessen verabredet sei.

»Was?«, wunderte ich mich. »Aber was ist denn mit …?«

Aber sie ließ mich nicht einmal ausreden, sondern unterbrach mich mit irgendeinem Geschwafel, dass noch massenweise Zeit sei, und trabte davon. Blöd gegrinst hat sie dabei obendrein noch.

Und deshalb, wie schon gesagt, scheiß auf Patty, und scheiß auf ihren Plan.

Ich werde es einfach selbst machen.

Wozu brauche ich sie überhaupt?

Ich werde ein bisschen Essen und Klamotten in eine Tasche packen, den Rucksack aus der Garage holen und losgehen.

Mich irgendwo verstecken, bis es dunkel wird.

Und dann …

Verdammt, ich bin jetzt schon am Ende mit den Nerven.

Im Haus der Stantons

Die Flammen im Kamin sind seit Stunden erloschen. Auf dem Rost bewegt sich etwas, und ein zu Asche verbranntes Holzscheit fällt in sich zusammen. Als sich Eve, die auf dem Sofa liegt, im Schlaf umdreht, rutscht die Decke von ihr ab.

Die Kälte auf ihrer Haut weckt sie auf, und sie blinzelt langsam, bis sie die Augen ganz aufschlägt.

Der Fernseher vor ihr läuft noch. Die Liveschaltung zu Isaacs Zelle ist zu sehen, und als Eve die Voting-Daten liest, die über den unteren Bildschirmrand laufen, setzt sie sich aufrecht hin.

Das Licht des Fernsehbildschirms lässt gespenstische Schatten entstehen. Verwirrt reibt sie sich die Stirn, nimmt ihr Handy und sieht nach, ob sie eine Nachricht bekommen hat.

Nichts. Sie schiebt das Handy in ihre Hosentasche.

Ihr Blick fällt auf die Uhrzeit, die in der Ecke des Bildschirms eingeblendet ist.

»Ich habe bis in den Mittag hinein geschlafen?«, wundert sie sich.

Barfüßig tappt sie durch das Wohnzimmer, durch die Küche und den Flur zur Haustür. Max' Schlüssel hängt nicht am Haken. Sie dreht sich um. Seine Jacke hängt nicht an der Garderobe, und seine Schuhe fehlen auch.

Sie nimmt ihr Handy aus der Tasche und wählt seine Nummer. Sie steht im Halbdunkel, während das Telefon klingelt und klingelt, aber niemand nimmt ab.

Sie kehrt in die Küche zurück. Einen Augenblick verharrt sie vor dem Barschrank, aber dann überlegt sie es sich anders und stellt den Wasserkocher an. Während sie darauf wartet, dass das Wasser heiß ist, schaltet sie den Fernseher für die Mittagsnachrichten ein.

»… im Osten und eine hohe Regenwahrscheinlichkeit im Süden. Kurz gesagt, falls Sie heute das Haus verlassen, vergessen Sie bitte nicht Ihren Regenschirm.« Der Wettermoderator lächelt in die Kamera. »Und damit zurück ins Studio.«

Eve holt sich einen Becher aus dem Schrank und nimmt die Dose Instantkaffee vom Regal.

»Vielen Dank«, übernimmt der Nachrichtensprecher. »Ehe wir zu den heutigen Hauptnachrichten zurückkehren, lassen Sie uns einen Blick in die Tageszeitungen werfen.«

Eve gibt einen Löffel Kaffee in den Becher. Sie geht zum Kühlschrank hinüber, holt die Milch heraus und dreht die Kappe auf.

»*The Daily* und die *National News* konzentrieren sich heute auf die gleiche Story. ›Scheinheiligkeit‹ konstatiert *The Daily*, während sich die *National News* für die Schlagzeile ›Verzeih mir‹ entschieden hat. Beide beziehen sich auf die Geschichte, die über Nacht an die Öffentlichkeit geriet …«

Eve gießt etwas Milch in den Becher und sieht dann zum Fernseher hinüber.

»… über Eve Stanton und einen Brief an ihren Sohn Max.«

Eve hört mit offenem Mund zu.

»Stanton, die ehemalige psychologische Betreuerin, hatte

um die Einführung dieses Postens im Todestrakt gekämpft, nachdem ihr Ehemann dort einsaß und später für einen Mord hingerichtet wurde, von dem er stets behauptet hatte, in Notwehr gehandelt zu haben.«

Eve erstarrt und blickt gebannt auf den Bildschirm.

»Jedoch lässt diese neueste Entwicklung den ganzen Fall in einem anderen Licht erscheinen, denn in ihrem Brief schreibt Stanton – ich lese Ihnen das einmal vor – ›Ich hätte dir etwas vor langer Zeit sagen sollen, aber es schien nie der richtige Zeitpunkt. Ich glaube, ich bin dir die Wahrheit schuldig, und es ist nur richtig, dass du es von mir erfährst und sonst niemandem. Es tut mir so leid, aber die Wahrheit ist, dass ich diejenige war, die den Mann getötet hat …‹«

Der Milchkarton gleitet Eve aus den Händen und fällt zu Boden. Sein Inhalt spritzt gegen die Küchenschränke, Eves Beine hoch und ergießt sich über den Boden.

»›… nicht dein Vater‹ … Dann erklärt sie die Einzelheiten, aber …«

Eve starrt auf den Bildschirm. Sie atmet schnell und flach, ihr Herz pocht so wild, als wollte es aus ihrer Brust herausbrechen. Sie ist kreidebleich und legt sich langsam eine Hand vor den Mund.

»Nein«, flüstert sie. »Nein, nein, nein …«

Sie sackt zusammen, hockt auf Händen und Knien in der verschütteten Milch und zittert am ganzen Körper.

Sie hört nur dumpf die Stimme des Nachrichtensprechers: »Es ist nicht bekannt, wie der Brief an die Öffentlichkeit gelangt ist, aber beide Zeitungen bestätigen, dass die Handschrift analysiert wurde und eindeutig Mrs. Stanton zugeordnet werden konnte.«

Eve rappelt sich hoch. Milch tropft von ihren Händen und läuft ihre Beine hinunter. Eve stürzt in ihr Schlafzimmer.

»Nein«, stöhnt sie erneut auf. »Bitte, Gott, nein.« Sie zieht alle Schubladen auf, sucht zwischen Papierstapeln, wühlt im Papierkorb, doch findet nicht, was sie sucht.

»Scheiße!«, ruft sie laut und starrt in den Spiegel, der auf dem Nachttisch steht. »Scheiße!«, ruft sie wieder, nimmt den Spiegel und schleudert ihn mit aller Kraft gegen die Wand.

Die Splitter zu ihren nackten Füßen spiegeln ihr Gesicht in all seinen Einzelteilen wider.

Max

Die Kuppen seiner Turnschuhe hängen über der Hafenkante, und Max starrt auf das Wasser unter sich, das gegen die Mauer plätschert und spritzt. Auf dem Fluss fährt gerade ein Schnellboot vorbei. Er wartet darauf, dass die Gischt an der Mauer hochschwappt und seine Jeans durchnässt.

Als sein Handy klingelt, zieht er es hervor und starrt auf das Display.

›Mum‹ steht dort.

Er wartet, bis das Klingeln aufhört.

›Vier verpasste Anrufe‹ erscheint jetzt. ›Eine Nachricht auf der Mailbox.‹

Er drückt auf eine Taste und hält sich das Handy ans Ohr. Eves Stimme erklingt auf der Nachricht: »Max … Max, es tut mir so leid. Können wir bitte reden? Rufst du mich zurück? Du hättest es nicht auf diese Weise herausfinden dürfen. Es war nicht so, wie die sagen. Ich habe deinen Vater nicht gezwungen … Er … Ich kann so nicht darüber reden. Max, komm nach Hause. Lass uns reden. Bitte.«

Ein Klicken und die elektronische Stimme ertönt.

›Wählen Sie Taste 1, um die Nachricht zu löschen, wählen Sie die Zwei, um die Nachricht erneut abzuspielen, und die Drei, um die Nachricht zu speichern.‹

Max drückt auf 1 und steckt das Handy zurück in die Tasche. Einen Augenblick lang sieht er auf den Fluss hinaus. Dann nimmt er das Handy wieder aus der Tasche und wählt eine Nummer.

»Ja, ich bin's. Wir müssen reden. Können wir uns treffen? … Okay … in einer Stunde. Bis dann.«

Er holt tief Luft und atmet langsam aus. Dann hebt er den Arm, schleudert das Handy in den Fluss und macht sich auf den Weg.

Martha

Ich weiß wirklich nicht, ob das richtig ist.

Er starrt mich regelrecht an, dieser Rucksack mit der Bombe drin. Er lehnt gegen eine Wand in der Garage und sieht ganz harmlos aus, als befänden sich bloß Sportsachen drin.

Und nicht Sprengstoff.

Mir wird schlecht, wenn ich nur hinsehe.

›*Falls du nicht bereit bist, ihn zu retten, muss ich das wissen. Dann suche ich jemand anderen.*‹ Pattys Stimme geistert mir durch den Kopf. ›*Dann finde ich jemanden, dem er mehr bedeutet.*‹

Manipulative Kuh.

›*Die Chancen, dass jemand dabei verletzt wird, sind verschwindend gering*‹, hat mir dieser Mann gesagt.

Was soll schon schiefgehen?

Ich starre auf den Rucksack.

»Alles«, sage ich laut.

Aber was wäre denn die Alternative?

Er stirbt.

In der Garage hängt eine Uhr an der Wand, die mich an die erinnert, die in der Zelle war.

15 Uhr.

Noch sechs Stunden bis zu Isaacs möglicher Hinrichtung.

Patty ist immer noch nicht zurück.

Der Rucksack scheint mich herausfordern zu wollen. Das Handy – der Auslöser – liegt daneben.

Es ist fast so, als könnte ich sie hören, wie sie missbilligende Geräusche von sich geben und meinetwegen seufzen. *Deine Fingerabdrücke sind überall auf dem Rucksack*, sagt meine innere Stimme.

»Scheiß drauf«, sage ich schließlich, nehme den Rucksack, schnappe mir das Handy und marschiere aus der Garage.

Isaac

Wie hast du dich gefühlt, als du hier drin warst, Martha?

Hattest du genauso viel Angst wie ich jetzt?

Sehntest du dich danach, dass jemand deine Hand hielt oder dich in den Arm nahm?

Dir ins Ohr flüsterte, dass alles gut wird, selbst wenn du tief in deinem Herzen wusstest, dass das nicht stimmt?

Hast du den Ring inzwischen zusammengefügt? Trägst du ihn jetzt?

Ich wünschte mir, du wärst jetzt hier bei mir. Ich wünschte, wir könnten hier zusammen auf dem Fußboden sitzen, uns an die Abende im Farnwald erinnern und für immer in diesem Moment verharren.

Es gibt so viel, was ich an dieser Welt hasse, und so viel, was ich fürchte und nicht verstehe.

Ich hoffe – du kannst dir gar nicht vorstellen, wie sehr ich das hoffe –, dass du die Dinge ändern kannst, Martha. Wo auch immer du gerade bist.

Max

»Sie müssen mit ihr reden.« Cicero nimmt den Pappbecher hoch und nippt an seinem Kaffee.

Max und er sitzen in einem geschäftigen Schnell-Restaurant an einem Tisch. Um sie herum drängeln sich Kunden mit Tabletts, die auf einen freien Sitzplatz warten. Kinder klammern sich an ihre Eltern, die Buggys über den gekachelten Boden schieben und sich in eine der langen Schlangen einreihen.

Max, dem der Lärm zu schaffen macht, reibt sich die Schläfen. »Wussten Sie davon?«, fragt er.

»Nein«, flüstert Cicero.

Max spielt mit dem Strohhalm in seinem Becher. »Sind Sie nicht sauer?«

Cicero fährt sich nachdenklich über den Schnäuzer.

»Nein«, antwortet er dann.

»Aber sie …«, Max beugt sich über den Tisch vor, »… sie hat jemanden umgebracht und zugelassen, dass mein Vater die Schuld auf sich genommen hat.«

»Hmmm.« Cicero nickt bedächtig. »Er hat sich *entschieden*, die Schuld auf sich zu nehmen. Sie hat ihn nicht dazu gezwungen.«

»Er ist gestorben.«

»Für sie. Für Sie beide.«

Max schnauft abfällig. »Was? Wie Jesus, oder was?«

Cicero lehnt sich auf seinem Stuhl zurück. »Nein. Wie ein Mann, der seine Familie liebt.«

»Verdammt noch mal, das ist doch einfach scheiße!«

Ein Zucken fährt über Ciceros Gesicht, als er Max fluchen hört, und an einem Nachbartisch schüttelt eine Frau mit kleinen Kindern missbilligend den Kopf.

Cicero verschränkt die Finger miteinander und beugt sich wieder zu Max vor. »Max«, flüstert er. »Woher haben die den Brief? Natürlich nicht von Ihnen. Eve denkt, sie müssen in ihr Haus eingebrochen sein und ihn entwendet haben.«

Max lässt seinen Kopf hängen und starrt auf den Tisch. Sein Gesichtsausdruck ist wie versteinert.

»Max? Waren Sie es etwa doch?«

Er schüttelt den Kopf, und Tränen tropfen auf den Tisch. Er wischt sich über die Augen, schnieft laut und sieht wieder zu Cicero auf.

»Nein, aber ich habe ihn mir an dem Tag genommen, als sie verhaftet wurde. Wissen Sie noch, als Sie mich baten, das Telefon aus ihrem Schlafzimmer zu holen? Ich sah diesen Umschlag mit meinem Namen drauf auf ihrem Bett liegen und habe ihn mir genommen. Aber ich habe ihn nicht geöffnet. Ich …« Er sieht wieder weg.

Ein Pärchen setzt sich an einen der Nachbartische. Als der Mann das Essen vom Tablett nimmt, kann man auf einem der Becher ein Foto von Martha sehen, das auf der Seite aufgedruckt ist. Daneben steht ›Gesucht wegen Verbrechen gegen den Staat. Belohnung für Hinweise‹.

»Sie hat ihn weggeworfen«, flüstert Max.

Cicero runzelt verwirrt die Stirn.

»Martha. Ich habe mich mit ihr getroffen. Sie hat mir den Brief abgenommen, ihn geöffnet und gelesen. Dann hat sie ihn in lauter kleine Schnipsel zerrissen und in den Fluss geworfen.«

»Aber dann … wie …?«

Max zuckt die Achseln.

»Sie haben sich mit ihr getroffen?«, flüstert Cicero. »Wann?«

Max legt den Kopf in die Hände. »Das ist alles völlig durcheinander. Martha … sie wird …« Er schließt die Augen und legt sich eine Hand vor den Mund.

»Was?«

Max sieht zu ihm mit tränenverschleiertem Blick auf.

»Was, Max?«

Schützend hält er sich eine Hand vor das Gesicht, damit das Pärchen am Nebentisch nichts sehen kann. »Das kann ich Ihnen nicht sagen. Versprechen Sie mir nur, versprechen Sie mir, dass Sie heute Abend nicht zum Todestrakt kommen. Und sorgen Sie dafür, dass meine Mum auch nicht hingeht.«

»Max, ich verstehe kein Wort. Ihre Mutter wird auf jeden Fall wollen …«

»Ich muss jetzt los«, unterbricht Max ihn und steht auf. »Es gibt da noch eine Sache, die ich versuchen kann.«

Cicero will nach Max' Arm greifen, aber er entwischt ihm. »Halten Sie sich da raus. Das ist viel zu gefährlich.«

»Sorgen Sie dafür, dass sie nicht zum Todestrakt geht«, wiederholt Max und deutet mit einem Finger auf Cicero. »Und Sie auch nicht!«

Dann wendet er sich ab, drängelt sich durch die Schlange und verschwindet in der Menge.

Martha

Wenn die Kacke erst mal dampft, dann aber so richtig, was?

Max ist bestimmt ziemlich sauer auf seine Mutter und auf mich und vielleicht sogar auf Cicero.

Und Eve ist wahrscheinlich … na ja, mal abgesehen davon, dass sie bestimmt verdammt wütend und aufgewühlt ist, verhaftet worden.

Was jetzt? Zuerst gehört diese verdammte Zeitung in den Müll, so viel ist klar. Und dann verfluche ich denjenigen, der diesen Artikel geschrieben hat.

Bin allerdings froh, es gesehen zu haben. Froh, dass ich Bescheid weiß.

Aber wie zum Teufel sind die an den Brief gekommen?

Sie konnten ihn nicht gehabt haben, bevor ich ihn Max abgenommen habe, denn der Umschlag war ja noch versiegelt.

Und als ich ihn geöffnet habe, habe ich den Brief für höchstens eine Minute in der Hand gehabt. Und dann habe ich ihn zerrissen und in den Fluss geworfen.

Es wäre unmöglich gewesen, die Papierschnipsel wieder herauszufischen.

Wie also …?

Ich sehe auf, und mein Blick wandert an einer Straßenlaterne hoch. Ich bemerke eine Kamera, die dort oben montiert ist.

Ich sehe mich in der Gegend um. Ungefähr hundert Meter weiter entdecke ich noch eine Kamera.

Ich schaue mir das Bild von dem Brief in der Zeitung genauer an und studiere den Blickwinkel.

Verdammter Mist! Das ist eine Fotografie des Briefs. Ein Standbild einer Videoaufnahme … oder einer Sicherheitskamera.

Mich durchläuft ein Schauer.

Die haben es über meine Schulter hinweg gelesen.

Die Schweine.

Aber … die konnten doch gar nichts von dem Brief gewusst haben.

Hatten sie einfach nur Glück? Ich bin mir sicher, dass mir niemand gefolgt ist. Aber wie dann …?

Ich biege in eine Gasse zwischen zwei alten Gebäuden ein. Sie öffnet sich zu einem kleinen Innenhof mit einem Café. Ich setze mich auf eine der Bänke davor und versuche nachzudenken.

Wie …?

Ich schließe die Augen. Bilder der letzten Woche wirbeln durcheinander und blitzen vor meinem geistigen Auge auf: Ich sehe mir *Death is Justice* an, ich befinde mich in der Nähe des Old Bailey, dann vor dem TV-Studio im Gebäude der ehemaligen Royal Courts of Justice, schließlich in Pattys Haus.

Irgendwann dazwischen stimmt etwas nicht. Du musst es nur finden, rät mir meine Intuition.

Denk nach, erinnere dich …

Fang noch mal von vorne an …

Du warst bei *Death is Justice* zu Gast.

Dann in Eves Haus. Meine Güte, es ist super schwer, sich an irgendetwas zu erinnern. Alles ist vollkommen verschwommen.

Du musstest verschwinden.

Dann warst du in Gus' Wohnung.

Die Männer, die vor der Tür standen.

Die überall Handys ausgeteilt haben.

O Gott …

Die Rede des Premiers. Sein Zugeständnis, allen in den Kratzern Handys zu geben. Natürlich!

Aber ich habe ja gar kein Handy bekommen.

Ich denke noch mal zurück …

Verdammt … Max hat mir doch sein altes Handy gegeben.

Die haben mich damit aufgespürt. Die können jetzt jedem nachspionieren.

Isaac

Wirst du kommen, Martha?

Wirst du mir beim Sterben zusehen?

Wirst du für mich sprechen?

Wirst du für mich um Verständnis bitten, obwohl es sinnlos ist?

›Es ist jetzt: 17 Uhr. Sie haben …‹

Darf ich dich begleiten, wenn ich tot bin?

Wirst du spüren, dass ich bei dir bin?

Kann ich bei dir bleiben, während du dein Leben lebst?

Kann ich dir ins Ohr flüstern, während du schläfst, und dir sagen, dass ich dich immer noch liebe?

›… vier Stunden bis zu Ihrer möglichen Hinrichtung. Die aktuellen Zahlen lauten …‹

Wirst du dich neu verlieben?

Werde ich dich dann verlassen?

Werden wir im Tod vereint sein, wenn deine Zeit kommt?

Oder wirst du mich, uns und unsere gemeinsame Geschichte vergessen, wenn sich meine Augen für immer schließen werden?

›… 96,4 Prozent für eine Hinrichtung, 3,6 Prozent dagegen. Wir werden die Daten in …‹

Ich werde tot sein, und da wird nichts sein.

Eine Tafel vielleicht oder ein Grabstein, mit Moos überzogen, dem langsamen Verfall überlassen.

Zeichen eines Lebens, das nichts bedeutet und nichts erreicht hat.

Jemand, den alle vergessen haben.

›… einer Stunde aktualisieren …‹

Max

Es dämmert bereits, und die Straßenlaternen streuen weiße Lichtkegel auf den grauen Boden. Max eilt auf dem Gehweg durch Licht und Schatten.

Große Häuser des frühen 20. Jahrhunderts türmen sich in der Dunkelheit auf. Während er an ihnen vorübergeht, sieht er auf jede Hausnummer und wird langsamer, als er die Hausnummer 60 erreicht hat. Schließlich bleibt er vor dem Haus mit der Nummer 64 stehen.

Sein Blick fällt auf die Steintreppe, die zu einer schwarz gestrichenen Haustür mit Türklopfer führt. Das Haus liegt dunkel da, nirgendwo brennt Licht.

Er nimmt die Stufen, zögert eine Sekunde und schlägt dann mit dem Türklopfer gegen die Tür und wartet.

Niemand kommt.

Er klopft wieder. Nach ein paar Minuten hört er das Klirren eines Schlüsselbundes, als jemand die Tür aufschließt.

Die Tür öffnet sich, und Joshua erscheint im Flur dahinter.

»Ich bin Max Stanton, Eve Stantons Sohn. Ich bin ein Freund von Martha Honeydew …«

»Ich weiß, wer du bist. Ich dachte, dass der Anruf irgendein Scherz war, aber offensichtlich lag ich falsch.«

»Ich habe keine Ahnung, was Sie meinen, aber ich brauche

Ihre Hilfe. *Sie* braucht Ihre Hilfe. Darf ich bitte reinkommen? Dann kann ich Ihnen alles erklären. Wenn Sie mir nicht helfen, werden viele Menschen sterben, und alles wird im Chaos enden.«

Joshua starrt ihn einen Augenblick lang mit gerunzelter Stirn an. Er atmet tief durch. »Ich nehme an, es ist wohl das Beste, wenn wir zum Sender fahren«, sagt er schließlich.

Max hebt die Augenbrauen. »Ich glaube kaum, dass die Sie dort mit offenen Armen empfangen werden, nachdem was gestern passiert ist.«

»Ich meinte damit nicht, dass ich eine Sendung moderieren will«, entgegnet Joshua, tritt beiseite und bedeutet Max hereinzukommen.

Der Premierminister

»Das ist nicht so durchorganisiert, wie du es mir versprochen hast«, schnauzt der Premierminister in sein Handy, während er vor der Wand mit den Bildschirmen sitzt.

»Sie könnte überall sein. Mein Team hat auf allen Sicherheitskameras nach ihr gesucht, aber sie ist nicht aufzufinden. Es wäre hilfreich, wenn du uns wenigstens sagen könntest, was sie anhat … Also, deine Inkompetenz ist wirklich atemberaubend. Ich werde dich persönlich zur Verantwortung ziehen … Deine Ausreden kannst du dir sparen. Wir sprechen uns, wenn das alles vorbei ist. In der Zwischenzeit spiel verdammt noch mal deine Rolle.«

Er feuert sein Handy auf den Tisch, als es an der Tür klopft und Sofia hinter ihm den Raum betritt.

»Ist alles in Ordnung, Sir?«, erkundigt sie sich.

Sein Gesicht verzieht sich zu einem dünnen Lächeln.

»Alles scheint in bester Ordnung, vielen Dank.«

Eve und Cicero

»Wir bleiben hier«, verkündet Cicero, der neben Eves Küchentisch steht, während sie sich die Haare bürstet.

»Das geht nicht. Ich muss dabei sein. Das schulde ich dem Jungen.«

»Sie schulden Ihrem Sohn, das zu tun, worum er Sie bittet.«

»Er wird das verstehen.«

»Nein, Eve, ich glaube wirklich, dass er das nicht verstehen wird. Sie müssen seinen Wunsch respektieren.«

»Er ist auf mich wütend, das weiß ich, und das ist seine Art, es mir heimzuzahlen. Damit niemand anderes meine Aufmerksamkeit bekommt. Ich habe ihn belogen und ihm wehgetan, aber ich kann heute Abend nicht einfach zu Hause sitzen.«

»Eve …«

»Nein, Cicero.« Sie legt die Bürste hin und nimmt ihre Jacke von der Rückenlehne des Küchenstuhls.

»Die Presse wird das richtig ausschlachten. Die werden Ihnen das Leben zur Hölle machen.«

»Das ist mir egal. Ich kann doch nicht einfach live im Fernsehen mit ansehen, wie sie diesen armen Jungen umbringen.« Sie schlüpft in ihre Schuhe.

»Eve …«, versucht er es erneut.

Sie dreht sich zu ihm um und nimmt seine Hand. »Sie sind

mein bester Freund, Cicero. Ich möchte diese Freundschaft nicht aufs Spiel setzen.«

Er lächelt traurig.

»Aber das hier muss ich einfach tun.« Ihre Stimme ist leise und sanft. »Nach diesem Zeitungsartikel heute bin ich vielleicht nächste Woche dadrin. Die kommen vielleicht und holen mich …«

»Das würden sie nicht, nicht jetzt«, flüstert er und drückt ihre Hand.

»Doch, das würden sie, Cicero. Und ich darf keine Schwäche zeigen. Ich muss dahin. Ich *muss* es einfach. Bitte verstehen Sie das.«

»Okay«, flüstert er.

»Danke«, antwortet Eve, beugt sich vor und küsst ihn auf die Wange.

Martha

Ich habe mir die Kapuze tief ins Gesicht gezogen und streune unerkannt durch die Menge.

Der Rucksack auf meinem Rücken ist mit Sprengstoff gefüllt, und der Zünder liegt in meiner Jackentasche.

Ich streife durch die Straßen der City. Ich muss mir die Zeit vertreiben und lasse mich deshalb von den Passanten in alle möglichen Richtungen schieben.

Es wird schon wieder dunkel. Lange Winterabende nach Tagen, an denen sich die Sonne hinter grauen Wolken versteckt und es nichts als Grau und Regen gibt.

Aber das Wetter passt ganz gut zu meiner Laune.

Patty flippt wahrscheinlich gerade aus.

Oder zumindest sollte sie das.

Ab und zu bleibe ich stehen und sehe mir den Prozentzahlenticker auf einem TV-Bildschirm an oder schnappe auf, wie sich Leute darüber unterhalten. Die reden hier von nichts anderem. Das ist das Gesprächsthema Nummer eins. So, wie die Medien damit umgehen, könnte man meinen, es gäbe keine anderen Nachrichten, keine Kriege in anderen Ländern, keine Naturkatastrophen, keine politischen Unruhen.

Nein, auf der ganzen weiten Welt gibt es nur die einzige Nachricht, dass ein Teenager seinen Adoptivvater erschossen hat und dafür hingerichtet wird. Und dass alle, die so denken wie er, wie zum Beispiel Eve oder ich, nichts als Abschaum sind.

Als ich um eine Ecke biege, stehe ich vor dem Gebäude der ehemaligen Royal Courts of Justice, in dem sich jetzt die Fernsehstudios von Auge um Auge Productions befinden.

Eine Weile verharre ich einfach nur und beobachte Hunderte von Leuten, wie sie mit ihren Handys Fotos machen, jemandem eine SMS schicken oder die neuesten Voting-Zahlen filmen, die auf dem großen Bildschirm vor dem Gebäude zu sehen sind.

Sie wollen hier sein, wenn die Entscheidung fällt.

Irgendwann später werden die Leute fragen: *Wo waren Sie, als der erste Teenager in der Geschichte unseres neuen Rechtssystems schuldig gesprochen und hingerichtet wurde?*

Und dann haben sie Videos und Selfies, die sie vorzeigen können.

Sie sehen alle so aufgeregt und glücklich darüber aus, dass sie dieses Spektakel miterleben können.

Das ist doch nichts anderes als Elendstourismus.

Aber dann fällt mir jemand auf, der anders aussieht. Er ist jetzt schon zum vierten Mal an einem Seiteneingang des Gebäudes vorbeigelaufen. Er hält immer wieder an und guckt auf etwas, das er in der Hand hält, aber bisher konnte ich ihn nicht richtig sehen.

Was macht er da?

Als er sich umdreht, gelingt es mir schließlich, einen Blick zu erhaschen.

Verdammt noch mal, was macht Max hier? Und wieso geht er vor dieser Tür auf und ab?

Ich schlängele mich durch den Verkehr über die Straße und schließe mich ihm unauffällig an. Er schielt seitlich auf mich und fängt meinen Blick unter der Kapuze auf, bleibt aber nicht stehen.

»Wo warst du?«, zischt er. »Und was machst du hier?«

»Das könnte ich dich genauso gut fragen«, entgegne ich.

Er bleibt stehen und wirft einen Blick auf den Rucksack. »Ist das …?«

Ich nicke.

»Scheiße, Martha!«

Ich habe ihn noch nie fluchen gehört.

»Warum …? Was …? Hier sind *Hunderte* von Leuten!

Was soll das? Wo ist der … der …?«

»Der Zünder liegt in meiner Jackentasche.«

»Scheiße!«, flucht er wieder.

»Max, jetzt reg dich bloß nicht so auf! Ich habe das Handy noch gar nicht angestellt. Das kann also gar nicht versehentlich hochgehen.«

»Ich kann einfach nicht glauben, dass du das Zeug hierher gebracht hast. Und was machst du überhaupt hier? Solltest du nicht bei den Zellen sein? Was hast du geplant? Du hast nie …«

Ich hebe beide Hände, um ihn zu beruhigen. »Schh. Ich bin nur so durch die Gegend gelaufen.« Ich komme dicht an ihn heran. »Und was machst du hier?«

Seine Schultern sacken in sich zusammen. Er zieht etwas aus der Jackentasche, legt schützend die Hände darum und zeigt es mir.

»Das ist ein Schlüssel«, erklärt er. »Und ein Sicherheitsanhänger.«

»Wo hast du die her?«

Er sieht sich um, dann antwortet er leise: »Von Joshua Decker.«

»Was?«

»Es ist schon nach fünf«, sagt er, als er einen Blick auf seine Armbanduhr wirft. »Nur noch weniger als vier Stunden. Joshua trifft sich mit mir dadrin, falls ich den richtigen Raum finden sollte.« Er nimmt meine Hand und drückt sie. »Ich glaube, ich kann die Schuldig-Stimmen wieder reduzieren. Dann musst du nicht … nicht …«

Mein ganzer Körper kribbelt, und mein Magen hebt sich, als müsste ich mich übergeben, vor Aufregung oder Erleichterung.

»Aber ich dachte, du kommst nicht mehr in das System rein.«

»Falls Joshua mir dabei helfen kann, wird es hoffentlich klappen … vielleicht. Aber lass es mich zumindest versuchen, okay? Bevor du … das da machst … lass mir ein wenig Zeit.«

»Klar. Aber … falls …? Was ist, wenn …?«

»Das weiß ich nicht«, murmelt er. »Das musst du selbst entscheiden.« Er sieht wieder auf seine Uhr. »Ich muss jetzt los.«

Ich möchte ihm viel Glück wünschen oder ihn umarmen und ihm sagen, wie dankbar ich ihm bin, und ihm Mut machen, aber stattdessen nicke ich bloß, wende mich ab und verschwinde in der Menge, während er zu dem Seitengang zurückkehrt.

18:30 Uhr. Death is Justice

Die Scheinwerfer pulsieren, das Publikum applaudiert. Auf dem Bildschirm drehen sich die Wörter ›Auge um Auge‹ um die Iris des Logos. Die Wörter halten an, und die Buchstaben laufen spitz zu, begleitet von einem elektronischen Soundeffekt.

Jetzt kommt Kristina Albright hinter der Kulisse hervor. Sie trägt ein figurbetontes weißes Kleid, dessen Saum knapp über dem Knie endet und das tief ausgeschnitten ist. Ihre blonden Haare fallen sanft auf die Schulter, und sie trägt hochhackige Schuhe. Der Applaus wird von Pfiffen und allgemeinem Johlen übertönt. Sie grinst breit, und ihre weißen Zähne strahlen mit ihrer Diamantenkette um die Wette.

KRISTINA: Hallo und einen schönen Abend zusammen, meine Damen und Herren! Liebe Zuschauer an den Bildschirmen rund um die Welt, wir begrüßen Sie heute zu dieser atemberaubenden Sonderausgabe von *Death is Justice*!

Der Applaus ist ohrenbetäubend. Lachend schüttelt sie ihre Mähne und hebt eine ihrer perfekt manikürten Hände, um das Publikum zu beruhigen.

KRISTINA: Ich bedanke mich für Ihr ausgesprochen freundliches Willkommen! Joshua Decker, der Sie für gewöhnlich durch diese Sendung führt, ist leider erkrankt, und ich bin kurzfristig für ihn eingesprungen. Joshua, falls du uns zusiehst, lass dir Zeit, damit du wieder vollkommen gesund wirst.

Allerdings ist es für mich persönlich eine große Ehre und ein besonderes Privileg, wieder hier bei Ihnen sein zu dürfen, insbesondere an einem so denkwürdigen Tag.

Sie pausiert und wartet, bis der Beifall abebbt.

KRISTINA: Wir haben eine unglaubliche Abendunterhaltung für Sie. Ganz oben auf der Liste steht natürlich das Drama um den Tod von Jackson Paige. Was wird mit seinem hinterhältigen Sohn geschehen? Wird er hingerichtet werden? Viele von Ihnen finden, dass er es nicht besser verdient hat. Ich kann es kaum abwarten, das herauszufinden.

Sie durchquert das Studio und nimmt am Tresen Platz. Sie überkreuzt ihre langen Beine und wippt mit einem Fuß in der Luft.

KRISTINA: Genau wie ich haben Sie sich sicherlich tagtäglich – wenn nicht sogar stündlich – über diesen Fall informiert, haben an Isaac Paiges Lippen gehangen und haben jede seiner Bewegungen analysiert, um sich eine Meinung über ihn zu bilden. Aber, meine Damen und Herren, für meinen Geschmack scheint er zu gefühllos. Tatsächlich bin ich doch sehr davon enttäuscht, wie wenige Emotionen wir von ihm zu sehen bekommen haben. Selbst sein kleiner Trick mit den Kameras gestern schien mir eher aus Kalkül als aus Leidenschaft begangen worden zu sein. Ihm ging es wohl eher darum, uns unser Sehvergnügen zu verderben.

Auf dem Bildschirm zu ihrer Rechten rutscht das Auge-Logo in die Ecke, und auf der Mitte des Bildschirms erscheint die Live-Aufnahme von Isaac aus Zelle 7.

KRISTINA: Wir müssen uns ihn nur einmal genau ansehen: Geht er nervös auf und ab, kaut er an den Fingernägeln, schreit oder wütet er, hämmert er mit den Fäusten gegen das Glas? Nein! Nicht einmal Tränen sind zu sehen. Was können wir daraus schließen? Dass er herzlos ist? Kaltschnäuzig? Reuelos? Für mich sieht es ganz danach aus. Sicherlich hätte sich eine unschuldige Person oder jemand, der seine Tat bereut, inzwischen zu irgendeiner Gefühlsregung hinreißen lassen. Meine Damen und Herren, liebe Teenager, Kinder und Großeltern: Ich weiß, wie ich stimmen würde. Ich weiß, wie ich gestimmt *habe*. Ich für meinen Teil möchte so ein Monster nicht frei auf den gleichen Straßen herumlaufen lassen, auf denen wir uns mit unseren Familien bewegen.

Sie legt eine kurze Pause ein und lässt das Gesagte im Raum stehen.

KRISTINA: Mit weniger als drei Stunden bis zu seiner möglichen Hinrichtung lassen Sie uns einen Blick auf die Zahlen werfen. Bitte aktualisieren.

Die Live-Schaltung aus Isaacs Zelle auf dem Bildschirm im Studio wird verkleinert, und links daneben tauchen jetzt zwei Kolumnen auf: ›schuldig‹ und ›nicht schuldig‹.

KRISTINA: Unsere letzte Aktualisierung vor einer Stunde brachte es auf 98 Prozent für eine Hinrichtung. Unter uns gesagt kann ich nicht verstehen, warum der Wert nicht bei 100 Prozent liegt, aber lassen Sie uns sehen, wie die Lage jetzt aussieht.

Rote Lichter laufen über die Kolumnen, und die Spannung steigt.

KRISTINA: Ich kann es kaum aushalten!

Ein lauter Knall ertönt, und die Lichter halten an. Kristinas Miene fällt in sich zusammen. Das Studiopublikum ist still.

KRISTINA: Nun, das ist aber eine Überraschung! Vielleicht haben wir ein technisches Problem, liebe Zuschauer – 84 Prozent scheint mir doch ein ziemlich krasser Abfall. Lassen Sie es uns noch einmal versuchen.

Das Resultat verschwindet vom Bildschirm, und die roten Lichter laufen erneut durch die beiden Kolumnen. Wieder ertönt ein Knall, und das Ergebnis erscheint. Kristinas Kinnlade klappt nach unten, als sie es sieht. Eine merkwürdige Stille hängt über dem Studio.

KRISTINA: Große Güte, 78 Prozent, noch tiefer. Es scheint, dass wir hier einer Änderung der öffentlichen Meinung beiwohnen, wie wir sie zuvor nur im Fall Stanton erlebt haben. Nur diesmal umgekehrt. Wie aufregend!

Ihr Lächeln fällt ihr sichtbar schwer. Aber die Zuschauer im Studio folgen ihrem Beispiel und applaudieren.

KRISTINA: Wir befinden uns hier an der Spitze einer wirklich besonderen Entwicklung. Wie steht es um die öffentliche Meinung? Was *wissen* die Leute da draußen? Etwas, das wir nicht wissen? Dieser junge Mann hier, der vor laufender Kamera gestanden hat, seinen Vater umgebracht zu haben, kann doch sicherlich nicht freigesprochen werden. Sie, liebe Zuschauer, wollen doch bestimmt nicht, dass er frei auf unseren Straßen herumläuft. Lassen Sie uns jetzt noch einmal die Informationen zum Voting zusammenfassen. Wählen Sie 0909 87 97 77, und fügen Sie eine 7 für ›schuldig‹ hinzu und eine 0 für ›nicht schuldig‹. Sie können natürlich auch per SMS abstimmen. Senden Sie STERBEN oder LEBEN an 7997. Oder besuchen Sie unsere Webseite www.augeumaugeproductions.com, klicken Sie den ›Isaac Paige Teen-Killer‹-Tab an, und treffen Sie Ihre Entscheidung. Alle weiteren Informationen und unsere allgemeinen Geschäftsbedingungen finden Sie ebenfalls auf der Webseite. Bleiben Sie dran. Nach einem kurzen Spot unseres Sponsors, Cyper Secure, geht es gleich weiter.

Max und Joshua

Im Gebäude der ehemaligen Royal Courts of Justice sitzen Max und Joshua in einem kleinen Kellerraum unterhalb des Fernsehstudios vor einem Computer. Das bläuliche Glühen des Computerbildschirms und ein dünner Lichtstrahl, der unter der verschlossenen Tür her scheint, sind die einzigen Lichtquellen. Max gibt etwas über die Tastatur in den Computer ein, und Joshua bewegt Felder und Informationen auf einem Touchscreen.

»Wir sind erst bei 74 Prozent«, flüstert Joshua.

»Ich kann nicht einfach sofort runtergehen«, entgegnet Max. »Die Leute würden misstrauisch werden. Und außerdem werden immer noch Votings für schuldig registriert. Sie versuchen, die Zahlen wieder hochzukriegen.«

»Kommen immer noch viele Stimmen rein?«

Max nickt. »Massig. Es gibt zwei Nummern, die auf Wahlwiederholung eingestellt sind und die ganze Zeit für eine Hinrichtung stimmen. Wer will unbedingt, dass Isaac sterben soll?«

»Sie wollen nicht unbedingt, dass Isaac stirbt, sondern das, was er inzwischen repräsentiert. Das sind mit Sicherheit von der Regierung gesteuerte Nummern. Übrigens kommen die Steuerzahler für diese Anrufe auf.«

»Und jetzt ist gerade noch eine Nummer mit der gleichen Vorwahl aufgetaucht, die genau dasselbe macht.«

»Wieder die Regierung.«

»Aber … das heißt doch, dass ich Bürger immer mehr Geld koste, je öfter ich versuche, die Zahlen zu ändern.«

»So solltest du das nicht sehen. Du kämpfst für etwas, das wichtiger ist als Geld.«

»Es gibt nichts Wichtigeres als Geld.«

»Macht«, entgegnet Joshua. »Die Macht zu haben bedeutet denen alles. Was ihr macht, eure kleine Bande …«

»Wir sind keine *Bande*.«

»So sehen die euch aber. Was ihr macht, bedroht die Machtposition der Regierung. Sie werden vor nichts zurückschrecken, um das zu unterbinden. Mord, Bestechung, Lügen, Rufmord, Erpressung. Aber das weißt du ja selbst. Sie haben es doch schon getan. Genau darum geht es hier, oder etwa nicht? Sie wollen euch die Macht nehmen.«

»Wieso interessieren Sie sich überhaupt dafür, Joshua? Ich dachte, Sie sind einer von denen.«

Joshua sieht ihn einen Augenblick lang an, dann wendet er sich wieder dem Bildschirm zu. »69 Prozent«, sagt er.

»Danke übrigens«, murmelt Max.

»Wofür?«

»Für das hier.«

»Tja, nach meiner kleinen Ansprache gestern … und dann stehst du auch noch bei mir vor der Tür, da dachte ich mir, jetzt oder nie. Wenn du verstehst, was ich meine.«

»Sie glauben, dass man Sie rauswirft?«

»Auf jeden Fall. Ich bin überrascht, dass sie mir bis jetzt noch nicht gekündigt haben, aber im Moment bin ich nur suspendiert.« Er verstummt und sieht zu Max auf. Im bläulichen Licht des Bildschirms sieht er müde und angespannt aus. »Du kannst aber als Gegenleistung etwas für mich tun«, fährt er fort.

»Was?«

»Sprich mit deiner Mutter.«

Plötzlich sind im Flur Schritte zu hören, und beide erstarren. Draußen vor der Tür werden Stimmen laut, aber sie sind dumpf und nicht zu verstehen. Dann ist zu hören, wie jemand etwas ruft, und die Schritte entfernen sich wieder.

»Wenn die uns hier finden, sind wir geliefert«, flüstert Max.

»Das stimmt«, pflichtet ihm Joshua bei.

Martha

Etwas liegt in der Luft.

Wut?

Eine Vorahnung?

Angst?

Aufregung?

Es knistert förmlich, wie statisch aufgeladen.

Die Leute stehen unter Strom, sind nervös.

Alle sind in Gespräche vertieft, ich höre ihre Stimmen, die immer lauter werden, sehe ihre Finger, die auf etwas zeigen.

Sehe, wie sie die Köpfe schütteln.

Auf dem Bildschirm draußen werden die Zahlen aktualisiert. Wieso ist Kristina im Studio? Sie sieht nervös aus, als mache sie sich Sorgen. Wo ist Joshua?

Ein Knall ertönt, und die Kolumnen halten an. Da steht es, in riesigen roten Ziffern – 67 Prozent für eine Hinrichtung.

Die Leute johlen und buhen. Sie schubsen und rempeln einander an. Niemand lächelt, ich sehe nichts als Wut. Wut darauf, dass jemand für unschuldig gehalten wird, dass jemand der Hinrichtung entkommen könnte.

Wie kann man nur so kaltherzig sein?

Ja, Isaac hat Jackson erschossen, aber so einfach ist das doch eben nicht.

Aber die Öffentlichkeit mag es nicht kompliziert.

Sie will, dass die Gerechtigkeit siegt. Ihre Version von Gerechtigkeit.

Sie brauchen einen Sündenbock. Jemanden, auf den sie mit dem Finger zeigen und den sie verantwortlich machen können.

Wer hat mir das noch mal gesagt?

Patty.

Patty. Oh Gott. Patty.

Die Bombe. Sie ist immer noch in meinem Rucksack. Der Zünder liegt immer noch in meiner Tasche.

Mist.

Mein Gesicht kribbelt vor Hitze, und auf meiner Oberlippe perlt Schweiß.

Ich will weg von hier. Ich *muss* hier weg. Die Leute machen mir Angst.

Wie kommt es bloß, dass sie jemandem so sehr den Tod wünschen?

Eve und Cicero

Eve trommelt mit den Fingern auf das Lenkrad. Die Haut an ihren Knöcheln ist trocken und an manchen Stellen eingerissen, und ihre Fingernägel sind abgekaut und rissig.

Vor ihrem Auto erstreckt sich der Verkehr so weit man sehen kann. Als erste Regentropfen auf die Windschutzscheibe platschen, quietschen die Scheibenwischer laut über das Glas.

»Warum haben Sie es mir nicht gesagt?«, fragt Cicero sanft, der neben ihr auf dem Beifahrersitz sitzt.

»Ich weiß es nicht«, antwortet sie leise. »Aus vielen Gründen. Da kannte ich Sie noch nicht so gut wie jetzt. Ich wollte Sie nicht in eine schwierige Situation bringen.«

Er nickt. »Wessen Entscheidung war es, dass er die Schuld auf sich nehmen sollte?«

Sie wendet sich ihm zu. »Würde das einen Unterschied für Sie machen? Wenn ich Ihnen sagen würde, dass ich ihn gebeten habe, für mich zu sterben, würden Sie mich dann plötzlich hassen?«

»Nein, Eve, ganz und gar nicht.«

Der Regen wird heftiger.

»Ich habe versucht, es ihm auszureden. Ich habe ihn angefleht, aber er weigerte sich. Ich habe nicht … konnte nicht …« Sie schlägt mit beiden Händen auf das Lenkrad. »Wieso kommen wir nicht vorwärts? Wir sind jetzt schon zu spät dran.«

Cicero seufzt. »Eve, bitte, beruhigen Sie sich. Lassen Sie uns darüber reden.«

Sie ignoriert ihn und stellt stattdessen das Radio an. Sie wechselt die Stationen, bis sie Kristina Albrights Stimme hört.

»… *wirklich unglaublich. Die Zahlen sind in den letzten zwei Stunden um sagenhafte 36 Prozent gesunken und liegen jetzt bei 65 Prozent …*«

Eve und Cicero starren einander entgeistert an.

»… *absolut noch nie vorgekommen*«, sagt Kristina gerade. »*Selbst im Vergleich zum Stanton-Fall.*«

»Vielleicht kommt er frei«, flüstert Cicero.

»… *aufgebrachte Menschenmengen haben sich heute Abend sowohl vor dem Todestrakt als auch vor dem Gebäude des Fernsehsenders versammelt und behaupten, das Voting sei manipuliert worden.*«

»Die wollen Blut sehen«, kommentiert Eve. »Selbst wenn ihn das Voting unschuldig spricht. Was wird passieren, wenn er da rauskommt? Die werden ihn lynchen.«

Als das Summen einer eingegangenen SMS auf Ciceros Handy ertönt, zieht er es aus seiner Tasche. Er kneift die Augen hinter seiner dicken Brille leicht zusammen und liest die Nachricht.

›Bin mit Joshua zusammen. Ändere das Voting. Sollte klappen. Bitte Daumen drücken.‹

»Wir müssen dahin«, sagt Cicero und schielt durch die Windschutzscheibe auf den Stau, der sich in die Ferne erstreckt.

»Was?«, wundert sich Eve. »Sie haben Ihre Meinung …«

»Die Umstände haben sich geändert«, antwortet er und steckt sein Handy zurück in die Tasche.

Ohne Vorwarnung steuert Eve das Auto an den Straßenrand.

»Sie können den Wagen nicht einfach hier stehen lassen«, wendet Cicero ein. »Wir stehen im absoluten Halteverbot!«

Sie zieht den Schlüssel aus der Zündung und öffnet die Tür.

»Im Augenblick«, erwidert sie, »ist mir das wirklich scheißegal.«

Isaac

Mir kommt das alles wie ein Traum vor. Ein Albtraum. Als die aktuellen Zahlen verkündet wurden, dachte ich, ich würde noch schlafen oder halluzinieren oder dass sie mich vielleicht unter Drogen gesetzt oder Bilder in mein Gehirn gepflanzt hätten.

Also habe ich mich selbst geohrfeigt, so fest ich konnte, aber nichts hat sich verändert, und außerdem tat es ziemlich weh, deshalb muss ich wohl wirklich wach sein.

Die Wanduhr hinter mir zeigt an, dass es 19:58 Uhr ist. Ich nehme an, dass die Prozentzahl für eine Hinrichtung in der nächsten Aktualisierung wieder bei 90 Prozent liegt. Ich kann mir nicht erlauben, Hoffnung zu schöpfen oder daran zu denken, dass ich vielleicht hier rauskommen und Martha wiedersehen könnte. Dass ich vielleicht *weiterleben* könnte.

Ich stehe vor der Glasscheibe, starre auf die Sitzreihen und die Gesichter, die mich beobachten. Ich habe mir jedes einzelne genau angesehen, und sie ist nicht hier.

Warum nicht?

Was hat die Anruferin gestern noch gesagt? *Sie fassen.* Ich wünschte, jemand würde mir das erklären, aber wer? Hier ist niemand, abgesehen von dem Wärter, der mich in die Zelle gebracht hat, und der sagt keinen Ton.

Ich hatte gehofft, dass sie hier sein würde. Ich wollte sie ein letztes Mal sehen. Andererseits wollte ich nicht, dass sie mit ansehen muss, wie ich sterbe. Ich will, dass sie nur schöne Erinnerungen an mich hat und nicht sieht, wie mir die Augen aus dem Kopf springen oder meine Haare Feuer fangen oder ich vor Schmerzen schreie.

Aber was ist, wenn sie wirklich auf der Flucht ist?

Und was ist, wenn ich doch hier rauskomme?

Patty ist nicht hier. Der leere Sitzplatz in der ersten Reihe muss ihrer sein.

Eve ist auch nicht hier. Und Cicero und Max auch nicht.

Warum nicht?

»Es ist jetzt: 20 Uhr. Sie haben: eine Stunde bis zu Ihrer möglichen Hinrichtung. Die aktuellen Zahlen lauten …«

Mir dreht sich der Magen um. Sie machen jetzt diese lang gezogenen Pausen. Vielleicht, um die Spannung zu erhöhen oder um die Zahlen noch einmal zu überprüfen. Ich bin mir nicht sicher.

Ich atme ein, aus, ein, aus, so schnell, dass mir schwindelig davon wird.

»63 Prozent für eine Hinrichtung, 37 Prozent dagegen. Wir werden die Daten in 30 Minuten aktualisieren.«

Teufel noch mal.

Ich stütze mich mit einer Hand an der Glasscheibe ab.

Die brauchen eine Mehrheit, um mich hinrichten zu können.

Die Zahlen müssten noch um 13 Prozent sinken.

Ich könnte hier rauskommen.

Ich

könnte

hier

rauskommen.
Aber …
Martha, warte auf mich.
Sei für mich da.
Falls …
Nein, wage es bloß nicht, überhaupt daran zu denken.

Martha

Die City spielt verrückt: Isaac ist überall, auf jedem Bildschirm, in jeder Zeitung, das Gesprächsthema jeder Unterhaltung.

Ich höre nichts anderes.

»Der ist ein Mörder.«

»Er hat es verdient, hingerichtet zu werden.«

»Vergesst die Zahlen, setzt ihn trotzdem auf den Stuhl.«

»Und dieses Honeydew-Mädchen gleich dazu! Die sind beide so schuldig wie nur was.«

Ein Schauer durchläuft mich, als ich meinen Namen höre.

Die Leute drängeln sich durch die Straßen. Einige von ihnen sehen beklommen aus und zwängen sich durch die Passanten, damit sie schnell nach Hause kommen. Ich sehe besorgte Eltern, die ihre Kinder im Eiltempo hinter sich herzerren oder Buggys durch Lücken in der Menge schieben. Anderen ist das alles ganz offensichtlich vollkommen egal – sie shoppen lieber oder essen etwas, während sie sich gegen Geländer lehnen und zusehen, wie um sie herum Chaos auszubrechen droht. Aber die überwältigende Mehrheit hat nur ein Thema im Kopf. Sie haben sich vom Gebäude des Fernsehsenders abgewandt, haben die Cafés, Bars und Geschäfte verlassen und sind auf dem Weg zum Todestrakt.

Und ich bin es auch.

Es bleibt nur noch weniger als eine Stunde, damit die Statistiken unter 50 Prozent sinken.

Ich will da sein, wenn er rauskommt.

Und wenn sie doch nicht sinken?

Dann weiß ich, was ich tun muss, und werde es durchziehen.

In der Ferne ist Big Ben zu hören. Es ist jetzt Viertel nach acht.

Scheiße.

Du musst dahin, Martha.

Beeil dich.

Death is Justice

Auf dem Bildschirm zur Rechten der Bühne ist die Live-Übertragung aus Zelle 7 mit Isaac zu sehen. Kristina steht daneben. Ihr perfekt geschminktes Gesicht hat sich zu einem gezwungenen Lächeln verzogen. Die Zuschauer im Studio vor ihr sind aufgeregt, reden miteinander, telefonieren oder schicken Nachrichten.

KRISTINA: Was für eine Abendunterhaltung wir Ihnen mal wieder in unserer Kult-Sendung bieten. Wir zeigen Ihnen wahre Demokratie und Gerechtigkeit in Aktion …

ZUSCHAUER 1: Das ist keine Gerechtigkeit! Der ist ein Mörder! Er hat es verdient zu sterben!

KRISTINA: … während die Stimmen abgegeben und gezählt werden. Heute ist eine Rekordzahl an Stimmen bei uns eingegangen, insgesamt …

ZUSCHAUER 2: Weil wir alle sehen wollen, dass er stirbt!

Kristinas Lächeln erlischt. Für einen winzigen Augenblick verliert sie die Kontrolle über ihr Gesicht, doch dann reißt sie sich wieder zusammen und blickt in die Kamera.

KRISTINA: Lassen Sie uns jetzt wieder einen Blick auf die Zahlen werfen.

Die Live-Schaltung rutscht auf die rechte Hälfte des Bildschirms, und die zwei Kolumnen tauchen auf der linken Hälfte auf. Die roten LED-Lichter flackern in den Kolumnen auf und ab.

KRISTINA: Noch sind dreißig Minuten Zeit. Dreißig Minuten, in denen alles, wirklich alles passieren kann.

ZUSCHAUER 3: Das ist doch manipuliert!

ZUSCHAUER 4: Wir wollen sehen, dass er stirbt! Die Gesellschaft hat Gerechtigkeit verdient. Wir, das Volk, verdienen Gerechtigkeit.

ZUSCHAUER 5 (laut rufend): MORD DEN MÖRDERN! KEINE AUSNAHMEN!

Das Publikum im Studio johlt und ruft laut, einige Zuschauer stehen auf, andere schütteln die Fäuste. Zwei Sicherheitsbeamte kommen auf die Bühne. Kristina, deren Plastiklächeln wieder auf ihrem Gesicht klebt, aber der man die Unsicherheit an den Augen ablesen kann, kehrt zum Tresen zurück und nimmt steif auf dem Hocker Platz.

Martha

Mir läuft Schweiß den Rücken hinunter.

Ich jogge jetzt durch die Straßen. Drängele mich durch die Menge und werde in alle Richtungen geschubst.

Die Leute sind wütend.

Sie runzeln die Stirn, ziehen Grimassen und schütteln die Köpfe.

Sie haben Hunger.

Wie Tiere, denen ihre Beute streitig gemacht wird.

Oder wie Vampire, die nach Blut dürsten.

Frenetisch und unkontrolliert.

Ich ziehe mir die Kapuze tiefer ins Gesicht.

Der Himmel weiß, was sie tun würden, wenn sie wüssten, dass ich das bin.

Ich drängele mich durch eine Gruppe junger Männer, die Bierdosen in den Händen halten. »Wenn er rauskommt, bringen wir den Arsch selbst um«, sagt einer von ihnen.

»Genau. Auge um Auge – wir werden *ihm* eine Kugel in den Kopf jagen.«

»Das alles ist doch ein Witz. Es gibt einfach zu viele Weicheier und Sympathisanten, das ist das Problem in unserem Land. Wir wollen, dass das Volk die Macht erhält. MORD DEN MÖRDERN!«

Sie beginnen diese Parole so laut zu rufen, dass es mir in den Ohren klingelt. Ich überquere lieber die Straße, um von ihnen wegzukommen, und finde Platz in der Nähe einer Familie – eine Mutter mit zwei Söhnen –, weil ich denke, dass ich dort sicherer bin.

»Ihr wisst, wohin wir gehen, nicht wahr?«, höre ich die Mutter sagen.

Die Kinder starren sie an.

»Unser Herrgott sagt in der Bibel: ›Auge um Auge, Zahn um Zahn‹. Das ist, was er uns aufgetragen hat, aber manche Leute stellen die Heilige Schrift infrage und halten es für richtig, sein Wort in den Wind zu schlagen …«

Was zum Teufel?

»Gott will, dass der Junge stirbt. Wir müssen dafür sorgen, dass das Werk Gottes ausgeführt wird.«

Nichts wie weg von hier! Ich drängele mich so gut es geht durch die Menge und will die Hoffnung einfach nicht aufgeben, dass es hier irgendwo doch Menschen gibt, die an ein gerechtes und gleichberechtigtes Justizwesen glauben, die an einen liebevollen, verständnisvollen und vergebenden Gott glauben – wenn sie überhaupt an einen Gott glauben –, die nicht fraglos jeden Scheiß schlucken, den die Zeitungen veröffentlichen, und die nicht blind wie Schafe folgen, sondern die Dinge selbst überdenken und sich eine eigene Meinung bilden.

Die Menschenmenge schwillt immer mehr an, je näher ich an den Todestrakt herankomme.

Die Leute stehen vor dem Zaun und haben Spruchbänder ausgebreitet, die Isaacs Tod fordern, so wie ich um sein Überleben betteln würde.

Ihr liegt falsch, würde ich ihnen am liebsten entgegenbrüllen.

Macht endlich die Augen auf! Stellt Fragen! Seht euch an, was die gemacht haben! Ihr ignoranten, engstirnigen … Verdammt, es gibt nicht einmal ein Wort, um sie zu beschreiben … *Blödmänner, Idioten* …

Voller Vorurteile.

Borniert.

Intolerant.

Allerdings passt ›Vollidioten‹ doch auch ziemlich gut.

Es ist schon komisch, was einem in manchen Situationen in den Sinn kommt. Ich muss an die Schule denken, an meinen Religionslehrer Mr. Shaw. Sein Lieblingsspruch war immer *nichts ist gefährlicher als das Gewissen einer bornierten Person.*

Ich weiß nicht mehr, woher es stammt, ob es jemand Berühmtes gesagt hat, aber ich verstehe es jetzt.

Das Auge-Logo auf dem Dach des Gebäudes blinzelt in der Dunkelheit. Die eisblaue Iris, die im Neonlicht aufleuchtet, mahnt uns alle, was geschieht, wenn wir nicht spuren: Denn dann und wann zischt sie wie ein Blitz oder wie ein Stromschlag auf.

Ich bin von Menschen umringt, die der Person den Tod wünschen, die ich liebe. Es tut mehr weh als jeder körperliche Schmerz, den ich mir vorstellen kann.

Ich beuge mich zu einer Frau vor, die mit ihrem Handy beschäftigt ist.

»Wie sehen die Zahlen aus?«, frage ich sie.

»Wie ein verdammter Witz«, erwidert sie. Sie dreht sich um und deutet auf etwas hinter mir. Die Produktionsfirma hat einen riesigen Bildschirm mit den neuesten Zahlen aufgestellt.

Sie schüttelt den Kopf, als die neuen Zahlen darauf erscheinen. »Nur noch 52 Prozent für eine Hinrichtung. Das ist doch nicht zu fassen. Das soll Gerechtigkeit sein? Du erschießt jemanden, gibst es zu und kommst frei. Das ist doch lächerlich.«

»Aber das ist das Rechtssystem, für das wir uns entschieden haben«, entgegne ich und halte meinen Blick zu Boden gerichtet. »Der Wille des Volkes kann auch ein positives Ergebnis bringen.«

»Was?«

Ich zucke die Achseln. »Es muss doch eine Menge Leute gegeben haben, die unschuldig waren und hingerichtet wurden.«

»Besser so als andersherum«, entgegnet sie.

Ich würde ihr gern meine Meinung dazu sagen, aber ich habe keine Zeit. Stattdessen drängele ich mich zum Zaun vor und schiele durch ihn hindurch. Ich sehe den Weg, der zum Eingang für den Zuschauerraum von Zelle 7 führt, dann das Fenster des ehemaligen Betreuungsraums, aus dem ich so oft gestarrt und darauf gehofft habe, freizukommen, und den Baum, in dem sich ein Vogel ein Nest gebaut hatte und der mir Hoffnung gab und mich an das Leben draußen erinnerte.

Diese Erinnerungen lassen mich einen Moment lang innehalten. Alles hätte vollkommen anders ausgehen können. Ich hätte so furchtbar leicht sterben können. Ich lebe in der Verlängerung. Ich muss dafür sorgen, dass es zählt.

Ich hole tief Luft und reiße mich zusammen.

Komm jetzt!

In der Nähe des alten Betreuungsraumes hat man auf der Grasfläche einen vorübergehenden Parkplatz eingerichtet. Wahrscheinlich wegen der vielen Leute hier.

Aber das sind keine gewöhnlichen Autos, die da stehen. Das sind alles dicke Luxusschlitten wie Pattys Wagen. Genau, einer von denen gehört wahrscheinlich Patty.

Ich nehme die Nummernschilder so gut es geht ins Visier.

Und da ist es – P P41GE –, ganz dicht vor dem Eingang geparkt, damit sie nicht weit laufen muss und der Regen ihre Frisur nicht ruiniert.

Jemand stößt seitlich gegen mich, und ich suche Halt am Zaun.

»Noch elf Minuten«, höre ich ihn sagen. »Ist aber immer noch eine Mehrheit, nicht?! 52 Prozent. Sie werden ihn trotzdem toasten.«

Scheiße, ich muss einfach da rein.

Ich drängele mich durch die Menge auf die Straßenecke zu, an der der Zaun in die Mauer übergeht, die das Gelände auf der Rückseite abgrenzt.

Jetzt oder nie, denke ich. *Nur noch elf Minuten*.

Ich verschwinde um die Ecke in den Schatten.

Isaac

Ich fühle mich wie ein Tier im Zoo.

Oder wie ein Ochse auf dem Schlachthof.

Ich weiß nicht, was ich tun oder denken soll; also sehe ich den Gaffern dabei zu, wie sie mich anstarren. Aber umdrehen will ich mich trotzdem nicht, weil ich dann *den Stuhl* sehen würde, der auf mich wartet. Ich will nicht an die vielen Menschen denken, die vor mir darauf gesessen haben, unschuldig oder nicht, oder mich daran erinnern müssen, wie Martha vor genau einer Woche auf ihm gesessen hat und ich da draußen war.

Ich komme mir wie ein Heuchler vor, weil ich schuldig bin, aber die Zahlen des Votings …

Nein, daran darf ich nicht denken. Ich darf mir keine Hoffnungen machen.

Ich will meine drei Minuten für eine Ansprache bekommen. Um alles zu erklären, um mich zu entschuldigen. Einfach nur zu *reden* und zu wissen, dass die Leute zuhören.

Patty sitzt inzwischen auf ihrem Platz. Sie fängt meinen Blick auf und winkt. Sie lächelt. Wieso ist sie so fröhlich? Ich winke nicht zurück.

Eve steht an der Seite und spricht mit einem Wärter. Sie hat eine Hand in die Hüfte gestemmt und zeigt mit einem Finger auf sein Gesicht. Ich beobachte sie. Jetzt hält sie drei Finger hoch, dreht sich um und zeigt auf mich. Was sagen Sie ihm, Eve?

Plötzlich erklingt hinter mir ein Geräusch. Ich fahre herum. An der Hinterwand der Zelle öffnet sich eine Klappe. Für den Bruchteil einer Sekunde erwäge ich, mich durch sie hindurchzuzwängen, um zu entkommen, aber dann sehe ich, was aus ihr hervorkommt, und bleibe wie angewurzelt stehen.

Die Maschine, die bei Marthas Hinrichtung eingeführt wurde, gleitet auf Schienen in die Zelle. Die Hinrichtung ist jetzt voll automatisiert, für einen Henker besteht kein Bedarf mehr. Menschliches Versagen ausgeschlossen. Ich bin mir sicher, dass sie brummt. Ein leises elektrisches Schnurren, als hätte man sie schon angestellt und bereitgemacht. Ich glaube, das haben sie wirklich.

Sie kommt hinter dem Stuhl zum Stillstand. Die Metallkrone darüber wartet auf meinen Kopf.

Mir ist übel.

Ich zittere am ganzen Körper.

Ich kann nicht wegsehen. Ich mache einen Schritt auf den Stuhl zu und berühre das Metall mit einer Hand. Es brummt und riecht komisch. Wie Pattys überhitztes Glätteisen oder wie ein Feuerwerk. Metallen und verbrannt. Ich beuge mich vor und sehe die verkohlten Spuren an der Krone und an den Klammern und auf dem Stuhl selbst.

Ich lege die Hand auf eine der Klammern.

Wie viele Handgelenke wurden von ihr festgehalten?

Ich spüre, wie meine Beine alle Kraft verlieren, und gehe zu Boden. Tränen strömen über mein Gesicht.

Ich habe Angst.

Ich habe schreckliche Angst.

Martha, ich wünschte mir, du wärst bei mir.

Ich wünschte mir, ich könnte dich umarmen.

Martha …

Als ich ein Geräusch höre, ein Klopfen oder Schlagen, fahre ich herum. Eve steht vor dem Fenster zum Zuschauerraum. Ich rappele mich hoch und stolpere zu ihr hinüber.

Ihre Handfläche liegt auf dem Glas, und ich hebe meine und lege sie auf ihre. Sie weint, und in ihrem Blick liegt viel Fürsorge und Liebe.

Ich halte drei Finger hoch und runzele fragend die Stirn, aber sie schüttelt den Kopf. Heißt das, ich darf nichts sagen? Wie können die das einfach ohne jede Erklärung im Handumdrehen ändern?

Sie formt etwas mit den Lippen, aber ich kann es nicht verstehen.

Ein Wort, wieder und wieder.

Jetzt kommen Wärter nach vorn und zerren an ihr, aber sie wehrt sich und formt immer noch dieses eine Wort mit den Lippen.

Hoffnung.

Das sagt sie – Hoffnung!

Cicero steht jetzt neben ihr und streitet sich mit den Wärtern. Ich nicke Eve zu, damit sie weiß, dass ich sie verstanden habe, und sie nickt zurück. Sie nimmt ihre Hand von der Scheibe, wischt sich die Tränen aus den Augen und setzt sich zurück an ihren Platz.

Warum hast du das nicht gemacht, Patty? So viel dazu, zwei Jahre hintereinander von der *Proper Parenting*-Zeitschrift zur Mutter des Jahres gewählt worden zu sein. Aber ich denke, das alles ist jetzt sowieso nicht mehr wichtig.

Patty wird nicht für mich reden, wenn das Voting beendet ist, das weiß ich. Vielleicht wird Eve es tun. Ich hatte gehofft, dass Martha diejenige wäre, aber …

»Es ist jetzt 20:50 Uhr.«

Hoffnung, denke ich.

»Sie haben: Zehn Minuten bis zu Ihrer möglichen Hinrichtung. Die aktuellen Zahlen lauten …«

Wilde Gedanken drängen sich in mein Bewusstsein …

Hoffnung ist die Verleugnung der Realität.

Hoffnung ist die Mutter aller Narren.

Hoffnung ist das größte aller Übel, denn sie verlängert das Leid der Menschen.

Jetzt noch Hoffnung zu haben ist geradezu lächerlich. Schmerzhaft. Tut mir leid, Eve, aber Sie liegen falsch.

Die Pause der Durchsage zieht sich in die Länge.

Meine Kopfschmerzen pochen, und mein Magen dreht sich um. Meine Hände zittern, und ich stehe auf wackeligen Beinen.

»… 51 Prozent für eine Hinrichtung, 49 Prozent dagegen. Das Voting endet in: fünf Minuten.«

Mir wird schwindelig. 51 Prozent.

Verdammt.

Ich sinke zu Boden und lege den Kopf zwischen die Beine.

Oh Gott, ich kann nicht richtig sehen.

Nur noch 1,1 Prozent und ich … ich …

Hoffnung …

Wage ich es?

Ich schließe die Augen und stelle mir vor, wie Martha und ich unsere Hände nacheinander austrecken. Unsere Fingerspitzen berühren sich fast.

Fast …

Hoffnung … sieht das Unsichtbare, spürt das nicht Greifbare und erreicht das Unmögliche.

Max und Joshua

»Warum kannst du die Zahlen für eine Hinrichtung jetzt nicht einfach drastisch senken?«, erkundigt sich Joshua.

Max schüttelt den Kopf, während er wild auf die Tastatur hackt. »Versuche ich ja, aber die Telefonleitungen spielen verrückt. Ich tue mein Bestes, aber inzwischen gibt es so viele Leute, die für schuldig stimmen, dass ich gegen alle ankämpfen muss.«

»Blockier einfach die Leitungen.«

»Schon klar, aber da wäre dann noch das Online- und SMS-Voting.«

»Kannst du nicht einfach alles kappen?«

»Wenn ich die Zeit dazu hätte!«, ruft Max aufgeregt.

Joshuas Augen weiten sich, und er legt sich schnell einen Finger auf die Lippen. »Schhh«, sagt er. »Wenn die uns hören …«

»Alles okay«, zischt Max. »Ja, ich könnte alle Leitungen blockieren, aber in der Zeit, die ich dazu bräuchte, würde das Schuldig-Vote nach oben schnellen, und alles wäre zu spät. Kapiert?«

Joshua sieht auf seine Armbanduhr. »Noch drei Minuten, bis das Voting endet.«

Martha

Wie schon zuvor klettere ich wieder auf den Baum hinter dem Todestrakt und springe über die Mauer.

Falls sie die Standorte der Sicherheitskameras gewechselt haben, bin ich geliefert.

Die Menge ist so laut, dass ich sie immer noch hören kann. Die letzten Zahlen habe ich noch mitbekommen – 51 Prozent. Ich hoffe, ich muss das hier nicht hochgehen lassen. Das Licht, das aus den Fenstern der Zellen leuchtet, reicht, um den Weg zu finden. Ich mache genau, was der Typ mir gesagt hat, lasse meine Hand über die Mauer gleiten und zähle die Fenster, damit ich sicher bin, an der richtigen Stelle zu sein.

Eins, zwei, drei, vier, fünf, sechs und kein Fenster für Zelle 7.

Vorbei an dem stacheligen Strauch und dem Abflussrohr. Drei weitere Schritte und dann stoppe ich. Ich bücke mich.

Ja, da ist es. Eine Art Abfluss.

»Viele Gefangene müssen sich übergeben oder machen sich in die Hose«, hatte mir der Typ erklärt. »Deshalb haben sie den Fußboden gekachelt, damit er leichter sauber zu halten ist. Und sie haben einen Abfluss installiert, damit man einfach alles mit einem Wasserschlauch wegspülen kann.«

Na super, dachte ich, als er es mir erzählte.

Ich zwänge meine Finger in die Lücke und ziehe das Gitter

vom Abfluss. Plötzlich rauscht eine klumpige Flüssigkeit hinab. Sie stinkt ekelhaft und lässt mich würgen. Ich bin nur froh, dass ich die Farbe nicht richtig sehen kann.

Reiß dich zusammen.

Ich nehme den Rucksack und stopfe ihn in den Abfluss.

Dann hole ich das Handy hervor und stelle es an, damit ich den Sprengstoff zünden kann, wenn es so weit ist. Ich lege es zurück in meine Jackentasche.

Aber dann halte ich inne.

Ich weiß nicht genau, warum.

Aus Neugier vielleicht? Wer weiß.

Jedenfalls gehe ich zurück zum Rucksack.

Es bleiben noch ungefähr zwei Minuten, bis das Voting beendet ist. Noch sieben bis zur Hinrichtung.

Falls es überhaupt eine Hinrichtung geben wird.

Schnell. Schnell.

Meine Hände zittern, meine Finger sind ungeschickt und zu nichts zu gebrauchen, aber irgendwie schaffe ich es doch, den Reißverschluss des Rucksacks aufzuziehen.

Ich frage mich, wie Sprengstoff wohl aussieht.

Ich taste den Inhalt des Rucksacks mit einer Hand ab und stoße auf einen festen Klumpen.

Er fühlt sich kalt und feucht an.

Ich ziehe ihn hervor.

Und starre auf ihn hinab.

Was?

Was?

Das ist …

Mir dreht sich der Magen um. Ich wende mich ab und muss mich übergeben.

Das ist … das ist …

Verdammt, ich verstehe das alles nicht, aber ich weiß – und zwar ganz genau –, dass das hier in meiner Hand kein Sprengstoff ist.

Das ist … ich wische mit einem Daumen über die Verpackung und schiele durch die Dunkelheit. Das ist …

»Modelliermasse«, lese ich.

Was? Ich schleudere das Paket auf den Boden.

Modelliermasse?

Sie haben sich noch nicht einmal die Mühe gemacht, es wie Sprengstoff aussehen zu lassen!

Verdammt …

Was soll ich jetzt machen?

Wie sehen die Zahlen aus?

Verdammte Scheiße, Isaac. Ich habe es vermasselt. Jetzt ist alles zu spät. Bitte verzeih mir. Es tut mir so unendlich leid.

Ich laufe auf und ab, kehre zum Abfluss zurück und versetze dem Rucksack einen Tritt.

»Scheiße!«, rufe ich und trete ihn noch mal.

Was ist, wenn …? Was ist, wenn …?, wirbelt durch meinen Verstand. Ich sehe Lichtpunkte vor meinen Augen tanzen, und mein Kopf pocht, als wäre er kurz davor zu zerspringen.

Lauf irgendwohin, wo du die neuesten Zahlen hören kannst, Martha, rät mir mein Verstand.

Komm schon, du kannst es dir nicht leisten, die Fassung zu verlieren …

Genau, denke ich. Ja, genau, komm jetzt. Verlier nicht den Kopf. Du musst deinen Verstand beisammenhaben, wenn er freikommt.

Falls er freikommt.

Death is Justice

Leute vom Sicherheitsdienst bilden eine Kette vor dem Publikum. Kristina steht wieder neben dem Bildschirm und spielt nervös mit den Fingern an ihrer Kette. Die Zuschauer im Studio sind aufgebracht, unterhalten sich lautstark und stehen direkt vor den Sicherheitsbeamten und johlen.

Kristina fasst sich kurz ans Ohr, setzt ihr Lächeln auf und sieht in die Kamera.

KRISTINA: Meine Damen und Herren, treue Zuschauer an den Bildschirmen, es scheint, dass unsere innovative und revolutionäre Sendung wie immer einen empfindlichen Nerv getroffen und heftige Reaktionen hervorgerufen hat. Uns bleiben …

Sie macht eine Pause und wendet sich dem Bildschirm mit dem Countdown zu.

KRISTINA: … dreißig Sekunden, bis die Telefonleitungen geschlossen werden.

Isaac

Ich sehe den Menschen im Zuschauerraum dabei zu, wie sie mich beobachten.

Martha ist immer noch nicht hier.

Sieht sie sich das hier irgendwo im Fernsehen an?

Wenn sie doch nur hier bei mir wäre!

Immer wenn ich Eves Blick auffange, legt sie sich eine Hand aufs Herz.

Ich dachte, ich wäre jetzt ruhig und hätte mich mit meiner Situation abgefunden, aber da lag ich falsch. Ich habe das Gefühl, mich jeden Moment übergeben zu müssen oder in Ohnmacht zu fallen oder wieder zusammenzubrechen. Ich zittere am ganzen Körper, mein Blut pocht wild hinter den Schläfen, meine Handflächen sind verschwitzt, und ich weiß nicht, was ich mit mir selbst anfangen soll.

Ich setze mich auf den Boden und will sofort wieder aufstehen. Ich stehe und habe das Gefühl, herumlaufen zu müssen. Ich gehe auf und ab und will mich wieder hinsetzen.

Ich will, dass sich die Zeit ins Unendliche ausdehnt, damit nie eine Entscheidung getroffen wird, und gleichzeitig will ich, dass jetzt alles sofort aufhört und die Qual des Wartens ein Ende hat.

Meine Gedanken sind wirr, unlogisch und unsinnig. Es scheint, dass der Stress zu viel für meinen Verstand ist.

»Es ist jetzt: 20:55 Uhr. Die Leitungen sind geschlossen.«

Oh Scheiße.

Meine Beine geben unter mir nach.

»Die endgültigen Zahlen lauten …«

Ich sacke zu Boden.

Ich kann nicht aufhören zu weinen.

Ich zittere.

Alles dreht sich.

»48,7 Prozent für eine Hinrichtung, 51,3 Prozent dagegen.«

O Gott.

O Gott.

O …

Ich sehe auf.

48,7 Prozent dafür? Für was? Einen Augenblick lang gerate ich in Panik, weil ich nicht mehr weiß, welche Zahl dafür und welche dagegen ist.

Dann sehe ich, wie Eve aufspringt.

Sie lächelt. Sie weint. Aber sie lächelt.

Sie nickt mir zu.

Ich lächele zurück, und Tränen laufen meine Wangen hinab.

Ich darf nach Hause.

Ich darf leben.

Martha, ich darf leben. Ich werde bald bei dir sein.

Eve und Cicero

Eve sinkt auf ihren Stuhl zurück, schließt erleichtert die Augen und lässt ihren Tränen freien Lauf. Sie spürt, wie Cicero einen Arm um ihre Schulter legt, und lehnt sich bei ihm an. Seine Wärme und sein Mitgefühl hüllen sie ein.

Keiner von beiden sagt etwas, aber beide suchen die Hand des anderen.

Max und Joshua

Das Licht des Computers erlischt, das Zimmer fällt zurück in absolute Dunkelheit. Joshua nimmt sein Jackett von der Stuhllehne und zieht es sich über.

Max schließt den Reißverschluss seiner Jacke und dreht sich zu Joshua um.

»Ich verstehe immer noch nicht, warum Sie mir die Tür geöffnet und mir vertraut haben.«

Joshua schlägt den Kragen seines Jacketts hoch und seufzt. »Ich bekam einen Anruf«, antwortet er. »Jemand, eine weibliche Stimme, sagte mir, dass ein junger Mann auf dem Weg zu mir sei und dass ich ihm helfen solle.«

»Woher wussten die … sie …?« Seine Stimme verstummt.

»Ich weiß es nicht«, flüstert Joshua.

Max geht auf die Tür zu. »Wer hat Sie angerufen?«

»Das weiß ich auch nicht.« Joshua schüttelt den Kopf. »Ein heimlicher Unterstützer? Ein Freund? Wer weiß? Ich habe mich schon gefragt, ob das nicht vielleicht eine Falle sein könnte. Ob das *alles* hier eine Falle sein könnte. Aber dann dachte ich mir, was soll's! Wie ich vorhin schon einmal gesagt habe, das war ein Fall von jetzt oder nie. Ich habe alles aufs Spiel gesetzt.«

»Das tun wir immer noch«, entgegnet Max. »Glauben Sie, wir kommen hier ungesehen wieder raus?«

»Das will ich hoffen«, antwortet Joshua. »Ich würde sagen, wir nehmen besser den Notausgang.«

Death is Justice

Das aufgebrachte Studiopublikum stemmt sich mit erhobenen Fäusten und vor Wut verzerrten Gesichtern gegen die Kette des Sicherheitsdiensts. Kristina steht mitten auf der Bühne und versucht, die Zuschauer zu beschwichtigen.

KRISTINA (laut rufend): Bitte beruhigen Sie sich!

ZUSCHAUER (gemeinsam skandierend): GE-RECH-TIG-KEIT, GE-RECH-TIG-KEIT, GE-RECH-TIG-KEIT.

Kristinas Lächeln fällt langsam in sich zusammen, und sie weicht zurück.

Martha

Ich blinzele und starre, starre und blinzele.

Ich sehe weg, schließe die Augen, öffne sie wieder und sehe noch mal hin.

Aber da steht immer noch dasselbe.

Ich lese es laut vom Bildschirm der Produktionsfirma ab: »Dafür – 48,7 Prozent. Dagegen – 51,3 Prozent.«

Es stimmt.

Es ist wahr.

Er kommt nach Hause.

Er wurde gerettet.

Wirklich gerettet.

O, mein, Gott!

Ich stolpere nach vorn und stütze mich mit einer Hand an dem Baum neben mir ab. Dabei muss ich an Eves Baum und den Vogel denken.

Etwas in meiner Jacke presst gegen meinen Körper. Ich greife mit einer Hand in die Tasche.

Es ist das Handy, die Zündung, und ich lache laut auf.

»Die Bombe brauchte ich gar nicht, Patty. Sie hätten sich sparen können, mich aufs Kreuz zu legen«, sage ich in den Himmel hinein. Unser Himmel, Isaac, mit unseren Sternen, auf die wir wieder gemeinsam blicken können.

Ich kann die Tränen, die mir übers Gesicht laufen, nicht aufhalten, aber es ist mir auch egal.

Es ist mir wurscht, weil der Mann, den ich liebe, gerettet wurde und es wieder Hoffnung auf eine bessere Zukunft gibt.

Ich trete aus dem Schatten hervor und überquere den Rasen.

Eigentlich müsste ich mich vor den Leuten verstecken, aber ich kann nur daran denken, Isaac gleich in die Arme zu schließen. Ich sehe die Autos, Pattys direkt vor dem Gebäude geparkt, sehe die Tür, aus der er gleich kommen wird, und sehe Eves Baum.

Ich lache und weine gleichzeitig. Ich bin so aufgeregt, dass ich nicht stillhalten kann. Ich zittere am ganzen Körper, und meine Finger kribbeln.

Ich stecke meine Hände in die Jackentaschen und drücke gedankenverloren auf eine Taste des Handys …

BÄM!
Ein grellweißer Blitz.
Licht.
Schock.
Druckwelle.
Flammen.
Feuer.
Hitze.
Rauch.
Trümmer.
Staub.
Stille.

Auswirkungen

Max und Joshua

»Was war das?«, fragt Max erschrocken.

Er und Joshua drehen sich um und sehen zurück auf den Todestrakt, auf den andere Passanten zeigen. Eine Staubwolke steigt über ihm in den Himmel auf und umhüllt das Auge-Logo auf dem Dach des Gebäudes, das jetzt nicht mehr hell leuchtet.

»Das war im Todestrakt«, erwidert Joshua.

Max schüttelt den Kopf. »Sie hat es tatsächlich getan. Warum? Warum hat sie das gemacht?«

»Wer hat was gemacht?«, fragt Joshua.

»Scheiße«, stößt Max hervor. »Meine Mum ist dadrin. Ich habe sie auf einem der Bildschirme im Computerraum gesehen.«

Er läuft auf den Todestrakt zu.

Im Todestrakt

Stille.
Staub.
Regungslosigkeit.
Trümmer.
Ein Aufheulen.
Ein Schrei.
Ein Schluchzen.
Ein Husten.
Ein rasselnder Atemzug.
Körper.
Lichtpunkte in der Dunkelheit.
Blaulicht.
An aus an aus an aus.
Sirenengeheul.
Lauter.
Greller.
Näher.
Hier.

Martha

Wa…?

Wa… was ist passiert?

Aua … mein Kopf tut weh … die Arme … der Rücken …

Mein Hals ist zu. Ich kriege kaum Luft. So viel Staub überall.

Autsch. Scheiße.

Setz dich hin, sieh dich um, finde heraus, was passiert ist.

Wände liegen in Trümmern.

Autos stehen in Flammen.

Alarmanlagen scheppern.

Sirenen heulen auf.

Einige Leute torkeln durch die Gegend, andere liegen einfach nur da.

Denk nach, denk nach …

Ich war vor dem Todestrakt.

Ich habe die Zahlen gesehen.

Er kam frei. Ich war auf dem Weg, ihn abzuholen.

Ich war aufgeregt. So glücklich.

Sieh genauer hin, denk nach …

Ich taste meinen Körper ab. Ich lebe und atme.

Neben meinem Bein liegt etwas.

Das Handy.

Oh mein Gott!

Nein, nein, nein!

Du hast auf die Taste gedrückt.

Das hier ist deine Schuld!

Nein. Das war doch nur Modelliermasse, kein Sprengstoff. Die echte Bombe war ganz woanders.

Das alles war ein Trick.

An der Hinterwand des Todestraktes ist nichts hochgegangen.

Und das war auch nicht nur eine geringe Menge Sprengstoff, wie der Typ die ganze Zeit behauptet hat. Das war eine verdammt riesige Explosion.

Du hast sie gezündet. Das warst du.

Mir dreht sich der Magen um.

Mir ist ganz eng in der Brust.

Ich kann kaum atmen.

Ich bin verwirrt.

Ich sauge Luft ein und sehe auf. Sehe mich um.

Ein Blutbad.

Aber … wo genau war die Explosion?

Auf dem Parkplatz.

Auf dem neu eingerichteten Parkplatz, direkt vor dem Eingang zum Todestrakt.

Die haben dich reingelegt.

Die haben dir die ganze Zeit was vorgespielt.

Es ging nie darum, eine Bombe hochgehen zu lassen, damit Isaac entkommt. Du hast eine Bombe gezündet, damit …

»Hände hoch«, schreit mich plötzlich jemand an.

… sie es dir anhängen können.

Scheiße.

Ich blicke auf, aber Sterne tanzen vor meinen Augen, und

ich kann nicht richtig sehen. Ich habe das Gefühl, gleich ohnmächtig zu werden.

»Hände hoch. Sofort.«

Ich gehorche.

Du hast ihnen richtig schön in die Hände gespielt.

Jemand leuchtet mit einem Licht in meine Augen. Ich zucke davor zurück.

»Ich war das nicht!«, rufe ich laut … aber dann wird mir klar, dass ich es ja doch war.

Sie ziehen mich auf die Beine. Ich kann kaum stehen. Mein Kopf rollt nach vorn, und ich sehe, wie jemand das Handy aufhebt und in einen Plastikbeutel eintütet.

»Nein!«, rufe ich. »Das ist nicht meine Schuld. Das wollte ich nicht. Die haben mich reingelegt!«

Ich sehe auf. Blitzlichter stechen mir in die Augen, das Blaulicht der Polizeiautos und Krankenwagen, das Orange der Straßenlaternen, die weißen Lichtpunkte der Leute, die alles mit ihren Handys filmen.

Durch das alles hindurch sehe ich, wie jemand auf mich zugerannt kommt.

Sei Isaac, denke ich, *bitte, bitte …*

Die Person kommt näher, eine dunkle Gestalt im Licht.

»Martha!«, ruft sie.

Eve.

»O Gott, Eve!«, hauche ich und lehne mich gegen einen Polizisten, als meine Beine zu wackeln beginnen. »Das war nicht meine Schuld. Das war ein Trick. Die haben mich reingelegt. Patty. Das war Patty.«

Eve versucht, zu mir zu gelangen, aber die Polizisten halten sie zurück.

»Das kann nicht sein«, erwidert sie. »Patty war mit hier drin.«

Ich schüttele den Kopf. Ich verstehe das einfach nicht. »Patty hat mir doch gesagt …« Aber Eve hat natürlich recht. Warum wäre Patty dort gewesen, wenn sie gewusst hätte, dass es eine riesige Explosion geben würde? »Ich verspreche Ihnen, Eve, ich war das nicht. Das müssen Sie mir glauben.«

Aber wenn Patty nicht dahintersteckt, wer dann?

Eve nickt, und dann taucht Cicero hinter ihr auf.

Ich knicke wieder ein, als ich sehe, dass er auch noch lebt. Der Polizist dreht mir die Arme auf den Rücken, und ich spüre die kalten Handschellen an meinen Handgelenken.

Eve stürzt vor und nimmt mich in den Arm. Diesmal lassen die Polizisten sie gewähren. »Ich glaube dir«, murmelt sie mir ins Ohr.

Ich starre sie an.

»Isaac?«, flüstere ich.

Sie antwortet nicht. Sie hat Tränen in den Augen.

Ich schüttele den Kopf. »Nein«, sage ich. »Das dürfen Sie mir nicht sagen. Nein. Nicht nach allem, was passiert ist.«

»Ich weiß nicht …«, beginnt sie, aber wird von einem Polizisten unterbrochen.

»Martha Elizabeth Honeydew, ich verhafte Sie …«

Ich höre nicht hin.

Wen interessiert das jetzt noch?

Im Haus der Stantons

Eve, Cicero, Max und Joshua haben sich um den Küchentisch versammelt und trinken wahlweise Kaffee, Wein oder Whisky, während im Hintergrund die Nachrichten im Fernsehen laufen.

Halb gegessenes Essen, dessen Fett langsam gerinnt, liegt vor ihnen auf Tellern. Dazwischen liegen Fotos und lose Blätter verstreut.

Max nimmt eines der Fotos in die Hand. »Die haben uns genau da, wo sie uns haben wollten«, sagt er und starrt auf das Bild von sich und Joshua am Computer, während sie die Voting-Zahlen manipuliert haben.

»Woher kommt das alles?«, wundert sich Joshua.

»Das haben sie in meinen Briefkasten geworfen, während wir unterwegs waren«, antwortet Eve. Cicero leert sein Glas Whisky und saugt an seinem Schnurrbart.

Dann sieht er Eve an, deren Aufmerksamkeit dem Fernseher zugewandt ist. Sie runzelt die Stirn, nimmt die Fernbedienung und stellt die Lautstärke hoch.

›Nach der tragischen Explosion im Todestrakt vor wenigen Stunden geht die Polizei jetzt davon aus, dass sie von einer Gruppe gelenkt wurde, deren Ziel es ist, die Regierung zu stürzen. Es wird angenommen, dass sich diese Gruppe aus polizeilich bekannten Regierungsgegnern zusammensetzt – Thomas Cicero, Eve Stanton,

Joshua Decker, Max Stanton, Martha Honeydew, Isaac Paige und die verstorbene Lydia Barkova. Die Polizei hat sie ›die Sieben aus den Kratzern‹ getauft.

Nach dem Anschlag gilt Paige immer noch als vermisst, mutmaßlich tot, und Honeydew befindet sich in Polizeigewahrsam. Wir warten auf neueste Meldungen über den Verbleib der anderen Mitglieder der Gruppe und werden Sie auf dem Laufenden halten.‹

»Was machen wir jetzt?«, fragt Cicero.

»Wir gehen dahin, wo man uns willkommen heißt und sich um uns kümmert«, antwortet Max. »Zu den Kratzern.«

Jemand klopft an die Tür. Alle erstarren und tauschen besorgte Blicke miteinander aus.

»Eve Stanton!«, ruft eine Stimme. »Öffnen Sie die Tür! Wir wissen, dass Sie zu Hause sind.«

Niemand rührt sich.

»Mrs. Stanton! Wir verhaften Sie wegen Mordes und Rechtsbehinderung.«

Eve schüttelt den Kopf. »Verschwindet«, sagt sie den anderen. »Geht zu den Kratzern. Ich kümmere mich um das hier.«

»Aber Mum …«

»Das ist Ihre letzte Chance. Öffnen Sie die Tür, oder wir verschaffen uns selbst Einlass.«

»Verschwindet«, wiederholt Eve. Sie beugt sich zu Max vor. »Ich liebe dich.«

Er nickt traurig.

Als Eve aufsteht, nimmt Cicero ihre Hand. Sie hält einen Augenblick inne, und etwas Unausgesprochenes spielt sich zwischen den beiden ab.

»Verschwindet jetzt«, sagt sie wieder und geht durch den Flur zur Tür.

1:30 Uhr. Der Vorspann für Buzz for Justice läuft

Eine langsame, traurige Melodie erklingt. Spots wirbeln durch das Studio und konzentrieren sich dann auf Kristina, die neben der schwarzen Anklagebank steht. Sie trägt ein tiefgrünes Kleid mit schwarzer Spitzenverzierung an der Taille, schwarze Lackschuhe und eine Smaragdkette.

Ihre Haare sind zu einem Dutt hochgesteckt, und einige wenige Strähnen umrahmen ihr Gesicht. Sie lächelt verhalten, und ihr dunkler Lippenstift glänzt unter dem Licht der Studioscheinwerfer.

KRISTINA: Willkommen in unserer besonderen Frühausgabe – oder besser gesagt zu unserer Ausgabe mitten in der Nacht – von *Buzz for Justice*.

Das Publikum im Studio spendet mäßigen Beifall, und die Stimmung ist getragen.

KRISTINA: Diese eigens anberaumte Sendung folgt den tragischen Begebenheiten, die sich gestern Abend im Gebäude des Todestraktes zugetragen haben. Unsere Gedanken und Gebete gelten denjenigen, die von diesem herzlosen Anschlag betroffen sind.

Sie macht eine kurze Pause und senkt ihr Haupt. Die Zuschauer im Studio sind still. Dann sieht sie wieder in die Kamera.

KRISTINA: Allerdings freuen wir uns – und sind doch ziemlich erleichtert –, Ihnen mitteilen zu können, dass die Verdächtige bereits am Tatort festgenommen wurde. Sie wird sich umgehend dem umfassenden Urteil unseres Rechtssystems stellen müssen.

Sie dreht sich leicht zur Seite.

KRISTINA: Bringen wir also jetzt die Beschuldigte ins Studio – Martha Honeydew.

Marthas Arme sind auf dem Rücken mit Handschellen gefesselt, ihre Kleidung ist voller Staub, und sie blutet an Knien und Ellenbogen. Sie wird über die Bühne geführt und an der Anklagebank festgekettet. Ihr Gesicht ist zerkratzt und mit Blut und blauen Flecken überzogen. Sie taumelt unsicher. Buhrufe und Gejohle erklingen im Publikum.

KRISTINA: Da wir diesen Fall so schnell wie möglich abwickeln wollen, damit dieser so abstoßende Anschlag mit einer gerechten Strafe geahndet wird, lassen Sie uns sofort sehen, wie das Strafmaß aussieht. Welche Straftat, oder Straftaten, werden der ehemaligen Insassin des Todestraktes, Martha Honeydew, dieses Mal zur Last gelegt?

Auf der linken Seite des Bildschirms laufen unter dem Wort STRAFTATEN rote LED-Lichter, ehe das Display anhält. Die Liste erstreckt sich über die gesamte Länge des Bildschirms. ›BESCHÄDIGUNG EINES ÖFFENTLICHEN GEBÄUDES, UNBEFUGTES BETRETEN, SACHBESCHÄDIGUNG, ANSTIFTUNG ZU EINEM ANSCHLAG, KAUF EINER VERBOTENEN SUBSTANZ, ZÜNDUNG EINER EXPLOSION, SCHWERE KÖRPERVERLETZUNG, GEFÄHRDUNG VON MENSCHENLEBEN, ZÜNDUNG EINER SELBST GEBASTELTEN AUTOBOMBE …‹

MARTHA (laut rufend): Eine Autobombe? Was? Ich habe nichts davon gemacht. Das schwöre ich!

Kristina fährt sich mit einem Finger über den Hals, und das Mikrofon im Zeugenstand wird abgeschaltet. Martha hebt frustriert die Hände.

KRISTINA: Was für eine Liste! Wie sieht das Strafmaß für diese Verbrechen aus?

Neben dem Wort GESAMT flackern Lichter über den Bildschirm und halten schließlich an. Anstelle einer Nummer erscheint ein Wort: LEBENSLÄNGLICH. Die Zuschauer im Studio keuchen auf.

ZUSCHAUER: Die Schlampe soll braten! Wieso bekommt sie nicht die Todesstrafe?

KRISTINA: Ja, ich denke, an dieser Stelle sollte ich etwas erklären. Im Moment gibt es noch keinen verifizierbaren Verlust eines Lebens, sodass die Todesstrafe hier nicht angewendet werden kann. Sollten Patty Paige und Isaac Paige, die immer noch vermisst werden, allerdings tot geborgen werden oder sollte einer der acht Schwerverletzten sterben, die sich im Moment auf der Intensivstation befinden, wird Honeydew in den Todestrakt überführt.

ZUSCHAUER: Wie denn? Sie hat ihn doch in die Luft gesprengt, schon vergessen?

Kristina wendet sich selbstbewusst an den Zuschauer.

KRISTINA: Wir haben Alternativen, Sir. Ich kann Ihnen garantieren, dass es weiterhin einen Todestrakt geben wird. Aber jetzt wollen wir wirklich diesen Fall zu einem Ende bringen, und deshalb geht es jetzt gleich zu unserer Jury.

Jurymitglied Nummer eins, Robbi, wie entscheiden Sie sich? Sie haben 30 Sekunden Zeit.

ROBBI: Die brauche ich nicht.

Sie schlägt auf den Buzzer, und das Auge über ihr leuchtet auf.

KRISTINA: Sieh an! Das sind ja wirklich sehr starke Emotionen heute Abend. Aber seien wir nicht zu hastig. Unser Publikum mag schon ein wenig Drama! Jurymitglied Nummer zwei, Ishaan, machen wir mit Ihnen weiter. Ihre Zeit beginnt … jetzt.

ISHAAN: Wieso hat sie keine 30 Sekunden bekommen, um etwas zu sagen?

KRISTINA: Man hielt das für unangemessen den Familien gegenüber, deren Angehörige immer noch im Krankenhaus behandelt werden. Noch 25 Sekunden auf der Uhr.

ISHAAN: Ich sehe nicht, was es bringen soll, sie einzusperren.

KRISTINA: Wollen Sie etwa, dass sie frei auf unseren Straßen herumläuft, Ishaan?

ISHAAN: Aber …

ZUSCHAUER (skandierend): LE-BENS-LÄNG-LICH, LE-BENS-LÄNG-LICH, LE-BENS-LÄNG-LICH.

KRISTINA: Noch fünfzehn Sekunden.

Robbi, das erste Jurymitglied, wendet sich Ishaan zu und schüttelt den Kopf.

ROBBI: Sind Sie ein verdammter Sympathisant, oder was? Erfüllen Sie Ihre Pflicht! Drücken Sie auf den verdammten Buzzer!

Sie legt eine Hand auf seine Schulter und schubst ihn. Er weicht vor ihr zurück.

KRISTINA: Sie müssen sich entscheiden, Ishaan. Sieben Sekunden …

Das Publikum skandiert immer lauter. Ishaan schüttelt den Kopf, hebt eine Hand und drückt sanft auf den Buzzer. Das zweite Auge leuchtet auf.

Im Studio bricht Jubel aus, und Kristina lächelt zufrieden.

KRISTINA: Nun, meine Damen und Herren, wir haben eine Entscheidung. Wir brauchen nur zwei Stimmen für eine Verurteilung, trotzdem lassen Sie uns, um der Demokratie zu genügen, auch dem dritten Jurymitglied die Gelegenheit geben, sich zu entscheiden. Vielleicht fällt die Entscheidung ja einstimmig aus! Sid, Ihre Zeit läuft … jetzt.

Sid sieht die anderen Jurymitglieder an und wirft dann einen Blick auf Martha, die regungslos mit gesenktem Kopf auf der Anklagebank sitzt.

KRISTINA: Gibt es etwas, das Sie kurz sagen möchten, Sid?

Buhrufe und Gejohle ertönen aus dem Publikum.

SID (nickend): Ja, das möchte ich tatsächlich. Die Teenager heutzutage sind eine absolute Schande. Früher wäre so etwas nicht passiert. Man sollte ein Exempel an ihr statuieren.

KRISTINA: Zwanzig, neunzehn, achtzehn …

Sid gestikuliert mit einem Finger während er spricht.

SID: Sie hat uns die ganze Woche über an der Nase herumgeführt und uns und die Presse zum Narren gehalten. Der Himmel weiß, was das uns Steuerzahler gekostet hat. Sie sollte überhaupt keine Kosten mehr erzeugen …

KRISTINA: Neun, acht, sieben …

SID: Ich finde, sie gehört zurück in den Todestrakt!

Das Publikum brüllt auf.

KRISTINA: Fünf, vier, drei …

Sid schlägt mit der Faust auf den Buzzer, und alle drei Augen tauchen das Studio und Martha in ein blaues Licht.

Auf Kristinas Gesicht breitet sich ein seliges Lächeln aus.

Der Premierminister

Im blauen Zimmer lehnt sich der Premierminister vor der Wand mit den Bildschirmen in seinem Sessel zurück.

Auf einem der Bildschirme sind drei Personen zu sehen – Cicero, Max und Joshua. Sie steigen gerade mit Gepäck an der Haltestelle bei der Unterführung aus dem Zug und gehen auf die Rasenfläche und die Kratzer zu.

Der Premier wirft einen kurzen Blick auf einen Bildschirm auf der linken Seite. Dort ist die Live-Schaltung aus einer Polizeiwache zu sehen. Er bedient eine Taste, und die Aufnahme zoomt näher an Eve heran, die auf eine Reihe von Formularen blickt, die vor ihr auf dem Tisch ausgebreitet liegen. Auf ihnen sind die Worte ›Eintritt in den Todestrakt, Allgemeine Geschäftsbedingungen‹ deutlich lesbar. Er sieht zu, wie sie einen Stift in die Hand nimmt und die Dokumente unterschreibt.

Dann sieht er sich eine Aufnahme auf der rechten Seite an. Martha wird über die Bühne des Fernsehstudios für *Buzz for Justice* geführt. Sie zuckt zusammen, als sie mit Eiern und verfaultem Obst beworfen wird.

Schließlich konzentriert sich der Premierminister auf einen Bildschirm darüber. Er ist der größte und zeigt die Verwüstung auf dem Gelände des Todestraktes. Die Krankenwagen und Polizeiautos haben den Standort inzwischen verlassen, und der

Staub hat sich gelegt. Das gesamte Gebiet ist mit Polizeiband abgesperrt, das im Wind flattert.

Er grinst, beugt sich vor und schaltet die Bildschirme aus.

»Das war's für heute, Sofia«, verkündet er. »Gemeinsam haben wir hervorragende Arbeit geleistet. Sie waren mir eine außerordentliche Hilfe.«

Er bekommt keine Antwort, doch das bemerkt er nicht einmal. Er steht auf, nimmt sein Jackett von der Garderobe und führt sein Selbstgespräch fort.

»Eine Klappe«, sagt er, »*alle* Fliegen.«

Martha

Sie haben mir meine Kleidung weggenommen und mich wieder in einen weißen Gefängnisoverall gesteckt.

Isaacs Ring musste ich auch abgeben.

Und ich stehe draußen vor der Wache in einer Art *Pferch*. Sie haben gesagt, dass sie Abschaum wie mich nicht in die Wache lassen wollen. Haben gesagt, dass es schlimm genug sei, mich überhaupt auf dem Gelände zu haben. Allerdings haben sie mir wenigstens die Handschellen abgenommen.

Es ist saukalt.

Aber was macht das schon?

Ein Auto fährt auf das Gelände, und die grellweißen Scheinwerfer stechen mir in die Augen.

Das war's also.

Das hier sind die letzten Minuten in Freiheit, bevor sie mich ins Gefängnis bringen. Aber was bedeutet Freiheit eigentlich? War ich wirklich frei? Waren wir alle jemals frei?

Das Auto hält vor dem Gitter meines Gefängnisses an. Jemand steigt aus und öffnet die hintere Beifahrertür. Dann erklingt ein Summen, und das metallene Tor des Pferchs springt auf.

Hände zerren an meinem Arm, und ich werde in das Auto geschoben.

Wenigstens ist es warm hier drin.
Die Türen werden zugeschlagen.
Ich lasse den Kopf hängen, will nichts sehen.

Todestrakt

Der Todestrakt liegt verlassen da, die Menschenmenge ist inzwischen verschwunden. Doch ein Mann sitzt in einem gestohlenen Auto im Schatten und wartet.

Man sieht ihm nicht mehr an, dass er geweint hat.

Er atmet tief durch, steigt aus dem Auto und schließt die Tür leise hinter sich. Er blickt sich kurz um, überquert dann ruhig die Straße und duckt sich unter dem Polizeiband hinweg.

Er bleibt im Schatten, zwängt sich durch zerstörte Mauern und Zäune und betritt das Gelände des Todestraktes.

Er kommt an dem Baum vorbei, der vor dem Betreuungszimmer stand und jetzt entwurzelt auf der Seite liegt. Seine Äste liegen zerbrochen auf dem Boden. Ehe der Mann in der Ruine des Gebäudes verschwindet, bleibt er kurz stehen und berührt den Baum, als könnte er Trost spenden.

Eine halbe Stunde später taucht der Mann wieder auf. Seine Hände bluten, er hat Abschürfungen im Gesicht, und sein ganzer Körper ist in Staub gehüllt.

Er trägt etwas in seinen Armen.

Martha

Die Straßenlaternen leuchten in regelmäßigen Abständen im Auto auf. Hell, dunkel – hell, dunkel. Aber es geht zu schnell, und ich kann nicht erkennen, wer mich fährt.

Ich weiß nicht, zu welchem Gefängnis sie mich bringen, aber die Fahrt dauert länger, als ich erwartet habe. Allerdings ist es mir sowieso egal.

Ich bin mit allem durch.

Zu viele Schmerzen, Verluste und Ungerechtigkeiten.

Es reicht.

Sie haben gewonnen.

»Trink was!« Eine weibliche Stimme, die zu der Fahrerin des Autos gehört. Sie wirft mir über die Schulter hinweg eine Plastikflasche zu.

Ich will erst irgendeinen Witz machen, dass das Wasser bestimmt vergiftet ist, überlege es mir aber dann doch anders. Stattdessen schraube ich einfach den Deckel ab und trinke gierig.

»Danke«, murmele ich.

Dann drehe ich mich um und starre aus dem Fenster auf die Stadt, die sechzehn Jahre lang mein Zuhause war und die ich nie wiedersehen werde.

Du warst nicht gut zu mir, will ich ihr am liebsten sagen, aber die Stadt ist auch nur ein Opfer wie wir alle.

Ich weiß nicht, wohin wir fahren, aber erkenne die Straßen wieder. Da ist das Auge im Himmel, ein wenig ramponiert, mit schwach flackerndem blauen Licht, das uns alle aber immer noch bedrohlich anstarrt. Ich weine lautlos, während ich zusehe, wie das Auge immer größer wird, je näher wir an es herankommen.

Ganz nah heran.

Direkt daneben.

Die Fahrerin hält am Straßenrand.

»Was …? Wo …?«, murmele ich verwirrt, doch sie antwortet nicht.

Der Motor des Wagens läuft ratternd, während wir warten.

Ich kann mir nicht helfen und sehe nach draußen. Auf das Chaos, das ich angerichtet habe: Überall liegen die traurigen Überreste des Gebäudes. Eves Baum, der entwurzelt auf der Seite liegt. Der Vogel ist wahrscheinlich tot.

Jemand muss den Sprengstoff unter einem Auto deponiert haben. Und dann haben sie mir den Zünder in die Hand gedrückt und mir vorgegaukelt, dass er für den Rucksack wäre. Sie haben mich angelogen. Haben das hier verursacht. Ich wollte Isaac mit dieser Aktion retten, aber sie haben für das genaue Gegenteil gesorgt.

Aber wer steckt wirklich dahinter?

War es Patty?

Aber warum hätte sie dann freiwillig den Todestrakt betreten?

Diese Fragen schwirren in einer Endlosschleife in meinem Kopf umher, und ich kann keine von ihnen beantworten.

Und ich weiß nicht, warum zum Teufel ich in diesem Auto sitze, was verdammt noch mal vor sich geht, wer die Fahrerin ist oder was wir hier machen.

Ich weiß gar nichts.

Als ich sie gerade danach fragen will, rutscht sie plötzlich auf ihrem Sitz nach vorn und lässt die Scheinwerfer aufblinken.

»Rutsch durch!«, befiehlt sie mir.

Ich tue wie befohlen und höre das Klicken der Zentralverriegelung.

»Bleib hier«, sagt sie. »Wenn du versuchst abzuhauen, werde ich dich innerhalb einer halben Stunde vom Erdboden verschwinden lassen. Ist das klar?«

Ich nicke.

Sie steigt aus, und ich sehe zu, wie sie nach vorne läuft und dann in der Dunkelheit verschwindet. Aber ihr Gesicht habe ich immer noch nicht gesehen.

Ich könnte jetzt einfach weglaufen, oder nicht?

Sie würde mich nie finden, oder?

Zumindest könnte ich es versuchen.

Verdammt …

Ich erstarre.

Blinzele.

Versuche, genau hinzusehen.

Ein Mann, dessen Umrisse sich im Licht der Scheinwerfer abzeichnen, kommt auf das Auto zu.

Er trägt etwas Schweres auf den Armen, hält es sich behutsam gegen die Brust.

Die Fahrerin des Wagens geht neben ihm her und zeigt ihm den Weg.

Er kämpft mit jedem Schritt. Seine Beine scheinen zu zittern. Er sieht ziemlich schmächtig aus, nicht gerade stark. Zerzauste Haare, dreckige Klamotten …

Oh …

Die Beifahrertür wird geöffnet.

»Hilf mir, Martha!«

Gus.

O Gott! Gus!

»Wie …?«, stottere ich. »Was …?« Aber dann verstumme ich, denn als Nächstes beugt er sich aus der Dunkelheit in das Auto.

Und er … er …

Er trägt einen Körper.

Er trägt …

Gus legt ihn neben mir ab. Vorsichtig nehme ich den Kopf in beide Hände und lege ihn auf meinen Schoß. »Ist er …? Ist er …?« Aber ich schaffe es nicht, den Satz zu Ende zu bringen. Habe zu viel Angst davor, eine Antwort zu bekommen, die ich nicht will.

Die Tür wird zugeschlagen.

Jetzt ist es wieder dunkel.

Ich lege ihm eine Hand an den Hals und suche nach einem Pulsschlag.

Bitte.

Finde keinen. O Gott. Ich finde keinen!

Gus sitzt jetzt im Auto. Die Frau sitzt wieder hinterm Lenkrad. Der Motor heult auf, und der Wagen fährt los.

»Wie?«, frage ich schluchzend. Ich berühre seine Hand. So furchtbar kalt.

»Das haben wir dieser Frau hier zu verdanken«, antwortet Gus und starrt mich durch die Dunkelheit hindurch an.

»Wer sind Sie?«, will ich wissen.

Sie fängt meinen Blick im Rückspiegel auf. In ihrem liegt Übermut oder Aufregung oder … *irgendwas.*

»Ich bin Sofia«, stellt sie sich vor. »Ich glaube, wir können zusammenarbeiten. Das beenden, was ihr begonnen habt. Aber zuerst …« Sie deutet mit dem Kopf auf Isaac, der bewegungslos auf mir liegt.

Isaac.

Isaac?

Mein Herz ist gleichzeitig voller Hoffnung und Verzweiflung, aber als ich mich über seinen blutigen und ramponierten Körper beuge und ganz dicht an sein Gesicht herankomme, könnte ich schwören, den Hauch eines Atemzuges zu spüren.

Danksagungen

Ein großes Dankeschön geht an die ganze Gang von Hot Key Books – Emma Matthewson, Tina Mories, Charlotte Norris, Talya Baker, Melissa Hyder, Monique Meledje, Ruth Logan, Emily Burns, Emily Cox und Carla Hutchinson.

Ein besonders RIESIGER Dank geht wie immer an meine fantastische Agentin Jane Willis und den Rest des Teams von UA. Und an Poppy, für ihr enthusiastisches Lesen.

Herzlichen Dank an Leser und Bibliothekare – Bobbie Quinn, Eammon Griffin, Melanie Wheeler, Katherine Jago, Lawrence Dunn, Robin Garland, Tarnia Roberts, Jo Smedley.

Und an die Leser des LTC – Gail Castledine, Michelle Cooper, Laura Peach, Laura Stott-Allworthy, Ros und Phil, Mags und Sean, Steve und Jo. Steve, ich fühle mich ganz besonders geehrt, dass *Marthas Widerstand* das erste Buch war, das du nach deinem Schulabgang gelesen hast!

An die LAC-Gang und an Mick und Debbie – weil ich mich auf jeden Fall an das Gespräch erinnere, während wir über den Acker gelaufen sind!

Für viel Gelächter und mit Kraftausdrücken gespickte Diskussionen bedanke ich mich bei Kate und Richard Conway, Tracey Wilkinson, Chris Giles und Jac Hall – es tut mir leid, dass es keines der vorgeschlagenen Schimpfwörter ins Buch geschafft hat!

Ein Dank geht an die Autoren Keris Stainton, Rhian Ivory, Jo Nadin, Zoe Marriott, Sheena Wilkinson, Paula Rawsthorne, Vanessa Lafye, Rachael Lucas, Beth Miller, Emma Curtis, Sarah Todd Taylor, Liz Kessler, Eve Ainsworth, Liz de Jager, Antonia Honeywell, Essie Fox, Louisa Treger und Rae Earl. Vielen Dank an Chris Callaghan, weil er mich immer zum Lachen bringt, insbesondere mit seinen Selfies! Und vielen Dank an The Prime Writers für ihre Hilfe und Unterstützung – ihr Leute seid einfach fabelhaft!

Ein riesiger Dank geht an meine Schreibpartner, Sci-Fi-Fan-Genossen und Felsen in der Brandung Rebecca Mascull und Emma Pass, die mir immer mit gutem Rat zur Seite gestanden haben, mir geduldig zugehört haben, wenn ich gemeckert habe, und mich immer mit Kuchen versorgt haben.

An Martin und Mim's Buchclub – Eure Diskussionen haben mich dazu gebracht nachzudenken und besser zu schreiben.

Meiner Familie danke ich für alles – Russ, Jess, Danny, Bowen, meinem Vater – Richard Gage –, Anne Gage und Colin Gage, Meghan Holden und David Smith, Janet, Jack und Paul Baron, Helen und Patrick Megginson, Pat Sheard und Dan Hill (Dan, du hast dich in den Familien-Dank eingeschlichen!).

Und letztlich ein Dankeschön an euch, liebe Leser. Ohne euch gäbe es keine Bücher, keine Büchereien oder Buchläden, und die Welt wäre ärmer.